禅的行囊

〔美〕比尔·波特 著
叶南 译

四川文艺出版社

readers-club

北京读书人文化艺术有限公司
www.readers.com.cn
出　品

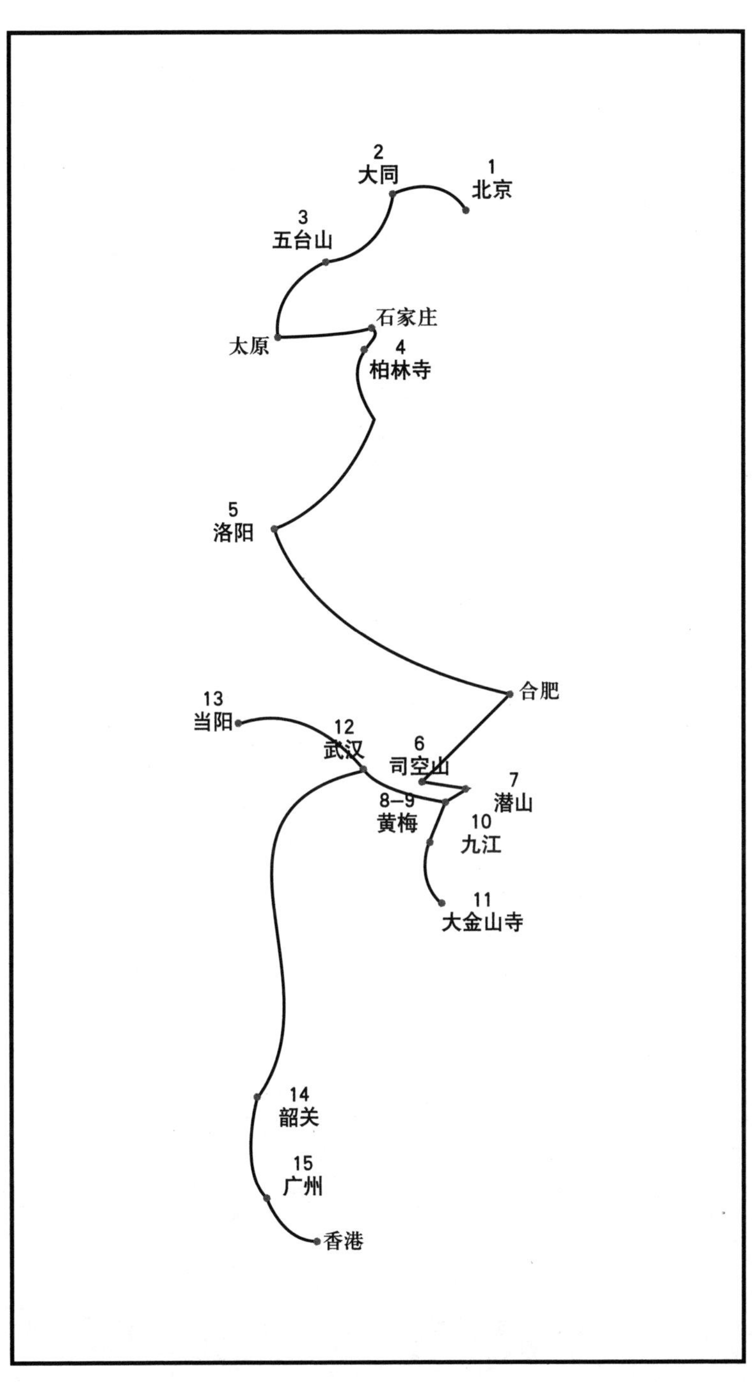

1
北京
2
大同
3
五台山
石家庄
太原
4
柏林寺
5
洛阳
合肥
13
当阳
12
武汉
6
司空山
7
潜山
8–9
黄梅
10
九江
11
大金山寺
14
韶关
15
广州
香港

目 录

第一章　不立文字

终于到家了。美国西北的夏日，天色向晚，黄昏悠长。几个小时之前，我坐在飞机上，从自家所在的小镇头顶低低掠过，透过舷窗，分明可以看见家门口的那片黄杉林。离开了两个多月，院子里的草坪大概已是芜蔓不堪。

机身在空中转过一个弯，小镇慢慢消失在了舷窗外。半小时后，飞机在西雅图着陆，我从机场出来，打车去了科尔曼码头，坐轮渡过普捷湾，再换两趟公交车到达汤森港的喜互惠超市。我的老伙计费恩·威尔克斯在超市门口接上我，然后开车穿过那片两公顷大小的黄杉林，把我送回了家。

今天是中国的阴历四月初八，佛陀诞辰。在这一天，佛教徒要为悉达多太子立像沐浴香汤以资纪念。我躺在楼上浴室的猫脚浴缸里，开始回味刚刚结束的旅程——这大概是我的私人庆祝方式。爬出浴缸，我上了床，想睡上一觉，可是心绪还停留在中国。我又从床上爬起来，开始写这本书。

这次旅行始于 2006 年春天的北京。在中国，农历新年标志着春季的开始，这一天新月初升，距离冬至日（太阳直射南回归线）与春分日（太阳直射赤道）的等分点最为接近。2006 年的农历新年是公历 1 月 29 日，而我到达的那天是 2 月 26 日——也就是说，春天已经开始了将近一个月。但是，决定春天何时开始的中国古人居住在黄河流域，北京则远在他们北方千里之外。在北京，现在仍是不折不扣的冬天。到达时天色已晚，站在机场航站楼外的寒风里等出租车的一会儿工夫，我竟不得不打开背包，拿出大衣套在身上。我真正想穿的其实是秋裤，但显然我不能不顾体面地在大庭广众之下穿秋裤。

通常我会去找一家旅馆住下。不过这次，我的老朋友泰德·伯格让我住在他那儿。他的住处位于北京城东部一个漆黑小区里一座漆黑的六层公寓楼漆黑的顶楼。出租车司机成功地找到了小区的大门，然后便迷失在黑暗的楼群之中了。没有路灯和门牌号的指引，在多次尝试碰壁之后，我终于找到了那座楼，爬上了正确的楼梯。

泰德不在家，他正在美国参加电影节，展映他那部关于中国隐士的纪录片《共坐白云中》。他的美国室友给我开了门。公寓很小，陈设简单——年轻人的家都是这样，大概是因为不打算长期停留，所以能省则省，就算有钱也宁愿花在更直接的享乐上，比如买瓶好酒。不过屋里暖和极了，每个房间都装了暖气片，晚上睡觉的时候我不得不开着窗户。泰德给我安排的房间属于他的另一位中国室友，因为我的到来，她暂时回父母家住了。房间里除了一张床、一只床头柜和一个衣柜之外别无他物。我的旅程就将从这个朴素的小房间里开始。很好。

这将是一次朝圣之旅。我的目的地是禅在中国的发源地，其中最重要者，包括了禅宗六位祖师——初祖达摩、二祖慧可、三祖僧璨、四祖道信、五祖弘忍和六祖惠能——开创的道场。禅的历史地位由这六位高僧所建立，他们都没来过北京，不过，在向古代大师们致敬之前，我还有些基本问题需要解决，语言是其中之一。从北京开始是必要的。

禅素以轻慢甚至蔑视语言著称。禅师们常说，“不可说，不可说”，“一说便错”。然而禅宗的文献却远远多于其他任何佛教宗派。对于这样一种特别倡导“教外别传，不立文字”的教法，西方和东方却都有大量著作行世，这本身看上去就是个自相矛盾的难题。我并不指望解决它，只想绕到它的身后做一番试探，或许会有意外的收获。第二天一早，我给明尧打了个电话。明尧是佛教刊物《禅》的主编。

“禅”的发音在英语（Zen）和汉语（Chan）中略有不同。在中国，每次我说到“Zen”，人们总是纠正我：“应该是‘Chan’。”他们说：“‘Zen’日本的禅。中国禅和日本禅是不一样的。”这可以算是一种文化现象。但不管是中国的“Chan”，日本的“Zen”，还是朝鲜的“Son”，它们都指向同一种心境。

我愿意说“Zen”而不是“Chan”，是因为我更习惯“Z”的发音。而且这也是禅诞生时人们的念法（语言学家对“禅”字古音的订正倾向于“dzian”）。在禅宗得以发扬光大的中国南方，或者更准确地说是江西赣江流域，今日当地人的方言依然把“禅”念作“Zen”。17 世纪满洲人入主中原，建立清帝国之后，他们按照自己的方言规定官话的标准，禅在官方语言里的发音才变成今天这样。更何况，禅早已不再是中国的或者日本的，它属于一切发愿见性成佛的人，一切心无所住、笑对如此疯狂时代的人。

在电话里，明尧邀我一起吃午饭。他的妻子明洁也会来。明洁是我上一本书的中文版译者，所有人都喜欢她给中译本起的名字:《空谷幽兰》。在此之前，还真没有人写过一本关于中国隐士的书。《空谷幽兰》的出版产生了一些影响: 在西安，居然因此形成了一个隐士协会。隐士协会将终南山区的茅篷和洞穴位置登记造册，定期派人到山中分发药品和食物，甚至邮件。

明尧和明洁约我在一家素食餐厅见面。餐厅在北京城东北部的柳芳南里，取名“荷塘月色”。净慧法师的一幅字挂在门口醒目的位置:“日日是好日”[①]。净慧是中国佛教协会的副会长，明尧、明洁，还有这家餐厅的主人夏泽红居士，都是他的弟子。餐厅的主人过来打了招呼，然后把我们带进了一个包间。明尧后来告诉我，夏居士是他主编的刊物《禅》的主要资助者之一。

我找明尧的目的正与他这本刊物有关。我想知道，在中国出版一本与禅有关的刊物需要涉及哪些资源和努力。就着一桌子素食和一种用新鲜梅花酿制的饮料，明尧向我娓娓道来。

是净慧创办了《禅》。他在媒体领域的另外一项成就是把《法音》缔造成为中国最重要的佛教期刊。这本杂志的内容包括佛教哲学和经典的讨论，以及佛教界的新闻故事。1989 年之后，净慧决定创办一本新刊

---

①出自唐末五代禅师云门文偃语录。——译者注

物。他本人是一名禅师，禅的要义在于将修行与生活融会贯通，他觉得中国需要一本专门讨论这种修行方式的刊物,这本刊物的名字就叫《禅》,明尧主动参与了它的编辑工作。

《禅》最初是一本发行量仅三千册的季刊，随后改为双月刊，发行量也增加到两万五千册。如此规模的杂志，每期需要投入大约六万元人民币用于编辑、印刷和发行，折算下来，每册的成本差不多是两块五。杂志是免费赠阅的，它的经营完全依靠外界的资助。主要资助人包括荷塘月色餐厅的老板，以及拥有服装品牌“真维斯”的一个香港家族企业。不过普通读者也会捐助一些钱。

印刷和邮寄费占去了绝大部分成本。杂志社在河北的柏林寺有一间办公室，但明尧基本上可以在任何地方进行编辑工作。杂志被分发到各地的寺庙中供人取阅，同时，人们也可以写信给明尧告知他们的通信地址，收到信后，柏林寺就会把杂志按地址寄过去。

这本杂志从未在审查方面遇到过麻烦。明尧并不需要在出刊前将稿件送审，只要在杂志印出之后寄几本给宗教管理部门。明尧告诉我，政府其实对这本刊物相当赞赏，把它视为其他宗教组织都应效法的榜样。

内容方面，《禅》接受来自全国各地的佛教徒作者投稿，不过大多数文章还是出自净慧的出家和在家弟子。他们的共同点在于着重推广“生活禅”——一种不论在小区公寓还是寺院里都能实践的修行。

明尧告诉我，中国人正在重新点燃对佛教的热情，但这种热情还很肤浅，并经常是出于误解。他说:“大多数人要么是被密宗的神通异能吸引，要么是在净土宗里寻求逃避，他们并不对完全的解脱感兴趣。但其实任何修行都要立足于禅，包括密宗和净土宗。禅是佛心，学佛的人早晚都会走向禅修这条路。禅在中国曾经濒临灭亡，这两年刚刚有点好转，将来怎么样还很难说。”

“对禅感兴趣的人越来越多，特别是年轻人和受过高等教育的。但是要让人们真正理解禅，还需要更长的时间。禅宗的寺院现在也越建越多，但更重要的是重建禅的精神。这就是我们的杂志想做的事情。重现唐朝时的繁荣是不可能了，现在需要的是让人们理解：怎样在现代世界、日常生活里实践禅的思想。这是禅的根本，任何时间、任何地方都可以修行。禅关心的是我们当下的生命状态，而不是那些形式上的东西。”

尽管对禅感兴趣的人越来越多，但明尧认为，缺少合格的导师是个很大的问题。人们不知道从哪儿开始，怎么开始。而《禅》可以在这一点上提供帮助。它提供相关的知识和必要的鼓励，但它不能代替导师的作用。明尧承认，真正有资格教授禅的人实在太少了。许多自称能教人学禅的人其实不能，他们只是在空谈。

我终于等到了真正想问的问题：如何解决语言的问题？禅宗大师们的确一贯看不起语言。他回答我：“不用语言是不可能的。我们的杂志会尽量用普通读者能看懂的语言。语言是为了区别事物才产生的，但真正的道超越了语言上的区别。从这一点看，语言是需要跨越的障碍，但是在我们意识到这一点之前，需要有人用语言来告诉我们怎样才能意识到这一点。自己悟道和教人学道都离不开语言。当禅宗大师们直指人心，告诉弟子不要受制于语言的时候，他们的意思是：道并不在语言之中。他们并不是要我们不看书，不读经。以文字见道，就如以手指月。语言的作用如此，我们的杂志作用也如此。它为人指示正道。如果人们想知道月亮的样子，他们还是要用自己的眼睛去看。”

这顿饭吃了很长时间。明尧还谈到别的事情。饭后，他带我去见了一群比丘尼，有十几人。这些比丘尼也是净慧的弟子。我和净慧相识于1989年，如果不是他为我指点中国隐士的踪迹，我不可能写出《空谷幽兰》。所以，某种程度上，我也接受过净慧“传法”，也可以算是他的弟子。

比丘尼们暂时借住在北京的一处公寓楼里。她们的道场眼下正在南方一千公里外的湖北黄梅兴建，那里离禅宗的四祖寺很近。在公寓门口，我们换上拖鞋，跟着比丘尼宏用进了前厅。几位比丘尼在给我们沏茶，是那种放了龙眼和红枣的清真茶。宏用告诉我，她们正在准备参加念诵《大般若经》的法会。长达六百卷的《大般若经》在7世纪中叶由玄奘（602－664）从印度带回并译成中文，它是大藏经中篇幅最长的佛经，是所有讲授般若的经典的老祖宗。念诵法会是净慧组织的，将在两天以后举行。地点是赵州柏林寺。

宏用对我说，她希望我能给比丘尼们讲讲般若。我一时无语。出家人请在家居士开示，这是非常罕见的事。有些寺院甚至明确禁止居士开示。我想她大概是出于对远来客人的礼貌，让我简单说几句，于是答应了。宏用站起身，带我们走进客厅，这里已经被改造成一间禅堂。比丘尼们跟着进来，各自在蒲团上坐下。宏用重复了她的请求，我只好就《心经》发表了些看法。《心经》是所有关于般若波罗蜜多的经典中篇幅最短的。我实在讲不出太多，而比丘尼们也慈悲为怀，没有继续为难我。

基督教时代开启之前，大乘佛教已在贵霜帝国（范围大致覆盖了今天的北印度、巴基斯坦和阿富汗）形成，般若是它的核心概念。般若，指的是“超越知识的”，没有被知识或者分别心所污染的本心——相当于吃下善恶果之前的亚当、夏娃。简单地说，般若的意思是“智慧”。再加上“波罗蜜多”，意思就变成“无上的智慧”或者“完美的智慧”。获得这种智慧能令人看见事物的本来面目，看见自我的存在原是空，是心中生起的幻境。

般若波罗蜜多一系的佛经在公元2世纪到3世纪传入中国，为其后禅宗的形成奠立了哲学基础。随着这些强调智慧的经典一同传来的，还有教授禅那的经卷。“禅那”，是梵语 *dhyana* 的音译，它指的是进入禅定的修行。禅那随后就被简称为禅。但我们今天所了解的禅，则是般若与禅那相结合所产生的体系。这一切并没有随着般若和禅那传入立刻发生，而是一直等到几百年后的5世纪末，禅宗初祖菩提达摩来到中国之时。在这之前，禅那和般若还是两码事，有人打坐入定，也有人追求般若智慧，但没有人修禅。禅修意味着将两者合二为一，行住坐卧，了无分别。没有禅那的般若是口头禅画饼充饥，而没有般若的禅那则是无本之木。修禅意味着取消般若与禅那之间、智慧与静虑之间的分别，同时它又必须以二者为基础。

我如此简略地解释了般若之后，又把《心经》逐句解说一番。宏用和众比丘尼向我躬身致谢。正要离开的时候，宏用告诉我，净慧托她带话，邀请我参加念诵《大般若经》的法会。我本来另有打算，但这样的邀请是无法拒绝的。于是约好，第二天下午我们一起去柏林寺。

我回到泰德的公寓，等我的朋友莫德伟下班后来接我。莫德伟是美国驻华使馆的一等秘书，曾经和我一起在台湾待过。他接上我，开车出城，向机场方向驶去。德伟的儿子在北京顺义国际学校读书，今晚他要参加一场学校举办的音乐会。一百多个孩子演奏着各种西方管弦乐器，虽说这是在中国，可是根本看不见古筝、琵琶和二胡之类的乐器。德伟的儿子演奏的是鼓。他们的水平都不赖。五年级的时候我也学过小提琴，不过我真正的爱好是玩弹球——尘土飞扬的户外，铺着地毯的客厅，都是我战斗过的地方。我不禁回想起心爱的玛瑙石弹球，想起当年令人难忘的告别赛。它们曾经带给我太多快乐。我把它们都扔哪儿去了？我不禁出神痴想，自己当年是因为什么抛弃了它们。大概是电视罢。不太可能是小提琴。

从音乐会离场的时候，我见到了德伟的妻子懋华。她坐在音乐厅的后排，一开始没看到我们。我们都有点饿，没有坚持到音乐会结束便中途离场，去了附近的一家马来西亚餐厅。懋华在惠普公司上班，我们刚认识的时候她就在那儿，现在已经做到了中国区市场部经理的位置。她总是能同时做两件事——我指的当然不是一边走路一边嚼口香糖，而是同时跟两个人对话。这会儿她正同时跟三个人对话：她老公、儿子，还有我，而且三场对话之间毫不相干。如果我试着这么做，就会觉得自己的魂丢了一半。我一直没能学会那种轮流把三四个球抛向空中的杂技。我已经完全不记得那天晚上我们说了什么，吃了什么。当然，除了美味的沙嗲。对了，还有椰子布丁。

吃完饭已经很晚，赶回泰德那间热得要命的公寓不太现实，于是德伟夫妇留我过夜。他们就住在附近的一处别墅小区里，这个由一百多幢带花园的独立住宅组成的居住区有个英文名字，意思是“河畔的花园”。开发商是个台湾女人，她自己也住在小区里，她的房子占了整整一个街区。我们开车经过她门前，看到卧室还亮着灯。懋华低声告诉我：那女人离过婚，而且还很漂亮。我不知道她为什么要跟我说这些，而且还要压低声音。不过他们没让我就地下车——我只能按着他们的提示往下想，想象自己敲开房门，跟女主人搭讪说，能跟你喝杯酒么？

第二天一早，我在德伟家的客房里醒来，跟他一起回到城里。下雪了，北京城一时之间安静了许多。在泰德的公寓门口，德伟把我放下，我上楼待了几个小时，然后出门打车去找明尧、明洁和比丘尼们。我们乘着由三辆黑色奥迪组成的车队离开了北京。司机们在高速路上的车流里以一百二十公里的时速呼啸穿梭。三小时之后，我们到达了位于赵县的柏林寺。

公元 858 年，从谂和尚结束了他二十多年的云游生涯，驻锡赵州城弘法，成为禅门一代宗师，世称赵州禅师。赵州就是今天的赵县。从高速公路上下来，我们得知通向柏林寺的大路因为修下水管道而封路了，只好迂回至县城南面，恰好路过赵州桥——这是世上现存最古老的石拱桥，建于公元 600 年。关于赵州禅师的公案里曾提到过此桥，有人问赵州："如何是石桥？"师曰："度驴度马。"——这就是我所说的禅宗对待语言的态度。语言在此几乎没有任何意义。可是仍有成千上万的禅门弟子坐在蒲团上冥思苦想，试图领会禅师给出的答案之中的微言大义。或者再举一个著名的例子，有人问："狗子还有佛性也无？"赵州回答说："无。"在另一个场合，有人问了同一个问题，他的回答却是："有。"过了赵州桥，我们开上了一条土路，钻进县城里的一片旧城区，七拐八拐之后，终于到了柏林寺。

下了车，就有一名僧人引着我们走过错综复杂的长廊，来到寺院最里面方丈居住的院子。柏林寺的方丈明海 1991 年毕业于北京大学哲学系。毕业不久，他就出家做了和尚。他的才华很快得到净慧的赏识，2003 年，净慧把方丈之位传给了当时年仅三十五岁的明海。此刻，他站在门口欢迎我们，把我们带进客堂。

净慧正在房间的最里面和几个富有的施主交谈。他一看见我，就站起身冲了过来，拉着我在他身边坐下。净慧总是抓着我的胳膊，带着我到处走，就像我奶奶。

净慧问我最近在干吗，我告诉他自己刚刚翻译完《六祖坛经》。我还主动提到，译稿参照了新出的杨曾文编《敦煌新本六祖坛经》。净慧闻言皱起了眉，并且大摇其头。于是，突然之间，我想起他曾经写过一本关于《坛经》的书，去年还送了我一册。

《坛经》的关键在于一则偈子。禅宗五祖弘忍大师有一天交代弟子：谁能作出体悟佛性的偈颂，就把禅宗的衣钵传给他。弘忍的大弟子作了一首：

身是菩提树，
心如明镜台。
时时勤拂拭，
勿使惹尘埃。

另一名负责舂米的初学弟子看见这首偈子，也回了一首。这名目不识丁的弟子名叫惠能，他的偈子是这样的：

菩提本无树，
明镜亦非台。
佛性常清净，
何处惹尘埃。

弘忍从惠能的偈子里看到了真佛性，于是惠能成了禅宗历史上最著名的第六位祖师。他的道场将是我此次朝圣之旅的倒数第二站。突然之间，在我满是尘埃的心中分明看到，朝圣之旅上尘土飞扬。

净慧打断了我的走神。他告诉我，敦煌发现的《坛经》所录惠能诗第三句是错的，正确的版本应该是“本来无一物”（晚出的版本都写作此）。这一句是禅宗的根本。但是，让净慧烦恼的是，敦煌发现的两个《坛经》手抄卷子比后世通行的版本更古，都写于惠能圆寂后一百年之内。这里出现的分歧基本上就是大乘佛教中观派与唯识宗之间争论的关键所在，可现在净慧批评我翻译了“错误”的版本。我一时无语。他却突然再次抓住了我的胳膊，大笑起来，仿佛是在说：“跟你开玩笑呢。上当了吧！”

幸运的是，寺院里宣布开饭的斋板突然响了起来。我们全都站起身，向专供方丈的客人使用的斋堂走去。自助式的午餐十分美味，我吃完一轮又去盛第二轮。以前来中国旅行总能让我减肥，现在不会了。饭后，一名僧人领着明尧和我，还有另外两名居士到房间休息。这几个房间通常是给挂单的僧人准备的。时间还早，但是因为房间里太冷，所有人都上了床。我把身体紧紧蜷缩在一床十斤重的厚棉被下面。窗外，有人在燃放鞭炮庆祝即将来临的般若法会，但我还是很快就睡着了。明天将会忙个不亦乐乎，早课凌晨3点开始，预计会有数千人参加。我决定行使自己作为客人的权力，睡个懒觉，等到太阳出来，外面暖和了之后，再去参加《大般若经》的集体念诵不迟。

我的如意算盘落空了。2点45分，明尧把我叫醒。到时间了，他说，法会开幕的仪式就要开始。我不想动，但是作为一名客人，是不可以说“不”的。看见我还在磨蹭，明尧又说，“老和尚”，也就是净慧，特别说明希望我能参加。我赶忙钻出热被窝下了床。我是穿着袜子睡的，所以只要套上裤子和鞋，就可以抓起衬衣和大衣一边穿一边半梦游地向外走。不过刚走到室外，我立刻醒了。空气冷得彻骨，漫天繁星都仿佛被冻得直哆嗦。

我扣上衬衫的纽扣，拉上大衣的拉链，跟着明尧穿过一个足球场般大的院子，来到一座巨大而冰冷的佛堂。里面已经来了上千人，还有更多人在我们身后陆续赶来。大殿的一端靠墙立着五座巨大的鎏金佛像，另有一万尊一尺高的佛像布满了所有墙面。这是我见过的最大佛殿，建造它据说花费了三千多万人民币。

我很快发现，净慧确实是希望我来参加。佛堂中间放了一百零八张小桌子，每张桌子都铺了黄色的锦缎，上面放着一套三只细致的瓷钵：中间那只用来烧香，左边那只放着檀香粉末，右边那只装着整支的檀香。瓷钵后面是一只木制的读经架。除此之外，每张桌上还放了一张卡片，上面用汉字写着人名。我被人领着来到一张桌子前面，看见卡片上写着："比尔"。这下逃不掉了。

我痛恨仪式。小时候，我痛恨教堂；后来，我痛恨军校；再后来，我痛恨军队。1967 年 3 月，在退伍复员前的最后一天，军士长把我叫进他的办公室，对我说，我是他见过的最差劲的士兵。这一点儿也不奇怪。我不喜欢仪式。在我看来，所有的仪式都跟巫术差不了多少，虽然也许并不都是又唱又跳。而现在，我坐在一万尊佛和数千名也许即将成佛的人中间，向十方神灵祷告，乞求法会得到佑护。我后来听说，佛堂里挤进了三千人，门外还站了一千多。我猜想所有的仪式目的都在于此：聚集更多的参与者，让众人形成一种集体归属感。而我一旦意识到自己成了集体的一部分，就立刻生起夺路而逃的念头——这一定是我前世的业障。

一开始还不算太糟糕。所有人都还在从睡意中醒来。我忙着点燃檀香，把它们插进香炉，然后在上面铺撒檀香末，时不时还要停下手里的忙活，跟着大家一起诵经和顶礼。过了一会儿，我决定把檀香像点篝火那样层层叠叠地架起来，好让它烧得更旺些。一名和尚发现了我的小动作，走过来把"篝火"扑灭了。仪式期间不准贪玩。

一百零八只香炉里升起的檀香烟雾和几千人呼出的水汽充满了黑洞洞的佛堂。按理说，这么多人的身体应该能让佛堂里渐渐暖和起来，但我的手脚在第二个钟头完全失去了知觉。唯一让人感觉到些许放松的是顶礼的过程。伏下身，让前额贴住蒲团，眼睛盯着蒲团上刺绣的荷花，我的意识仿佛也因此出淤泥而不染，带着荷花的香气慢慢升起，消失在烟雾缭绕的空中。偶尔，我能跟上众人的节奏，念一段经文，但大多数时候我只是摇摇欲坠地干坐着，等着仪式结束，仿佛一朵夏日将尽时的

2006年3月1日，赵州柏林寺，般若法会

残荷。经过漫长的三小时，仪式终于告一段落——但只不过是中场休息。接下来是一小时的早饭时间。

早饭吃完，所有人重新回到佛堂，开始念诵六百卷的《大般若经》。我匆匆跑去卧室，穿上我的秋裤，又匆匆跑回，刚好赶上钟板敲响，法会正式开始。至少这回不会被冻僵了。

放在我面前读经架上的《大般若经》是第五百一十至五百一十三卷，旁边几张桌上放着跟我同样的经文。这样做是为了保证如果有人走神，诵经不至于中断。我开了一会儿小差，读了第五百一十卷中的几段，它们在标准版《大藏经》里位于第六百零四页的最下方：

> 尔时，三千大千世界所有欲界、色界天子，各以种种天妙花香，遥散世尊，而为供养。来诣佛所，顶礼佛足，却住一面，俱白佛言：如来所说甚深般若波罗蜜多，以何为相？
>
> 尔时，佛告诸天子言：天子当知，甚深般若波罗蜜多，以空、无相、无愿为相。甚深般若波罗蜜多，以无造作，无生无灭，无染无净，无性无相。非断非常，非一非异，无来无去，虚空为相。甚深般若波罗蜜多，有如是等无量诸相。天子当知，如是诸相，一切如来，应正等觉，依世俗说，不依胜义。

我反复读了几遍，特别是最后一行："天子当知，如是诸相（也就是前文所说的那些不是这个也不是那个的无相的相），一切如来，应正等觉，依世俗说，不依胜义。"佛祖使用语言的目的，是为了让我们放弃语言。如果佛祖根据般若波罗蜜多的"胜义"来教导我们的话，他必定不会使用语言，那样的话，眼睛、耳朵、鼻子、舌头将一无用处，佛堂里也就不会有数千名想要成佛的听众。这一切不过是某人茶杯里的幻影。很可能是赵州禅师的茶杯——赵州禅师不仅修建了柏林寺，还把茶引入了禅。

就这样，在我们用世俗语言表达胜义的集体诵经声中，世俗与神圣融为了一体。接下来的一段按规定是众人在心中默念，可以站着也可以以跪拜的姿势，快慢任意，只要自己觉得舒服就好。没过多久，默念变成了喃喃自语，然后喃喃自语声越来越大，很快，佛堂里喧闹起来，仿佛成了宠物店。念诵《大般若经》的进度比我想象中快得多，不到两小时便已结束。不过接下来又念了一小时，念的是为法会捐钱捐物者的名字："无量功德保佑某某某。"然后是三鞠躬。数百名供养人的慷慨由此得到了回报。

终于结束了。僧人们鱼贯而出，我紧跟在他们后面，搭车回了北京。

泰德从美国回来了。他告诉我，有很多人对他的隐士纪录片感兴趣，但没有人愿意给钱。他的美国室友做了顿家宴：意大利面配红酒。中国现在已经能买到一些可以入口的本地红酒了，特别是解百纳类的。但我感到有些疲倦，失去了喝酒和聊天的心情。我预感到一场感冒正在袭来，赶紧上了床。一定是那六小时天寒地冻的法会闹的。

次日，虽然没有凌晨的早课，我却再一次早早醒来。是时差在起作用，但我并不寂寞，楼下的院子里已经有人在晨练了。他们聊天的声音飘进了六楼的窗户，我侧耳细听了一阵，听到不想再听，便起床去厨房里煮咖啡。我找到了咖啡粉、滤网、滤网架和咖啡杯。通常，在中国各地旅行时你只能喝到速溶咖啡，现在用滤网制作手冲咖啡反倒觉得有点怪。喝过咖啡，我在客厅的沙发上躺下，翻着一本介绍外国人在北京如何生活的英文杂志，等泰德起床。

外国人在北京结婚生子，到处旅行，开告别party。人们到哪儿都喜欢混圈子。人离开家乡到了外国，更需要和同胞混在一起。在亚洲，这尤其重要，因为在这里人际关系重于一切。

大约看到英语家教和按摩女郎的分类广告时（我特别注意了一下家教能挣多少，以及找按摩女郎要花多少），泰德从他阁楼上的卧室里下来了。我告诉他，今天有重要安排：我打算去探索几个地方，去发现语言的本质。我邀他同去，泰德兴致很高。一杯咖啡之后，我们上路了。

我决定从北京西北部的古钟博物馆开始。从泰德的公寓去那儿需要横跨大半个北京城。要是在以前，我是不会有勇气做如此大胆的尝试的，但是现在古钟博物馆附近通了地铁，而且地铁的条件相当不错。不到一小时，我们就从大钟寺站冒了出来。古钟博物馆的前身是一所佛教寺院，始建于 1733 年。建成后仅仅几个月，清朝的雍正皇帝就下令将永乐大钟移来此地。这口前朝的至尊国宝此后就一直待在这所寺院里。

关于这口大钟的故事，要追溯到明朝开国皇帝驾崩的 1398 年。这一年，朱元璋年幼的孙子被选中继承国祚。孙子登基之后，试图节制他几个叔叔的权力，朱棣是叔叔之一。朱棣认为自己才是皇权的合法继承人，于是在 1402 年把侄子赶下了台。由于朱棣做皇子时所领的封地在北京，因此他决定将都城迁来此地，并大兴土木修建了包括紫禁城、天坛和永乐大钟在内的一批重要工程。1421 年，迁都完成之际，永乐大钟第一次敲响。

中国人造钟的历史悠久，而且显然是地球上最悠久的。在黄河离开蒙古高原折而向南切过黄土高原的地方，考古学家发现了公元前 4000 年制造的钟。居住在这里的人们种植黍和粟，豢养猪和狗，建造土坯房。这已知最早的钟是用陶土制成的，钟体内悬挂着一只陶土做的小球，小球与钟体碰撞，便沙沙作响。这类陶钟在墓地中出土，因此考古学家推测，它们可能是用在驱逐凶神的巫祝仪式上的。两千年后，当冶炼技术在此出现，当地人又用青铜制造出同一类型的手钟，而且仍然把它们和故去的亲人埋在一起，供他们在死后的世界使用。随着村庄长大成集镇，集镇长大为城市，钟也越变越大。

古钟博物馆的第一间展厅里，陈列着公元前 500 年左右铸造的编钟——孔子那时还是个小伙子。它们出土于同一座古墓葬，总数大约有五十个，按大小顺序依次悬挂在木架上，仿佛正等着主人光临。最大的编钟有一米高，最小的十五厘米。每只编钟的表面都环形排列着凸起的乳钉，用于发声。如果花上十元钱，坐在展室里织毛衣的女士就会暂时停下手里的活计，抄起木头棒槌为你演奏一首古曲。编钟看起来应该是为器乐合奏设计的，但即便是简单的独奏听起来依然令人神魂颠倒。

大钟寺里游客寥寥。除了工作人员，一对年轻情侣是我们此行仅见的人类，他们大概是来这儿幽会的。我们走进大钟寺的正殿，不约而同仰起了脖子。大殿正中，过去曾是佛祖金身敷座而坐的地方，现在放着那口大钟——朱棣皇帝敕令修造的永乐大钟。工作人员介绍说，永乐钟的这种钟身比例，使得它比西方铸造的、通常高宽基本相等的钟发声更为深沉悠扬。然而，音色或体型上的特点并不是我来拜访这口大钟的原因。我为语言而来。中国人铸钟时总会在钟身上镌刻文字：造钟工匠的姓名，出资人的姓名，拥有者的姓名，或者所在之处的地名，甚至可能是一幅纪念性的对联。但永乐大钟上没有这些，它的表面刻满了当时几乎所有重要佛经的经文。

永乐大钟的铸造，本身就是一个奇迹。它在中国乃至全世界都是独一无二的。钟身刻满的一百零八种佛经经文，包含了超过二十三万个汉字，每个字大约有三厘米高。首先，这些佛经要被抄写在宣纸上，然后再将宣纸贴在陶范上，接下来，工匠们描摹着宣纸上的字迹把这二十三万个汉字刻成陶范上凹陷的阴文。刻好字之后，一块块陶范被拼成钟模，在钟肩附近留出四个浇铸口，灌入由铜、锡、铅、锌、铝、铁、镁和金银组成的青铜熔液。铸好的钟身接下来又和一个巨大的钟钮焊接在一起。一根钢梁从钟钮中间穿过，钢梁放置在一系列木质梁上，这些层叠的木梁最终由八根巨大的木柱承托。最终的成品重四十六吨，整个钟体浑然无缝。即使按今天的技术水准评价，体积如此庞大而又天衣无缝的铸造物都是极为罕见的成就。

和大多数中国钟一样，永乐大钟没有钟舌。它依靠一根水平悬挂的木头从外部撞击发声。博物馆的工作人员说，如果再花上一百元人民币，你就有机会拉动那根木头，敲响永乐大钟。她还说，过去大钟敲响的时候，百里之外的人都能听到，而那些花了一百块的人，很少能做到这一点。在过去，大钟每天晚上都要敲响，每个北京人都是听着它的声音入睡的。遇到旱灾，皇帝就会带领整个宫廷的人来敲钟，同时焚香求雨，钟声终日响彻全城。

从诞生之初，钟就被人们用作沟通神灵的工具，不管这些神灵和他们的居所在不同的文化里被怎样不同地描绘。只是到后来，它才被用作乐器。在现代以前，人们借钟声抵达那些杳不可见、只能以声音沟通的世界，因为钟声远比人类的任何语言更为纯净、悠扬。

中国的佛教徒开始对钟感兴趣的时间比巫师和皇帝们要晚得多，或许他们正是受了后者的影响。专门为佛教寺院铸造的钟晚至公元 575 年才第一次出现，比西方的基督教会晚了一个多世纪。然而佛教徒一旦开始敲钟就再也没停下来过，唐朝以后的每一座中国佛教寺院都挂着一口钟。我还记得在台湾的时候，每天在钟声里醒来，又伴着钟声入睡，是我最快乐的时光。

佛家敲钟，每次一百零八下。通常的次序，先是快七慢八，然后轻敲二十下，如是者重复三遍，最后以三下重击作为结束。一百零八之数一般被解释为人生所受的一百零八种苦：每一响钟声代表了四方（东、南、西、北）三界（欲界、色界和无色界）之中分别在过去、现在和未来所受的三毒（贪、嗔、痴）之苦——四乘以三乘以三乘以三，得一百零八。它们是众生沉迷的苦海之中敲响的解脱之音，是每天早晚各一次的一百零八声提醒。永乐大钟上刻着的一百零八种佛经，和柏林寺佛堂里的一百零八张桌子，也暗含着同样的寓意。

大钟周围有护栏挡着无法靠近，但仍可依稀辨出钟身上刻着的经文。我认出了《法华经》，还有一种般若部经典，但我分不出是哪一种。佛经里一讲到空，听起来都差不多。不过，永乐大钟展示了一种极为独特的传播和理解语言的方式——通过振动。我不禁想到，这可以算是一种原始的“电台”。钟声敲响之时，满覆于大钟表面的佛经便经由振动引起的共鸣，将佛法播撒到方圆百里之内的每一个人心中，甚至更远。

这种共鸣，当是最纯洁的语言形式。净土宗的佛教徒认为，阿弥陀佛驻世讲法之世，世间万物，日月星辰，山川草木，走兽飞禽，一切皆与佛法产生共鸣，皆能照见世间苦、空、无常、无我的本质。今天的人们则因为语言而产生分别心，似乎已经忘记了自己是世间万物的一部分。

分别心令我们变得如此贫乏。

大钟寺里展出的古钟还有很多，但该看的已经看过。接近中午时分，我们走出古钟博物馆，黑色奥迪已经在门口等着了。下一个目的地在地铁所及的范围之外，因此，与我合作过、身为出版商的朋友慷慨地派来了车和司机。

大钟寺就在三环路边，我们进了主路，迅速离开城区。半个多小时之后，奥迪拐上 107 国道，往西南方向又开了一阵，我们就看到了周口店镇的路标。1929 年，北京猿人就是在离这里不远的山中被发现的。这地方离市中心大约四十公里，我猜想，遇到无风无雨的好天气，过去住在这里的人们也许能听见永乐大钟早晚一次的佛法广播吧。

我们在镇上能看见的唯一一家餐馆里吃了碗面条，然后开车上山，来到北京人遗址博物馆的大门口。一名年轻姑娘从售票处走出来，自我介绍说，她叫安妮塔。门票每人三十元，她的讲解服务则是免费提供的，联合国教科文组织资助了这项服务。安妮塔带着我们继续上山，来到博物馆的主体建筑。我曾看到过一则报道，说北京人遗址博物馆年久失修，状况堪忧，但眼见为实，那则报道要么已经过时，要么根本是假新闻。

博物馆里的展品布置得相当不错。首先就是令周口店闻名天下的头盖骨和牙齿化石。1899 年，德国医生哈贝尔从中国带回一箱在北京各处药店搜集的化石，交给了慕尼黑的古生物学家施洛塞尔。施洛塞尔教授在这批九十多种哺乳类动物的化石中，居然发现一枚远古灵长类动物的牙齿。在他随后发表的相关文章里，施洛塞尔估计这枚牙齿可能有两百万年的历史。他的发现引起了一名正在中国工作的瑞典地质学家安特生的注意。安特生也开始在药店里到处寻找类似的化石，他还写信给相识的在华外国人求助，希望他们能帮他留意寻找中国人所说的“龙骨”。几经周折，他找到了这些骨头的出处，然后招募了一名奥地利古生物学家史丹斯基，协助他在几处可疑地点进行发掘。

1921 年，两人先在周口店火车站西南方向不远的鸡骨山做了一次短期发掘。两年之后，他们又根据当地人提供的线索，把发掘地点转向火车站西面的龙骨山。龙骨山出土的数百件化石被安特生送回瑞典，交给另一名古生物学家维曼做进一步的分析。维曼用数年时间分析了所有化石，并在 1926 年宣布，其中的两枚牙齿与施洛塞尔发现的那枚类似。维曼把牙齿寄还给安特生，安特生又把它们交给北京协和医院的加拿大人类学家步达生求证。步达生不仅确认了维曼的结论，还加入了此后的发掘。

在此之前的 1891 年，尤金·杜布瓦在印度尼西亚发现的“爪哇人”头盖骨曾震惊世界。爪哇人能否被视为现代人最早的祖先，在当时争议极大，而周口店的发现与其类似，并伴有更多人类活动遗迹，因此有助于证明爪哇人的重要性。步达生据此说服了洛克菲勒基金会，由其赞助周口店的继续发掘。更多学者加入了发掘，包括裴文中、杨钟健和贾兰坡。他们发现了更多牙齿。1929 年 12 月，裴文中发现了一个头盖骨，贾兰坡则于 1935 年和 1936 年在另一个山洞里发现了三个头盖骨。七十年后，这些发现排成一列，静静地躺在我的眼前。准确地说，是它们的复制品躺在我眼前。

玻璃展柜上的标签没有写明复制品的制作年代，不过估计是在 1937 年日本人入侵并占领北京的时候。那时周口店的发掘也因此停了下来。起先，北京人头盖骨被保存在北京协和医院新生代研究室的保险箱中，然而随着战局的恶化，当局不得不决定将其运往美国保存，直到战争结束。1941 年 11 月中旬，化石被分装进两个箱子，送到美国驻华使馆。12 月 5 日，美国海军陆战队的一支小分队把它们带到了秦皇岛港，准备搭乘“哈里森总统”号航母前往美国。“哈里森”号航母本应于 12 月 8 日，也就是佛祖成道日这天，从上海赶来秦皇岛，但不幸的是，1941 年的这一天也是日本人空袭珍珠港的日子。“哈里森”号被炸沉，日本人抓捕了秦皇岛的美国海军陆战队员，装着北京人化石的两只箱子也就此落入日军之手——实际上，这只是人们事后根据外部线索推演的版本，而北京人头盖骨的真正下落，已经没人知道。

民间广泛流传着一个说法：北京人化石消失之后，日军当局花了很大力气去寻找它们。裕仁天皇甚至在1942年发布了一道命令，要求必须找到北京人头盖骨。同年夏天，有人说化石已经在天津找到。一名曾在协和医院新生代研究室做过秘书的德国女士被派往天津核实消息，她回来时说，在天津找到的东西与北京人毫无关系。日本人对化石的搜寻到此告一段落。

从既有线索显然不难得出这样的结论：日本人找到了化石，并把它们带回了日本，并且至今仍然秘藏在日本皇家或者某个私人收藏家手中。毕竟天皇非常积极地寻找过头盖骨的下落，而那也是他自己的祖先。事实上，二战结束之际，交战国之间曾签署过一系列扑朔迷离的备忘录，显示化石曾经出现在东京帝国大学，随后被移交给盟军，接着就踏上了返回中国的旅程。但它们从未抵达中国。相关的报告到了这里就再无下文。

幸运的是，所有重要的化石，包括北京人头盖骨，都被细致地翻模复制过，复制品如今全都在北京人遗址博物馆展出。这批头盖骨的年代被测定为距今五十万至二十万年前，可以看出，北京人的前脑容量比古猿有显著增加，而人类的语言功能就在大脑的这一部分之中诞生。现代人的平均脑容量在一千四百毫升左右，最大的猿类只有六百毫升。北京人的平均脑容量则在一千一百毫升上下。几十万年前，这些头盖骨里也许已经回荡着语言了。

从展厅里出来，安妮塔领我们去看当年的发掘现场。发现第一块头盖骨的洞穴开口很窄，内部空间向下方延伸，变得越来越宽敞。发掘结束之后，洞顶发生了坍塌，因而现在看起来就像一段小小的箱型峡谷。这里一定曾经是个躲避风雨、享受猎物的好地方。被发掘之前，人类遗迹在此已经断断续续地堆积了五十万年。从出土资料来看，洞穴主人的食谱中肉类品种惊人的丰富，其中包括了一些凶猛的大型兽类如披毛犀、古菱齿象和剑齿虎，要想捕猎它们之中的任何一种，都需要高度的协同工作。除此之外，洞穴里还发现了大量石制工具，以及五十万年前的用火痕迹。

这一切都很有趣，但我还没看到我想看的东西。来之前，我想象自己站在龙骨山上，便能听到人类远祖曾经发出的声音。人类学家已经从解剖学层面极其清楚地分析过，最初的人类如何因为行走姿势和进食方式的改变而使开口说话成为可能。但是有一个问题似乎被忽略了：那就是我们为什么要说话。

迄今为止最合理的解释，仍然是1871年这个问题刚被人提出时，查尔斯·达尔文给出的："我们人的祖先辈，无论男女，在取得具有音节的语言来表达相互的爱慕的能力之前，看来大概也曾试图用音调和节奏的发声来彼此互相诱引。"[①]我们现在说起语言，想到的总是它所传达的信息。然而，语言诞生伊始，人们嘴里冒出的那些咿咿呀呀的声音传递的情感一点不比信息少。

时至今日，我们通常将传递情感和信息的任务分别指派给音乐和语言。音乐和语言，任何一个人类社会中，这二者都不可或缺，不过，在北京人的时代，音乐和语言也许尚未分化成两个相互区别的领域。居住在周口店的早期人类当然开口说话，他们也会唱歌，创造音乐，但却没有想过要将二者区分开来。早期的人类身处声音之海，很久很久以后，才有语言和音乐将我们带离那片海洋，在那之后，我们就只有借助宗教才能重新回到它的岸边。我喜欢老子的说法："大道废，有仁义。"（《道德经·第十八章》）我还想在后面补充两句：绝地天通，乃有书、乐。

我们谢过安妮塔的热情服务，便离开了。出了博物馆，黑色奥迪向石楼镇方向开去，那附近曾经住着一个对语言文字极度关心的人。车过二站村，接着经过了一个铁路道口，我们来到一组围墙环绕的新建筑前，大门上挂着牌子：贾公祠。这就是我要找的地方。这里从前的主人贾岛，是中国诗歌黄金年代的一位著名诗人。2005年，附近的一座工厂出资重修了贾公祠，但显然它的名气还没有传扬出去，我们是当天仅有的访客。

---

① 《人类的由来》，译文引自商务印书馆1997年版第866页。——译者注

工作人员除了看大门的，还有一位导游张女士。她一边陪着我们参观，一边概括了贾岛的生平，并吟诵了他的作品。

贾岛（779 – 843）生于斯长于斯，然而有关其早年事迹，我们所知甚少：他年幼家贫，少年时曾出家为僧。贾岛出家的寺院至今犹存，就在北京人遗址西面的山中。僧侣生活至少可以糊口，除此之外，少年贾岛也因此有机会接触文字的读写训练。他从此爱上了文字。在汉语中，“诗”的本义是发自内心的语言，所谓“诗言志”，“在心为志，发言为诗”。而这正是贾岛所擅长的。张女士背诵的贾岛诗中，有一首《三月晦日送春》是我的至爱：

三月正当三十日，
风光别我苦吟身。
共君今夜不须睡，
未到晓钟犹是春。

三十二岁上，贾岛陪着师父一起去了大唐的都城长安和洛阳，见到了当时中国最著名的诗人们：张籍、孟郊和韩愈。这次经历对于贾岛简直如同进入天堂一般，巨大的惊喜淹没了他。不久之后，他开始感到僧侣生活对自己的才能已经造成束缚，便决定还俗回家，将余生完全奉献给诗歌——那才是他真正的天职。

然而诗歌几乎无法养家糊口，贾岛的余生都在贫困中度过。五十多岁时，他生平第一次获得朝廷任命，做了一个小官。但是，像其他几乎所有中国诗人一样，贾岛无法做到心口不一。他在错误的时间说了错误的话，或者写下了错误的文字，得罪了不该得罪的人，于是遭到贬谪：先是被派往长江中游某地，接着又被调往长江上游某个支流附近。843年，他死在普州（今属四川）任上，并葬在当地。贾岛选择的生活既不能给他带来财富，也不能带来权势，但是的确给他带来了众多的仰慕者。贾岛死后，人们在他的故乡为其修建了祠堂。尽管遗体一直留在四川，他的衣冠和生前所用之物都被送回了老家，如今埋葬在我们眼前的贾岛衣冠冢内。向衣冠冢致敬之后，我和泰德向出口走去。导游背诵了最后一首诗《夜期啸客吕逸人不至》：

逸人期宿石床中，
遣我开扉对晚空。
不知何处啸秋月，
闲著松门一夜风。

在关于贾岛的所有故事里，有一个是尽人皆知的。如果你只知道关于贾岛的一件事，那一定就是这个故事：贾岛在长安城中过市，边行边吟，得诗两句，正对其中一字犹豫不决，出神冥想之时，不意冲撞了当时名气最盛的大文豪韩愈。贾岛向韩愈说明原委后，韩愈不仅没有怪他，还帮着出主意，于是两人成为好友。从那以后，贾岛就成了文字爱好者们的英雄。

我们向张女士道别，然后乘车回到107国道上，继续向南奔驰了二十公里。向西的一条岔路边，路牌上醒目地写着“云居寺”。以前来中国旅行，沿途不断停车、四处向人打听是不可避免的功课，而现在，中国政府终于意识到了历史也是潜在的旅游资源。人们有了钱和假期，总想出门找个地方看点什么。长城和故宫已经不够用了。

十分钟后，就在云居寺的山门前，我们拐上了一条往北去的小路。这条路刚铺了沥青，一队士兵站在路中间挡住了我们的去路。更多的军人陆续从山上下来加入队列，终于，军人们整好队伍回营，我们才得以继续向山上开去。军营就在云居寺隔壁，而他们从山上下来的地方，正是我们要去的雷音洞方向。一座房子在路的尽头把守着继续上山的石阶。

尽管在国道上树起了路标，工作日期间来探访云居寺的游客依然稀少，爬上这道石阶去雷音洞的人就更少了。我们不得不叫醒在房子里打盹儿的看门人，他收了我们每个人二十五元门票钱，放我们上山而去。

石阶路向上延伸，横跨过铁路线之后变成了土路。正往上爬着，一列去太原的火车从身后隆隆驶过。

云居寺和军营共同守卫着一条穿越太行山的古道，不过，如今这条路上只有火车还在通行了。火车在前往太原的途中将会经过五台山，那里是文殊菩萨的道场。在所有菩萨中，文殊菩萨的智慧和辩论才能居首，因此又被称为“大智文殊菩萨”。无论过去还是现在，五台山都是华北地区最重要的朝圣中心。一千四百年前，如果你想找个地方修建一所寺庙，这条穿越太行山的朝圣古道的入口处，大概会是个理想选择。

最早在此修庙的，是公元605年时一个叫静琬（？－639）的和尚。根据其弟子的记述，静琬的师父是天台宗的祖师之一南岳慧思（515－577）。慧思曾经教导自己的弟子们说，他们正生活在“末法时代”。这种说法来自佛经。佛陀曾说，正法不灭，但人类领悟正法的能力却会随着时间的推移而衰退。佛祖据此列举了三个不同的时代：正法时代、像法时代和末法时代。而慧思认为，末法时代已经开始，他要求弟子们在弘法时能够顺应时代，也就是强调虔诚修行，不提倡空谈顿悟；换句话说：多磕头，少喝茶。

慧思的末法思想可能与北周时期的灭佛运动有关。当时，佛教僧侣日益增长的影响力让皇家深感不安，与此同时，因为大量土地被寺院占有，朝廷的税收也急剧流失。终于，在574年，周武帝下令所有佛道僧徒全部还俗，财产统统充公或被摧毁。这道敕令直接导致大量僧尼逃向南方，禅宗的二祖慧可也在其中；它还间接导致了北周的灭亡：以隋代周的杨坚曾是北周武帝手下大将，他从小被一名尼姑养大。

581年，杨坚杀掉了最后一名北周皇室成员，自立为帝，正式建立隋朝。历经三百年割据战乱，中国终于又一次恢复了统一。随着灭佛运动结束，躲在家中的佛教徒重新回到寺院，逃往南方的僧侣也大批返回。但是仍有许多人担心，安全只是暂时的——因为武帝灭佛之前的446年也曾发生过另一次灭佛运动——佛教徒们于是纷纷大量印制佛经，以免可能再次出现的宗教迫害让佛法彻底消亡。静琬大概也是这么想的，而且他看中了太行山的石头，把佛经刻在这种极为耐久的材料上简直是个完美的主意。

静琬把包括《华严经》在内的当时最为流行的十四种佛经刻在石板上，又在山中开凿洞穴，将石经藏于其中。与此同时，华北各地的僧侣也在做着同样的事情。不同的是，静琬开创的工程一直持续了五百年之久。

云居寺刻经的数量之多和持续时间之长，与华严宗的四祖法藏法师有重要关系。697 年，法藏应武则天之请来到云居寺，摆下道场，以法力打击契丹人的叛乱。法事做完，契丹人旋即被击溃，皇室认为法藏法师居功至伟。712 年，法藏圆寂，朝廷为纪念大师在此立下的功勋，特别赐给云居寺一部《开元大藏经》。大藏经于 740 年正式运来，并成为云居寺刻经的底本。刻经活动一直持续到 12 世纪初洞穴被封起来的那一刻。

藏经洞被再次打开已经是 1956 年。至少对于佛教学者和翻译家来说，洞中所藏乃是无价之宝。在云居寺石经被发现之前，中文大藏经已知的最早版本是 1250 年前后在朝鲜制作的一批雕版。云居寺的石经则比它们早了五百多年。目前已经发现的刻经石板超过一万四千块，内容包括了《开元大藏经》中的一千多种佛经，它们分别藏于我们此时所在的雷音洞及其周围的八个洞穴，以及云居寺附近的一处地穴里。

俗世中人显然也意识到了石经的价值。我第一次来拜访石经山还是在两年前，从那时起沿途的山路上和洞穴周围就已经装满了动作感应器。藏经的九个洞穴在距离寺院大约两公里之遥的石经山上呈上下两层分布，静琬开凿的洞穴位于上层，被编号为第五洞，但人们都叫它雷音洞。过去封住洞口的砖头如今被一道铁门代替。我们四下寻找，发现看门人正和一群游客站在山顶附近。我们冲着山顶大喊，他终于听到了。

几分钟后，看门人从山顶下来，打开了铁门。雷音洞大约十米深，八米宽，洞壁上满布着静琬所刻石经，从右手边的《法华经》开始，结束于左手边的《维摩诘所说经》。洞穴中心立着四根石柱，用于支撑洞

北京房山云居寺，石经山藏经洞

顶的重量。石柱上刻着上千尊小佛像，每身佛像旁还刻着名号。柱子之间的须弥座上供奉着一尊弥勒佛像。1981 年，须弥座中发现了两颗红色的佛舍利，据考证，它们来自印度，当年曾被赠予隋文帝杨坚，文帝又把它们赐给了静琬。末法时代的静琬把它们藏在了刚开凿出来的雷音洞里。

雷音洞宛如一架时光机，而且是为我们这些来自未来的人所造。可是这么多佛经对世人——那些学者和翻译家自然除外——能有多大的意义？静琬可能也考虑过这个问题，所以他的藏经仅限于他自己认为最重要的十四部。而他的后继者就没有那么仔细了，也不管是否看得懂，他们刻录了大藏经中的每一部经文。显然，末法时代已经开始，顾不得那么多了。但既然如此，我们这些晚来了一千多年的众生，又怎么可能读懂呢？到了这个时候，语言，哪怕是神圣的语言，也已经变得不知所云了罢。

当菩提达摩开始在中国讲授禅法之时，他告诉弟子，只学一部《楞伽经》就已足够。很有可能，他传授的四卷本《楞伽经》里，下面这一段特别做了标记——

佛祖向大慧菩萨解释“语言”与“意义”之间的关系说：

> 大慧，彼诸痴人，作如是言：“义如言说，义说无异。所以者何？谓义无身故。言说之外，更无余义，惟止言说。”大慧，彼恶烧智，不知言说自性，不知言说生灭，义不生灭。大慧，一切言说，堕于文字。义则不堕，离性非性故，无受生，亦无身。大慧，如来不说堕文字法，文字有无不可得故，除不堕文字。
>
> 大慧，若有说言，如来说堕文字法者，此则妄说。法离文字故。是故大慧，我等诸佛及诸菩萨，不说一字，不答一字。所以者何？法离文字故，非不饶益义说。言说者，众生妄想故。大慧，若不说一切法者，教法则坏；教法坏者，则无诸佛菩萨缘觉声闻；若无者，谁说？为谁？

> 是故大慧，菩萨摩诃萨莫著言说，随宜方便，广说经法，以众生希望烦恼不一故。我及诸佛，为彼种种异解众生，而说诸法，令离心意意识故，不为得自觉圣智处。大慧，于一切法无所有，觉自心现量，离二妄想。诸菩萨摩诃萨依于义，不依文字……大慧。善男子善女人，不应摄受，随说计著。真实者，离文字故。
>
> 大慧，如为愚夫，以指指物，愚夫观指，不得实义。如是愚夫，随言说指，摄受计著，至竟不舍，终不能得离言说指第一实义。大慧，譬如婴儿应食熟食，不应食生。若食生者，则令发狂，不知次第方便熟故。大慧，如是不生不灭，不方便修，则为不善，是故应当善修方便。莫随言说，如视指端。①

然而《楞伽经》并不在静琬的最爱之列。我们走下山回到车上，沿着 107 国道驶向来时路。车窗外，石经山兀自屹立，一轮新月在山顶高悬，暮色中分外明亮，不需要任何人“以手指月”也能看见。

---

①译文引自求那跋陀罗译四卷本《楞伽阿跋多罗宝经》卷三。——译者注

第二章　不见如来

尝试过以语言体悟佛心之后，接下来该试着感受一下具体的形象了。这项任务在北京也能完成，但是我想去见识一下中国人迄今为此所做的最伟大的尝试。

佛祖曾经问他的弟子须菩提：“于意云何？可以身相见如来不？”（《金刚经》）他是在提示弟子注意观照自己的内心。但是对弟子们来说，观瞻佛祖真容远比观照内心要容易得多。面对佛像，弟子们想象着自己仿佛也拥有了种种妙相：金色的皮肤，整齐的仪容，目光清静，光照身而行——对外表的执著不仅令普通人烦恼，也同样烦恼着那些想要从欲界红尘中解脱出来的修行者。佛陀入灭后一千两百年，禅门临济宗的开山祖师临济义玄如此教导弟子：“逢佛杀佛，逢祖杀祖。”这也许是个办法。但我和佛祖没什么过节，我不介意见到他。北京以西约三百六十公里之外，长城脚下的边塞古城大同是我这次打算探访的地方。

我考虑过坐火车前往。但是在中国乘火车总是麻烦多多——并不是火车旅行本身，而是买票的过程，尤其是如果你想买到一张坐票的话。长途汽车的票价要贵一点，但是往往更快，更舒适，班次也更多。北京城里的长途汽车站有六七个之多，我打过问讯电话，找到了正确的那一个：六里桥长途汽车站。但我发现，从泰德的公寓到六里桥，要穿越半个北京城，而且那地方没通地铁。出发前，泰德带我去了趟女人街附近的旧货市场，花八十块钱买了部旧手机，又充了八十块钱话费。跟泰德道别时，我祝他好运——他正打算拍一部关于皮影戏的纪录片——然后奢侈了一把，打车去了六里桥长途汽车站。司机选择走三环，因为这样虽然绕远可速度快。他说的没错，我们开到六里桥只用了半个钟头，但车费达六十元之巨。

车站刚刚翻修过。它的表面被玻璃幕墙包裹了起来，而内部的装修更是气派，售票处已经是电脑联网的了。不到一分钟，我买好了车票，十分钟以后发车，刚好还有时间上趟洗手间，再买瓶茉莉茶饮料、一包花生。开往大同的长途车每小时一班，票价不过八十一块钱。

与车站相比，大巴的崭新程度不遑多让。尽管是周末，车上却只有十来个人。根据我自己的经验，在中国能遇上一辆空荡荡的大巴实属难得，一辆崭新而又空荡荡的大巴则无疑是稀世之珍。大巴的后排座位都空着，我走过去坐下，几乎有受宠若惊的感觉。然而紧接着，我抬眼看见了前方高悬的车载电视和DVD播放器，更注意到每个座位都安装了微型扬声器，心中大呼不妙。不出所料，我们刚一出发，电视里就开始播放电视剧，但总算老天有眼，司机把音量开到足够低，随着车速越来越快，公路上传来的噪音迅速淹没了它。

大巴从三环的西段开向北段，然后拐上通往张家口的高速公路——张艺谋导演的电影《一个都不能少》就是在张家口拍摄的。出城不久，高速公路进入山区，开始蜿蜒起来，八达岭长城在窗外闪现。旅游部门统计过，八达岭每年接待的游客都在四百万到五百万之间。如果把这些游客全都抓了壮丁，让每个来访者为长城添一块砖，只需一块，就可以迅速重新修建一道东至大海、西抵大漠的长城。我在车里胡思乱想着。经过过去几天的奔波和一场小感冒，我的身体还没从疲劳中恢复。大巴驶过八达岭出口，我试图读一本中国佛教造像史方面的书，但很快便告放弃。最后，我拿出国航赠送的小枕头，靠在车窗上睡着了。

没有人知道佛陀的追随者何时开始为他们的导师造像。根据一部被许多人认为是佛教早期大众部传本的佛经记载，佛陀成道后，曾升至须弥山顶的天界，为他的母亲说法3月。在此期间，附近的两位国王命令手下工匠造佛像两躯，以此稍解弟子们内心因佛陀的短暂离去所带来的空虚与不安。两座佛像均与佛祖等身大小，一座以牛头旃檀木雕就，另一座为黄金铸成。(《增一阿含经》卷二十八)

佛陀入灭于公元前383年[①]，而《增一阿含经》修成于此后的

①此据日本学者中村元说。——译者注

二三百年间，其中所述事迹真假难辨，但不管怎样，我们仍能由此看出佛陀的形象对于他的追随者而言有多么重要。从已知的考古资料来看，最早被用来象征佛陀的并不是他的肉身形象，而是那些暗示其存在的事物：佛陀于菩提伽耶成道时为他遮阴的那棵菩提树，说法时趺坐其上的狮子座，象征佛法“八正道”的有着八根辐条的法轮，装有佛骨舍利的窣堵波，或者象征他已出离尘世的脚印等等。直到公元前1世纪，犍陀罗（今巴基斯坦）的工匠们才开始逐渐从这些含蓄的象征转向直接刻画佛祖肉身形象，大夏（今阿富汗）和秣菟罗（今印度北方邦）的工匠们也在公元1世纪和稍晚些时候分别步上犍陀罗的后尘。

在这些最早的造像中，佛陀头盖骨中部的隆起被刻画为螺发盘旋的肉髻，耳轮模仿年幼大象的特征，双臂颀长宛如猩猩，眼廓的形状则像莲花瓣一般。佛陀穿着通肩式的袈裟，他通常站着而不是坐着，右手施无畏印，仿佛在跟众生打招呼。学者们至今仍在争论这类人性化艺术造型的文化渊源（是印度本土的还是源自希腊？），而在此之前，印度次大陆的造像仅限于刻画地方神祇。尽管《增一阿含经》这类早期大众部经典中记述了为佛陀造像的事迹，但在佛陀最初的教导中，教法是比导师本人更为重要的。我们在另外一些早期佛经，比如南传五部经之一的《相应部》之中，就可以读到这种对偶像的回避态度——佛陀对弟子跋迦梨说：“见法则见我，见我乃见法。”（南传上座部巴利藏经《相应部·犍度篇·八七·第五·十三》）

然而佛陀还告诉弟子，在他入灭后五百年，佛法的追随者们就会从教法本身转向对形象的痴迷。他说对了，而且他们并没有等那么久。仅仅到了公元前1世纪，犍陀罗和大夏地区的印度希腊王国以及贵霜王朝的统治者就在他们的棺材和钱币上浮雕了释迦牟尼的形象。随后的两个世纪里，秣菟罗地区又涌现出更为精致的石雕佛像。

这一切并非偶然。大乘佛教就崛起于大夏、犍陀罗和秣菟罗所在的这片土地，这一派的佛教徒倡导通过积累功德，而不是寂寞艰苦的修行，最终达到超凡入圣的境界。当地的统治者和商人很快开始资助这种新兴的、向世俗开放的佛教运动，佛陀的形象也随之变得典雅高贵起来。到了4、5世纪，他已经不再是一个普通的神 ，而是作为宏伟而万能的超级偶像出现了。如今，阿富汗巴米扬的大佛已经化为齑粉，佛教徒早年为佛祖树立的巨大造像，也就只有在大同还能一窥究竟。我一路向着它飞驰而去，直到售票员把我从梦中叫醒。

开出北京两小时之后，大巴停在一个中石化的加油站，让乘客下车“放水”。尽管中国的石油工业已经向民营资本开放，中石化仍然基本垄断着华北市场，不过它的加油站总算也开始提供抽水马桶了。在过去，厕所的全部只不过是一道墙围着一条沟。同车的乘客们都抓住机会向厕所冲去，我换了个姿势，打算接着做梦，但没能成功。通常，长途汽车中途停车，会至少给乘客留出一根烟的时间，可是人们刚刚从厕所冒出头来，这辆车的售票员就大喊着把他们赶回了车上。于是我们继续赶路。

快到宣化出口的时候，我们离开京张高速，进入宣大高速往西南方向驶去。在中国的路牌上，高速公路对应的英文是“expressway”，而不是“freeway”①，因为一切重要的交通线在这里都是收费的，也正因为如此，中国才得以如此迅速地建成完善的道路系统。无论收费几何，我相信物有所值。当然，那些超载的大货车一刻不停地摧残着这些高速路，而普通公路的状况更糟，常常满布陷阱。以前在中国乘车旅行，平均时速能达到四十公里我就谢天谢地了，如今有了高速公路，大巴轻易就能开上九十公里，而私家车常常时速超过一百公里。虽然高速公路让旅途少了几分探险的乐趣，但同时也的确让长途旅行变得更加靠谱。

继续前行，公路将泥河湾盆地干枯而广袤的地表撕开，横穿而过。在最近几年里，这里成了古人类和古生物学家的乐园，对于学者们来说，泥河湾已成为比周口店更为重要的地点。就在这距离北京一百二十公里的高速公路旁边，考古学家将中国境内早期人类活动遗迹的出现时间前

①双向封闭行驶的高速公路系统最初诞生于美国，其常用的名称是“freeway”，而这个词同时有“免费道路”的意思。——译者注

推至一百七十万年前，比周口店早了一百多万年，从而成为世界范围内已知最早的人类起源地之一。

高速公路与路旁的景致同样荒凉。路上甚至看不见一辆大货车。一片死寂。偶尔，窗外冒出一两条河流，它们出现在这不毛之地让人感到惊讶。河水还没化冻，黑白两色的喜鹊在冰面上蹒跚跳跃，寻找着冰层的裂缝。在一条河中央，有个老头儿把冰面凿了个洞，坐在马扎上垂钓。过去曾经啸聚于这片土地的游牧民族对于开春的第一场渔获非常重视。吃了一冬天的羊肉，这时候能来条鱼当然是打牙祭了。

除此之外，枯黄的视野里仅有的变化就剩下去年秋收之后农田里残留的秸秆和随风飘散的塑料袋了。进入大同之前，我们终于看见了一点绿色的东西。那是一片绵延数公里的松树林。它看上去简直不合时宜。驶过松林，我们又重新回到枯黄的世界。

自从印度板块向北漂移切入欧亚板块，将中亚抬升起来之后，季风就再也没有光顾过这片土地。它变得一天比一天更为干旱，但这并不是一片沙漠，或者至少还没变成沙漠。它位于一片曾经广阔无垠的大草原的最南端，游牧民族曾在这里逐水草而居，同时觊觎着附近那些居住在土黄色城市中的居民拥有的财富。中国的早期历史就是这两群人的关系史。

游牧民族并不是由新石器时代的采猎者演化而来，他们形成于成熟的文明社会，或者至少是在文明出现之前的转型时期。在这一时期，人类学会了驯化动物，开始豢养家畜，而马、牛和羊这类家畜的饲养需要广阔的草场放牧，游牧民族由此出现。农业文明与游牧社会长期处于紧张关系之中，但他们却又互相依赖。游牧民族需要文明世界出产的谷物和诸如织物和金属器具一类的产品，文明世界则渴望获得游牧民族拥有的马匹和皮革，但他们更渴望得到的则是游牧民族的军事技术。游牧民族正是靠着他们的军事才能，才从农业居民那里掠得物品和财富，而定居在黄河流域的农业居民也同样依赖游牧民族的军事技术与敌人抗衡——他们的敌人不仅来自北方草原，也来自农业文明内部。

公元前 3 世纪，当中国在秦帝国的统治下第一次结成统一的政体，它的游牧邻居也缔造出了第一个强大的部落联盟——匈奴。随着中原王朝的兴亡，草原上的部落联盟也经历着分分合合——匈奴之后是鲜卑，鲜卑之后还有突厥……大多数时间里，中原的王朝总是占据着主导地位。但拓跋鲜卑首次打破了这一局面，他们不仅攻破了农业文明的防线，并且征服了中原，在公元 386 年建立了中国历史上第一个非汉王朝——北魏。拓跋氏的鲜卑人早已湮没于历史，但在其故地，鲜卑人的遗产依然有迹可循。离开北京四个半小时之后，我们终于抵达了拓跋鲜卑王朝的故都。

走出大同汽车站之前，我先在车站里找人打听了下一个目的地——五台山的发车班次。先把退路找好，这是我老早就养成的习惯。售票窗口里的女士说，每天只有一趟去往五台山的班车，早晨 7 点 30 分出发，上车地点在另一个车站。我把这些都记在小本上，出了车站，把背包扔进一辆等在门口的出租车，告诉司机：给我找间像样的旅馆。旅途才刚开了个头，我的内心正豪迈得不行。

大同已经完全变了样子。我上次来访时还是 1989 年，那会儿的人们如果要乘公共交通工具，可以在马车和公共汽车之间做选择，它们的共同之处是车身上都刷着“在党的领导下阔步向前”之类的大字标语。

出租车司机显然过高地估计了我的经济实力。他带我去了花园大饭店——他眼里的“像样的旅馆”。这家四星级酒店一晚住宿的价格是四百二十元人民币，大大超出了我这名“老外”的支付能力，两位年轻的前台小姐对此大感惊讶，不过她们依然热心地帮我联系了云冈宾馆——三百六十元，还是太贵。最后，她们带着几分不情愿，向我推荐了泰和春，但又忧心忡忡地指出，那只是一家三星级宾馆。她们几乎要为让我如此“屈尊”而感到羞愧了。泰和春一晚只要二百元，而那正是我心目中的理想价格，它位于大同城的东边，不过反正城市也没多大。几分钟之后，我们就到了。办完入住手续，我回到车上拿我的行李，然后跟司机商量包他的车。最终谈好的价格是一天一百六十元，大约相当于北京的三分之一。

二百块的房间相当超值，连地毯都是干净的，一个烟疤也没有。饮水设备已经和中国的大多数旅馆一样，不再是从前的暖瓶，换成了电热水壶。恭喜过自己之后，我用水壶烧了点开水，一边等水开，一边打开行李，拿出茶具：一只橘子大小的陶壶，两只小瓷杯——一只给我自己，一只留给客人，或者两只都给我自己。茶叶是一包台湾乌龙。除此之外，还有我从西雅图对面的班布里基岛上一家两元店里淘来的圆形手工木托盘。盘底上刻着一座山，山上立着一间俯瞰瀑布的小亭子，还有一首到现在我也没看明白的日文诗。做这只托盘的人大概和我一样，总在幻想另一个世界。这是我在旅馆度过的第一个晚上，我尽情享受着眼前的奢华。

第二天早晨，为了通便，我改喝了咖啡，并准备好去见识拓跋氏鲜卑人的成就。和许多游牧民族一样，鲜卑人的宗教信仰中充斥着萨满的成分，但是也像其他征服了定居居民的游牧民族一样，作为征服者的鲜卑接受了被征服者的信仰。拓跋氏尤其看重佛教。他们不仅支持佛教僧侣的活动，更宣称“皇帝即如来”，以此牢牢控制了笃信佛教的子民。

但这种安排也有不利的一面。僧侣和寺院因为免于征税，成了许多人逃避赋税的避难所，而那些没有选择逃避的人则因此背上了沉重的负担。终于，在公元 446 年，北魏太武帝忍无可忍，发动了中国历史上第一次灭佛运动。寺院被捣毁，没来得及逃走的僧尼被强迫还俗。然而就在 452 年太武帝去世之后，他的孙子，即位的文成帝立刻掉头开始修复那些被他祖父毁掉的寺院。他还在都城西面的砂岩峭壁上启动了中国历史上规模最为宏大的佛教艺术工程。这片名叫云冈的山崖被当地人视为圣地，自古以来就是人们寻找神迹的地方。文成皇帝则在这里用石头雕刻出了自己心中的神迹。

最初的方案由文成帝指派僧人昙曜负责筹划，这一方案包括开凿五座洞窟，每窟中供奉不同的佛像，以此象征佛祖拥有的五种智慧：法界体性智、大圆满智、平等性智、妙观察智和成所作智。因为石窟由皇家出钱开凿，于是窟中的五座佛像分别按照拓跋氏已逝的四位皇帝和文成帝没能当上皇帝的父亲的容貌雕刻。正所谓“皇帝即如来”，这些造像用石头重申了鲜卑人的主张。根据皇家的记录，有超过四万名工人参与了工程，招募的工匠来自丝绸之路沿途各地，甚至远达印度。工程开始于460年，到了全部完工的524年，云冈的峭壁上已经被凿出五十多个洞窟，里面雕满了五万多尊佛像。到了唐朝，来自中原的工匠又为云冈增添了一些佛像，但除了其中的一尊巨型阿弥陀佛造像，其他的都无法与拓跋氏的成绩比肩。

司机张先生的车停在酒店门外，等着带我去云冈石窟。他把女儿也带来了。张丽丽今年二十三岁，在本地的师范学院读书，平时她住在学校的宿舍里，而今天是周六，张先生觉得这个学英语的好机会不容错过。我接受了这个意外的安排，同时暗自提醒自己，不要失礼地盯着女士乱看。这可真是个挑战。

张先生问我有没有吃早饭，我说已经喝了咖啡，于是他二话不说带我去吃饭。我们去的是他的最爱——一家看起来很是高档的面馆：落地的大玻璃窗，铺着地板砖的地面一尘不染。落座的时候，张先生跟老板招了招手，三碗面条一分钟之后便出现在面前：大碗宽条，上面堆着香菜、萝卜片和肉末。张先生坚持埋单，虽然没多少钱，但这是老张的待客之道，这也是我在中国一再收获的礼遇。在美国，没有人会特别待见我，而在这里，我总是被细心照料，甚至看护，我不得不怀疑自己上辈子做过什么大好事。

吃完面条，我们上车朝城西的云冈开去。十几公里的路程，二十分钟即到。云冈石窟是著名旅游景区，但眼下并非旅游旺季。景区大门外，足够停放上百辆旅游巴士的停车场里，只停着一辆车。由此可见，3月是造访云冈的好时机，尽管天还有点凉。门票六十块一张，我给丽丽买了张票，并邀请老张加入，他拒绝了，他说他要看好他的车。

为了不辜负如此重要的佛教胜迹，我决定再奢侈一把，多花八十块请一名导游讲解。售票处隔壁的旅游服务中心里坐着大约四十个无所事事的导游，他们的生意至少还要等一个月才会上门。我从容挑拣一番，选中了会讲英语的蒋小姐。既然丽丽要学英语，英文导游应该对她的胃口。巧的是，蒋小姐居然是丽丽的校友。两位姑娘开始热烈地谈论她们共同的母校。

我们从断崖东端的洞窟看起。洞窟都被编了号，最东边的第十六至二十窟是云冈年代最早的“昙曜五窟”，开凿于460年。洞里面的温度低得惊人，我不得不拉上大衣的拉链。导游说，这里一年四季温度都很低，即使外面是四十多度的酷暑，洞里依然寒气逼人。

昙曜五窟中的佛像只有一尊从洞外就能看见，这是因为那座洞窟的前壁在一次地震中坍塌了。其他四座洞窟都保留着一个前室，从前室继续深入，里面是岩壁凿空后形成的巨大洞穴，其中供奉的佛像或站或坐，高度在十三到十七米之间，与美国拉什莫尔山的石雕总统头像尺度相当。不同的是，洞中佛像身前的空间极其狭窄逼仄，观看佛像必须引颈后仰，如此设计，让每一个来访者顿生自身渺小之感。

每座洞窟的外墙上都开凿了一孔高窗，光线从室外射入，恰好照亮佛祖的面颊，仰头看去，佛祖的头颅仿佛脱离了躯体，悬浮在空中。我注意到，佛像背后与岩壁相连的部分，都有明显的渗水迹象。此地的岩石质地疏松多孔，而大同地区的雨水特点是不下则已，一下雨便如瓢泼。正是从中国西北这片光秃贫瘠的土地上，夏季的暴雨为黄河带去巨量的泥沙，使它的浑浊程度数倍于世上任何其他河流。

所有尺度巨大的造像在人体比例上都会失真，云冈的佛像也不例外。也许这只是因为观者的视角太靠近地面，从而造成透视变形，也或者是因为当时的工匠技艺还欠娴熟。在此之前，从未有人类试图制作如此巨大的人形雕刻。巴米扬大佛在昙曜五窟落成后的一个世纪才开始动工。云冈的某些洞窟里，由于佛像过于巨大，工匠只好把胁侍菩萨作为立柱，让主尊的双手落在菩萨身上，共同支撑大佛的体重。

一千五百年前的佛教信徒走进这些洞窟，看到如此宏伟的造像时，敬畏之情想必油然而生，对于那些等同于如来的皇帝，虔诚恭顺之心也必瞬间高涨至无以复加。穿行在五座巨窟之中，我突然意识到，昙曜五窟的造像并不是什么纯粹的艺术，也与佛教徒脱离苦海的目的无关，它们的目的就是让人敬畏，进而服从。来到这些“石头超人”面前，信徒只会强烈地感到自己与佛祖之间的鸿沟无法逾越。在它们面前，会有人敢于设想自己也能成佛么？才怪。

接下来的第九至十三窟开凿于昙曜五窟之后的数十年间，出资造像的供养人是北魏贵族。可以看出，这批佛像强调的不是令人敬畏的尺度——虽然它们的体量依然庞大——而是设计和工艺的精美程度。蒋小姐向我指出那些源于波斯和拜占庭的装饰母题，以及明显带有希腊－罗马风格的造型特征。每一个洞窟都像是一枚经过繁复切磨的宝石，在洞中行走，就如不停转动一只万花筒。每一寸墙壁都被佛像、天神、佛传故事或者繁复的纹饰所填满，而且，佛教并不是唯一的表现主题：中国的乐器有许多来自波斯和中亚，在一个洞窟里，我看到墙壁上刻满了奏乐的天神，他们手中的某些乐器我从未见过。

这组洞窟还因为造像全部彩绘而被称为“五华洞”。佛窟完工后过了一千多年，某个清朝人在佛像外表敷了一层草泥，然后施以彩绘，将满墙朴素的砂岩造像变成了一台色彩浓郁的浮华戏剧。尽管有些地方表层的敷泥已经剥落，露出内部用来固定草泥的木骨，但整体效果依然绚烂夺目。与昙曜五窟不同的还有五华洞的内部格局：前者的空间呈圆形或椭圆，就像一座巨大的茅篷，伫立其中的佛像面无表情，仿佛是在入定时化作了石头；后者呈方形或长方形，看起来就像皇宫里的一间大殿，佛祖姿容也像是正在为前来拜谒的人讲授佛法。很显然，五华洞更为精美的制作反映的是修建者态度上的不同：他们看重艺术，而不是敬畏。

我们继续前行，来到第五至八窟，释迦、多宝并坐说法的造像开始出现。这组洞窟的供养人来自拓跋贵族阶级和上层汉人，二佛并坐的形制象征的是供养人夫妇。此处的佛像也被施以彩绘。第六窟尤其精美，四壁满布着超过三千尊大小不一的佛像。这些稍晚的北魏洞窟的另一个特征是，中央佛龛周围的岩壁被完全凿空，在洞窟里形成一个中心塔柱，礼佛的信徒可以围绕中心佛龛周行拜谒，这种布局对于虔诚的信徒而言意义重大。与昙曜五窟类似，这组洞窟也在前壁上开凿了高窗，站在洞外很远的地方就能从窗口看见佛像的面目。看人先看脸，这是人类共有的习惯，胳膊、腿和躯干相比之下没那么重要。我们总是通过脸来认识一个人。所以禅宗大德们总是教导弟子，要现出自己的“真面目”——每个人出生之前就已经拥有的面目——而不是真胳膊真腿。

从第五窟出来，蒋小姐的任务就完成了。她让我们去西面的洞窟自己随便看看。拓跋鲜卑离开云冈许多年后，这些洞窟在唐代（618－907）被开凿出来。唐朝的佛像已经变成汉人模样，与鲜卑人的艺术相比，它们更为柔美，更多些人间烟火气。继续往西，是一些由本地权贵出资、开凿时期更晚的洞窟，里面的佛像已经漫漶不清，它们见证着大同的辉煌终于告一段落。

离开之前，我在外壁完全崩塌的第二十窟前面，给幕天席地的释迦坐像拍了张照片。在我试图感受佛陀形象的短暂访问中，这尊宏伟的造像当属意义非凡。如此规模的伟大艺术品，能够亲眼目睹是我的荣幸。但我还是忍不住会去设想，这样的象征物对于那些奔走在解脱之路上的人们到底有多大帮助，甚至也许恰恰相反，它们只会让信徒们更深地陷入感官的泥潭。我又想起佛陀对须菩提的提问：“可以身相见如来不？”须菩提回答说不可以，因为“如来所说身相，即非身相”。佛陀又接着补充道：“凡所有相，皆是虚妄。若见诸相非相，则见如来。”（《金刚经》）我刚刚看到的，都是如来的身相。要见诸相非相，还得再等等。

我和丽丽走出景区大门，叫醒了正在车里睡觉的张先生，上车回城。开出去没多远，就看见路旁一座拱门，门口树着晋华宫煤矿的牌子。这是大同地区最大的煤矿之一，听说矿上有对公众开放的井下作业参观项目。我请求张先生把车开进矿区，下了车，找到矿里负责宣传的干部。不幸的是，他们发现只有我一个游客，而我又多了句嘴，告诉他们我正在为写书收集素材（我是不是脑子进水了？），于是他们干脆地拒绝了

大同云冈石窟，第二十窟之释迦坐像

我的参观要求。

回到大路上，我们继续往大同方向开，没走多远，张先生主动把车停在了另外一座名叫青瓷窑的煤矿门口。他告诉我，他的父亲以前是矿上的工人，他小时候几乎每天都要到矿里来，有时候会和父亲一起下井，有时候就在尘土飞扬的地面上和其他矿工子女玩耍。显然，老张在这儿人头很熟。我们到达的时候已是中午，在两小时的午休时间里，办公区一个人影也看不见。于是张先生熟门熟路地领着我去了主矿井所在的建筑。

屋里光线很暗，可以依稀看到六七个矿工正准备把一批钻探设备运往井下。眼睛稍微适应了黑暗之后，我走过去问他们下面有多深。工人们回答说，作业面在井下一百六十多米处，坐升降机下去大约要两分钟时间。他们的身体被煤灰严严实实地覆盖着，只有脸上还能看出点模样。

突然之间，工头出现了，他大声吆喝着，催促工人们加快速度。他们上了升降机，向我们微笑着挥了挥手，消失在井下。他们要在下面一千四百万年前的侏罗纪沼泽地里度过这一天，带一些可以燃烧的石头回来。

矿井外面，一列货运火车刚好驶进矿区，车厢里高高堆放着松木。张先生说这些木料会被用于搭建矿井上方的棚盖。我突然想起来大同时，在大巴上曾经看到城外有一片松林，于是恍然大悟。上了车，接着往回开，我们和几辆驴车擦身而过。张先生告诉我，在小型煤矿上，毛驴车依然是煤和采矿设备的主要运输工具，而且不仅在井上，井下也是如此。我仿佛听见后脑勺响起皮鞭破空而来的声音。不知道谁更可怜，驴还是人？矿区周围的山坡上密密麻麻立着上千座土坯房，那就是矿工和他们的家人居住的地方。在云冈，人们过去臣服于看起来像佛祖的石头，而今臣服于能燃烧的石头。

回到大同城，张先生热情邀请我去他们家吃饭。他把车停在南城的某条胡同里，带着我们一起爬上了三楼的家。张太太已经站在门口迎接了，她请我换上一双与我的脚相比堪称迷你的塑料拖鞋，然后带领我们走进水泥地面的房间。这是一个朴素到极致的家庭，屋里唯一算得上有美学追求的陈设是墙上的一幅挂历，展示着瑞士阿尔卑斯山的风景。张家还有一个已经上高中的男孩，不过没在家。学校离大同两小时车程，为了省钱，他周末也待在学校的宿舍里。

张太太给我们包了饺子，味道如何不必去提，反正是吃饱了。饭后甜点倒是很特别：张太太从冰箱里拿出几个柿子，这是张家过年的时候买来招待客人的。她把柿子顶端切开，我们每人一个，起劲地吸着里面的果肉。这大概是最纯粹的水果雪葩了，而且味道非常不错。享用完甜品，张太太去洗碗，我们其余三人转移到张家兼做客厅的主卧室里，张先生歪在大床上，丽丽和我在两把椅子上就座。

有件事我忘了提：在我们三人共度的半天时间里，张先生一直没完没了地批评丽丽的胆怯。“说英语！”他不停地命令她。丽丽从没跟外国人讲过话，所以有点害羞，我用英语和她交谈的时候，她总是不自觉地用汉语回答我。然而她父亲最严厉的批评还不是关于胆怯的。最让张先生不能接受的是，女儿考大学时选择了师范学院，在他看来，当老师简直是断送前途。丽丽眼里闪动着年轻的活力，她一定对未来有自己的憧憬。我对她说，别理你爸爸，他当然也是为你着想，但生命如此珍贵，怎能让他人替你选择生活方式？

我还提议，丽丽即使读了师范，毕业后也可以选择其他职业，比如蒋小姐就去云冈石窟当了导游。但导游也不是什么好工作，张先生说。这时，丽丽突然找到了勇气，她插话说，所有的工作都可以是好工作，关键取决于你自己的态度。我对此说很是赞同。张先生这时意识到自己寡不敌众，而且面临着怠慢客人的风险，于是换了个话题。他告诉我，大同之所以这么穷，是因为大人物们从煤矿上赚了钱，都拿到北京、天津花去了。最后，他感叹道：这日子，过了今天，不知明天啊。

但不管怎样，今天过得确实还不错，而且时间才过了一半。休息了一会儿之后，我告诉张先生，我还想去参观城里的一座寺庙。它是继鲜卑人之后，另一支占据过华北的游牧部落所建造的。拓跋鲜卑建立的王朝崩溃之后，中国重新在隋唐两代取得了南北统一。然而随着唐朝走向灭亡，一系列游牧部落联盟又一次控制了北方，并在接下来的五百年时间里维持着这一局面。

这五百年始于契丹人。他们来自东北的辽河上游，在其起源传说中，一位驾着青牛车的仙女和一个骑着白马的勇士相遇，结为夫妻，成了契丹人的始祖。骑着白马的这位显然是个牧人，而坐着牛车的应该来自农村——契丹人的起源传说恰当地概括了农业和游牧社会的关系，也一般性地说明了游牧文明的起源。这对夫妻育有八个儿子，由此繁衍出的八个部落，形成了契丹人的部落联盟。

契丹人建立了辽王朝（907 – 1125），当时它最大的都城“南京”就是今天的北京，而陪都之一“西京”则是今天的大同。大约与“征服者”威廉入侵英格兰同时，契丹人在大同城里兴建了气势恢宏的华严寺，将其作为举行皇家仪式的场所。华严寺及寺中的佛像都保存到了今天。

华严寺坐落于大同老城的市中心，它的规模如此巨大，因此被分成了上下两院：上华严和下华严。华严是一部佛经的名字，它译自梵语 *avatamsaka* 一词，原意为“花环”。汉传佛教的重要流派华严宗正是以《华严经》为根本经典，在大同南面的五台山上发扬光大。《华严经》是一部内容深邃而绚烂的大乘佛典，记录了佛祖成道后第一次说法的内容。由于当时他不能确定普通人是否适合听闻佛法，所以这次说法的听众只是包括文殊、普贤在内的一众上乘菩萨。佛陀向菩萨们讲述了他证悟到的众多不同的世界——足以说明人类所理解的现实世界是多么片面。华严寺里至今保存有描绘着这次说法的辽代佛教艺术，以规模之大和年代之古而论，它们都是整个中国范围内顶尖的作品。

张先生把丽丽和我放在华严上寺的门口，然后到街上找地方停车去了。寺院的大门朝东，而不是通常所见的坐北朝南——这是因为契丹人崇拜初升的太阳。穿过空旷的院落，我们朝面前两座巨大的殿宇走去。殿内的光线比青瓷窑煤矿的矿井好不到哪儿去，但正是因为光线暗淡，保存在大殿里的彩绘艺术品才得以色彩不失。

上华严的主体建筑大雄宝殿始建于11世纪，其后的数百年间，殿内的壁画和塑像都在朝代更迭引发的无数次战乱中遭到了严重破坏，到了15世纪时，大殿内部被翻修一新。黑暗中，目力所及，仅能勉强看到佛坛的后排供奉着五尊端坐于莲座上的巨大鎏金佛像——和云冈的昙曜五窟一样，它们代表着佛陀的五种智慧。相比之下，此处的佛像更加人性化，表情也更为安详。排列左右的是二十尊护法天神，身形有真人两倍大小，全都保持着前倾的姿势，仿佛是在期待佛法的教诲。周围四壁绘满了佛传故事和听佛说法的五千弟子像。

佛像和壁画都很精彩，但时间有限，隔壁的下院里还有更多的东西要看。我们向大门口走去的时候，上院的晚课正要开始。晚课被限制在大雄宝殿后面新建的佛堂中举行，以免僧俗群众对古建筑和殿内文物造成伤害。尽管如此，上院至少还掌握在僧人手里，而下院则已经完全看不到僧侣的踪影，它现在由文保部门管辖。

下院的主体建筑——薄伽教藏殿前，有个人在抄录一通辽代石碑的碑文。我走过去跟他聊了几句，他提到，僧人们曾经试图重新回到下院，但最终没能如愿。具有文物和历史价值的古代遗迹出于保护的目的被清场，这在如今已是很常见的现象。我反倒觉得政府居然允许僧人占据上院挺不可思议的。大概政府找不到更合适的解决方案，但又总得给他们找个安身之处吧。

工作人员说他们马上要关门了。剩下的时间只够我在薄伽教藏殿里匆匆扫一眼。这也是一座建于11世纪的建筑，但和上院的大雄宝殿不同的是，它在后世的战乱中得以幸免，至今仍完好保存着11世纪的辽代彩塑原作。眼前所见令我目瞪口呆：三十一尊包括三世诸佛、四大菩提、胁侍菩萨、弟子、天王和供养童子在内的佛教造像极其完美，全都比真人还大，围绕着佛坛中央的过去、现在、未来三世佛错落排列。我造访过中国的数百座寺院，它们拥有的所有造像，以设计构思和雕塑水准观之，都无法和华严下寺所藏相提并论。米开朗基罗若能有幸目睹，也必流连不去。其中的一尊菩萨像曾给历史学家郭沫若（1892 – 1978）留

大同华严寺下院，薄伽教藏殿

下了极深的印象，被他称为“东方维纳斯”。

我只能后悔自己没有一大早就赶来，只有那个时候，旭日会从大殿朝东的巨大门框外直射进来。而现在已是黄昏时分，太阳早已沉入大殿身后，而工作人员正急着回家。那感觉如同在卢浮宫里待了十分钟就被赶了出来。不过至少我已经看到了我想看的。美酒虽好，但也不必贪杯。我和丽丽一道离开下院，回到她父亲的出租车上，向旅馆开去。又美又满的一天已经接近尾声，收获可谓极丰：我看到了足够我回味好几辈子的佛像，而且全都令人赞叹不已。然而，一首 12 世纪道川禅师的诗作却在心头萦绕不去：

泥塑木雕缣彩画，
堆青抹绿更妆金。
若将此是如来相，
笑杀南无观世音。

回旅馆的路上，我们刚巧路过大同的九龙壁。尽管 5 点已过，九龙壁的院门却还开着，于是我请张先生把车停下来看一眼。看门人的表大概慢了十五分钟不止。我花了十块钱，向他买了两张门票，带着丽丽一起走进大门。一道四十五米长、八米高、两米厚的超级巨墙孤零零地树立在这空旷冷清的院子的南端，它的表面以五彩琉璃拼砌了九条龙。紫色、蓝色、绿色、黄色和橙色的巨龙在须弥山顶的云水之间翻腾跳跃着，景象很是壮观。

大同九龙壁是为朱桂（1374 – 1446）建造的，他是明朝开国皇帝的第十三个儿子。契丹人占据中国北方之后，这片土地在游牧民族中间不断易手：取代辽王朝的是女真人建立的金王朝，接下来则是蒙古人建立的元朝。当朱元璋带领汉人重新回到北方的时候，时间已经过去了五百年。明太祖发誓要永远守住这片土地。1392 年，他把朱桂派往大同，专司镇守与游牧民族接壤的北方边疆，大同九龙壁就在这一年开始修建。

在此之前，朱元璋所立太子刚刚病逝未久，九龙壁或许体现了朱桂内心觊觎皇位的某些企图。

新石器时代的中国人就开始崇拜龙，并把自己视为龙的传人。中国人的远古祖先——伏羲和女娲都以半人半龙的形象出现。女娲（诺亚）将人类从大洪水中拯救出来，她的兄长兼丈夫伏羲则是先天八卦的创造者。

龙被中国人视为阳物之首，九则是阳数之首，两者皆代表最高权力。朱桂造出这九龙壁来，可谓胆大包天了。1392 年的朱桂刚满十八岁。几年之后，另外两座类似的九龙壁也在北京建造起来，但它们的规模都不及朱桂这座。九龙壁的正面朝北，正对着朱桂那面南背北，模仿皇宫而建的王府大门。而今除了九龙壁还在，一切都已灰飞烟灭。

看门人在远处大声吆喝：关门时间已到。我们回到出租车上。一分钟之后，旅馆到了。我邀请丽丽和她父亲共进晚餐，他们谎称晚上还有事，礼貌地拒绝了。和父女两人道别之后，我走进旅馆，开始为一个人怎么点菜而发愁。我不记得都点了些什么，唯有一道菜令人难忘：那是一盘双色的，一半白色土豆泥、一半橙色南瓜泥组成的沙拉金字塔。在那之前，以及之后，我都没见过如此宏伟的吃法。它看起来就像一座须弥山。我从山脚下饿鬼所居之所开始吃起，一路向人和神的领域吃过去。没有人注意到，我吞下了整个宇宙。

第三章　无山

收拾好行李，下楼退房的时候，值夜班的前台还在睡觉。6点刚过，3月初的大同依然笼罩在夜色之中，只有东方地平线上泛出微弱的曦光。开往五台山的班车7点半出发，但我有了一项临时计划。昨晚，我在旅馆房间里的一本旅游手册上看到，大同城北五公里处有一座鹿野苑石窟，又被称为“禅窟”。

中国人说到禅，通常指的是入定冥想的禅修，而不是菩提达摩所开创的禅境。这并不奇怪，禅最初的含义就是入定。也许中国禅宗的创始人在此曾留下足迹？我的好奇并非全无根据。根据唐朝和尚道宣（596－667）留下的记录，菩提达摩于公元475年前后从印度南部渡海到达广州。在南中国当时的刘宋朝廷，他没有获得期望中的礼遇，于是一路向北行去。如果文献记载无误的话，5世纪晚期访问中国北方的达摩肯定来过大同，因为此时的大同正是占有整个北方的北魏王朝之首都。直到公元494年，鲜卑人才将都城迁至洛阳，达摩很可能也在那时随着他们一道去了洛阳。不管怎样，前往禅窟拜谒一番是必要的。

旅馆门前的大街上阒无一人，等了二十分钟，终于驶过一辆出租车。司机虽然听说过鹿野苑石窟，但他从没去过。我们共同掌握的唯一线索是它在城北。于是，我们就沿着城外向北的大路开去。这是一条还没有完全修好的公路，一路上异常颠簸，而且路程显然远远不止手册上宣称的“五公里”——如果它不是谎报军情，那就是从市区最北的边界开始计算距离的。

大约开了十公里，公路在小石子村外分出两条岔路，左边是铺好的公路，右边是土路，我们选了左边那条。路牌显示这条路通向新荣——天知道那是哪儿，连司机都没听说过这个地名。公路进入了一座山谷，并开始爬坡，我开始担心，照眼下的情形，别说找不着达摩用过的蒲团，连五台山的班车也赶不上了。又开了两公里，路边出现了一个不起眼的标志。停下车仔细观瞧，上写：鹿野苑禅窟。路标后面，就在山路转弯处上方的一道山崖上，立着一座小庙。

司机告诉我，他之所以听说过这地方，是因为有朋友到这儿来上过香。与大多数经历过“文革”的中国人一样，司机本人仅有的宗教活动只包括逢年过节时给自己的祖宗上几炷香，烧点纸钱。对他来说，一个人跑这么远来烧香是件不可理喻的事情——干吗不在家烧呢？这是个好问题，但眼下没有时间深入探讨了。我感兴趣的是那座庙，或者更准确地说，是庙里的石窟。

司机又说，他那些来过的朋友曾经告诉他，石窟在庙后面的山谷里，有的石窟里面有佛像，有的没有。我一面猜想着到底有佛像的石窟是禅窟，还是没有佛像的是，一面从背包里掏出闹钟（我没戴手表，看时间和按时起床都得靠它）。已经6点50分了。也就是说，出租车开到这里花了半小时。达摩也许会在这儿停留更长时间，但我必须撤了。我拿出GPS，记下此地的坐标，决定下次再来。回到车上，司机在坑洼的路面上一路狂奔，赶到长途车站时才7点15分，去五台山的大巴正在车场里停着。我额外给了司机一笔小费，然后跑到售票窗口，花六十二元钱买了张车票。还有几分钟时间，我又在路边的早点摊上买了张刚摊好还热乎的鸡蛋灌饼，这才跟着其他乘客一起上了车。

司机还在热车，我走过去问他为什么每天只有一班车去五台山。他告诉我说，从4月到10月是五台山的旅游旺季，那时候每天有四班车，而这会儿才3月。车上装着大概十名乘客，没有一个人是去五台山旅游的。我在车厢后部一人占了两排座位——一排给我自己，一排放行李。大巴的最后两排座位和中间的过道都埋在了堆积如山的纸箱下面，纸箱里装着素虾、素蟹、素干贝、素鲍鱼、素肝、素糖醋排骨——一切以豆制品和面筋制成的素斋美食应有尽有，它们都来自深圳的一家工厂，是为香客们准备的。

五台山是黄河以北最为著名的佛教名山，也是所有佛教徒朝圣之路上必不可少的一站，但 3 月显然不是理想的季节。大多数朝圣者选择在夏季造访，而石家庄、太原或者大同则是他们经停中转的主要驿站，五台山与这三座城市的距离都在两百公里之内。也就是说，我乘坐的这趟班车将在中午之前到达——但这只是在途中一切顺利的前提之下。

开车后没多久，我注意到地板上有裂缝，透过裂缝可以直接看到车下的路面。还没出城，两条腿已经冻得失去了知觉，我从背包里掏出羊毛袜套在脚上，总算聊胜于无。几分钟之后，车厢里传来一股燃烧橡胶的怪味，紧接着，靠窗的座位下面开始散发热量。看来是有人向司机投诉过了。然而好景不长，我的脚趾刚开始恢复知觉，暖气就消失了。接着，大巴开始不断抛锚，大概有六七次之多。每次抛锚停车，司机就把驾驶位旁边的发动机罩掀开，在变速箱或者连杆上拨弄几下，我看不太明白到底是什么地方出了问题。

以前在军校里学过的汽车机械常识，自从我逃出军队之后就全忘了。我曾经在佐治亚州本宁堡军事基地的吉普车机械学校当过汽车兵。培训期结束前的一个星期，我们全班接到了被派往越南的通知。所有人都欢呼雀跃。一帮半大小子就要上阵杀敌了，而敌人都是些看起来比隔壁邻居还要安详的人。同学们为此表现出的热情让人难以置信。那是 1964 年夏天，电视里还没开始出现大批尸体袋被运回的镜头。那年春天，我刚从大学里退学（这已经是我第三次退学了），正好接到服兵役通知。国家规定的服役期限是两年，而我主动要求多待一年，条件是把我派到德国去。在当年，服兵役是可以谈条件的：只要答应多干一年，就可以挑选地点和专业培训项目。结果人算不如天算，突然冒出个越南，之前谈好的一切自然只能作废。第二天，我就离开了本宁堡基地，那天刚好是发饷日。

一名二等兵的月饷在当时是七十八美元。有了这笔钱，再加上头两个月的节余，足够我逃出佐治亚州，搭顺风车横穿美国了。过了不到一个月，在经历了一场车祸、一次拘留和一个女色狼的骚扰之后，我被 8 月下旬的一场暴雪困在了蒙大拿州的公路上，饥寒交迫，穷困潦倒，风雪中一辆车也看不到。最后，我只好步行至附近的小镇，到警察局里去自首。局里的号子每间有两张上下铺，上铺已经有人了。我在下铺安顿好，转头要跟室友攀谈，结果他那副“尊容”把我吓得差点越狱。那是个已经几乎不成人样的流浪汉，他的脸上和身上布满了划伤、淤青和肿块。铁路警察把他从一列全速行驶的货车上抛了下去，后来，有人在铁轨边发现了他，于是他被送到警察局。医院才是他该去的地方，但那显然是不可能的。

当天下午，警察开车把我送到蒙大拿州东部大平原上最大的城市迈尔斯城。接下来会怎样，我一无所知，只能做好最坏的打算。事实上，最坏的情况就发生在迈尔斯城监狱，那里面根本没有床，只有一排铁架子。运气好的话，你能找到几本杂志当枕头。这儿的人都不喜欢流浪汉。过了一个星期，军方才派人来把我领出去。那是无比漫长的一个星期，整整七个寒冷难挨的漫长夜晚——每天晚上你都会被监狱对面射击场上的枪声惊醒——和七个无所事事的漫长白天。我翻来覆去地看那几本兼职做枕头的杂志，里面尽是些关于怎样打猎、垂钓和到海底寻宝的文章。我打定主意，如果有朝一日能离开军队，定要如此享乐一番。

带我出去的人来自附近的一处空军导弹基地，他把我送上了火车。因为我是主动自首，所以军方也懒得专门派人过来押解我。四五天之后，我又回到了本宁堡，向我所在的小队报到。军士长问我为什么擅离职守，我一一坦白了我的理由。奇怪的是，他不仅没把我送上军事法庭，反而居然遵守了之前的约定，即使后来我在他手下依然吊儿郎当，他也没为难我。我先是被派到炊事班干了一个月，接着又去接受文职培训，然后就被派往德国的一个医务营总部服役。我的汽车机械知识也就此停留在开小差之前的水平：变速箱、连杆，不是变速箱就是连杆。

司机修着他的车，我胡思乱想着我的往事。在中国，我从不担心汽车抛锚。中国司机能自己解决所有故障。我们这位一开始只是用螺丝刀鼓捣了两下，车就又能走了。后来情况越发严重，他也认真起来，拎着钳子、扳手和一股金属线消失在车轮下面。半小时之后，他钻了出来，跳进驾驶室，车子又继续盘旋在山路上，翻过一座又一座巨大枯黄的山峰向大同东南方向开去。

开进第二道山脉的时候，我们在峡谷里看到了悬空寺。顾名思义，那是一座建在半空之中、悬崖之上的建筑。这里是所有前往山西的旅行团都会停留的景点，我自己就已经来过两次。尽管看起来像座寺庙，它的修建其实是出于军事目的：过去驻扎在附近的戍边军人常到此焚香祷告，祈求上天神灵保佑边疆安宁，免受游牧民族侵扰之苦。我们的车不是旅行团包车，因此并没有停下。从车窗向外看去，悬空寺的空中楼阁在晨曦中凌空危立，不似人间。

继续向前，车子开进了一条隧道，悬空寺消失在黑暗中。从隧道另一端冒出来的时候，眼前出现了一座水库。冰冻的水面一片洁白，如同我在黄河源头见过的那些盐湖。冰面上没有轮胎印，也没有钓鱼或者滑冰的人，空寂的群山和肃杀的冰面之间一片苍凉。再往前行去，路边的田野中出现了几个挥着锄头，在去年残留的秸秆之间翻地的农夫，苍凉之气稍减。田边站着几头牛，眼睛正望着农夫，大概在猜想何时会轮到它们上场，开始新一年的劳作。我们还经过了一大群黑白相间的山羊，大概有五百只。羊肉是中国北方的无上美味。

在七十公里界碑处，我们经过青瓷窑煤矿拥有的一座附属矿井。农闲时节，农民们会到矿上挣点外快，还有些倒霉蛋一年到头在这里挖煤。蜿蜒的山路终于把我们送出这道山脉，然后向西进入一条无比宽阔平坦的山谷，那一定是远古冰川运动的杰作。司机突然又把车停下了。他跳出驾驶室，在一个车轮上踹了两脚。那只车胎在慢撒气。但仍然不必担心——中国的道路两旁，哪怕是再荒凉的地方，补胎的小铺子也随处可见。果不其然，前方几百米外的一座土坯房门口挂着块牌子：补胎。

司机找出千斤顶撬起车身，卸下轮胎，一路扶着它滚向土坯房，其他人都下了车，站在路边抽烟、“放水”或者活动腿脚。我跟坐在我前面的一个男人聊了起来。这是个八十多岁的蒙古族老汉。在他干瘪的嘴里，我只发现了两颗牙齿。大概他每天只能就着稀粥吃点馒头了。他以为

朝山途中，随时抛锚的长途车

我是维吾尔族人，我以为他是藏族。互相搞清楚对方的身份之后，他告诉我，他认识五台山上一座庙里的喇嘛。每年春天，他都会去庙里修行一段时间，秋天再回大同去，如此坚持了七年。我跟他打听山上的住宿情况，他推荐了几家比较适合香客的旅馆。

我们正聊着，另一个蒙古族人走了过来，递给老汉一瓶白酒，老汉又递给了我。我笑着把酒瓶推了回去。这么一大早就喝酒太奇怪了，更何况还是在车上。另外，中国白酒是最让我难以接受的酒精饮料，只要想到它，我就能浑身一激灵。把酒还给老汉之后，我走开去和旁边的一名僧人聊天，他一个人站在路边，手里默默转动着念珠。僧人来自五台山的宝华寺，几天前到大同的华严上寺见了一些同修，现在正要返回五台山。宝华寺在北台的山脚下，靠近碧山寺。我告诉他我去过碧山寺，但从来没听说过宝华寺。他解释说，宝华寺里僧人不多，因此也没有多少香客——清静的道场好修行。他邀请我到庙里住上一段时间，但我已经有别的安排了。也许下次吧，我说。

司机回来了。装好轮胎，我们继续西行，开进破烂不堪的砂河镇，从满街的行人身边呼啸而过。每天有两趟从北京出发的列车经停砂河镇，卸下那些去五台山朝圣的香客和游人之后，继续开往终点站太原。1989年，我曾来过砂河，如今十几年过去了，镇上几乎看不出什么变化：一条大街从镇中穿过，镇上的一切都杂乱无章地堆在大街两边。有人向司机招手，但司机没有理会，继续向前开去。正常情况下，中国的巴士总是尽可能地多拉客，也不管车上还有没有座位。现在碰上这么一位高傲的司机，让我感到很困惑。我自言自语地嘟囔了几句，被坐在前面的蒙古族老汉听到了，他转过头来为我解惑：在砂河镇坐车的人，只能坐砂河镇的车，这是这儿的规矩。

司机循规蹈矩地开出了砂河，然后转而向南，沿着一条河往山里开去。道路在五台山北坡蜿蜒爬升，路旁开始出现积雪，河里的水变成了冰，再往前，路旁的积雪渐渐扩展到了已经结冰的路面上。每隔十几米就能看见一个沙土堆，大概是用来融雪的。也许本该接受老汉的好意，来上两口白酒的，我心想。就在这时，一辆微型越野车从山上冲了下来，将要会车的时候，它好像突然失去了控制，猛然转了一个二百七十度的弯，堪堪停在落差超过百米的悬崖边上。我们的司机为了躲避来车，也向道路内侧急打方向，一头栽进了路边的积雪堆里。

所有人都下了车，聚在一起察看险情。越野车里也钻出四个和尚，三个年轻的和一个年长的，他们都穿着正式的黄色僧袍。和尚们自我介绍说是竹林寺的，老和尚和其中一个年轻和尚要去砂河镇赶火车。四个和尚一边察看事故现场，一边不停地念着西方极乐世界教主的名号：阿弥陀佛。这是中国佛教徒用以应付一切场面的标准用语。大事不妙——没关系：阿弥陀佛。有好消息——别太激动：阿弥陀佛。一切境由心造，如梦幻泡影：阿弥陀佛。五台山也不例外：阿弥陀佛。开车的和尚钻进驾驶室，挂上倒挡，旁边的六七个人一起帮忙把车推回了路中间。另外三名和尚合掌行礼，向我们道谢，然后上了车，继续向梦幻泡影组成的五台山下开去。

送走了僧人，回过头继续解决自己的问题——人们先试着把车往前推，可陷在雪里的车轮打着滑赖在原地不肯动。我们又把车轮下的雪挖开，垫上沙土，还是打滑。最后，司机挂上倒挡，所有人一起使劲把车往回推，终于动了。我们回到车上，继续赶路。

越往上走，结冰的路面越多，车子开始出现明显侧滑。考虑到路边就是百米悬崖，没有人愿意继续待在车上了。所有人都重新回到路面上，跟在车后面步行，时不时还得推它两把。

结冰路面终于消失了，我们的运气开始好转。没过多久，车子翻过山口，进入冰消雪融的五台山南坡，路况相当不错。一路蜿蜒而下，到了半山腰的五台山风景区售票处，车又停下了。门票七十五块。和尚、尼姑、七十岁以上的老人，以及所有那些在五台山居住和工作的人都不用买票。而车上所有乘客都恰好符合这些免票条款，除了我。卖票的接过我手里的钱，热心地告诉我，再过不到两个月，进入旅游旺季，票价将会翻一倍。二十分钟以后，我们终于到达了坐落在五个“台”怀抱之中的台怀镇，其时已是下午 3 点多。路上一共用去了将近八小时。但不管怎样，总算到了。

室外的空气非常寒冷，呼啸的风声更格外增添了寒意。镇上人迹寥寥，除了三五个匆匆走过的出家人，就只剩下屈指可数的几个还在坚持营业的当地生意人了。这时节即便有游客，此时多半也已乘车离开，或者钻进旅馆躲了起来。我谢过司机，向大街旁边的小巷里走去，去给自己找个地方落脚。不幸的是，看过的几家客栈都没有带浴缸的房间，而我实在是太想泡个热水澡了。最后，我放弃了在镇上寻找，往东过了一座桥，来到镇外。

与台怀镇隔河相望的山脚下，盘踞着三层楼的金界山庄。这是个二星级的宾馆，拥有上百个房间，门市价四百块。我显然是今天上门的头一个客人，因此即使还价到一百六十块，他们也爽快地接受了。把行李放在房间，我转身出门回到镇上，在书店里买了两本关于五台山的书，又去邮局发了封信——邮局居然礼拜天也开门——然后在小巷子里找了个网吧，上网查了查邮件。网吧里坐满了玩游戏的年轻和尚和半大小子们。

出了网吧，我开始到处找饭馆。大街上走过来两名比丘尼，一来二去，跟我聊了起来。年纪大一点的比丘尼告诉我，她们来自中国最著名的尼众学院：五台山普寿寺。至于吃饭的地方，她们推荐了山西饭店，并且主动为我引路。到了饭店，两名比丘尼陪我一起坐了下来。她们已经吃过饭了，但并不介意跟我聊天。我于是拿起菜单，为自己点了一盘蒜蓉菠菜、一盘洋葱木耳炒土豆。

我问两位比丘尼：五台山上冬天如此寒冷，夏天又挤满了游客，为什么要在这儿修行？她们回答说，冷不是问题，多穿些衣服就好了；而游客从来不去她们的寺院，那里相当清静，是个修行的好地方。但这些其实都不重要，让她们选择五台山的最根本原因，是因为这儿是文殊菩萨的道场。我问她们是否见过大智文殊菩萨本人，她们说不仅见过，还见过两次呢。她们还见过五台山著名的佛光。我问佛光和北极光有何不同，她们解释说，佛光更明亮些，而且它们主要出现在五台山的五座峰顶，尤其是南台。

饭馆的老板娘听见了我们的谈话。当她听说我打算明天上山，立刻插话说她的一个朋友有辆越野车，可以明天一早来接我。包车的价钱她不太清楚，我可以跟她的朋友直接谈。两位比丘尼在半年之前跟随她们的方丈、还有六十五个来自内蒙古的居士一起，步行朝拜了五台山的每一座主峰。但毕竟她们是夏天去的。

吃完饭结账，花了二十七块，就五台山而言，价钱算是相当公道。我在饭馆门口和比丘尼道了别，目送两人穿过大街，消失在对面的一条巷子里。普寿寺在山上，但她们明天一早要搭长途车下山，所以今晚就在镇上的一座小庙里过夜。天色已经暗了下来，西边天际泛起一抹紫色。我顶着满天星光走回了旅馆。

泡澡的愿望泡汤了。水根本不热，我只好简单冲了个淋浴。大概因为整个旅馆只有我一个客人，他们也舍不得把暖气打开。整个晚上，我不停地在把头更深地埋进被窝和钻出被窝透气之间做着斗争。漫长而寒冷的一夜就这样过去，当窗外渐渐亮起来的时候，我感到自己终于熬出头了。7 点钟，我飞快地钻出被窝，穿好衣服，冲了杯咖啡，然后又飞快地回到床上。又过了一个钟头，饭馆的老板娘来敲门了。跟她一起出现的还有司机和一名当地的警察。警察是来保护我的安全的。虽然我并没打算从事任何危险活动，但中国政府向来擅长防患于未然，他们可不想等到一个外国人出了事甚至死掉才来处理后事。

五台山之名其来有自：耸立在台怀镇周围的那五座主峰看起来并不险峻，所以被称为“台”而不是“峰”。每座“台”上都已经修了直通台顶的公路，但眼下天寒地冻，司机说只有东台和南台可以开车上去，而我想去的却是北台。北台不仅是五台中海拔最高的，而且憨山德清禅师（1546 – 1623）年轻时曾在那儿住过八年。德清的诗文是我最早接触的禅宗文献之一，因此他不可避免地在我个人的禅宗英雄谱里占据着重要位置。司机说，他可以把我送到离台顶还差一个钟头脚程的半山腰，然后报出了他的要价：一千块人民币——他大概以为我是从火星来的。我狠狠地砍着价，最后讲到三百块，他无论如何不肯降了。这个价钱仍然高得离谱，但我也想不出别的招了。

我们沿着昨天来时的路开出了台怀镇，一路上山，接近山口的时候，又开始碰到结冰路面，这时司机打开了车上的一个电子装置，里面传出“南无阿弥陀佛”的诵经声。过了结冰路面，他又立刻关掉了南无阿弥陀佛，显然是不愿意浪费佛祖的保佑。到了山口，我们拐上一条岔路，沿着山脊向西开去。这条以石板铺就的山路是一名富有的台湾香客捐钱修建的，它的防滑性能据说要比水泥或者沥青路面更好。

不幸的是，我们没机会测试这种新型路面了。刚开出去几十米，路面就被厚厚的积雪完全覆盖。我下了车，想试探一下深浅，结果还没走几步积雪就齐了腰，又费力往前蹚了好久，积雪的深度仍然高过膝盖，看来是没戏了。但我不想如此轻易放弃。和那些在这积雪盈野的山巅修行过的高僧大德们所付出的努力相比，这点困难实在不算什么。我让司机在原地等我一会儿，一小时——最多两小时。警察待在车上没下来，他肯定觉得我走不出多远就会投降。

我在雪中蹒跚前行，终于发现了一条兽道，那儿的积雪才没脚踝。五台山已经被划定为国家级自然保护区，山里的野生动物享受着不受打扰的待遇。雪面上到处都能看见它们的踪迹，大一点的兽道像是野山羊踩出来的，小一点的可能是野兔。沿着兽道走了几百米，我来到一处突出的山崖，站在高处，已经可以望见对面的北台。此处海拔超过两千八百米，雪中的艰难跋涉开始让我感觉头晕了。我决定就此打住。

面朝德清过去的道场，眼前群山苍茫。我向北台过去、现在和未来的修行者以及一切修行众生躬身行礼，心中默诵着憨山德清大师晚年写下的一首禅诗：

雪满乾坤万象新，

白银世界里藏身。

坐来顿入光明藏，

此处从来绝点尘。

在五台山参禅的八年时间里，德清已与北台融为一体。他把北台的别名憨山用作自己的别号，从此以“憨山德清”之名行世。北台最初被称为憨山是元朝时的事：蒙古族人以自己祖居之地的同名圣山为五台山的最高峰命名，取的是怀念故土之意。

回到车上，司机主动表示要送我去南台，而且不另收费用，以此来弥补未能带我上北台的遗憾。但我告诉他，我一点儿也不遗憾。我已经做了想做的事，一个台已经足够。下得山来，越野车沿原路开回镇上，在显通寺的山门外，我下了车。

显通寺是五台山上历史最久的寺庙。我在镇上书店里买到的一本书里讲述了它的来历：公元 64 年，汉明帝梦中见一金人，向落日飞去。次日，与群臣计议一番之后，皇帝决定派使团出西域查访金人下落。三年后，使团从西方带回了两名天竺僧侣——摄摩腾和竺法兰，随之而来的还有驮着经卷和金色佛像的白马。皇帝将二僧安置在都城洛阳西门外供外国使节居停的鸿胪寺。后来，这里就成为中国的第一座佛教寺院：白马寺。

然而，摄摩腾和竺法兰并没有一直待在洛阳。根据一则 11 世纪的记录，来年春天官道上的积雪甫一消融，两名天竺僧就离开洛阳，去拜谒文殊师利菩萨所居之地五台山。但与此同时，中国本土的道教信徒也将五台山视为神圣道场，他们将其称为紫宫山。道士们拒绝与两名外来的和尚分享圣山，而作为外来的和尚，他们也别无选择，只好离开。

回到洛阳，摄摩腾和竺法兰上奏汉明帝请求支持。公元 71 年，皇帝将和尚和道士召集在一处，让双方将各自的经典投入火中以决高下。皇帝为何选择此种竞赛方式不得而知，我们只知道比赛的结果是天竺僧带来的佛教经典经受住了火的考验。洛阳白马寺里现在还能看见两座被称为“释道焚经台”的土堆，据说是当年比赛双方留下的。既然胜负已分，皇帝就下令准许摄摩腾与竺法兰在五台山修建寺院。

第二年，寺院在五台山落成，取名为大孚灵鹫寺——印度有山名灵鹫峰，是佛陀向弟子传法的重要场所，寺名由此而来。僧人们还在寺旁修建了一座窣堵波，藏佛舍利于其中。在印度，窣堵波本是宗教大师埋骨的坟丘，流传到中国时，已经演化为砖塔的形式。如今中国各地散落的成千上万座佛塔，最初都滥觞于此。

接下来的数百年间，灵鹫寺数度更名，到明朝时方改称显通寺，而寺旁的窣堵波也不断扩建，最后变成了一座约六十米高的巨型舍利塔，雄踞于台怀镇之上。从那以后，五台山就成为佛教徒朝拜文殊师利菩萨和禅宗大德们的圣地。

大孚灵鹫寺建成之时，传入中国的佛教经典里尚未出现任何关于文殊师利菩萨的记载，人们只是从摄摩腾和竺法兰口中听到过他的名号。到了公元 2 世纪和 3 世纪，大乘佛经被翻译成中文，《大品般若经》一类的经典开始流传，文殊师利菩萨才作为般若波罗蜜多这种新兴教法的首要发起人，正式出现在中国人的视野中。

公元 4 世纪和 5 世纪初传入的另外几部经典进一步解释了文殊师利菩萨与这种新教法的关系。据《清净毗尼方广经》所言，文殊师利原本居住在遥远的东方一个名叫“宝主”的佛国里，特为拜谒释迦牟尼而来到娑婆世界。听闻释迦牟尼讲法之后，文殊师利决定留下来助他广传教法。然而在此之前，文殊是随宝主佛国的“宝相如来”修习佛法。宝相佛的法门重于“第一义谛”，即不可言说的终极真理。因此，在追随释迦牟尼之后，文殊所传法门仍然保留着原来的风格，并以“般若波罗蜜多”闻世。公元前 383 年释迦牟尼入灭之后，文殊师利菩萨仍继续传授他的教法，但最终还是回到了东方，并从此栖止于五台山。他时不时地会在山中露面，但总是以不同的面目示人，而见到他的人也总是事后才意识到自己遇到了文殊菩萨。在我的记忆中，我见过他两次，第一次是他在山口搭顺风车，第二次则是他在帮人修建寺庙。可惜我也跟其他人一样，只有后见之明。

至迟到4世纪末，五台山已是佛教在中国北方最大的朝圣中心，正是在这个时候，定都大同的北魏政权开始在山中大兴土木营建寺庙。两百年后，五台山上的佛寺数量已经超过三百所，其中当然有不少是规模和僧侣数量都微不足道的小庙，但可容纳数千人的恢宏佛刹也毫不鲜见。直到20世纪初，五台山的常住僧侣还在万人以上。然而接下来的这一百年，对于五台山来说是段难熬的岁月，只有极少数的寺庙躲过了抗日战争和“文革”两次劫难。而佛寺重光，信徒重新走上五台朝圣，不过是最近三十年的事。

和朝圣信徒一起来到五台山的，还有导游的扩音喇叭和旅行社的大巴。在各处“景点”，导游们喋喋不休地向好奇的游客灌输着寺庙的来历和奇闻逸事。五台山已经不再是一座纯粹的朝圣中心。尽管僧人众多，并且每天都在增加，但绝大多数中国人还是以他们从小学习的唯物主义态度来看待宗教。如果你问他们，他们会说自己没有任何宗教信仰，并且乐于承认这一点：他们是游客，而不是朝圣者。但寺院里的僧人还是不加分别地欢迎他们的到来，期待着时间也许能改变这些曾经受过伤害，如今变得无比现实的大众。

我特意选择了旅游旺季开始之前的3月来到五台山，但仍然没能完全躲开游人。一群从太原来的游客跟着导游穿行在显通寺里，他们在每一间大殿驻足，听导游介绍建筑的年代和其中供奉的佛像，我在每间大殿外等着他们离开。最后，我尾随游客们来到了显通寺北面灵鹫峰上的菩萨顶，在文殊殿里顶礼过文殊菩萨像，然后走出大殿，在庭院里供了三炷香：第一炷给我的老师寿冶和尚，第二炷给憨山德清，第三炷给虚云和尚。

虚云是中国近现代最著名的禅师，也是我心目中的另一位禅宗英雄。他还有另一个名字：德清，与憨山德清一样。有人说虚云和尚的前生就是憨山德清大师。

1882年，在朝礼过观世音菩萨的道场普陀山之后，虚云发愿北上五台山朝圣，希望以此举为其父母的来生积累福报。他从普陀山启程，花了两年时间，用三步一拜的方式走完了两千公里的全程。走进河南境内时，已是第二年冬天，由于天降大雪，饥寒交迫，他身染重病，几乎死在了路上，是文殊师利菩萨以化身示现，两次将他救活过来，甚至还帮他担负了一阵行李。多年后，虚云和尚回顾往事时说，这次朝礼五台他历尽艰难，然而令得心生欢喜，并终于了悟文殊师利菩萨所说之法。

文殊师利菩萨讲解般若波罗蜜多法门的经典有不下十部之多，但是禅宗早期大师们参研和引用最多的当属《文殊师利所说般若波罗蜜经》。在这部经里，文殊菩萨对佛陀说：

> 世尊，如是修般若波罗蜜，则不舍凡夫法，亦不取圣贤法。何以故？般若波罗蜜不见有法可取可舍。如是修般若波罗蜜，亦不见涅槃可乐，生死可厌。何以故？不见生死，况复厌离，不见涅槃，何况乐著。如是修般若波罗蜜，不见垢恼可舍，亦不见功德可取，于一切法，心不增减。何以故？不见法界有增减故。世尊，若能如是，是名修般若波罗蜜。

文殊师利的教法正是寿冶、憨山德清和虚云追寻的道路。禅即由此中来。那也是我追寻的道路。

我坐在文殊殿外的阳光下，看着三炷香慢慢变短，变成青烟消散在寒冷的空气中。这时，耳边传来另一群游客上台阶的喧哗声。幸好这不是夏季，而我已经幸运地和我的禅宗英雄们独处了半炷香的时间，可以离开了。

下得灵鹫峰，我在镇上找了家饭馆吃面。正吃着，外面走进一位寺院方丈，他拉着一名比丘尼在桌旁坐下，为她要了一碗面条。比丘尼试图拒绝，她说下面的锅里肯定有猪油。饭馆老板立刻声明，他的厨房里制作素食和肉食的锅是严格分开的。比丘尼只好让步，而方丈立刻又让老板加了两个馒头。这位比丘尼是来五台山朝圣的，方丈说她已经两天没吃东西了。

不管面条里是否放了猪油，它的味道实在不坏。吃完面，我回到金界山庄，退了房，花十块钱打车去了碧山寺。离开台怀镇，往大同方向开上不到两公里就是碧山寺。上五台山朝圣的僧人大多在此挂单。它始建于4世纪末,但后世重修过多次。我走进古代的山门,径直向客堂走去。去年我曾来过碧山寺，因此认得寺院的方丈，可他眼下不在寺里。午斋时间已过，知客僧把我带去前院的客房，进了一个六人间。六张床里靠窗的那张正沐浴在午后的阳光下。大概是上午在雪地里跋涉累着了，我在煦暖的阳光里酣睡了两个小时。

醒来之后，我又去客堂看了看。方丈还没回来。信步出了寺院，我沿着一条几乎难以辨认的小径向山上走去，跨过冰冻的溪流，爬上一面陡坡，再穿过一片稀疏的落叶树林。小径的终点立着五座墓塔。去年造访碧山寺的时候，恰是寿冶和尚的诞辰，方丈曾带我来过这里。墓塔是碧山寺的方丈主持修建的，最右边那座装着寿冶和尚的遗骨。

寿冶是最初带我学习佛法的入门师父。我们结识于美国，那时我还在哥伦比亚大学读研究生。“watermelon”（西瓜）是他认识的唯一一个英文单词，而我的中文也好不了多少。但这并不妨碍他启发我亲近佛法，进入到这个由佛、法、僧三宝组成的世界中去。

那时我对寿冶的来历一无所知。过了很久之后，当我在台湾和大陆旅行时跟人提起和谈论他，才开始慢慢知道他的过去。寿冶在清朝末年出生于大运河边的港口城市无锡，他是家中五个孩子里面最小的。父亲是个小生意人，还没等到他成年便已去世。十二岁时，寿冶被送到上海的铁匠铺里做学徒。那时，他开始对武术感兴趣，还为此专门打造了一根五十斤重的铁棍，每天勤练不辍。

二十岁上，他的母亲为他定了一门亲事。但此时的寿冶已经对红尘世界产生了厌离之心，在距婚期还有一个月时，他从铁匠铺不告而别。大婚之日，新郎踪影全无，只好由寿冶的姐姐打扮成男人，将婚礼勉强应付过去，而寿冶再也没回来。此时，他已决定皈依佛门，并在上海普济寺跟随德松法师出了家。德松把他带到杭州剃度，又去南京宝华寺受戒。之后，师徒二人一道去了五台山朝礼文殊菩萨。据说，当他们来到五台时，山上风雪交加，数日不息。几年之后，寿冶又独自回到五台山，挂单在碧山寺，并自建一座小茅篷，过了一段山中修行的生活。

山中修行的意义对于修行者来说，就如研究生院之于世俗世界中人。修行者首先需要在寺院、道观或者儒家的书院里跟随师父学习，而在此之后，如果他们想发展自己的法门，就会选择入山修行。当然，这种独立的学习可以在任何远离尘嚣的环境中进行，不一定非在山中，也可以隐身于大泽，或者沙漠之中。但入山似乎是所有修行者的第一选择。入山的根本目的是隐居独处。并非所有人都适合独处，但对于那些希望超越教法的字面含义，进入真正领悟的修行者来说，独处是必不可少的。在中国，所有选择隐居修行的人，其目的都不是抛弃其他人，而是通过隐居修行来获得救助他人的方法和能力——自助，而后能助人。在过去两千年里，五台山的冰天雪地比中国其他任何山峰都更受修行者欢迎，这当然并不是因为它的风景格外宜人，而是因为它能带给修行者强大的力量。

在南台隐修了一年之后，寿冶曾短暂地回过一次上海，去接掌德松传给他的普济寺方丈之位，旋即又回到五台山，依止在距离碧山寺不远的广济茅篷。广济茅篷的住持海禅在 1888 年出家之前，是中国最负盛名的武术大师之一。自幼习武的寿冶与海禅甚为投机，于是随他继续学习武术。习练了几个月少林功夫和西藏功夫之后，寿冶决定还是独自修行，于是在附近又建了一座茅篷，闭关参研《华严经》。

《华严经》所记，为佛祖成道后于禅定中对上乘菩萨所说之法。他认为这遍摄一切教法的圆满讲授对于普通人来说过于难懂了，因此讲过一遍之后就再不复讲。寿冶迷上了《华严经》，他认为，参研华严妙法的最佳途径莫过于刺血抄经。

1936 年秋天，寿冶开始抄写全文共六十万字的《华严经》。每天他都要割破手指或舌头取血，将之混合于一种植物酒精溶液中以避免血液凝结，然后写上五百到一千个字——那可不是什么蝇头小楷，每个字都足有一元硬币般大小。就这样写了将近四年，他的身体因为失血而变得极其虚弱，但他一直坚持着，终于在 1940 年夏天抄毕全经。接着，他又用墨书抄写了三遍。

寿冶的虔诚精进令众僧大为钦服，于是请为碧山寺和广济茅篷住持——其时他年仅三十二岁。五台山上的大多数寺院是“子孙庙”，即住持须经师徒相授的传承制度；只有碧山寺和广济茅篷为“十方丛林”，对一切受戒僧众开放，可以邀请山外名宿住持。因此，朝圣的僧人来到五台山，无论是停留数天还是一住经年，大多选择十方丛林挂锡。其时正值抗日战争的战乱年月，寿冶不仅要维持自己的生计，还要照管避乱于两寺之中数百名僧人的生活。他设法从同样由自己担任住持的上海普济寺转来大笔钱财，帮助山上的僧人渡过难关。

1949 年，寿冶选择了离开。他相信大陆的宗教政策重新开放只是早晚问题，因此并没有像其他高僧大德那样随国民党势力前往台湾，而是在香港和西贡两地间往返居留，并随时准备回到大陆。但形势并没有很快好转。1970 年，他终于接受了一份邀请前往纽约。第二年秋天，在纽约城外北郊的一座寺庙里，我和他相识了。

根据碧山寺的记录，寿冶的血书《华严经》已于“文革”中被毁，另外三份墨书抄经也同时遭劫。然而，在纽约郊外的那次禅七期间，寿冶却从佛坛背后的一个小柜子里拿出了他的血书《华严经》给我看。我完全被惊呆了。他是我平生遇见的第一个和尚，其风度令我深深折服。第二天，我就决定在寿冶门下皈依三宝。

寿冶始终没有学会英语，因此他的弟子大多数是纽约地区的华侨。后来我听说他喜欢上了鸽子，并常在郊外坐车兜风。“文革”结束以后，寿冶回过几次中国。后来我在许多佛教名山都见过他留下的书法。但不知为何，寿冶并没有留在国内，最后还是回到了美国。2001 年，他在纽约圆寂，享寿九十四岁。他走的那夜是农历三月十五，月圆之夜，听说五台山上下了大雪。是山在想念他了。我也是。

我在寿冶的墓塔前坐着，直到日影西斜。墓塔周围的山林开始变暗，提醒我该回寺里去了。我点了几炷香，向我的老师顶礼。西瓜上市的季节还没到，我只能在塔前给他留下几块饼干。我一直后悔没能面谢师父的教诲，他指点我的不仅是经书里的佛法，更是身体力行的佛法，这足以令我受用终生。转身离去的时候，我注意到几只正觊觎着塔前饼干的喜鹊。墓塔周围还有野绵羊留下的足迹。显然，这儿的访客不只我一个，我留给师父的小礼物想必要由这些家伙来享用了。但这又何妨。取予间的因果，岂是因我而定？

方丈回来了。在碧山寺的客堂里，我们久别重逢，正待把手话旧，外面走进六名大同来的居士，他们用大同方言跟方丈聊了起来，我听不太懂也插不上嘴，只好坐在一旁等他们先聊。

方丈妙江是我师兄。他是 1952 年生人，老家在大同附近的阳高县。父母皆为笃信佛教的农民。妙江三岁时，他的父母分别出家为僧尼，并把他寄养在当地的一所寺庙里。到十岁上，母亲把他带到大同，让他跟着云冈石窟的守护僧藏通和尚学法。1969 年，妙江在藏通门下剃度，成了一个小沙弥。

不久，“文革”席卷至云冈。妙江被迫还俗回到农村接受再教育，但每日仍暗自坚持修行。他告诉我，那个时候他只用九分钟就能把七千字的《金刚经》背诵一过（我忘了问他现在还能否背得这么快）。大多数人背诵《金刚经》至少需要半小时，我可能要花上一个小时甚至更长时间。1976 年，“文革”结束，妙江重新回到云冈。又过了五年，妙江随藏通来到五台山，在其师兄、普化寺方丈藏明门下受具足戒，正式成为一名比丘。

1982 年，五台山佛教协会把妙江派往南京栖霞山中国佛学院学习，两年后归来，他被委以重任，开始主持重建五台山上一批久已荒废的寺庙，恢复僧伽制度。几年后，他又被派往南方，在九华山甘露寺研修一项为期六个月的寺院管理课程。再度归来时，妙江被立为碧山寺住持。这是碧山寺历史上的第五代方丈，事情非同小可，他的前任，也就是我的师父寿冶和尚也从美国赶回来参加升座仪式。此后，妙江开始重修碧

碧山寺外，华严行者寿公之塔

山寺，力图恢复其昔日的繁盛，与此同时，他还从一片白地上重建了五台名刹竹林寺，并在其中设立专司培养学僧的五台山佛学院。

妙江和大同来的居士们谈论着佛教的话题。他刚从缅甸回来，对那里的南传上座部佛教徒赞美有加。中国佛教徒通常将东南亚的上座部佛教称为小乘佛教，与他们自己修持的大乘佛教两相对应。然而，在妙江看来，缅甸的小乘佛教并不见得“小”，而中国的大乘佛教也未必就真的那么“大”。他操着浓重的大同方言滔滔不绝着，而我能听懂的也就这么多。我不知道他的口音出了山西还有多少人能听懂。

4 点 40 分。妙江终于从座位上跳了起来，“吃饭去！”冬春两季，碧山寺行晚斋的时间是下午 3 点 30 分。已经过了用斋时间，但我们还是跟着妙江一起进了斋堂，在长凳上坐下。两分钟后，桌上出现了几碗蔬菜和馒头，虽粗淡，却足以充饥。用斋已毕，妙江带我出门，上了寺里的越野车，居士们开着自己的越野车跟在后面。向台怀镇西南方向开出去五六公里，竹林寺到了。

据妙江说，竹林寺始建于北魏年间，与碧山寺大约同时。8 世纪末，一位名叫法照的唐朝高僧来到此地，按照神迹的点化扩建道场。扩建后的竹林寺拥有殿阁楼宇一百二十幢，占满了一整面山坡，常住僧人超过七千名，简直就是一座城市。然而到了 1992 年妙江住持竹林寺时，这里早已成为一片瓦砾场，中间孤零零地矗立着一座明代的舍利塔。妙江在原址重修了几座佛殿，又新修了一座四层楼的建筑，用作五台山佛学院的校舍。目前学院里有学僧五十名，他说这只是第一期工程。整个学院建成之后，可容纳数百名僧人在此学习。

一名小沙弥引着我上了佛学院的四楼，来到一个朝南的房间，窗口正对着南台积雪压顶的山峦。楼下的院墙外，一辆卡车正在隔壁的院子里卸煤。佛学院的每个房间里都装了暖气，走廊的尽头有淋浴间。新一代僧人的生活环境已非昔日可比。传统寺院里，僧人们每个月只能洗一次澡，并且须按照长幼之序在一个大浴池里集体出浴。

过了一小时，一名僧人来到我的房间，说妙江要见我。下了楼，大同来的居士们也在，还有六七位竹林寺的老和尚。一位居士走过来，送给我一串手珠，他说这是他念阿弥陀佛时用的。我一时不知如何是好，只是说了声谢谢。回过头仔细端详，才发现这是我见过的最特别的手珠：它是用某种果核串成的，每个果核的末端被钻出五个小孔，透过小孔可以看见里面的种子。我还没来得及向那位居士询问果核的来历，就被妙江拉着坐下，开始谈话。他问我有什么问题要问。我想了想，便问他五台山是否还有人修禅。

清朝以来，藏传佛教为西藏人、蒙古人和满洲人普遍奉行，五台山从此成为藏传的密乘佛教的重要中心。现在山上还建有禅堂的寺院只剩下三所：显通寺、普化寺和碧山寺，妙江告诉我。不过另外还有十几座寺庙里有僧尼修禅。他说的是“研究禅”。他喜欢用“研究”这个词。修禅如同做研究，研究此时此地，研究五蕴十二处十八界，研究心。“每一念都是修行，”他说，“并不是非要看书才能学佛。一念即佛。思考空和有。研究这些就是修禅。喝茶也是修禅，吃饭也是修禅。禅是一切修行的基础。”我只听懂了这些。我之所以能听懂，还是因为他一边说一边在纸上写下了这些内容。

妙江说了一个多钟头。我最多听懂了百分之五。他的口音是我听过的最难懂的。在这一点上，我并不孤独，我跟许多认识妙江的僧人聊过，他们都同意我的看法。不过他们也指出，时间长了习惯了就会好一些。我的时间显然还不够长。但是已经很晚了，我们都有点疲倦。回到房间，我在床上躺下。南天密集的星斗在窗前低垂，仿佛伸手可及。

在中国和亚洲的其他一些地方，自古以来流传着盘古开天辟地的神话故事。盘古左手执凿，右手持斧，在鸿蒙中劈凿了一万八千年，终于开辟出一片天地，而他自己也力竭而死。他的身体化作世上的山脉。我望着窗外出神，心里想着为什么山和山之间还会有名气和等级的高下之分。难道在那些著名的山上看星星更清楚，看月亮更圆？佛陀在不止一部佛经里说过，他可以令十方世界所有声音，都变作诸佛讲法的声音，演出“苦、空、无常、无我”之音。也许这些佛音在名山上听得更清楚？

夜色已深。寺院里响起了晚钟，一下一下，历数着堕入轮回的一百零八种苦，助我沉入梦乡。

天还没亮我就醒了。我打算坐7点钟的班车去石家庄，妙江已经安排了司机开车送我去车站。我打点好行囊下了楼，跟着妙江走出房门。越野车还没到，等待的这会儿工夫，他又跟我谈起了禅。一切事物都是禅，他说。但他的口音即使在大清早冰冷的室外也没有变得更容易懂，我竖起耳朵拼命听，依旧徒劳无功。大概听不懂也是禅罢，我心想。司机终于来了。我们互道珍重，就此别过。即使我听不懂他说些什么，内心深处依然对他有种眷恋。我知道我们还会见面的。

回到台怀镇，不幸发现，直达石家庄的班车只在5月到10月间运营。想在3月里去石家庄的话，只能先坐车到太原，这意味着在路上要多花三小时。爱谁谁吧。绝望之中，我差点跳上一辆空无一人、正满街转悠拉客的中巴。妙江的司机很有经验，他告诉我这车不拉满客人是不会出发的。他带我找到一辆已经装了半车人的中巴，送我上了车。7点30分，我们终于出发了。

这些中巴是中国改革开放结出的硕果之一。任何人只要能凑够一辆车的钱，就能搞到营运执照，干起公交的买卖。这些私营车主并不从汽车站发车，他们游弋在火车站、长途汽车站、集市或者重要路口附近，随时停车拉客，不装满人决不出发。而即使在它们终于出发之后，也会寻找一切机会在路上拣人。如此一来，速度自然是快不了，但是对于乘车人而言，这意味着你可以站在中国任何一条公路上的任意一点，等着长途车经过，它招手即停。我现在坐的正是这么一辆私营中巴，前往太原的一路上，乘客们流水般上落。11点10分，我们终于到达太原汽车北站。

我向中巴车司机打听去石家庄的班车。他说我得上汽车南站。我忘了先哲“兼听则明”的教诲，闻言直奔汽车南站。南站的售票员一句话又把我打发回北站。北站的售票员告诉我，南站北站都不对，应该去火车站旁边的太原汽车总站。这回总算对了，等我赶到那儿，刚好有一趟开往石家庄的班车十五分钟之后发车。我拿出五十块钱买了车票，上车，车上只坐了一半的人。尽管这是辆国营班车，司机仍然慢腾腾地在城里转悠，试图多拉几个人，直到出了城，开上高速，班车终于飞驰起来，向太行山驶去。我打开日记本，看到一句话:“地不自灵，因人而灵。”这是我从碧山寺里一通 15 世纪的石碑上抄录下来的句子。它让我想到，糟蹋、毁掉一个地方的也是人。我起了点小烦恼，随即便放下了。

第四章　无家

售票员把我从梦中唤醒时，我们已开出太行山，行驶在一望无际的黄河冲积扇上。这片平坦的冲积平原西起太行，东到渤海，北达北京，南抵洛阳，是华北平原的主要组成部分，它完全由黄河中的泥沙堆积而成。一百多万年以前，青藏高原的猛烈抬升造就了黄河，从那以后，它每年从黄土高原携带大量泥沙入海，最终填成这块三十九万平方公里的陆地。此时，我的脑海中出现了一只无人看管的消防水龙，它以每年十亿吨的速度向大海喷射黄泥浆。公元前3000年左右，华夏文明就在这稳步扩张的泥浆帝国之中诞生。

车子开进了一家中石油的加油站。穿着蓝色制服的售票员宣布，下车放水的时间到了。我跟着她下了车，外面刮着漫天黄土，加油站看起来如同一部火星电影的外景地，又像是在做梦。我低下头，眯起眼，跟着售票员的黑色高筒靴向洗手间走去。

一个钟头之后，也就是离开五台山八个钟头之后，石家庄到了。我曾经多次乘车穿过这座千万人口的省会城市，却从没想过要在此停留，这次也不例外。石家庄只是我前往赵县柏林寺的必经中转之地，但此时天色已晚，我渴望着回到暖和的房间，洗上一个热水澡。我出了车站，拦下一辆出租车，让司机帮我在河北省博物馆附近找间旅馆。每次路过石家庄，我都会冒出访问省博的念头，但从未付诸行动，这次机会来了。出租车开到了石家庄国际大厦，硕大无朋、装满河北省各种奇珍异宝的博物馆就盘踞在它对面的广场上。

国际大厦是一间四星级酒店，它那满铺着大理石的大堂令人望而却步，不料价钱却格外公道：二百九十块人民币。房间里甚至还配了台电脑。我试了试上网，没能成功，但好歹也算是见识了四星级的待遇。除了电脑之外，四星级的享受还包括一套细瓷工夫茶具和一只电茶壶。我立刻拿出乌龙茶,为它们找到了用武之地。正在烧水的时候,服务生敲门进来,送了我一盘水果。这种事情在我通常下榻的那些低星级甚至没星级的旅馆里可从来没发生过。

我手端茶杯凭窗眺望，为自己终于逃离尘土飞扬的室外感到欣慰。但我已经一天没吃东西了，八个小时的长途车貌似让我的后背发生了点故障，我没办法挺直腰杆，只能弓着身子行动，而且必须咬紧牙关才能做到。问题不解决，还是不能踏实地休息。我出了门，下楼向门童打听附近的盲人按摩——这是中国盲人最为擅长的行业，中国的每座城市里都有一条街上汇聚着一群长于此道的盲人，但不幸的是，石家庄的盲人按摩一条街离国际大厦太远了，门童给我推荐了附近一家普通的按摩中心。

我顺着他手指的方向穿过大街，向北走了几个街区，看到一块写着“健康洗浴”的招牌。推门进去，五个穿着白色短袖工作服的女人正挤坐在一张橘红色人造革沙发上。我的第一印象是，这里看起来像个妓院。我问她们“有没有按摩”的时候，自己先心虚起来。“当然有。”女人们回答道。真是明知故问，难道她们会说“不，我们这儿没有按摩”？我意识到了自己的愚蠢，便推说我不想让女孩子给我按摩，便要转身离开。其中一个女人笑了起来，对我说她们不是女孩子。她说话的样子好像这事很可笑,于是我又回过头问价钱。她说按摩一节四十五分钟,十五块钱。我对自己说，这个价钱只可能是按摩，不可能是别的。给我报价的女人掀开一块白色门帘，把我带进房间，里面是四张铺着白色床单的按摩床。我脱下外套挂在衣架上，掏空口袋里的东西放在旁边的板凳上，然后脱鞋上床趴下。我向按摩女简单报告了后背肌肉痉挛的病情，接着她便投入了工作。

我们聊了几句。她的口音听起来与众不同，不像普通话那么硬。她说她的家乡是靠近朝鲜边境的一个小城。我问她为什么到石家庄来，她不肯说。按摩女的按摩手法极其娴熟，她看起来将近四十岁，绝不像刚入行的新手。她说做这行已经七年了。我开始琢磨，七年前她的生活中发生了什么，让她走上另一条谋生之路？最先想到的是婚姻失败：她和老公一起来石家庄打工，离婚，于是不愿意再回家乡。但这也太烂俗了。我又突发奇想：会不会是牢狱之灾？那也太惨了点。而且她看起来性格开朗，不像是有过那种经历的人。我又重新回到婚姻失败的小事故上，继续推演着。

终于，按摩女打破沉默，把我从胡思乱想中解救出来。她问我是哪儿人。我本以为这是显而易见的事，但看来并非如此。当我告诉她我是美国人时，她十分激动，立刻把她的四个同事都叫了进来，让她们猜我的身份。她们全都说“新疆人”。我再一次被误认为维吾尔族人，这都是那把大胡子的功劳。按摩女得意地笑起来，说她们都猜错了，我是美国人。她们不肯相信，直到最后付钱时，我拿出护照给她们看过方才信了。这家按摩中心离国际大厦咫尺之遥，我以为肯定曾有其他外籍人士光顾过，但她们说我是头一个。她们还特别留意了我的出生日期，然后说我看起来比实际年龄至少年轻十五岁。听了这话，再加上刚才的按摩，我感觉浑身骨头大轻。弯着腰进来，挺直着出去，老夫焕然回到了四十五岁。

出门之际，我请按摩女推荐一个吃饭的地方。她跟我一起走到门外，隆重推荐了按摩中心隔壁的饭馆。那儿看上去挺干净，还铺着地砖——根据以往的经验，这说明饭馆很靠谱。它看起来像是家新装修的餐厅，以前可能只是个面馆，而现在则供应各种炒菜。屋里放着五张橘红色桌面的饭桌，一对年轻人占用了其中一张，一个小姑娘坐在另外一张前面做作业。小姑娘的母亲就是饭馆的老板娘，她站在柜台后面。我挑了张桌子坐下，她拿来了菜单。

我已经不知道如何在中国饭馆里点菜了。哪怕是街边的小吃店，也能拿出一本密密麻麻好几页的菜单，所有的菜名都让人眼花缭乱，只有熟客才知道是什么意思。我实在懒得一道道菜问过去，就让老板娘建议几款。她推荐了一道煎蘑菇和一个青椒腐竹。听上去不赖。

老板娘下单去了，她女儿走过来，自我介绍说，她今年十岁，已经开始学英语了。她的词汇量还不足以向我发问，但并不因此胆怯。她用中文问我从哪儿来，在中国干什么……几乎什么都问到了。看得出来她是真的对我感兴趣。我很享受这样的谈话，巴不得饭菜慢点上。可惜事与愿违，我的菜很快端了上来，小姑娘也乖乖地回去继续写作业了。

老板娘的推荐棒极了，尤其是煎蘑菇。我向老板娘致敬，而她则向我传授了秘诀：她用的是特别适合油煎的双孢菇，而不是香菇。一盘煎蘑菇、一盘青椒腐竹，加上一碗米饭，一共十五块人民币，跟按摩的价钱一样。

已经节约了一晚上，现在该奢侈一把了。在国际大厦楼下，我走进一家哈根达斯，挥霍掉当日预算中省吃俭用出的二十八元人民币，换来一个抹茶口味的冰激凌球。我一面享受着这豪华的自我犒赏，一面恭喜自己历尽千辛万苦终于从五台山来到此地。我的腰板挺得很直。接下来的热水澡和我想象的一样热气腾腾。更有甚者，我终于又能洗衣服了。我是个快乐的旅行者。

次日醒来我依然快乐，腰板依然挺直。我为自己生活在这样一个时代感到幸运：这个时代的朝圣之路上，有按摩，有热水澡，甚至还有冰激凌球。喝完例行公事的早咖啡，又在马桶上写了日记——旅行者的一日之计全在其中了——我下了楼，穿过大街和广场，来到期待已久的河北省博物馆。

广场中间，一群系着红腰带、挥舞着红绸子的人正整齐有致地扭着秧歌，旁边还有一个人敲着一面大鼓为他们伴奏。中国各地的城市广场上都活跃着这样一批人，他们除了扭秧歌，还跳交谊舞，曾经活跃一时的各种气功反倒日渐式微了。不过，与气功类似的太极拳如今还有市场。此刻，博物馆广场上的秧歌队旁边就有两群打太极的人，其中一群看起来敷衍潦草，另一群则气定神闲，一招一式慢得简直让人难以卒睹。

博物馆建筑是典型的苏联风格，类似的建筑盘踞在中国的每一个省会城市中心。它们体量巨大，充满压迫感，设计者的意图显然是要令外来者心中产生这样的印象：房子里面装着很重要的东西，闲人勿扰。就此而言，这是非常成功的设计——博物馆里除了保安和我之外就再没别人了。我在各地旅行时曾经一再碰到这样的情况：我想看的那座石碑、造像或是石棺已经被文物部门移送至省博物馆保存起来，看来今天终于可以一睹为快了。

很不幸，我的期待落空了。河北省博的底层被“今日河北”所占据：这里展出着从摩托车到拖拉机，从化纤到电器的所有事物。我把它们抛在身后，径直向二楼的“古代河北”走去。看得出来，这里也是经过精心布展的，但这仍然是我见过的最糟糕的省级博物馆。要知道，河北处在中国古代世界的核心地区，紧挨着那个巨大的喷射黄色泥浆的水龙头。而它的省级博物馆就只有这点东西？出门的时候，保安为我解惑：所有我想看的东西都在库房里藏着，要等到若干年后新博物馆建成才会展出。原来相见恨早。

回到酒店，正式与四星级享受作别。退了房，重新回到火星般的天空下，我犹豫了一下要不要再去做一次按摩，最后还是决定赶路要紧。天气已经比前几天暖和了，但天空完全被黄土笼罩。这是我第一次见识华北的 3 月，我本以为漫天沙尘只是暂时的气候现象，但事实上，一直到我几天之后离开黄河冲积扇，进入洛阳地界，才彻底告别了黄色的天空。

我从国际大厦楼下打车去汽车南站。五分钟之后，上了一辆去赵县的公交车。赵县在东南方向，距离石家庄只有四十公里。我热爱中国的公交系统，它能把你带到任何地方。当然，这是因为中国有十几亿人口。但不管怎样，它是我喜欢在中国旅行的原因之一。我不能理解为什么如今每个人都想买辆车。另外，原来那些自行车怎么都不见了？幸好公交车还在，而且比以前更多了，公路也修得更多更好了。从国际大厦出发后不到一个小时，我已经进了柏林寺的山门，沿着东廊向客堂走去——要想在寺院挂单，必先去客堂报到。

公元 857 年，赵州从谂禅师创建了柏林禅寺。赵州禅师的师公，是著名的马祖道一，他是第一个将各种语言之外的教法引入禅宗的人：吆喝、拧鼻子、扇耳光，这些都是他最喜欢的方式。赵州禅师同样避免用语言直接开导弟子，但他的风格要温和得多。对于弟子们的提问，他最常用的回答是：吃茶去。

我进了客堂，正好看见方丈明海在跟一个僧人讲话，他也看见了我。我们互相挥手致意。我们每次见面都用这种方式打招呼，我也搞不清楚为什么。我走过去寒暄，简单聊了两句。一个星期以前，来柏林寺参加般若法会的时候，我们没找到机会交谈，但令人遗憾的是，这次他依然没有时间，他要去北京开会，即刻就要动身。我们刚见面就说再见了。

明海把我托付给了一个名叫崇度的高个子年轻和尚。我请他帮忙约见寺院里的几位资深僧侣，最好从典座（负责大众斋食者）开始。我们交换了手机号码，崇度带着我去了寺院西侧供居士住宿的云水楼，让一位姓刘的女居士安排我住宿。刘居士在云水楼已经服务了十二年。

柏林寺曾在民国年间毁于洪水，劫余的两座大殿又在“文革”期间被拆毁。1983 年，当地的一所师范学校在废墟上建起了校舍，到了1988 年，净慧开始推动河北省的佛教复兴，柏林寺的基址又重新回到僧人手中。净慧住持柏林寺期间，重建起一片规模宏大但并不奢华的寺院，常住僧人在一百到二百名之间，由此跻身全中国最大的佛寺之列。

如今你在中国旅行，根本无法想象，中国的寺院生活曾在几十年前的“文革”中几乎绝迹。寺院和僧侣现在俯拾皆是，几乎每座城镇、每个山谷里都至少有一座寺院。古代汉语里，“寺”的原义是指官方机构，比如掌管皇家侍卫的光禄寺，掌管宗庙礼仪的太常寺，等等。公元 67 年，第一批来到中国的僧人就被安置在负责接待外来使节的鸿胪寺里。

那时候，外国人是不许在中国的城市中过夜的，因此，鸿胪寺设在城门外。当来华的僧人数量越来越多，原来的政府机构便搬到了别处，它原来所在的位置则留给了僧人们，并被改称为“白马寺”，用以纪念那些随僧侣而来的驮运经书的马匹。就这样，原本与佛教毫无关系的“寺”字，从此被用来指称佛教的道场。

当第一批寺院在都城洛阳出现之后，更多寺院开始随着外国商旅的足迹崛起于中国各地，并吸引了越来越多的中国人亲近佛法，进而催生出越来越多的寺院。和印度一样，这些早期的中国寺院是佛教的僧伽——也就是僧侣团体——跳出三界红尘之后居住的地方，他们在此专注于冥想修行、钻研佛经、举行仪式，以及教导他人。

与印度不同的是，居住在寺院里的中国僧侣并不依赖托钵乞食过活。中国人向来对乞讨者缺乏敬意，因而僧人们只能依靠在家信众的布施供养。这些信众既包括了和他们一起从丝绸之路远道而来的中亚商人，也包括他们在中国的生意伙伴，因而获取足够的供养不成问题。汉代以后的魏晋南北朝时期，佛教更成了许多统治者偏爱的宗教信仰，僧侣的生计越发不用愁了。

在相当短的时间内，佛教寺院如雨后春笋般遍布全中国。但这些并不是禅宗寺院。禅在此时尚未来到中国。这一时期的寺院生活都是仰赖他人，而非自给自足的。中国的第一所禅宗寺院要到 7 世纪初才由禅宗的第四代祖师道信和尚开创出来。而一直到了 8 世纪末，百丈怀海禅师才将禅寺的生活方式最终确立为系统化的制度，并一直沿用至今。

百丈禅师创立的制度被称为“清规”。与别处的和早先时代的寺院不同，《百丈清规》明确规定僧人必须集体生活，并参加集体劳动以实现自给。《清规》甚至规定僧人必须和普通农民一样为自己的收成纳税。有人将其总结为“一日不作，一日不食”的信条。尽管柏林寺与中国所有其他寺院一样，现在都失去了可供耕种的土地，但在其他方面，它仍然遵循着百丈禅师建立的集体生活与修行的禅林制度。要想一窥禅宗寺院的生活方式，柏林寺是当然之选。

刘居士领着我穿过一道拱门，门上的书法题刻提示我，过了这道门，就是“红尘不到”的清净世界了。然而它并不能阻挡来自蒙古的“黄尘”，刚过中午，天色已经因为沙尘遮蔽而变得如傍晚一般。沿着西厢的长廊，我们来到一个三人间，刘居士请我自己选一张床。她走开了一会儿，回来的时候给我带来两只装满热水的暖瓶，还有一盏台灯——崇度跟她交代过，我有时候需要写点东西。

看见热水，我想起自己的咖啡存货已经用光了。幸好附近的商店就有的卖。我走出寺院的山门，对面是一方荒草丛生的广场，周围挤满了各种小商铺，广场尽头是一家百货商店。在一间贩卖佛教用品的商店门前，端坐着三尊巨大的木雕佛像，每尊有近四米高，雕工相当不错。佛像素面朝天，尚未敷彩妆金，能看出它们伟岸的身躯是由数十块粗大的樟木和杉木料拼接而成的。大概要等到佛像有了买家，或者运到佛殿里安置好之后，才会最后决定彩绘的风格。我走进店铺，向店家询价。她说三尊佛像一共一万五千元，店里负责送货，全球可达。可惜我家没有这么大的客厅，但我仍然要了一张店家的名片，以备不时之需——说不准将来认识什么人，坐拥华屋高阁，又恰好想请几尊特大号的佛像供在厅堂里呢。

我走到广场尽头，进了那家百货商店，掀开用来挡土的厚重塑料门帘，惊讶地发现商店里一片漆黑。所有的灯都关着。门口负责存包的女人告诉我，现在正全城停电。扫描条码的机器没法用了，收银员也不知道商品的价格，而知道价格的营业员则散布在商场深处，双方的通讯基本靠喊。除了此起彼伏的叫喊声，百货商店还算是正常营业，而且看起来没有人对此大惊小怪。我补充了咖啡存货（搭配白色粉末状咖啡伴侣的小袋速溶咖啡），又顺手买了一包巧克力杏仁饼干。回到云水楼，大快朵颐之后，我躺下睡了个长长的午觉。可能是五台山之行把我累着了，也或许是身体又要出故障了。

终于醒来之后，我出门去找崇度。他说已经安排好我和典座见面，地点就在客堂里。我已经来过柏林寺许多次，但只有这次是带着明确的目的而来：我想要了解禅宗寺院如何运转，怎样帮助僧人们修行。我曾经无数次接受寺院的款待，体验寺院生活的诸多方面，但从没想过去了解它的运行机制。对我而言，它始终是个谜。

对寺院好奇的不止我一个。前往客堂的路上，我遇上了好几批游客，他们由居士领着参观，并被告知寺院里的各种规矩。对于佛教徒而言，这一切开始于公元前 432 年释迦牟尼证得无上菩提的那一刻。在那之后，他的身边聚集起一批信徒，他们形成了最早的僧伽——在梵语中，僧伽的意思是为了同一个目的走到一起的人们。早期僧伽的共同目的是涅槃，到了后来，这一目的转变成证悟。但不管是涅槃还是觉悟，都意味着要从无尽的生死轮回之苦中解脱出来。

佛祖成道后，曾往来于印度次大陆的诸多小邦国之间传法。他的追随者越来越多，常有虔敬的信徒远道而来，请求世尊前往他们的家乡为大众说法。舍卫国中的长者须达多就是这样一位信徒，他为了让佛祖来此居停，便打算寻觅一所庄严堂舍。他寻思："今此何处，有不近不远，行来游观，其地平博，昼无众闹，夜无音声，无有蚊虻蝇蜂毒螫之属，我当买之为佛故立僧伽蓝。"（《四分律·卷第五十》）后来，他买下了祇陀太子的花园，送给释迦牟尼及其弟子居住，这便是著名的祇树给孤独园，又称祇园精舍。类似的"精舍"慢慢多了起来，其中有些精舍逐渐成为佛教僧伽常年居住的场所。到了佛陀圆寂的时候，在一些重要的精舍中已经住有上百名僧侣，成为永久性的寺院。佛教徒的集体生活就是从那时开始发端的。僧人们仍然会到各地云游，但不论走到哪里，他们总是栖止在寺院之中。

许多宗教在其早期历史中都经过类似的发展轨迹，从一开始的个体探索，逐渐转向同道互助。佛陀住世期间曾教诲弟子，修行解脱之道在于"戒定慧"三学，也就是说，解脱来自智慧的培养和领悟，智慧须从定心中求得，而定心则依赖持戒守律——日常生活中一切行止都应遵循戒律的约束。

佛陀示寂之前，弟子们向他问求最后的教诲。在这最后的时刻，他并未提到定与慧，却特别提醒弟子们应当尊重、珍敬"波罗提木叉"——也就是他在住世传法的四十九年里制定出的一整套行为准则——除此之外，其他的事情就要靠弟子们自己了。戒律的确是一切的前提：只有依戒行止，才有可能在集体生活中和谐共处，然后才谈得上抛却烦恼，养心修定，最终走上领悟和解脱之道。

美国佛教学者尉迟酣 (Holmes Welch) 曾如此评价中国寺院的共住

生活："其原意乃欲创造一个模范的社会，使整个世界可以模仿。这样，即有一切'理想国'之感应。其理想真是引人，其实现亦甚惊人，而其失败之处，则需同情的了解。"（译文引自尉迟酣著《近代中国的佛教制度》，包可华译本）。

即便是理想国里的人也得吃饭。我一直觉得，在任何一个集体里，最重要的地方就是它的厨房。这大概是我的一家之见。正因如此，我约见的第一位资深僧侣就是柏林寺的典座。他的法名叫明清，四十岁上下，身材偏瘦，正在客堂里等着我。我开玩笑说是不是搞错了，掌管斋食的和尚怎么可能这么瘦。明清笑了起来，回答说主要是因为太忙，没时间"以权谋私"。

每天早晨，司厨诸僧和其他僧人一样 4 点半起床。但他们并不参加 5 点钟开始的早课，而是前往大寮（厨房）准备早饭。早饭结束后，他们通常在 7 点钟左右收拾清理完毕，然后休息两个钟头，9 点钟开始准备午饭。午饭后再休息两个钟头，下午 3 点做晚饭，4 点半开饭，6 点钟结束一天的工作。有的司厨僧人这时会回自己的房间修行或者处理私事，其他人则到禅堂加入晚间的打坐。

一般情况下，柏林寺常住的僧人和居士总数在二百人左右。相应地，厨房里有五六名司厨的僧人，以及相同数量的俗众帮工。遇到佛教节日（每年会有五六次），寺院里用斋的人数会暴涨至两千人甚至更多，而这时大寮里的人手则要增加一倍。下厨的俗众是领工资的工人，僧人则由知客负责指派，几个月换一次。当然，如果有当值结束的僧人愿意继续留在大寮，可以自便。明清就是这样留下来的，他已经当了三年典座。他说，这份差事令他学会了谦卑和自我控制，因为大寮里经常会乱作一团。这里不仅是他的工作地，也是修行地，是修炼心灵和服务僧伽合二为一的场所。向我介绍他的工作职责时，明清不停地强调这一点。

喝了杯茶之后，明清带我去了大寮。我参观了两个和尚做馒头的过程，旁边还有两名俗众在一口比我家整个灶台还要大的大铁锅里煮汤。我们去的时候，下午的两小时休息时间刚结束，大寮里的活计还没开始忙起来。真正的做饭时间只是开饭前的十五到二十分钟，而准备工作则需要耗用一个多小时。

除了大寮的运作，典座还要负责决定大众的食谱。在过去，典座还掌管寺院名下的农田、果园，甚至花圃。而如今的柏林寺坐落在一座小城市里，它已经失去了所有可用来耕作的土地，因此食物原料都购自当地的批发商，或者来源于居士们的供养。有些居士就愿意供养米、面、植物油以及各种干货。

我问明清如何决定每日食谱，是不是有本菜谱什么的可以参照。他说没有，全靠自己想办法。大多数时候，大寮只是做些常见的饭菜，但有时也会实验一些新的配方，从中不断总结。反正所有的饭菜都是素斋，所以即使是实验失败也差不到哪儿去。自从中国的佛教徒放弃了印度的乞食传统，转而在饮食方面自力更生之后，他们就开始避免吃肉、蛋，以及那些具有催情作用的食物如洋葱、蒜和番茄，等等。对于番茄，僧人们其实尚未达成一致意见，所以每次看到碗里出现一片红色的东西，我都会心一笑，那一定是某个叛逆的典座所为。

大寮的墙上，俯瞰那口巨型大铁锅和砧板的地方有一个佛龛，里面供着一尊蓝皮肤、红头发的小佛像，他就是监斋菩萨。佛龛旁边贴着张白纸，上面写着大寮和斋堂的规约，提醒僧众须遵守“一日不作，一日不食”的清规，不得擅入大寮取食，不得在斋堂之外的地方，比如自己的房间里用斋，等等。居士自备的点心当然不在此列。不过后来我曾偶然经过大寮，看见几名六七十岁的老和尚进去盛了食物，带回房间去吃。如果问起来，他们大概会说那不是饭，而是“药”吧。

从大寮出来，明清带我来到一个大门敞开的房间，这是寺院里的茶水间。在房间的尽头，放着两个巨型锅炉，每个都能装大约两吨水。从前，烧开水用的是木柴或者煤，而现在则是用电。一根水管连接着锅炉和沿墙而立的一排水龙头，下方是用水泥砌成的水槽。柏林寺的僧人和住客每天都会拎着暖瓶到这里来打开水。每个锅炉上都装着温度计，便于人们掌握水温。

柏林寺大寮

接下来是斋堂。和所有的斋堂一样，它极为宽敞，有十米宽，五十米长，一条中央走道将房间分成左右两半。走道的尽头供奉着一尊观音菩萨像，在佛坛下方放着一套桌椅，那是方丈用斋的地方。走道两旁成排的长凳和餐桌则是留给其他人的。

僧俗大众入座就餐也有规矩：前排左右两侧都是众比丘的位置，后排右侧供优婆塞（男性居士）就座，比丘尼和优婆夷（女性居士）则须坐在后排左侧。中国寺院的斋堂大都如此安排，因为传统观念中左为阴，右为阳。据明清说，柏林寺的斋堂可供四百人同时用斋。除此之外，隔壁还有两处小型斋堂，可以容纳一百人，主要是为重要的客人所开辟的。当柏林寺举办重要法会，来宾多达两三千人的时候，人们就只好轮流用斋，每十五到二十分钟一轮。

在古代印度，佛教徒遵循“日中一食，过午不食”的传统。然而中国的气候比印度更为寒冷，需要更多的食物补充热量，因此中国的寺院除了午斋之外还有早饭，有的地方甚至还供应晚斋。为了符合“过午不食”的训诫，他们把晚饭称为“药石”，通常是午斋时留下的剩饭菜。我注意到，大多数年轻和尚都省去了这一顿。

晚饭时间快到了。我谢过明清的耐心讲解，出了斋堂，到寺院外面找了家简陋无比的网吧，上网查过邮件，回来时正好赶上晚饭。按照寺院的规矩，我在斋堂后排右侧的长凳上找了个座位，与男性居士和俗众帮工们坐在一起。整个斋堂大约有二十排长凳，每条长凳上能坐十个人。长条形的餐桌上，每个人面前放着一双筷子和两只碗。念过供养词之后，八名僧人开始拎着饭桶为大众盛饭，一只碗装米饭，另一只盛菜。还有一名僧人负责给每个人分发馒头。快要吃完的时候，又有一名僧人走了过来，分给每个人一枚苹果。用斋期间是禁止交谈的，然而几名俗众帮工还是忍不住交头接耳起来。巡视斋堂的僧人很快发现了，快步走过来制止了他们。

早午两次用斋期间，每个俗众都必须等到僧人全部斋毕，排队集体退出后才能离开。晚饭则没有那么严格，因为它并不算真正的“斋饭”，所以任何人吃好了随时可以走。我起身离开的时候，坐在我旁边的一位居士也站了起来，跟我一起出了斋堂，没做任何试探便立刻跟我聊了起来。

我们正在寺院里边走边聊，一名僧人走了过来，自我介绍说他叫明影，是设在柏林寺内的河北省佛学院的教务长。他请我们到学院的接待室坐一会儿，一起喝杯茶。他的邀请令人无法拒绝，于是我们一起去了佛学院。明影拿出一罐台湾高山乌龙，开始为我们沏工夫茶：在一只紫砂茶壶里装上三分之一壶茶叶，浇上开水，然后立刻倒掉——第一泡是用来洗茶和“醒茶”的。开水再一次倒进紫砂壶，泡上二十秒钟，便被斟进茶盘上的四个小茶碗里。除了教务长、居士和我，还有一名佛学院的学生加入了茶会。

明影介绍说，佛学院里有六十几名学员，他们修习各种佛学课程，这些课程的修习时间长短不一，从三年到六年都有。最近几年，中国各地开办了十几所类似的佛学院，佛学院希望出家的僧尼都能进入学院学习一段时间。当然这不是必须的，只是一种建议，因为有些僧尼会觉得学识不够，而另一些则可能对此不感兴趣。钻研佛经也是通向解脱的重要门径之一，即便是不太重视文字的禅宗大师们，讲法开示时也常常会引经据典。我没有继续追问佛学院都有哪些课程，着重讲哪几部经典，因为我已经明确感觉到自己要病倒了。喝下第一杯茶之后，我站起身来，向我的茶友们道声晚安，便告辞了。

第二天醒来，我觉得自己仿佛迎面被人给了一拳，鼻子完全失去了知觉。它整夜不停地流着清鼻涕，我几乎没怎么睡着，直到天快亮才终于昏沉睡去。8 点钟的时候，崇度的电话把我从梦中唤醒。离开北京之前买了这部手机现在看来是明智之举——有了它，我就可以躺在被窝里跟人说话了。但它的优越性也仅此而已。崇度问我是否有时间和柏林寺的僧值见面。这根本不是个问题，和僧值见面是我要求的。我赶紧穿好衣服，强行把自己拖出被窝，穿过寺院来到客堂。明一已经在等我了。

寺院里掌管客堂的职位主要有两种：僧值和知客。在担任僧值之前，明一也做过知客。由于前任僧值突然离开，他才接任了僧值的职位。正常情况下，僧值的正式任命仪式要在农历正月十五或者七月十五举行。但对于明一这种临时突发的情况，只好一切从权。

寒暄过后，我们分别落座。明一为我倒了杯茶。他看起来三十五六岁，长着满月一般的圆脸。去年刚从湖北黄梅的四祖寺迁来柏林寺。四祖寺的方丈正是负责重修柏林寺的净慧。柏林寺竣工之后，净慧把方丈之位传给了弟子明海。由于两座寺院之间有这层师徒关系，所以僧人们经常在两寺之间走动。柏林寺有许多“明”字辈的僧人，他们都是净慧的弟子。师承关系在中国佛教界的重要性一点也不亚于它在传统中国社会中的意义。僧人如果外出挂单，无论是暂住还是常住，都会被问及他们师父的来历。

明一开始向我介绍客堂的工作内容——这里并不仅仅负责接待访客，寺院里的一切活动都与它有关。僧值则相当于寺院里的警察。他负责维护寺院的秩序，确保寺院的一切活动合乎戒律的要求。每次法会仪式之前，他要负责检查场地，照管与会的僧俗大众。不仅仅是对法会负有责任，寺院中进行的一切集体活动，包括用斋，僧值都负有纠察的职责。

如果发现有人触犯戒律，他有责任敦促犯戒者改正。如果犯戒者属于累犯，并且不思悔改，僧值有权不经过方丈同意就将其逐出寺院。明一每天必须四处巡查，确保寺院各处都合乎清规戒律。我问他寺院的规矩是谁定的，他回答说范本来自9世纪的《百丈清规》，但在此基础上已经有多次修改。每个寺院都可以根据自己的具体情况在《清规》上增减条目。

在明一看来，现如今最好的清规制度是虚云老和尚为江西云居山真如寺订立的规约。真如寺是虚云住持的最后一座寺院，他在那里度过了生命中的最后十年，直到圆寂。虚云几乎是以一人之力推动了禅宗在近代中国的复兴，他在真如寺制订的规约受到所有人的推崇。不幸的是，它从来没有发表过。[①]明一在真如寺打过禅七，当时曾试图抽空抄写一份，但最终没能如愿。他告诉我，真如寺也好，其他禅宗寺院也好，订立规约的目的是为了保证修行能有良好的环境。它并不仅仅是一套约束行为的规矩。

我问明一，僧值的工作是否会影响到他个人的修行？他是否希望有更多的时间去禅堂打坐？明一回答说，作为一名僧侣，他还在学习阶段，并不适合花太多的时间去打坐。他觉得应当首先学习做一名合格的僧人。在这一点上，他和我见过的许多年轻僧人都有类似之处。他们对自己目前的状态很满意——首先是能进入寺院，服务于僧伽，其次是找到了受人尊敬的僧人做自己的师父。他们并不急于展开修行。任何地方都可以修行，明一对我说。当天午斋时分，我在斋堂再一次见到了他。他在座位间巡视着，与其说是在寻找违规的僧人，不如说是让众人意识到他的存在，同时自己默默修行。

午斋过后，我再次来到客堂。这次约见的是库头（寺院物品出纳的负责人）明吉。他已年近七十，瘦小结实，待人极其友善。他是保定人，出家后便一直住在柏林寺。与这里其他担任要职的僧侣不同的是，明吉从没上过大学，他甚至连小学都没毕业，但他的能力毋庸置疑。明吉是个万事通，而且精力充沛。他带我参观了他位于斋堂楼上的房间。屋里放着一张行军床，床的四角支起蚊帐；一张宽大的桌子上放着一个花瓶，里面是一束塑料花；一个小衣橱装着他仅有的几件衣服和少量私人物品。他的房间门外放着一个杂物箱，那是库房收留的流浪猫睡觉的地方。

二楼的其他房间里堆满了寺院日常所需的各种物资。未经方丈或库头的批准，其他人不得擅入和私自取用这里的任何东西。但有一个房间是例外，那里面装着大量旧衣服，任何人随时需要都可以进来挑选一番。虽然有如此众多的物资需要看管，明吉却只有一个助手。不过，他说，如果有大批物资需要装卸，他可以随时调用寺院里的其他僧人，尤其是

---

①已收入2009年中州古籍出版社出版的《虚云和尚全集》。——译者注

刚入门的沙弥。

明吉一边带我参观，一边向我打听美国的佛教。美国有寺院么？它们都什么样？什么样的人会去学佛？他们的修行跟这儿有什么不一样？我一一回答了他的问题：美国还真有几座寺院，但大多数寺院更像是培训机构，寺里的僧尼并不按寺院的规约共住，而是各自住在世俗环境中。对佛教感兴趣的美国人大多是受过高等教育的，他们也做法事，修禅，但他们的行止更像是在家居士而不是出家的僧侣，他们和其他的美国人一样需要为两性关系和养家糊口这样的俗事操心。明吉点着头，但看起来不像是听懂了，而更像是为自己提出的问题得到了回答而感到满意。

在第一间库房的门口，供着一尊二臂大黑天菩萨像，他一只手挥舞着短棒，另一只手擎着口袋，两脚分别踏在金银锭上，象征着他负有看管寺院财产的职责。明吉领着我穿过拥挤的库房走廊，一路上到处堆着日常用品，桌椅板凳，装满僧服、毯子和成匹布料的橱柜，库房猫在我们脚下房间倏忽来去。库房里还存放着大批供夏季使用的电风扇和蚊帐，还有灯笼，暖瓶。

看起来柏林寺已经应有尽有了。但明吉跟我说起，寺院的缝纫机还不尽如人意。他们新买的缝纫机不如以前的好用，而以前那些已经没法用了。他希望我能帮他搞一台新的锁边机。我很奇怪他为什么不直接去买一台，他毕竟是库房总管。当年我在军队的时候，掌管补给的人永远是实权派,在营级单位中,他的权力仅次于军士长。但明吉可能太害羞了，我估计他在面对其他上过大学的高层僧侣时也许会感到一丝胆怯。我女儿也许帮得上忙，我告诉明吉，她正在学服装设计，应该知道该买什么样的，我会帮他问问。他提议说要二十六号的。天知道是什么意思。

当天吃晚饭的时候，他拽住我的袖子说还是算了，反正他也买不起。我依旧不明白他为什么要自己出钱买锁边机，为什么不让寺院里报销。但他看起来很惭愧，也许是后悔不该向我这个老外求助，于是我答应了他，并决定找机会向明海方丈问问这事。

饭后，我再一次来到客堂，希望能碰上一名知客。运气不错，一进门，我就看到大知客利生正在和另一名僧人谈话。他请我入座，问我要不要来杯茶。我一边吃着晚饭时发的苹果，一边说不用了。任何人想要投奔寺院，必先上客堂报到。此处是寺院与外界联系的桥梁，而守护这座桥梁的人就是知客。利生位列柏林寺众知客之首，他来自福州，年纪三十岁左右，少年时便已出家，在柏林寺担任知客已经五年。

他似乎很清楚我来访的目的，没等我发问，就自动解说起来。作为大知客，寺院生活的大事小情整体上都在他的职责范围之内，但柏林寺是事务繁多的大丛林，一个人不可能面面俱到，因此他的手下还有三名知客：一名负责接待诸如政府官员和大施主之类的重要访客，一名负责管理寺院内务，还有一名负责维护寺院的基础设施，包括上下水、电线电路，等等。如果遇上举行重大活动，他们还会有指定的助手帮忙。

除了指导和管理其他三名知客的工作，利生还负责与所有打算来此挂单的僧人面谈。通常，行脚僧到寺院挂单，第一步便是到客堂问询，按过去的老规矩，此时他必须将自己的行李留在大门外，因为未经允许就把行李搬进客堂是无礼的。但如今进出寺院的闲杂人等很多，这条规矩只能从权，以免行脚僧的行李无故丢失。

进了客堂，拜过佛坛之后，行脚僧就坐在一旁的长凳上，等着大知客与他面谈。大知客通常都在别处忙碌，行脚僧必须耐心等待。等到他终于出现，他会先要求查看行脚僧的身份证，然后查看佛教协会颁发的戒牒。他可能还会问几个问题，以便确认来访者的身份。如果大知客怀疑行脚僧的身份或这名行脚僧的其他任何方面有问题，便会请他离开，并且不得上诉。但如果一应细节都正常无误，而云水楼仍有空余名额，他就会妥善安排行脚僧住下。

利生告诉我，在其他寺院，有的时候挂单的行脚僧只能住十几个人一间的宿处，而柏林寺全是两人间或三人间。如果行脚僧打算在此常住，利生还会跟他做一次更详细的面谈，毕竟，应允为一个人长期提供饮食住宿绝不是小事。在这次面谈里，利生会对行脚僧的背景和性格做更深入的了解，以便判断他是否能融入僧伽。面谈的结果如果不令人满意，行脚僧就得在当日离开寺院。在柏林寺这样的大丛林，比丘尼也被允许挂单，但不得超过三日，除非她们是来参加超过三天的重要法会。

客堂同时也是面向居士和俗众的接待中心。如果他们要向寺院布施，或者请僧人做法事，都会来此办理。做法事是许多寺院的收入来源——刚说到这儿，利生的手机响了。他站起身来，准备离开，寺院里的某个地方有事情需要他立即去处理。走之前他问我还想见谁。我说我想跟维那（禅堂的执事）聊聊。就在我第一百次掏出纸巾擤鼻涕的时候，利生拿起手机打了个电话，然后对我说，维那将会在禅堂门口等我。

禅堂是谢绝访客参观的禁地，但我知道它在哪儿，因为每次去见明海方丈的时候都要从它的门前经过。我走进禅堂所在的院落，抬头看见门楣上悬着一块匾，上写三个大字：无门关。维那就在匾额下站着。他是个内向的人，自我介绍极其简单，除了告诉我他名叫常辉，再没说别的。和柏林寺大多数的高层僧侣一样，常辉也是四十多岁年纪。这个年龄段的僧人获得提拔，成为寺院尼庵的中坚力量，是最近几年中国各地的普遍趋势。当然，这一趋势背后还有另外一层原因：由于“文革”期间佛教活动受到冲击，比他们年长一辈的僧侣，也就是如今应该在五六十岁的那一拨人数极少，有一个明显的断层。

常辉告诉我，维那的职责所在不仅是禅堂执事，还包括寺院中所有的佛堂。他除了要维护各殿堂的日常秩序，还须负责把各处的规矩教给刚入门的新手。这些规矩由来已久，经过长达几个世纪的漫长岁月发展而成，因而非常复杂，单是掌握最基本的部分也要花费数月。他说，柏林寺的禅堂规约，大体上遵循了由本焕禅师在广州光孝寺，以及虚云、一诚两位长老在云居山真如寺发展出的体系。

我和本焕禅师曾经有过一次短暂的交谈。每次我在广州见到他，他的身边总是围着一大群弟子。但他对向他求字的人从不拒绝。他曾对我说，书法和禅一般无二。我也很愿意看他挥毫泼墨。本焕禅师在“文革”结束之后鼎力修复了国内一批重要的禅宗寺院。他还出版过一本带有图解的禅修著作，其中详细解说了一套复杂完善的禅堂仪轨。不幸的是，那是一本大部头，完全不适合旅行时携带。我与它只有一面之缘，之后再没见过，想来一定印数很少。

一诚法师是另一种风格的高僧。他是中国佛教协会的会长[①]，但我第一次风闻他的事迹，印象最深的是他被人称为“奇佛”。几年之后，我找到机会去真如寺拜访了他，终于领教到“奇佛”之奇：他完全不顾自己亲自订立的禅堂规约，径让我和我的摄影师朋友史蒂芬·约翰逊去禅堂给正在打坐的僧人拍照，目的是为了观察僧人们有什么反应。他显然真正懂得禅堂的意义所在。而中国僧人也都以能参加真如寺的禅七为荣。

禅堂是每一所禅宗寺院的心脏，常辉说，而其他宗派的寺院则不一定会有禅堂。在汉传佛教的另一大宗派净土宗的寺院里，禅堂就被念佛堂所取代，僧人们主要的修行手段便是在念佛堂中念诵阿弥陀佛和观音菩萨的名号。如果有人要在净土宗寺院里打坐，他们会在自己的房间里进行。

禅宗道场柏林寺里不仅有禅堂，而且还不止一座，来此挂单的僧尼和居士都能找到合适的地方进行禅修。我向常辉问起禅修的日程，他说禅七期间，每天的第一支香是九十分钟——这是我通常打坐时间长度的两倍，哪怕只是想想，我的膝盖都会痛——然后逐节缩短，但不会少于三十分钟。一天下来，总共要坐满十一支香。最长的冬季禅七历时五个星期。而在平时，一般每天只在早、中、晚各有一次三十分钟的坐香，寺院里所有不需当值或外出的僧人都要求参加。毕竟，在禅宗寺院，禅堂是每个僧人存在的理由。

常辉掀开禅堂的门帘，带我走了进去。走了一圈下来，我数出七十八个座位。柏林寺的常住僧人任何时候都在一百到二百之间，这儿的座位显然不够。常辉解释说，许多僧人都有职务在身，不会经常来坐香，所以给他们安排的座位在另外几个禅堂里。但是事实上，按照禅宗

①已于2010年初卸任，现为名誉会长。——译者注

寺院的传统，任何僧人只要想从事禅修，是有权利推掉其他任何事务的。柏林寺就有几名僧人几乎住在禅堂里，长在蒲团上。说到这儿，常辉还把他们用旧了的蒲团指给我看。

禅堂中的座位是按规矩排定了座次的。在每个座位背后的墙上都写着僧人的名字。大门正对面是方丈专用的龛式座位，左右两边是他的两位侍者。负责指导修行的班首坐在紧靠门口的西侧，与之相对应的门口东侧是维那和首座（首座是全寺修行者的模范，通常由年高德劭的尊宿担任。不巧的是，他最近不在寺院）的位置，两人的座位之间摆着一张小木几，木几上摆着香炉和引磬：焚香用来计时，引磬用来宣布每节坐香的起止。木几上方悬着一块钟板。禅宗在中国分出五家七宗，各家的钟板尽管听起来没什么差别，但设计上各不相同。柏林寺属临济宗一脉，它的钟板是长方形的，上边削去两角。

僧众入堂坐香时，必须衣着整齐，并且不许携带任何随身之物，包括念珠也不许。因为禅定的功夫在于完全息止心念，而即便是细微如手指拨动念珠的动作，也可能对自己和他人产生干扰。因此，入禅堂之前，僧人们都把念珠留在自己房间里。如果有人非要用念珠，就只能去另一间为居士开辟的禅堂坐香了。

出于同样的目的，禅堂的内部空间也极尽简朴之能事。除了沿墙铺陈的大众座位之外，唯一的陈设是置于禅堂中心的一座佛坛。佛坛上安放着一尊石膏材质的小型释迦坐像。佛坛旁边还倚着两根木质香板，坐香时，负责巡视的僧人如果发现有人陷入昏沉，就会用它猛击此人的肩头，令其警醒。

佛坛在禅堂中有其独特的功能。每节坐香的间歇，僧人们会从蒲团上站起，穿上鞋，以佛坛为中心沿顺时针方向在禅堂中“跑香”。这种沿顺时针方向（日晷运动方向）旋转的仪式在许多崇拜太阳的古老文化中都能见到。但在禅堂里，它兼有活动腿脚，促进下肢血液循环的作用。在日本和西方的禅修机构里，修行者通常排成一列，按次序绕佛坛跑香，而在中国，每个人可以随意选择自己喜欢的速度和轨道。我曾有过在中国寺院参加禅修的经历，每到跑香的时候，一大群步伐各异的僧人就仿佛是绕着释迦牟尼原子核做周期运动的电子，当然，也有一些电子会继续留在他们的蒲团上打坐。有些人天生就适合打坐，但大多数人对中场休息是表示欢迎的。

坐禅的标准姿势是双腿盘起，脚心朝天的“双跏趺坐”，但有的人因为体质原因无法双盘，也会采取一些更为轻松的坐姿。如果以任何方式盘腿都难以忍受，还可以到佛坛前以站姿或跪姿入定，只要保持安静，不打扰其他人即可。常辉说，入定的方式也可随意：参呼吸，参佛偈，参佛号，都无不可。

正说话间，一名僧人走进禅堂，敲响了木几上的钟板，紧接着，有人在禅堂外敲响了盘形钟。晚间的坐香马上要开始了。我谢过常辉，出禅堂，回了自己的房间。我已精疲力尽，上床倒头就睡，鼻子还在清水长流，睡眠时断时续。

对柏林寺的探索差不多可以告一段落了。虽然只见了一部分高级僧侣，还没有见过首座，也没有机会跟班首交流，但我的朝圣之旅才刚刚开了个头，此行的终点广州远在两千公里之外。如果想要按计划走完全程，现在必须上路了。

方丈明海前一天晚上已经从北京回到寺院。吃过早饭，我去向主人辞行。明海正在方丈室的客厅里接受几个来自石家庄的记者的采访。他把我介绍给了记者们，又邀我在他旁边坐下，问我过去两天的收获如何。我含糊地说想见的僧人基本都见过了。这时，他的侍者走了过来，给我倒了杯茶，不知为什么，我突然又冒出想见监院的念头。监院是一所寺院中地位仅次于方丈的高层僧侣。如果把方丈比作董事长，监院就是首席执行官。

不幸的是，监院最近不在寺院里。但明海自己主动请缨，愿意解答我的问题。我尴尬地发现自己一时想不出什么寺院管理方面的问题来。不过既然明海是一寺之首，并且向以学问渊博，思想开明著称，我一转念头，决定请他介绍点中国寺院在产权方面的基本情况。问题一出，只见明海脱掉了鞋子，双腿由垂坐的姿势改成了双跏趺坐。他静坐思忖了片刻，开口说道："'文革'以后，政府发布命令，宣布所有被学校、工厂或者政府机关占用的寺院一律归还给佛教界。比如柏林寺在'文革'期间就被一所师范学校占用，政府文件一出，这所学校就得搬家。但是师范学校在柏林寺原址上办学时，新建了几座校舍，所以僧人们要收回寺庙，必须拿出点'钥匙钱'。

"另外，其实并不是所有的寺庙都归还了，毕竟现在的情况是庙多僧少。所以，有些具备文物价值或者艺术价值的寺庙，还有一些坐落在风景区里的寺庙，就被移交给了当地政府的文化局、旅游局，还有林业局。

"从佛教徒自身的方面来讲，僧人不太愿意去跑政府程序，按照现代社会的标准重新取得对寺院的所有权。所以绝大多数寺院其实在产权上是模糊的。教堂就不一样了，它们基本上都是外国人建的，外国人对这套手续很熟悉，所以'文革'以后，他们重新拿到了对教堂的产权，而佛教徒和道教徒就没这么幸运了。"

"那现在这些寺院的产权归谁？"我问。

"这个问题问得好，"明海答道，"现在伊斯兰教的清真寺，以及基督教和天主教教堂，产权都归它们各自所属的宗教协会所有，住在里面的神职人员并不能获得产权。佛教徒和道教徒的情况不同，虽然也有佛教协会和道教协会，但协会对各自教派目前使用的寺院和道观没有任何产权。每座寺院、尼庵或道观都是独立存在的，而常住的僧伽或者个体的僧人也没有产权——这其实是有原因的。

"比方说，柏林寺的僧人在'文革'期间都被迫还了俗，而'文革'结束之后进入柏林寺的僧人是另外一批，传承上没有连续性。寺院也从来没有办过产权登记手续。所以现在即使有人跑来霸占了柏林寺，我们也找不到法律依据去跟他打官司。"

尽管中国的寺院和尼庵尚处于法律的灰色地带，但中国人早就学会了在灰色地带生存，他们培养出高超的生存技巧，并乐此不疲。中国文化的许多方面甚至就是以模糊性为基础而建立，而且至今依然如此。模糊性使得这个国家的法律在今天依然敌不过“关系”。众多从未清晰界定过产权的寺院就这样复兴了，并且有条不紊地运行着，就好像一个个公司一般。这，当然是因为它们拥有并维护着重要的“关系”。同样，公司要有董事长和首席执行官做决策和执行决策，寺院里也少不了方丈和监院。我的下一个问题是：方丈的人选如何确定？

明海回答说：“通常前任方丈离开之前会选好接班人，但他的决定也要经过高层僧侣乃至重要施主的同意。在老方丈做出决定之前，通常会先跟他们商量。除此之外，还要经过佛教协会的同意，并且最终需要经过宗教事务局等部门的批准。不过后面这道关主要是由佛教协会去做工作了。”

那么应该如何评价方丈在寺院体系里的地位？明海说：“方丈仍然是寺院的精神领袖和管理者，这一点从来没有变过。在行政方面，方丈手下有一批根据才能任命的执事僧侣，协助他管理寺院的各项事务：监院、知客、僧值、维那、典座、库头，等等；在修行方面，则有一众根据资历、学识和修为成就选出的班首。这些高层僧侣对内对外都代表方丈的意志行事。因此，他们都是经过严格的挑选之后获得任命的。

“各个职位的高层僧侣，任期都在每年正月初八结束，此后的一周时间里，方丈会召集会议，协商讨论各职位人选的去留，然后在正月十五宣布新的任命方案。年中如果有临时变动，新的任命也会选在农历七月十五宣布。不过修行方面的‘高级职位’通常很长时间才会变动一次。

“方丈也需要接受考核。在过去，方丈的任期是三年，现在则变成了五年。很多方丈都不愿连任，我自己也属于这一类。当然也有愿意一直做方丈的，而僧伽和施主一般也都会同意方丈的连任。方丈一旦期满离任，一般都会选择前往别的寺院，以便给新任方丈留出空间，使之不至于活在老方丈的阴影里。我希望能在这届任满后离开，但也许会被要求连任，不过我肯定不会同意连任超过三期。毕竟还有别的事情要做。”

我没有追问明海，“别的事情”指的是什么，不过他曾经跟我说过，他一直有闭关修行几年的打算，他甚至已经在附近的太行山中选好了一处中意的地点。我又问了他另一个问题：为什么有这么多僧人想来柏林寺常住。他回答说："柏林寺是个非常理想的居住和修行道场。这里应有尽有：伙食丰富、房间干净，甚至还提供热水和淋浴；每个月给常住发一百元津贴，如果愿意参与法事，每个月还能另外得到二百元左右的收入。当然，僧人们来柏林寺的目的还是为了修行。

"柏林寺是禅宗道场。禅宗道场的一切活动都以禅堂为中心，禅堂的一切活动又靠钟板来约束。钟板一响，每个人都知道意味着什么。钟板和鼓有一整套敲击的方法，可以传递各种不同的讯息，控制寺院里的一切活动。所以在禅宗寺院里你是不需要依赖语言的。

"在古代，禅宗寺院和其他寺院的不同在于，僧人要在寺院自己的土地上劳动来养活自己，他们是自给自足的农业组织。佛教刚传入中国的时候，寺院都建在城市附近，僧人的生活内容主要是钻研佛经和举行法事，禅宗创立之后，才发展出劳作和修行相结合的传统。禅宗讲究直指人心，见性成佛，而不是钻研佛经和举行法事。文字和法事有它的用处，但也会变成障碍。禅宗寺院强调在日常生活里修行，强调教外别传，不立文字。

"当然现在变化很大。如今寺庙的收入有一部分来自门票，这一点在那些有文物价值、艺术价值或者坐落在风景区里的寺庙表现得更为突出；另外一个来源则是寺院里的法物流通处，里面卖的东西包括书籍、香烛、佛像和各种佛教用品，这项收入现在越来越重要了。但最重要的收入来源还是做法事，特别是给世俗众人举办的丧葬法事和祭奠法事。

"靠卖门票和做法事来养活自己，最大的问题就是会干扰修行。本来僧人到禅宗寺院来，就是为了修行，而不是发展经济。但你必须自己找到平衡。如果不能养活自己，修行也就谈不上了；但是如果因为养活自己而受到干扰，无法修行，那就更加荒唐了。

"当然，也不是所有的寺院都想成为修行道场。有些寺院，比如少林寺，完全被游客淹没了，僧人天天忙着接待游客，根本没有时间修行，但他们做到了一件事——让更多人了解佛教文化，其实这也是某种形式的修行。但这里面会有问题。比如有的人出钱修建寺庙，目的是为了赚钱。僧人们没有能力这么做，一般都是商人所为，他们找到僧人，主动帮你修庙，但之后会跟你要回报。佛教协会现在已经禁止私人投资介入寺庙修建工程了，但这种事情禁止起来很难。”

我突然想到，我在中国见到的寺庙一旦重建，一座比一座规模宏大，于是问明海，有没有什么寺庙是越修越小的。“在小道场修行只适合那些已经有很好基础的禅修者，”他回答说，“一开始，初学者需要进大道场学习必要的仪轨和修行法门。如果没有基础，为了求清静而去小道场修行，很可能会逐渐懈怠，最终停滞不前。所以眼下我们主要把精力用在恢复大道场的传统上面。”

我们正说得起劲，一个年轻和尚走了进来。“树到了。”他告诉方丈。明海站起身，让我们跟着他一起去看看。出了门，穿过庭院，我们来到大雄宝殿后面的一块空地上。已经来了很多人，僧人、居士、学生，总共得有五百人左右。几辆卡车停在旁边，工人正在从车上往下卸成捆的柏树苗。我突然意识到，今天是 3 月 12 日，中国的植树节——这一天是民国创始人、“国父”孙中山的忌辰，而树木象征着新生。总共六百棵两米高的柏树苗全都卸下了车，堆在空地上。两个礼拜以前来柏林寺参加般若法会的记忆突然又在脑海中闪现，我发现，六百卷的《大般若经》恰好每卷都可以分到一棵柏树。

树苗边上还放着一大堆铁锹。明海把所有人聚拢在一处，开始讲解植树的方法：“填土的时候注意，不要把工地上的垃圾掺进去，那里面有石灰；栽树之前，先在树坑底部铺一层浮土……”就在这时，又有一支二百人左右的队伍赶了过来。这是来自石家庄的高中生，他们举着一幅巨大的标语，宣布他们要“欢度植树节”。所有人全部到齐，植树开始。柏林寺终于要有柏树林了。

我也掺和进去，帮着种了一棵树，然后告诉明海，说我要跟他道别了。我的下一个目的地是邯郸，路程颇远，而且还要换若干次车。明海

2006年3月12日，柏林寺方丈明海组织僧众植树

说不用这么麻烦，他已经给我安排好车了。我一时无语凝噎。中国僧人的热情总是令我感动到惭愧。

在房间收拾行李的时候，我听到有人敲响了禅堂门外的盘形钟，向所有参加植树或其他劳作的人宣布：禅修即将开始。整个柏林寺就在这钟声中有条不紊地运行着：起床、坐香、诵经、用斋、劳作、就寝，一切依钟板号令而行。如果愿意，你可以在这里走完一生，不必说一个字。这是一个存在于语言之外的世界。

第五章　无始

在客堂背后的停车场，明海帮我把行李塞进一辆黑色轿车的后备厢，然后介绍车里的其他人给我认识。我们再次道别。“一路平安。”明海说。黑色轿车径向万丈黄尘中飞驰而去。

扬尘的天气已经持续了许多日，而今天干脆不辨东西了。我们仿佛身在内蒙古。如果不是万有引力在起作用，我大概连上下也分辨不出了。眼前的能见度不超过百米，但司机毫不在乎，他轻车熟路找到了高速入口，然后立刻提速飞奔，轻快得如同一匹驰骋在蓝天之下碧草之上的骏马。我坐在后排，左边是名穿黄色袈裟的僧人，右边是个佛协的干部，两人把我紧紧卡在中间。我的病情变得越发严重，鼻腔里像是在开闸行洪。这可比长途车遭罪多了，但我又怎能拒绝方丈的好意呢。

坐在我左边的僧人四十岁上下，身体粗壮。他来自北京附近的一座寺院，这次来柏林寺是和明海商量一些与世界佛教论坛有关的事情。一个月之后，首届世界佛教论坛将在杭州举办，据说将有数百位来自海外的僧侣参加。他希望能和他们探讨在全世界弘扬佛法的思路。只在中国恢复佛教是不够的，他说，我们要把佛法传向海外，传向世界。他准备在杭州的论坛上发表自己的观点。他认为，广传教法的最佳途径是修建寺庙，他还准备在论坛上发起一项募款的倡议。

僧人问我有什么看法。我正被出了问题的鼻子折磨得不知如何是好，顾不上礼貌，便直接告诉他这是在浪费工夫——在西方，修庙只能吸引到一些发烧友和好奇的人，还不如派遣一些会讲英语的僧人到西方传法，场所并不需要太隆重，在私人住宅或者公寓里也没什么不好，气氛要随意，同时也方便僧人们熟悉西方人的特点，找到他们的需求。我甚至觉得开世界佛教论坛还不如组织西方人来中国打禅七有意义。我还对他说，中国的僧人向西方传法时，不注意变通，往往执著于其固有的外在形式，所以对西方人无法产生吸引力。但这位僧人显然主意已定，我说了半天丝毫没能影响他。

坐在我另一边的是河北省佛教协会的副会长高士涛。他刚才一直在听，这会儿我转过头来，开始对着他唠叨：如果中国僧人去美国修庙，对美籍华人和生活在美国的中国人倒是件好事，但对于那些他们原本想吸引的西方人来说，则依然没有解决门槛高企的问题，即便这些西方人有脱离苦海的想法，文化壕沟和语言吊桥依然令他们不能得其门而入。令我惊讶的是，高士涛居然同意了我的看法。他也觉得如果要把佛法传到外国，必须先尽可能地清除文化上的障碍。西方人需要佛法，但不一定需要中国的寺庙。于是我又转过头对僧人说，如果他决定去外国修庙，最好建成没有院墙的那种。然后大家都不说话了。这正合我意。

在大货车之间像穿花蝴蝶般钻进钻出了九十分钟之后，我们终于从邯郸出口下了高速，沿着一条省道向东又开了约二十公里，到了成安县城附近，司机在一座外墙刷成粉蓝色的基督教堂门口拐上一条向南的小路，继续驶出不到二百米，把车停在匡教寺的山门外。

我的目的地到了：这里就是禅的第一位中国传人驻锡弘法的地方。中国佛协的前任会长赵朴初说过："没有慧可，就没有中国禅宗。"一千五百年前，印度僧人菩提达摩把禅带到中国，慧可正是他的衣钵传人。可惜我们对禅宗二祖的生平事迹所知极为有限。关于慧可，目前已知的最早记载说他于公元487年出生于洛阳以东大约一百公里外的荥阳。慧可的父母信仰道教，他本人则从小熟习儒家经典，立志走上仕途。然而父母的突然亡故改变了他的生命轨迹，慧可从此对世俗功名无心恋栈，开始转向佛教。

公元519年，三十二岁的慧可皈依佛门，依止在洛阳龙门香山寺宝静大师门下学法。当时在此地流行的北朝佛教，是一种混合了小乘佛教和一些早期大乘教法的修行流派，慧可对自己所学并不十分满意。跟随宝静八年之后，慧可决定离开香山寺寻找新的启示。他并没走太远。听人说，嵩山少林寺里有位印度来的高僧菩提达摩，而著名的嵩山就在离香山寺两天脚程的地方。于是慧可向少林寺走去。

关于接下来所发生的事情，流传最广的版本出自唐代僧人法琳于公元 634 年所撰《慧可碑》碑文：慧可沿着少林寺后山的小径走到菩提达摩面壁入定的山洞前，请求祖师传授教法。达摩祖师对他完全不予理睬，于是慧可便站在山洞外面等待。他一连等了几天。山中下起雪来，他依然站在原地等着。

为了证明诚意和决心，慧可将自己的左臂砍了下来，献给达摩。祖师见此壮举，便问慧可所来为何。慧可说，他无法做到息心止念，需要祖师的帮助。达摩说：把你的心拿来，我帮你息心止念。慧可愣住了，回答说：我找来找去，都没找到我那颗心。达摩于是说道：既然如此，便是你已经安心了。慧可闻言，幡然有所悟，从此成为达摩的弟子。

慧可跟随达摩学法六年，到了公元 534 年，得传达摩衣钵，就此成为中国禅宗二代祖师。达摩还传给他一部天竺僧人求那跋陀罗所译的四卷本《楞伽阿跋多罗宝经》，并嘱咐他将所学禅法发扬光大，然后便遣他下山自去了。

其时已是北魏末年，中国北方正陷入一连串大规模的动乱之中，各地割据势力纷纷起事，中央政权岌岌可危。就在慧可离开嵩山的这一年，朝廷内部发生的一场政变终结了北魏王朝，篡权的两股势力将北中国一分为二：一支鲜卑人势力控制了长安，以此为中心占据西部，史称西魏；与之相对应的东魏由汉人统治，出于军事安全上的考虑，他们将都城从洛阳迁到了离邯郸不远的邺城。

兵荒马乱之间，菩提达摩继续留在洛阳，直到两年后圆寂。慧可的下落则莫知其详。有记载说，他在少林寺做过几年方丈，后来去了邺城，在城中及附近各地传法达三十多年，但所有关于这一时期的记载都在具体的纪年上语焉不详，唯一可以确定的是，慧可在邺城传法时，招来了当地僧人的仇恨。这名少林寺来的和尚所传之法，在邺城的僧侣看来简直迹近左道邪术，荒谬无伦。他居然说我们每个人都能成佛？人人都知道即使精进虔诚也要轮回许多世才能求得解脱，而他居然说一念之间便可证得涅槃？更令他们恼羞成怒的是，如此不可理喻的教法居然吸引了大批追随者，甚至连他们自己的弟子也跟着慧可跑了。

如果这种说法属实，那么慧可能够活下来实在是个奇迹。事实上，根据唐代高僧道宣所撰《续高僧传》记载，慧可正是在离开嵩山来到黄河以北的邺都附近时，因为遇到盗贼而失去了一只胳膊的，而不是像法琳《慧可碑》所说，自断左臂。如果这条记载属实，那么很有可能，所谓的盗贼不过是那些妒火中烧的邺城僧侣雇来的杀手装扮的。此一时期，以崇尚苦修、咒语和神通为特征的北朝佛教仍大行其道，初露头角的禅宗处于重重包围之中，举步维艰。强调实修，重视果报的北朝佛教徒无法理解看上去“空空如也”的禅宗，在他们看来，禅宗即使不是危险的，至少也是疯狂的。而禅宗对他们最大的威胁则在于：它质疑了北朝佛教徒对佛法的理解，使他们自诩的“解脱代理人”地位受到了威胁。据说，公元536年的达摩之死，就是仇家第六次投毒并终于得手的结果。刺杀行动即使在宗教界也是家常便饭。

南北朝的乱世还在继续。在西北，西魏为北周所灭，而在邺城，则是北齐取代了东魏。公元574年，北周武帝宇文邕下令，境内禁佛、道二教，三年之后，北齐也被北周所灭，这场迫害运动遂推广至整个中国北方。在邺城传法的慧可这时意识到，北方已经不能再待，于是逃向南方，到了长江流域。此时的南方，已进入南朝最后一个王朝南陈（557 – 589）的统治时期。

公元581年，由比丘尼抚养长大的北周大将杨坚推翻了北周的统治，并理所当然地终止了灭佛运动。他建立隋朝，定都长安，结束了中国长达三百年的割据战乱局面。对于佛教徒和普通人来说，生活在逐渐开始好转，于是慧可重新回到了北方。所有的佛教文献对慧可的这段经历依然语焉不详，我们只知道，他渡过黄河，重新回到了邺城，而邺城已经在北齐亡国时化为一地瓦砾。不过，他当年的弟子有的还在，于是慧可决定留下来，继续传法。

从邺城废墟向东北行进六十里，便是匡教寺所在之地。一日，慧可来到匡教寺，意外地受到该寺僧众的热情款待。住持方丈甚至决定为他建造一座讲经台，以便向大众传法。慧可的传法大获成功，却遭到了一名僧人的嫉恨，这名僧人法号辩和，他向邑宰进言，说慧可以妖言邪术惑乱众听。其时隋朝虽已大局初定，但地方上仍然法度混乱，官员草菅人命之事时有发生。据说，在慧可听说有人陷害自己时，以及后来获罪临刑之际，都毫不为所动，坦然而受。公元593年，已是一百零七岁高龄的慧可被处以极刑。与他的师父达摩一样，慧可也将自己所承受的痛苦乃至死亡视为不容回避的业障而怡然顺受。所幸他在南方时已将禅宗衣钵传给了弟子僧璨。这位禅宗的第三代祖师一直留在南方，将禅法发扬光大。那是后话了。

匡教寺如今已经成了一所女众寺院。车刚在院子里停下，就看见一众比丘尼走了出来迎接我们。因为明海方丈事先打过招呼，她们已经有了准备。其中居然还有一名比丘尼会讲英语。她是新加坡人，法号会空，毕业于五台山普寿寺的尼众学院，看起来不超过三十五岁。去年匡教寺七十七岁的老方丈悟明圆寂之后，便由她继任住持之位。会空领我们进了方丈的会客室，把墙上的照片指给我们看：那是她师父悟明火化后留下的真身舍利。

我刚要坐下和会空交谈，就听见外面又有动静。两辆黑色轿车驶进寺院，车上下来了一群当地的政府官员，为首的是成安县宗教局的局长。他带来了一张政府出资拍摄制作的DVD，内容涉及成安县周边与慧可有关的古迹。光盘被放进DVD播放机后，所有人都在电视前坐了下来。画面上出现了附近的各处佛教场所和古迹，片子还配了音乐。看完之后，我谢过比丘尼们的款待，准备去拜谒慧可的墓地。

坎坷难行的乡间土路向西北延伸了大约十公里，在二祖村村北的一圈围墙前抵达终点。围墙里面是三十亩长着荒草的空地，我们下了车，走向空地里唯一的一座建筑物。我上次来时遇到的果乐和尚这次不在，他在房前种植的一片玫瑰花这次也不见了。从屋里走出两名僧人，年长的一位大约有七十五岁，脸上永远挂着笑容，自我介绍说他的法号是果

河北成安县匡教寺

明。果乐已经去了附近的另外一座寺庙担任住持，短时间内不会回来了。另一名僧人四十五岁上下，看起来精力充沛，他带着我们参观空地。他说，这里将要建起一座寺院，而他和果明就是负责主持这项工程的。四下里望去，空地上完全没有工程要开工的迹象。过去曾有人想在这里造一座佛殿，但最终因为经费的问题放弃了。

眼前唯一可看的似乎只有这两个僧人居住的那座破房子：二楼住人，一楼是佛堂兼斋堂兼储藏间。僧人打开一楼的一个小房间，绕过里面储藏的食物、工具和各种看起来跟垃圾没什么两样的杂物，走到最里面，掀开一块防水布，露出一具石函。僧人说，这便是当年在二祖舍利塔下发掘出的那具石函，装着慧可真身舍利的银棺当时就放在石函里，石函的顶盖上刻有宋代时开启地宫迎送二祖舍利的供养人的姓名。

二祖舍利塔始建于公元 732 年，历经多次战火、地震和重修，到近代时已破败不堪。1969 年，当地政府决定拆掉舍利塔，发掘塔下的地宫。他们挖出了慧可的舍利，并把它转移到位于石家庄的河北省文物研究所的库房里保存起来，据说，以后重修舍利塔的时候，舍利会被送还。在成安县宗教局局长带来的 DVD 上，我们看到了二祖舍利的模样：它们看起来就像几百颗小泥丸，这让我想起寒山的一句诗："水浸泥弹丸，方知无意智。"

看完石函，僧人把我们引到室外，去看舍利塔的原址。曾经矗立着二祖舍利塔的地方现在是一个三十米见方的大坑，四米多深，在它北边还有一个小坑，里面立着一通唐代的石碑。石碑的底部距地面大约三米，它曾被洪水掩埋，后来又被人挖了出来。从它的位置可以清楚地看出：一千两百多年前的唐代至今，黄河在这一带堆积了多少泥沙。

我们沿着土坡下到坑底去看唐碑。碑身正面的序言说，公元 817 年，二祖舍利塔前的原碑被毁，于是人们又刻了这通新碑，碑文的正文重刻了梁武帝萧衍在 538 年为初祖达摩撰写的墓志铭。背面的碑文则历述禅宗从初祖达摩至六祖惠能各代祖师的简况。这是我在中国各地所见禅宗史料中年代最早的一则。

除了生平不详，二祖慧可留下的文字言教也寥寥可数。目前已知的唯一一篇慧可言论集，收录在一百年前发现的唐代敦煌写本《楞伽师资记》里。拜敦煌所赐，我们如今还有机会聆听二祖慧可大师的开示：

> 十方诸佛，若有一人不因坐禅而成佛者，无有是处。
>
> 故学人依文字语言为道者，如风中灯，不能破暗，焰焰谢灭。若静坐无事，如密室中灯，则能破暗，照物分明。若了心源清净，一切愿足，一切行满，一切皆办，不受后有。
>
> 若精诚不内发，三世中纵值恒沙诸佛，无所为。是知众生识心自度，佛不度众生。佛若能度众生，过去逢无量恒沙诸佛，何故我等不成佛？只是精诚不内发，口说得，心不得，终不免逐业受形。故佛性犹如天下有日月，木中有火。人中有佛性。
>
> 坐禅有功，身中自证故。尽日饼尚未堪餐，说食焉能使饱？虽欲去其前塞，翻令后楔弥坚。《华严经》云：“譬如贫穷人，日夜数他宝，自无一钱分，多闻亦如是。”又读者暂看，急须并却；若不舍还，同文字学，则何异煎流水以求冰，煮沸汤而觅雪。是故诸佛说说，或说于不说。诸法实相中，无说无不说。

该看的都已经看过，我的两位同伴还急着赶回柏林寺去，于是我们谢过两名僧人，回到车上，向来时路开去。我跟司机打了个招呼，请他在进入高速公路之前把我在邯郸放下。

每次说到“邯郸”这个名字，都会让我想起寒山那首奇怪的《闺怨》诗，并浮想联翩：

妾在邯郸住，
歌声亦抑扬。
赖我安居处，
此曲旧来长。

既醉莫言归，
留连日未央。
儿家寝宿处，
绣被满银床。

但我并没打算在邯郸留连，只是想从那儿搭车去洛阳。高士涛拿出他的手机打了个电话，然后告诉我，一小时之后有一班从邯郸发往洛阳的长途车。我再一次为自己能在这个公交如此发达的国度旅行而感到庆幸。我的同伴们把我放在了汽车站门口，然后告别而去。我进站买了车票，看看时间离开车还有二十分钟，于是又到旁边的药店买了点抗过敏药物——我终于想到，鼻子出问题可能不是因为感冒，而是对沙尘过敏。我后悔没有早点意识到这一点，同时预感到药到病除的曙光就在眼前。

回到汽车站，我在停车场里一眼就找到了我那班车。它是停车场里最破旧的一辆巴士，这无疑说明了由邯郸去往洛阳的线路受欢迎程度是多么的有限。尽管曾经做过大大小小十几个王朝的都城，现在的洛阳却只不过是河南省的一座中等城市，而邯郸的现状跟它也差不多。所以说，这两座城市之间能有一趟直达的班车就很不错了。我上了车，和往常一样在后排找了个座位。一名妇女跟了上来，在我后面坐下。她是卖花生的。她说，这花生是她自己种的，每年农历三月下种，八月收获，然后用铁锅加盐干炒，里面还加了根据祖传秘方配制的香料。花生是我坐长途车时最热爱的零食，既能充饥，又可强健肠胃。我买了三包花生，为即将开始的长途旅行做好了准备——洛阳远在三百公里之外。班车准时开出了车站，算上我，车上一共八个人。出城之前，司机又在路边“拣”了六个——就这样，十四个人坐着一辆有六十多个座位的大巴，一往无前地上了高速公路，朝洛阳飞奔而去。

车开了一个多小时，两个坐在前排的半大小子向后排走来，在我旁边坐下，问我从哪儿来。他们以为我是印度人，这倒是头一遭。我告诉他们自己从美国来，正在中国寻访禅宗的古迹。其中一个小孩问我，禅的本质是什么。我很惊讶他居然问出如此直接的问题。我想了想，答道：禅的本质是脱离苦海，当然，苦海之所以苦并不是因为里面有盐。而解脱的唯一方法是认清事物的本来面目——无非是自己内心生成的幻境。据我所知，这就是禅最根本的教诲。他们看上去很困惑：事物的本来面目是什么意思？事物除了本来面目还有其他面目么？我继续解释：人们看到的世界，并不是世界本来的面目，而是通过累世以来形成的偏见而呈现出的幻觉。对那些仅仅是出于好奇而发问的人来说，这个问题确实很难理解，因为他们并不真正关心这问题。是幻觉又怎样呢？这样看事物有什么不对？为什么非要认清本来面目？对此我也不知如何回答。他们终于站起身，又回到自己的前排座位去了。没过多久，药物开始生效——我的自我诊断是正确的，的确是沙尘过敏。我昏昏沉沉地睡了过去，只在黄昏时分车过黄河的时候抬起头来看了几眼。这条孕育了华夏文明的黄泥巨龙此时看来安详无害，两岸各与防洪堤隔着一公里多的距离。它还在冬眠吧，也许正在梦中回味黄土高原上的夏季山洪呢。

晚上 7 点钟，洛阳到了。全程用时五个钟头，对这辆破车来说，算是不错的成绩了。查询过离开洛阳的班车车次之后，我打车去了解放路上的新聚和酒店。它的位置不错，与汽车站保持着远近适中的距离。酒店前台的姑娘们是我此次旅行全程所见过的最开心的服务员了。即便我把房价从四百块砍到二百三十五块，她们看上去依然满心欢喜，并且高兴地为我找了个有浴缸的房间。酒店餐厅的饭菜极其难吃，但我已经没精力挑剔了。热水澡才是我最关心的。洗过自己和衣服，想到终于逃离了令人绝望的沙尘，鼻子也正在恢复健康，我心情愉悦地上了床。

虽然逃离了沙尘，冷空气却如影随形。在我到达洛阳的当晚，一股冷空气前锋也跨过了黄河。次日清晨，室外刮起了刺骨的寒风。我穿上大衣，走到街边叫了辆出租车，向城外的白马寺开去。白马寺在今天的洛阳市东北方向，而在古代，它却是在洛阳城的西门外。这座历史名城两千年来被摧毁过多次，但中国人每次总是又在原址附近将它重建起来。

这无疑是因为洛阳的地理位置太过优越：它位于中华帝国的正中，去往帝国领地内的任何地方路程都在一千公里以内——当然，丝绸之路上那些沙漠中的前哨阵地和蛮荒的南疆边陲除外；以风水而论，洛阳也处在绝佳的位置上，它北面的邙山是古代中国人公认的最佳埋骨之所。不过风水总是轮流转，如今的洛阳在经济上已经变得落后，重要性也变得大不如前。但即便如此，它还是拥有六百万之多的人口，这些人在一些著名的工厂里工作，比如生产“东方红”牌拖拉机的拖拉机厂，以及一批大型的重工业企业，他们生产矿山机器、建筑机械、轴承和玻璃。除此之外，洛阳周边当然还密集分布着许多重要的历史古迹。

司机把我放在了白马寺大门外两匹石雕白马的面前。中国最早的佛经、僧人和佛像，据说都由白马驮来此地。两千年前的洛阳，正是丝绸之路东端的终点，佛教的确是和西域商旅的马队一起来到这里的。僧伽入华的最早记载为公元 1 世纪，他们出现不久，就在中国人心目中形成了比较固定的形象。在张衡写于公元 130 年的《西京赋》里，他对宫廷妇人的美貌做过一番令人难忘的描绘，从中可以看出，佛教僧侣已开始给人们留下清心寡欲的印象：

> 眳藐流眄，一顾倾城。展季桑门，谁能不营？[①]

进了山门，我向摄摩腾和竺法兰的坟茔走去。这大概是我第七次或者第八次拜访白马寺了，拜谒两名僧人的墓地每次都是必不可少的环节。摄摩腾之墓靠着寺院的东墙，竺法兰之墓布置在与它对称的西墙根。白马寺每天接待数千名中外游客，但我从来没有在两座坟茔前见到过一个人，而在游人云集的各座大殿里，也看不到两位高僧的塑像。有人在寂寞的摄、竺二僧墓前分别立了块石碑，刻画出二僧的形象。画像的手法

①眳藐流眄：意指眼波流转，顾盼生姿；展季：即坐怀不乱的柳下惠；桑门：“沙门”的异译，即佛教僧侣；营：心神不定。——译者注

洛阳东郊白马寺

颇为写意，甚至带着点漫画的味道，看上去倒是与我热爱的寒山、拾得两位诗人气质十分相合。他们在石碑上静静看着那些在寺院里匆匆穿行的游客，脸上仿佛带有一抹悲悯的神情。不知为什么，我突然想起了拾得大师的一首诗：

银星钉称衡，
绿丝作称纽。
买人推向前，
卖人推向后。
不顾他心怨，
唯言我好手。
死去见阎王，
背后插扫帚。

我对摄摩腾、竺法兰的敬意不光是因为他们为中国带来了佛经。更重要的是，他们还把佛经译成了中文。从这一点上来说，我们是同行——我自己也是佛经的译者。被后世认定为摄、竺二僧所译的佛经中，有一本佛教的基本经典——《四十二章经》。“四十二”之数，来源于被称为“四十二字门”的一组特殊的梵文字。佛教徒认为，这四十二个字是一切文字的根本，如果正确使用，将具有神奇的力量。《四十二章经》之名，意味着它包含了佛陀的根本教诲。

摄摩腾和竺法兰的译本由几十段简短的开示所组成，主要反映的是早期部派佛教的教法，但是它的第二段却明显具有大乘思想的倾向：

> 佛言：出家沙门者，断欲去爱，识自心源，达佛深理，悟无为法。内无所得，外无所求，心不系道，亦不结业。无念无作，非修非证，不历诸位，而自崇最。

这段话在汉代被译出的时候，也许有人已经觉察到了它与众不同的倾向，但显然很快就被忽略了。

摄摩腾入寂于公元 73 年，竺法兰比他稍晚，但具体时间已不可考。到了公元 993 年，天下大旱，宋朝的太宗皇帝曾来到白马寺，命人打开坟墓，向二僧求助以缓解天下旱情。据说，人们打开坟墓看到的两位高僧法身，就如同刚刚下葬时一般。又过了一千多年，轮到我来向他们致敬，到来时，墓冢前的迎春花正在怒放。

礼敬过两位大师之后，我绕过大殿周围的游客，向东廊下的客堂走去。以往来白马寺，运气总是欠佳，方丈每次都不在。幸运的是，这次知客告诉我说：方丈在。不幸的是他现在很忙，我最好半个小时以后再来，他会跟方丈说的。我出了门，向花园里走去。

一名僧人正在花圃里给牡丹松土。牡丹在中国人心目中的位置相当于玫瑰之于美国人。中国没有官方认定的国花，但牡丹差不多已经具有了默认的国花地位，而洛阳作为牡丹栽培中心则有上千年的历史。每年的 4 月下旬，是洛阳的传统节日“牡丹花会”，游客将从全国拥来观赏盛开的牡丹。眼下，白马寺庭院里的牡丹刚刚开始抽出硕大而肥胖的花蕾，牡丹花会则要到一个月之后才告开幕。

我正打算去跟松土的僧人套两句磁，说不定能学到点培植牡丹的秘诀，这时知客出现了，他已经为我约好了方丈。我暂时告别了牡丹，跟着知客来到客堂旁边的一座房子，穿过走廊，尽头是一间宽敞的房间，里面站着方丈。寒暄过后，我们来到一张由巨大树根做成的茶桌前，在几个树桩上分别落座。方丈打开一包铁观音，开始沏工夫茶。

方丈法号印乐，生于 1965 年，他的老家在南阳附近的桐柏山。那片连绵的山脉中有不少年代久远的寺院，还有北魏时期开凿的摩崖造像，印乐告诉我，桐柏山远离尘嚣，在过去曾是许多高僧大德幽居之所，而且现在仍有不少隐士在其中修行。如果我愿意，他可以带我去山里找间茅篷住一段时间。住山修行可以帮助你放下俗念，专注于心灵生活，他说。

印乐的老家就在进山的必经之路上，他还记得，小时候常有进山的僧人在他家歇脚。学校放假的时候，他就在父母帮工的寺院里玩耍，寺院就像他的家一样。十七岁上，也就是 1982 年，印乐出家为僧，接着先后进入南京和北京的佛学院学佛七年。毕业后，他在位于省会郑州的河南省佛教协会工作了十三年，之后获邀前往美国科罗拉多州的丹佛市，驻锡于一所汉传佛教寺院。2003 年，印乐回到中国，被请为白马寺住持。

听着印乐回忆往事，我突然想起五台山碧山寺的方丈妙江。妙江也在南京栖霞山的中国佛学院学习过，没准儿他们互相认识。我提了妙江的名字，印乐两眼一亮，头向后仰，现出惊讶的表情。我们是老朋友了，印乐说，而且在栖霞山是同班的师兄弟。他问我怎么会认识妙江，我解释说我的师父寿冶老和尚是碧山寺的前任方丈。如此说来，我们也是师兄弟了，他说。我们一起笑了起来。我又问，妙江的口音他能听懂多少。印乐会心大笑：语速慢、句子不长的时候基本能听懂。他一边回答，一边开始往杯子里斟茶，接着又感慨道：佛陀的无上教法中关于因果的解说实在很玄妙，我们两人一定是在过去世结下了殊胜的缘法，今生才能相遇在这佛法入华的最初道场之中。

我对他的美国经历很感兴趣，于是问了一个很俗的问题：他对美国印象最深的是什么。印乐回答说：是“环境”。美国人对环境的关注程度给他留下深刻印象。他说，过去几十年中国的发展速度太快了，环境问题一度被忽视，不过现在总算开始改变。中国政府终于开始重视环保了，而这也是他个人的关注点之一。我看得出，他是认真的。后来我又听说，印乐最近刚刚当选了全国政协委员。他现在也成了一名事务非常繁忙的僧人。第二杯茶还没喝完，门外进来一名侍者，手里拿着一包礼物。我知道自己该告辞了。

方丈赠给我的礼物包括一本介绍白马寺的精装本画册，一册烫金印刷的礼盒装《四十二章经》，以及一串紫檀木制成的念珠，佛头上刻着“白马寺”三个字。临别之时，印乐邀我有机会再来，我谢过他的盛情——很遗憾，我说，这次因为有计划在身，不能随他去桐柏山住茅篷了，下次再来时一定要去。印乐闻言大笑，陪着我一起走到门外，就此别过。

我从大殿周围的游人中间穿过，出了山门，发现来时乘坐的那辆出租车还在，于是上了车，请司机回到大路上，继续朝东开。开出去没多远，我下车向北，跨过公路旁的铁道线，爬下路基，来到永宁寺的遗址旁。遗址如今被围了起来，围墙太高，翻墙而入对我这把老骨头而言难度太高了。隔着上了锁的大门，可以看见这座北朝古刹至今犹存、但也是仅存的地基。

公元3世纪初汉朝灭亡之时，许多人已对儒家正统思想产生离弃之心，开始求助于别样的世界观和信仰系统。道教开始吸引大量信徒，而佛教也被许多人看作是某种外国版的道教，从而走向勃兴之路。百年之后，拓跋鲜卑统一了北方，佛教这样一种擅长“咒语”和法事的外来宗教正是他们所需要的。

于是，在北魏于494年迁都洛阳之后，这座皇都立刻成了佛教徒的圣地。洛阳城中建起数百座寺院，而永宁寺便是其中最大的一所。最初的中国寺院布局大多仿照印度样式，即所有殿堂建筑都围绕中心佛塔布置。永宁寺佛塔为北魏宣武帝灵皇后胡氏所建，始建年为公元516年，塔高百丈，远在百里之外依然可见，是当时洛阳城中最为壮观的佛塔。它的九层塔身每层檐口都坠满金铃铎，阵风吹过，声闻全城。建造这座空前绝后的宝塔耗用了难以数计的木材，当它在534年毁于大火之时，火势持续了三个月才告熄灭。

根据北魏旧臣杨衒之写于547年的《洛阳伽蓝记》所载，菩提达摩曾来拜谒永宁寺塔，并“歌咏赞叹，实是神功”。但令我感到惊奇的则是，永宁寺塔建成不久即被烧毁，而在此之后的一千五百年里，原址上再没建造过任何东西，并且看样子以后也不会。回到车上，我的脑海中开始浮现达摩祖师在塔下仰望赞叹的情景。这景象久久挥之不去，让我突然生出拜访空相寺的念头——菩提达摩死后就葬在那里——于是我掏出手机，给空相寺的监院延慈打了个电话。这个电话打得很及时，延慈告诉我说，他现在刚好有空见我，而接下来的一个星期他都会很忙。时间刚过9点，我决定立刻出发。前往空相寺的路程颇远，单程就超过一百公里，我问司机来回要多少钱，他开了个价——三百五。这实在是很公道的价格，如果在北京，起码要翻番。感动之余，我向司机索要名片，他在兜里翻了一会儿，找出一张别人的名片，然后把名字和电话号码划掉，写上自己的。我这才知道他姓杨。

杨师傅掉了个头，向洛阳城方向开去，在快要进城的地方转而向北，上了去往西安方向的连霍高速公路。开过散落着各种工厂的洛阳西郊，公路开始向上爬升，逐渐离开了黄河冲积扇，进入到沟壑纵横的黄土台原地带。过去数百万年间，北风持续地从黄土高原上把颗粒细小的黄色粉尘向南搬运，遇到秦岭的阻隔，便在黄河沿岸堆积起来，形成台地，雨水的切割又赋予它们千变万化的地貌特征。千百年来，从西安通往洛阳的道路都沿着台地的边缘蜿蜒前行，相比之下，新修的高速公路则直截了当得多，它逢山开道，遇水迭桥，笔直地向前延伸着。

一小时后，我们从观音堂镇出口下了高速，向南开上一条乡间公路。车窗外，风势越来越猛，杨师傅不得不停下车，钻出车门摘下顶灯，以免它被风吹走。又开了几公里，前方光秃秃的熊耳山下，空相寺在视野里出现了。我在山门前下了车，车外寒冷刺骨，周围一个人影也看不见。

空相寺也是中国最早的佛教寺院之一。一开始，它只是从长安前往洛阳的崤函古道上一座供僧人歇脚的驿站，随着时间推移，一度发展成一座常住僧侣多达八百人的大丛林，来此朝香的信徒不计其数。据说，北魏平城迁洛之后，菩提达摩曾来此住过数年。当年的熊耳山并非如今这般荒凉，想必林木葱郁，深合达摩祖师心意。536 年达摩入寂于洛阳之后，遗骨被葬在此处，可能也是根据他生前的遗愿。他的尸骨并没有被火化，而是殓入棺木土葬。538 年，空相寺方丈积庵法师在葬地上方修建了一座墓塔，并在塔前树达摩造像碑一通，上刻达摩祖师法身像及梁武帝所撰墓志铭。

空相寺曾是一处出世修禅的上佳道场，而今也依旧如此——当然如果树再多些就更好了。四下望去，所见皆是农田，离寺院最近的村庄也在六七公里之外。在达摩的时代，空相寺原本叫定林寺。在他入寂后数年，一名朝廷派出的使臣从西域返回途中，在丝绸之路上碰见了“只履西归”

的达摩。没有人知道他为什么只穿了一只鞋，但在使臣回到洛阳，向皇帝面陈此事之后，皇帝命人到定林寺开棺查验，发现棺材里果然不见尸首，仅有一只鞋。从此，定林寺便被改名为空相寺。当然，这只是个故事。

我第一次听说达摩之墓，还是2000年的事。那时我正在伯克利的禅学中心举办一场关于《金刚经》的讲座。有位禅学中心的会员送给我一份日文剪报，其中提到了一群日本佛教学者探访达摩墓塔的消息。两年之后，也就是2002年，当我终于有机会亲身前往拜谒，墓塔的周围比日本人来时已经多了一圈围墙。这次前来，我又发现了新变化：寺址上新建起一排僧舍，远处的山坡上还有一座新佛殿和一座骨灰堂。

2002年那次访问时，我遇到了三门峡市文物局的一名官员，他告诉我说，积庵法师538年竖起来的造像碑早已失毁不存，但文物工作者在原址发掘出一块宋代重刻的复制品。他带我去看这块被严密保管起来的宋碑，并允许我照了相。碑身上到处可见的斧凿痕迹显示出，这块石碑很可能曾经被后人用来练习石工，另外值得注意的是，碑上的达摩画像着意刻画了这位印度僧人浓密的胡茬和长长的扫帚眉，但却没有后世达摩像上常见的络腮胡和凸眼窝。

宋代造像碑如今已被移往他处保管，但墓塔周围还散落着几块时代较晚的碑刻，因为不够重要，所以被留在原地供人凭吊。所有该看的东西我都已经看过，而且天气实在太冷了，我匆匆礼敬过达摩祖师的墓塔，便向僧舍跑去。钻进僧舍的走廊，我听到某个房间里有声音传出，便上前打听监院的去向。开门的是一名年轻的沙弥，他让我去隔壁的那座僧舍找找看。我依言走了过去，随便敲了一扇门，不料开门的正是延慈。

延慈原本是少林寺的知客之一，后来被派到这里做监院，负责辅导沙弥从行为举止到禅修的一切规范，当然还有少林武术。空相寺的方丈由少林寺方丈永信和尚兼任，但他平时很少在此出现，因此延慈便成了空相寺的“执行方丈”。

与室外相比，延慈的房间暖和多了。我正打算脱下大衣，却惊讶地发现延慈在他的冬季袈裟外面还套着一件长棉袄。事实证明，刚进门时感觉到的暖意只是错觉。我在房间里的人造革沙发上没坐几分钟，就又立刻感到了逼人的寒气，连忙把解开一半的大衣重新拉好拉链，并把手伸到炉子上烤火，心中暗自庆幸，多亏没有选择冬天来访。

延慈张罗着为我沏茶的工夫，我从肩袋里拿出一本达摩祖师言论集《菩提达摩论》。上次来访时，延慈送给我一本介绍空相寺的书，我一直想回赠他点什么。我把书递给他，并告诉他这是中英双语版的，其中的英文部分是我二十年前翻译的。他接过去看了一眼，便笑着转过身去，从书架上抽出一本一模一样的书，但是是复印的。去年他去上海时收到这本赠书，现在终于有了原版。

《菩提达摩论》包含了四部被后人定为达摩言论的短篇文集。各篇的真伪说法不一，但大多数学者都相信，其中的《二入四行论》的确出自达摩之口。它是四部文集之中篇幅最短的，开篇写道：

> 若夫入道多途，要而言之，不出二种。一是理入，二是行入。理入者，谓藉教悟宗，深信含生同一真性，但为客尘妄想所覆，不能显了。若也舍妄改真，凝心壁观，无自无他，凡圣等一，坚住不移，更不随于文教，此即与理冥符，无有分别，寂然无为，名之理入。
>
> 行入者，所谓四行。其余诸行，悉入此行中。何等为四？一者报怨行，二者随缘行，三者无所求行，四者称法行。

解释了前三种行之后，达摩在结尾处说道：“为除妄想，修行六度[①]，而无所行，是为称法行。”

达摩所说两种入道的途径——通过直觉领悟入道，以及通过实践修行入道——并不是互相排斥的。它们相辅相成，如同祖师的两只鞋——他在中国留下了其中一只，穿着剩下的一只回印度去了。

延慈 1989 年在少林寺出家，那个时候，少林寺的名声已经开始变糟。

---

①指布施，持戒，忍辱，精进，禅定，般若。——译者注

我遇到过不少僧人，都不太愿意让人知道自己曾经在少林寺待过，因为即使在僧伽内部，少林寺也已经被视为一个浮华喧嚣之地。它是全中国最大的旅游目的地之一，每年有超过两百万游客跨进它的山门，平均每天六千人。选择这样一个道场出家，自然会显得很荒谬。

但是情况正在发生改变。延慈告诉我说，少林寺里正在修建一系列不向游客开放的建筑，一座新禅堂已经建成，并且恢复了每年冬季的禅七制度。禅堂刚建好的时候，永信方丈把延慈和另外几名僧人送去上海，向中国最著名的白衣居士南怀瑾学习禅堂仪轨。那本复印的《菩提达摩论》就是南怀瑾的学生送给他的。延慈回忆道，从上海回来之后，他对禅堂规约的理解发生了彻底的改变，他说，学到的不是规矩，而是禅修之道。

另一项改变是，少林寺开始在各地建立培训和修行的分支机构。少林寺的门票收入由政府负责收缴，而少林寺能获得其中百分之十的分成。一张门票一百元人民币，意味着寺院每天能获得六万元分成，一年下来就是两千多万。这还不包括它从布施、法事和法物流通等渠道获得的收入。简而言之，少林寺的吸金能力相当之强。而这笔钱的用途之一就是要重建空相寺这样的古老道场。目前少林寺同时在进行的类似工程就有六七处，这样，僧人们就可以远离少林寺的喧嚣，在空相寺这样幽静的道场修行和习练少林武术。

空相寺主要用于培训刚刚入门的沙弥，目前住在这里的沙弥有二十来个。每个沙弥在此修习六个月，由延慈全面负责他们的培训，学成后返回少林寺。刚才进来的时候，我注意到每个房间的门口都放着几双鞋底至少有三寸厚的练功鞋，而在院子里则挂着不少练腿功用的沙袋。

发生变化的只是外部的环境，延慈说，但外部环境并不重要。禅的关键在于内心的修炼，佛心并不随外境变化，所以修行之道也不会发生变化。菩提达摩初来中土之时，佛教已经在此流传了四百多年，但那时的佛教徒注意力都在经典的学习和翻译，以及如何获得精神力量上面。僧人们大多住在城市里，住山修行者很少。因此，当禅在中国出现之时，并没有吸引太多的关注。直到两百年后，禅宗才真正开始走向繁荣，并从此占据了汉传佛教的核心地位。禅对内心修炼的关注使它成为所有佛教流派的基础，无论密宗还是净土宗。禅不是领悟的对象，而是领悟的方法。你不可能从经卷中找到它，因为它就在你的心里。这一点从未发生过改变。

我在延慈的房间里待了大约半个钟头，除了少林寺，还谈了些别的话题。我开始觉察到延慈有些心不在焉，可能是有别的事情要做，而我的到来妨碍了他。喝完第三杯茶，我谢过他的时间，起身告辞。外面太冷了，我们就站在房间门口话别。钻进出租车开出不远，突然想起我把手杖落在延慈房间里了，于是又原路折返。那根手杖从 1991 年开始就与我形影不离，我是在杭州西湖边的一座山里发现它的，有人把它扔在了一座唐代的佛像旁边，我捡在手中，发现它极轻极结实，做手杖再合适不过。每次我告诉朋友这东西是什么做的，他们都会惊讶不已，这其实是一条榕树的气生根。它绝对是世界上最好的登山杖，我的老命被它救过无数次。我拿回了手杖，再次谢过延慈，车开上了返回洛阳的路。

上了高速公路向东开，才走了不到二十公里，司机又驶离高速，拐上一条旧公路。老杨告诉我，他以前是开大货车跑长途的，对这一带很熟。午饭时间快到了，他要带我去尝试一下附近他最喜欢的饭馆。二十分钟之后，我们来到新安县城里的一家郑州烩面馆。这家面馆的特别之处并不在于面条，而是其中的作料。它的汤汁是用羊肉熬出来的，其中还添加了二十九种草药。我分辨出了当归的味道。这碗热汤面和今天的天气是绝配，大快朵颐之后，只觉得人体内的寒气被尽数扫荡，浑身暖洋洋的。

终于回到洛阳时，时间已经很晚，无法安排别的项目了。于是干脆从容回到旅馆，按部就班地完成了每天最后的几项日常工作：吃晚饭、洗衣服、洗澡。不过在这之前，我还打了两通电话。第一个电话打给了白居易墓园的管理员老程，他接了电话，然后说他马上到我酒店来。我不知道为什么，但他的语气让人无法拒绝。白居易（772 – 846）是中国最伟大的诗人之一，也是我最热爱的诗人之一。每次来洛阳，我都会尽量找时间去拜访他的墓园。老程在白居易墓已经工作了三十多年，每天除了打扫卫生之外，他总会坐在墓冢旁边，风雨无阻地向来人兜售他自己书写的白居易诗文的书法条幅，有时候还免费赠送。我们就是这么认识的。那是 1989 年。在那之后，我们又见过五六次。

老程从工作单位直接赶了过来，他的身上一如既往地沾满灰尘，就像莲花上总是沾着露水；手指间尽是墨迹，断了腿的眼镜依然缠着胶布。与上次见面相比，他唯一的变化似乎是掉了一颗牙齿。说话时，我还是得先和他保持一段距离，直到适应了他身上的味道之后再逐渐靠近。他告诉我，之所以大老远赶过来，是为了邀请我参加白居易的祭祀活动。明天恰好是白居易的诞辰日，有数百名他的后人会赶来墓园参加祭祀活动，祭祀仪式将在明天上午 10 点开始。如此令人兴奋的事情，自然不容错过。我告诉老程明天一定准时到场，然后送他下楼。他家离这里很远，坐公交车要花一个钟头，杨师傅恰好还没走，于是我付了钱，请他送老程回家。

第二个电话打给了少林寺的僧值（负责掌管寺院威仪的执事僧）延颖。他的号码是延慈给我的。在电话里，我问延颖是否有时间和我聊一聊，他听上去很为难。他说，少林寺的前任方丈素喜长老在昨天圆寂了，僧人们要为他举行为期一周的法会，所以抽不出什么时间。我突然意识到，上午在延慈那里的时候，他表现出的心不在焉恐怕也是因为这个原因。延慈是少林寺的知客僧之一，这整整一周的法会期间肯定会有数千名悼唁宾客赶来，实在是够他们忙活的。

每个人都将忙得不可开交，而延颖尤其如此，因为他是法会的总负责人。尽管如此，在挂断电话之前，他还是犹豫了一下，告诉我说：今天要忙到很晚，所以明天不会太早起床，估计怎么也得 6 点钟了。如果我能在 7 点之前赶到少林寺，他可以跟我聊一会儿。我立刻答应下来，然后出门去找司机。幸运的是，杨师傅送完老程，刚刚回到酒店门口。他告诉我，去少林寺的那条路最近在施工，不过一个半小时之内赶到应该没什么问题。我们谈妥了价钱，约好明天一早 5 点出发。

等我出了酒店大堂，已是5点15分。老杨早到了，正在热车。我钻进出租车，在后座上横躺了下来。昨夜的睡眠一波三折，先是楼下的娱乐中心歌舞升平直到凌晨1点才散场，接着是隔壁房间的一对夫妇干仗，吵得鸡飞狗跳，2点钟才终于停战。三小时的睡眠远远不够，我必须继续充电。透过车窗，一轮满月在天上尾随着我们出了城。快要进山的时候，我终于又睡着了。

在嵩山国家森林公园风景区的大门口，老杨把我从睡梦中唤醒。景区大门洞开，我们长驱直入，没有受到任何人的阻拦。正常情况下，游客必须把车停在景区外的停车场上，然后坐游览车或者步行一公里，方能抵达少林寺。看来，早起的鸟儿不仅可以省下一百块的门票钱，还能把车开进景区，这着实让鸟儿欣慰。老杨把车一直开到了山门外，挨着塔林停下。时间刚过6点30分。我下了车走进山门，向东院走去。为了举行法会，这里临时搭起一座暖棚，两名年轻和尚正在归置东西。我请其中的一位引我去见延颖。我们沿着大殿与僧舍间的一条石子路向寺院深处走去，一路上的许多殿堂都在重修，这显然是游客的功劳。年轻和尚告诉我，这段时间少林寺将闭门谢客，直到年底重修工程结束为止。

我们一直走到寺院最深处的一个小院，这里是高级僧侣的居所。年轻僧人走到延颖的房前，重重地敲了几下门。他的鲁莽吓了我一跳。等了一会儿，屋里没听见动静。他又敲了几下，终于听到延颖答应了一声：等一下，我在穿衣服。想到自己居然吵醒了少林寺的僧值，我不禁心中窃笑。加里·施奈德[1]的那首《为何运木卡车司机比修禅和尚起得早》在脑中闪过：

高踞在驾驶室，黎明前的黑暗里，

[1] Gary Snyder，美国“垮掉派”诗人，生于1930年，曾在日本临济宗门下学禅，是寒山诗在英语世界的重要译者。——译者注

轮毂已擦得锃亮
光可鉴人的排气管
热了起来，抖动着
沿泰勒路上坡
直抵普曼溪的放筏地。
三十哩路尘与土。
你找不到别样的生活。

此刻，黎明前的黑暗里，月朗星稀，山门外的出租车轮毂锃亮，而我也同样心满意足，对生活别无所求。

一分钟后，延颖打开了房门。房间比我想象的要大，差不多有十六平米。一张大床摆在靠内侧的墙角，门口还有一张单人床，大概是侍者的。我在寺院里待客的标准坐具——一张人造革沙发上落座，延颖从床底下掏出一袋一斤装的极品铁观音“观音王”。他说这是一名居士送他的，价值一千块人民币。尽管如此，沏茶时他仍然毫不吝惜地在紫砂壶里装满了茶叶，几乎都没地方盛水了。我赶紧客气：别为我浪费这么好的茶叶——尽管我心里并不是这么想的。延颖闻言，回身掀开搭在床边的毛毯，露出床下的茶叶存货：足有几十包之多，估计都是同样的观音王。这令我十分嫉妒。延颖笑着坐在了我旁边，等茶沏好，给我倒了极小的一茶盅，却给自己倒了一马克杯。我们静静地坐了一分钟，细细品味着铁观音的香气和滋味。

他没等我提问，就主动说道：“寺里的年轻和尚如果请我说法，我就说去喝杯茶吧。如果他们还不明白，我就让他们去体会茶的味道。大道藏在我们做的每件事情当中。喝茶、吃饭、大便，都无所谓，都是道。如果你不能在平常生活里见道，读多少书都是浪费时间。学武也是一样。每一拳、每一脚都是道。你是谁和你做什么了无分别。如果你有分别心，就不能见道。在少林寺，我们要做到内外无别。你今天能坐在我房间里跟我喝茶，说明我们一定有缘。来，再喝一杯。”

延颖来自四川，看上去四十多岁。1991年他刚进少林寺的时候，还是个小沙弥。他来少林寺的目的就是想学武，但没有任何根基。不过他进步神速，七年之后，就被任命为少林寺的僧值，并且在过去的八年里年年获得连任。他的确是个称职的僧值。少林寺的僧人经常会受邀在国内外的各种场合做武术表演，而延颖一直是武僧的领队和主角。他的样子还被印在了政府监制的嵩山景区门票上，摆着一副孙悟空的造型。

聊了一会儿，两个人有点熟了，气氛便轻松起来。他会在说话之间时不时地挥出拳头在我眼前比画一下。他的动作太快了，我实际上根本没看见拳头，只能感觉到一阵风扑面而来。每次他这么做了之后，都会微微后仰，欣赏一下我的表情，然后乐上一阵。

公元495年，北魏孝文帝为了礼敬一位名叫佛陀的天竺僧人，在少室山麓兴建寺院，少林寺由此诞生。此时，菩提达摩尚未住山面壁，禅宗也尚未成型，佛陀法师和他的弟子们所修习的佛法，融合了小乘佛教和早期大乘佛教的一些法门，注重知识、禅定、苦行和神通，但并不在意内心和平常生活。

少林寺第一次与武术发生关系，是在一百多年之后的隋朝。一群身怀武艺的少林和尚救下了落难的唐王李世民，后来他的父亲成了唐朝的开国皇帝。李世民继位登基之后，少林寺开始受到皇家的眷顾。随后几个世纪的文献里没有再提起少林寺的武术。一直到了16世纪，又有历史学家注意到少林寺以武术结合修行的独特禅法。到了近代，少林寺历经战火和“文革”，衰败到只剩下寥寥可数的几名僧人。这时，李小龙出现了，拜他所赐，中国武术和少林寺的名声这次扩展到了全世界。从那以后，私人开设的武馆在少林寺周边遍地开花，而少林寺曾经独树一帜的武术禅法只能在困境中慢慢恢复。“我们不教那些花架子，我们教的是人生道理。”延颖说。

少林寺的常住僧侣多达二三百名，但它并不是那种游方和尚可以随意挂单的十方丛林，而是传承相当严格的“子孙庙”。延颖说，少林寺已经够闹腾的了，如果再开放挂单，会让寺院本已不堪其扰的修行环境雪上加霜。而师徒传承对于少林寺禅武结合的修行风格也非常重要，师父会同时教授徒弟学习坐禅和武术，“打拳和坐禅没有分别，身与心也没有分别。”延颖对我说，“僧人可以自己选择合适的方式修行，如果他不愿意练武，我们也不会强迫。关键是要做到一切行皆是禅。”

我问起新建的禅堂，延颖说，那座禅堂只是临时性建筑，真正的禅堂还没建好，它的规模要比现在大上许多。颇为奇特的是，近代以来的少林寺一直没有禅堂，这一局面仅仅是最近才得到改变。在过去，僧人们都在自己的房间里打坐。我想知道：当僧人们搬进新禅堂，他们的修行会与过去有什么不一样？在禅堂里，僧人们是不是能有更多机会与禅堂班首讨论自己的内心体验？

延颖笑了：“内心体验是没法讨论的。内心体验都是梦幻泡影，而禅修的目的则是要破除这些梦幻泡影。有人看了很多书，分析研究出许多关于内心体验的理论。但内心体验是虚幻的，修禅也不是做研究。在少林寺，如果你找人问什么内心体验，很可能会挨揍。禅不是拿来研究的，也不是拿来分析的。我们这样教导少林寺的僧人，不要把禅，把佛祖，也变成了梦幻泡影；要破去妄心，唤醒自己的真心，本来之心。”说完，他又拎起拳头在我眼前闪电般地比画了一下，同时用另一只手给我倒了杯茶，然后接着说道：“有些人喜欢找那些有学问的僧人请教修行方面的问题，这完全是浪费时间。修行可不是从学问、从书本中来的。修行是从心里来的。禅宗是不依赖文字的。”

这时，又有一名僧人在外面敲门，还没等延颖应门便径直走了进来。延颖为我介绍说：“这是我们少林寺的维那，禅堂就是他负责的。”换在平时，我定会拉住他问东问西，但现在显然不合时宜——维那出现在僧值的房间，说明法会马上就要开始了。少林寺即将迎来忙碌的一个星期。我谢过延颖的盛情和他上好的铁观音，准备起身告辞。作为僧值，延颖的职责是确保寺院规约的落实，但我从今天的茶里约略体会到，他其实对方便实用比规则戒律更感兴趣。

告别延颖，我从原路返回，出了寺院山门。天光尚未大亮，但居然已经有勤奋的游客在山门外摆出各种造型照相了。出租车停在寺院与塔林之间的一条土路上，老杨在车里待着。清晨的第一抹阳光已经来到寺院背后的五乳峰峰顶，峰顶下面不远处，正是达摩祖师面壁九年、二祖慧可立雪断臂的达摩洞，它的大小和佛祖释迦牟尼当年在钵罗笈菩提山修行时所用的禅窟差不多。释迦牟尼在那山洞中修行未成，后来受天神指点，在一棵毕钵罗树下禅定四十九日，终于豁然大悟。佛祖找到了毕钵罗树，禅宗祖师们找到的则是茶树。

天气很好，正是爬山的好日子，但我们必须赶路了。驶出景区大门时已过 8 点，老杨信心满满地说不必担心，10 点钟之前准能赶到白居易墓园。我再次躺下，努力入睡。通往白居易墓园的公路正在维修，我们好几次驶离了主路，在村庄里迂回前行，又战胜了几处交通堵塞，终于在 10 点前抵达伊河大桥。我付了钱，告诉老杨今天不必再等了，结束之后我自己坐公交车回洛阳。

白居易墓园坐落在伊阙东山，与龙门石窟隔河相望。前来此地的游客几乎全是冲着龙门石窟去的，专程前往白园的人少之又少。老程早已在门口等候，他领着我走上石阶，前往墓园的后院。这座后人修建的园林并不难看，但老程总是跳过它们，带我去看诗廊——这条顺山势而建的长廊上，墙壁里嵌着几十通刻有白居易诗文的石碑，它们是中国各地的书法名家留下的书迹。老程虽然只是墓园的清洁工，但他忠实扮演着白居易灵魂守护者的角色。他身上的尘土和气味虽然总是需要点时间来适应，但和他在一起永远令人愉快，每次总让我不忍分别。

我们一起观赏了几幅老程最爱的书法作品，然后去看白居易留给子孙后代的家训《续座右铭》。它被镌刻在一根石柱之上，面对石柱，我和老程一起大声念着：

勿慕贵与富，勿忧贱与贫。自问道何如，贵贱安足云？闻毁勿戚戚，闻誉勿欣欣。自顾行何如，毁誉安足论？无以意傲物，以远辱于人。无以色求事，以自重其身。游与邪分歧，居与正为邻。修外以及内，静养和与真。

少室山五乳峰达摩洞

养内不遗外，动率义与仁。千里始足下，高山起微尘。吾道亦如此，行之贵日新。不敢规他人，聊自书诸绅。终身且自勖，身殁贻后昆。后昆苟反是，非我之子孙。

安置石柱的地方过去曾经矗立着白居易的挚友如满禅师的舍利塔。舍利塔如何毁失不见，老程也不清楚，不过取而代之的石柱倒也颇有可观之处。正在欣赏赞叹之时，只听见墓冢方向有喧哗声传来，听上去似乎是仪式要开始了。老程带着我循声而去，走到墓冢近旁，立刻淹没在喧天的鼓乐声中。我快要被震聋了。白居易的在天之灵不论此时在哪儿飘着，都一定会注意到他的后人搞出的这番动静的。

白居易生于公元 772 年。他与二祖慧可是同乡，都出生于洛阳东面的荥阳[①]。少年时期，他被父母送往长安，寄居在亲戚家中准备科考。他的仕途并不顺遂，年近三十之际总算中了进士，并被朝廷委以官职，却又因不畏权贵直言论事，屡遭谪迁外放。然而命运的深意常常难以世俗的眼光揣度，仕途不利的白居易，在诗歌领域产生了比为官从政更为深远的影响。他率先以平白如话的语言作诗，因此其诗作在其生前便已深入人心，各种阶层身份的人都喜闻乐见。

公元 824 年，白居易曾在两次外放之间短暂地回到过洛阳。在此期间，他娶回两房小妾——樊素和小蛮。她们不仅为白居易的私人生活增色，也在诗歌中留下不朽的一笔。白有诗云：“樱桃樊素口，杨柳小蛮腰。”——它成了汉语中对女人小嘴和细腰最经典的描写。829 年，白居易官拜河南尹，再次回到洛阳。几年之后，他在伊水东岸的香山寺附近修建了一座不大的宅院，建宅的费用来自他为有钱人书写墓志铭积攒下的润笔费用。致仕之后，他便退隐于此，每日与香山寺的僧人交游往来。这里山水形胜，风物绝佳，隔河还有龙门石窟壮观的佛教造像。月色婆娑的夜晚，对面奉先寺里的卢舍那大佛想必非常动人。

---

① 作者描述有误，白居易其实出生于河南新郑。

和其他唐代诗人一样，白居易收集和保存着自己历年来写下的所有诗文。隐居香山寺的晚年时光，他开始编辑自己的诗作，最终整理出一部多达三千八百首的个人诗集，并抄成五部，其中三部送给了当时著名的寺院。事实证明，这是一个绝妙的主意，多亏这几部寺院抄本，白居易的诗歌才得以完整保留到了今天，数量之多，在所有唐代诗人中首屈一指。临终前，他留下遗愿将自己葬在好友如满禅师的舍利塔旁。他的墓冢至今完好无恙，如满禅师的舍利塔却已不知去向。

每次想起白居易，最先跳入脑海的总是那首《问刘十九》：

绿蚁新醅酒，
红泥小火炉。
晚来天欲雪，
能饮一杯无？

可惜这首后来被收入《唐诗三百首》的著名作品眼下并不应景。天气虽然寒冷，但晴朗得一丝云彩都不见。

白居易逝于公元846年。从那以后，白氏后人每年都会在他的诞辰日农历二月十五聚集于此举行纪念仪式。学者考证出的白居易诞辰日比这个日子早了一个月左右，但白家人自有主张，而且声势浩大。据估计，仅定居在洛阳周边的白氏后人就有四万之多，其中最年长的第四十八代孙已是百岁人瑞，而最年幼的一名五十七代孙还在襁褓之中。今天赶来参加仪式的就有数百人之多，他们团聚在墓冢周围，站在最前面的十几个人披麻戴孝，妆如丧仪。看起来，这是一种诞辰与忌日二合一的祭祀方式。

老程带领我艰难地在人群中穿梭，把我引见给诗人的子孙们。我向他们请教心中的疑惑：为什么会有相隔十代的后人同时活在世上？他们解释说，白居易的后人如今已繁衍出十六个支系，各支系的子孙寿命长短不一，一千多年下来，差距就越来越大了。在祭祀仪式上，十六个支系都会派出一名代表，在祖先坟前焚香设供——那些披麻戴孝的人就是各支系选出的代表。

东拉西扯之间，老程和我走散了。我慢慢踱出人群，沿着山脊的石径向香山寺方向走去。香山寺的原址比现在更靠北，眼前这座新修的仿古建筑纯为招徕游客，里面一个僧人也无。唯一值得看看的是一组群体塑像，他们是白居易和他的八位朋友（合称“香山九老”），如满禅师也在其中。我焚了一供香，然后出寺下山，回到伊河大桥桥头，上了一班回洛阳的公交车。

当天晚上，发生了一件奇特的事情。白居易研究会的会长和另一个男人一起来到我的旅馆房间，向我授予了白居易研究会荣誉会员称号，以资证明的证书上罗列了我从此可以享有的诸般待遇。我受宠若惊到无言以对，只好反复称谢。临别之际，会长鼓励我动手将白居易诗作译介到西方。我早有此意，但现在还不到时候，我对他说，等我老了以后，打算找一座山寺,在附近结庐,时不时可以去蹭顿饭什么的。到了那时候，我一定会动手翻译我热爱的诗人白居易。别着急。

第六章　无相

到了该跟新聚和酒店那些快乐的服务员说再见的时候了。长途汽车站近在咫尺，走过去也用不了多长时间，但我决定再用一次老杨的车，作为临别时的小小答谢。在中国，有一个可靠的当地司机做向导是非常重要的，而在洛阳这样的地方尤其如此。这座曾经做过十二朝皇都的历史名城，交织了太多悠远的时空轨迹，常令我陷入不知今夕何夕的恍惚。而老杨和他的出租车就好像我的时光穿梭机，每次都能让我安全返回。

我在长途汽车站门口和老杨告别，进站买了车票。开车时间尚早，左右无事，我又回到车站外面，站在路旁东张西望。清晨的空气里渐渐浮现暖意，有微风拂动，但已吹面不寒。这是旅程开始之后最温煦的一天，破天荒地，我在室外拉开了大衣的拉链，待了一会儿不见异常，干脆把大衣脱了下来抱在怀里，忐忑而又兴奋地体会着这初春时节乍暖还寒的微妙滋味。正在我开始反思不穿大衣是否太过冒险的时候，老杨又回来了，他按了下喇叭，把我从愣神中唤醒，然后摇下车窗，递过一包零食：那是我落在车后座上的。我立刻心中大宽——护法神已经到岗，安全终于有了保障。

该上车了。下一站是七百公里之外的合肥市，从洛阳开往合肥的长途车只有早晨9点钟这一班。通常每天只开一班的长途车总在早晨六七点钟发车，而对于七百公里的漫长旅途来说，9点钟出发晚了点，但我宁愿这样，省得天还没亮就要爬起来赶路。眼下，长途车赖在停车场里迟迟不愿动身，车门大开着，希望能等来更多乘客。可直到终于出发的时候，车上还是只有六个人。这完全出乎我的意料。要知道，这可是在中国。我早已习惯了无处不在的永远都在迁移的人口洪流……可现在，他们都到哪儿去了？我突然意识到，自己发现了这滚滚人潮中一个稍纵即逝的空隙：3月上旬，这无疑是来中国旅行的最佳时机。

除了车载电视里枪声大作的香港警匪片之外，前往安徽的旅途堪称愉快。长途车在大多数时间里都奔驰在高速公路上，而整个车厢的后半部分由我一人独自享用。我四仰八叉地倒在最后一排座椅上睡了过去。沙尘过敏的症状已被药物击溃，过去两周以来不断累积的疲惫也在这长达四个钟头的昏睡中渐渐消退。终于醒来的时候，午饭时间到了，长途车开进了一座新建的高速公路服务区。巨大的停车场上至少停着二十辆大巴，自助餐厅里至少挤着五百人。考察了餐厅供应的饭菜之后，我决定还是靠自带的零食打发掉这顿。按照中国的规矩，午餐时间大巴上是不能留人的。我只好坐在餐厅门外的台阶上边吃边等。

一个捡啤酒瓶的老汉从我眼前经过。他停下来搭讪，问我为什么不去餐厅吃饭，我回答说饭菜不对我的胃口。他立刻点头称是，说这儿的餐厅的确档次太低，比他们家差远了。老汉穿着里三层外三层的破衣烂衫，嘴里缺了几颗牙，看起来很是犀利。我俩四目相对，仿佛心照不宣似的嘿嘿乐了起来。

食不厌精的拾荒老汉继续寻找啤酒瓶去了。过了一会儿，食客们陆续从自助餐厅鱼贯而出，回到大巴上继续赶路。开了没多久，司机驶离高速，上了一条乡间公路，沿途出现许多摆卖草莓的农民。我突然意识到，就在我埋头昏睡的时候，长途车已经驶出了黄河冲积扇的势力范围，沿着慧可当年南下的道路进入淮河流域。

当年二祖慧可大师与弟子们南行避乱时，很可能是沿水路前进的。离开邺城之后，他们应该先南下至嵩山少林寺，与决意留守的达摩祖师告别，然后便沿着发源于嵩山东麓的颍水一路向东南行去。在淮南以西颍水入淮的地方，慧可大师与众弟子渡过淮河继续向南，又沿淮河的另一条支流淠河上溯，来到它的源头大别山脉。这条逃难之路的终点就是大别山中的司空山麓。他们在此避世隐修，直到北方的动乱过去。长途车正沿着这条禅宗南传之路前行，不过它的终点是合肥，到了合肥，再换车去司空山就很方便了。

合肥曾经是个死气沉沉的地方，一个不大不小的区域性农产品集散地。1949 年以后，安徽省的省会从安庆迁来此地，合肥的命运从此发生改变。六十年间它的人口增加了十倍，长成一座工业化的省会城市。由于制造业的勃兴，它的人口数量现在呈明显的季节性波动：农闲时节，打工人口从全省各地的乡村拥入，峰值可达六百万；而到了农忙季节，则又回落至四百万左右。从外人的角度看，合肥与其他的中国省会城市看起来都差不多，如同一只只破土而出的幼蝉，头角峥嵘，急于摆脱陈旧的躯壳。然而讽刺的是，那些匆忙堆起的漫画一般的新房子，和它们急于拆掉的旧躯壳基本上一样惨不忍睹。

好在天已经黑了。7 点钟，我们终于开进了合肥市长途汽车站。已经是打尖住店的时间，但当务之急是先把去司空山的行程安排好。车站的售票员说，离司空山最近的长途车站在岳西县，而从合肥去岳西的班车都在西门汽车站发车。我打车直奔西门汽车站，下了车，抬头看见车站对面一座二十二层的酒店鹤立鸡群，招牌上写着丰乐国际大酒店。它看起来很是招摇，估计价格不菲，但是我已经坐了十个钟头的长途车，犒劳自己一下也不算太过分。我走进大堂，理直气壮地要了间房。房间颇为奢华，而要价也不过二百块人民币。

放下背包，我下楼去找网吧。酒店的门童周到至极，他领着我出门，穿过一条窄巷，把我一直送到网吧门口。上网查了邮件，很不幸，依然没有古根海姆基金会的消息。每年 3 月是古根海姆基金会向基金申请人发放赞助的时间，现在 3 月已经过去了一半，我递交的申请仍然音信皆无。这已经是我第七次申请了。我倒不在乎被拒绝，反正白日梦做做也无妨，讨厌的是每次申请都要到处托人写推荐信，有时候甚至为此找到一些八竿子打不着的人头上去。

古根海姆已经拒绝了我一长串申请：一本关于中国隐士的书，一个把广播节目改编成书的项目（我曾在一家香港电台长时间连播过中国旅行的经历），《佛本行经》英译本（以诗体叙述佛陀行迹的古印度经典，这个项目申请了两次），四卷本《楞伽经》英译本（就是菩提达摩传给慧可的那部佛经），唐代诗人韦应物诗集的英译本。最近的一次申请就是关于现在这本书的，看起来运气依然不佳。可是除了古根海姆基金会，其他的机构就更没可能赞助我这些项目了。我决定停止不切实际的幻想。

回了几封邮件之后，我在网站上看了看水手队[①]的近况。球队到凤凰城春季集训去了。最近这帮人有点不靠谱，跟我一样，老是幻想些个不切实际的东西。

出了网吧，我走进一家路边店吃了碗炒面，然后回房间洗澡。在浴室里，我惊喜地发现皮肤起了变化。之前在中国北方旅行了十几天，皮肤每天都极其干燥，碰到水就觉得痛。这才刚到淮河流域，情况已明显好转。我终于可以用上酒店里配备的浴液了。洗完澡，穿上酒店配备的浴袍，我在靠窗的一张逍遥椅上滋润地躺下——没错，这真是家奢华酒店——从弧形的落地大窗望出去，一轮明月正爬上中天。如此良辰岂能辜负。我打开千里迢迢从美国带来的波尔图酒举杯邀明月，下酒的是去年万圣节时剩下的小包装“士力架”巧克力棒——我们家住在山顶上，万圣节的夜晚根本少有人来，可那也得准备着，结果剩了不少。不过等到跟月亮道晚安的时候，波尔图酒和巧克力棒差不多都被我消灭光了。

第二天一早，我发现西门汽车站根本没有去往岳西县的班车。这就是问路太草率的下场，我已经吃了好几堑也没长一智。又四处打探了一番，才终于找到了正确的乘车地——合肥火车东站旁边的新亚汽车站，从这里开往岳西的班车每小时一趟。买票上车，几分钟之后，我上路了。

班车在市区里转悠了一个钟头才终于开出城外。一进入乡间，触目皆是清新的绿色，当此美景，再想起枯黄沉闷的北方，简直不堪回首。班车在国道上行驶了一个多钟头，然后在舒城县附近拐向一条狭窄的乡村公路，朝着西南方向的山区驶去。山路蜿蜒向前，掠过两旁缀满松树和杉树的缓坡，竹林掩映的山岭和汩汩流淌的清泉，这令人心旷神怡的景致吸引了车上所有乘客的眼球，每个人都不自觉地凝神望向窗外，仿佛从来没见过似的。

---

①作者家乡西雅图市的棒球队。——译者注

车上的司机和售票员表现得令人肃然起敬。他们严格地执行了车厢内禁止吸烟的规定，而当我试图在座位上横躺下来时，也被他们坚决制止了。售票员解释说，这样做太危险，因为山路上随时可能出现弯道会车，需要格外小心。她说得没错，接下来我们的确经历了几个惊险时刻。当班车终于开出这片山区，重新回到一条南北走向的国道上之后，我才松了口气。最后一小时的旅程里，我们从繁花似锦的果园中穿行而过，远处的山地茶园绿浪起伏，间或还能看见形单影只的农人在梯田间松土。春天已在安徽降临。

离开合肥四个半小时之后，班车开进了岳西县城。从我上次来访至今，时间已经过去了七年，这座沿着两条交叉的公路发展起来的小县城又长大了不少，像样的街道已经有十几条了。从这儿到司空山还有七十公里，长途车站没有这条路线上的班车，不过站外尘土飞扬的停车场上趴着一排本地小巴，车窗前都挂着一块牌子，上面写有县城周边各个村镇的名字。我找到挂着“店前”牌子的小巴，它正好还差一个人才肯走。来得早不如来得巧，我钻进车，小巴立刻出发了。

前往司空山的道路比之前更为曲折。山路上的之字形转弯比比皆是，坐在我后面的一位妇女开始晕车，好在有热心人给了她一片姜，让她放在嘴里咀嚼，似乎很管用。愈向山中深入，车窗外的景色愈发迷人。经过亿万年剥蚀作用形成的花岗岩峰丛地貌在道旁次第展开，时不时还可以看见球状风化的岩浆岩巨石悬在半空，有生命力顽强的松树扎根其上，迎风傲立。

两小时之后，小巴开进一道狭长的山谷，店前镇到了。这是个仅有一条街道的小镇，司空山就在镇外西北方向屹立着。乘客们都在镇上下了车，我另外付给司机五块钱，请他把我直接送到司空山脚下的无相寺。小巴出镇向西，继续开了两三公里，停在无相寺的山门前。

一名上了年纪的比丘尼坐在洒满阳光的庭院里穿针引线。我穿过院子，走上前去向她打听方丈的所在。我拿出七年前来访时为僧人们拍的照片，她看了一眼，说这些和尚们都不在了，现在住持无相寺的是一位

司空山无相寺

法号能文的僧人。能文也没在庙里，他到岳西县附近的法云寺主持法会去了，估计得下礼拜才回来。

赶了七百多公里路，没想到扑了个空。我是带了一堆问题来的，本以为方丈可以为我解惑。禅虽然发源于中国北方，但如果不是慧可当初避难于南方，它很可能早已被北周武帝消灭。司空山就是禅宗逃离北方之后最初的落脚点，二祖慧可大师在此居留的时间却一直没有准确的记载。本地的文献里说他在北齐（550 – 577）年间来此，这意味着他逃出邺城的时候，北周武帝的灭佛运动还未开始。更晚些时候的史料则认为他在 550 年前后来到司空山，而在灭佛运动开始之前便已回到北方。两种说法都有疑点，因为如果不是因为北周武帝灭佛，慧可长途跋涉到大别山区来隐居就显得有点莫名其妙了。

小巴已经开走了，除了在此过夜我别无选择。比丘尼把我领到上次住过的一幢两层的建筑，打开一间客房，朝里面望了一眼，立刻又把门关上，继续向前走去。这座僧舍七年前就已经是一座需要修缮的老屋，现在更加破败了。最后，比丘尼决定让我住在方丈的房间里。整个寺院里只有他的床上配备了全套卧具——铺着床单的木板床，两床棉被，一只以谷壳为填充物的枕头。它们看上去很久没洗过了，但既然方丈能睡，我又有什么理由拒绝呢？再说有地方睡就不错了。

很显然，今天已经没什么事可做了。我重新捡起在家时的好习惯，睡了个午觉。这是过去一个星期以来的第一个午觉，感觉很是奢侈。小睡醒来，依然想不出起床能干什么，于是靠在枕头上开始写日记。刚写了几句，就听见比丘尼在外面敲门。我下床开了门，看见她拎着两只暖瓶站在门口。喝茶是个好主意。我把桌子上的东西清理到一边，拉出板凳请她坐下，然后开始沏茶。

比丘尼是岳西县人，法号仁明，今年六十三岁，但看起来至少有七十三岁。我猜想她的一生一定相当坎坷。她从未结过婚，也没生过孩子。她一边说着，一边指了指自己的脑袋，就好像是在说她脑子有问题，没人愿意娶她。我习惯性地点着头，装作表示理解。但其实就算脑子有问题的人也能结婚生子吧。一定是有别的原因。到底是因为什么，她没说，我也没问。

我问她学的是哪种佛教。仁明回答说，她虽然当了十年尼姑，但其实从来没学过佛教。她提到佛教的样子，让我想起我的姑姑波琳。波琳从小在阿肯色州的农场长大，她总喜欢取笑我对佛教的热情，说我信的是“佛爷教”。仁明有一种开放而天真的气质，我想不学任何宗教也许对她来说更合适。我们东拉西扯，几乎除了佛教以外什么都说了，不过她的本地方言我大概只能听懂一半。但这并没影响我们的沟通。她一点不做作，说着话便常常放声大笑起来，我完全被她感染了。后来她告诉我说，她从来没喝过这么好的茶——台湾高山乌龙的确不错，但心境更重要。当你心情大爽的时候，吃东西也会更香。

喝过第四泡茶，仁明站起身，说要赶在太阳落山之前做完剩下的针线活。她回到院子里，坐在夕阳下继续缝补起来，我也趁着落日余晖继续写我的日记。天快黑的时候，一位妇女骑着摩托上山来了。她是住在山下村子里的女居士，每天来寺里给僧人们做两顿饭，饭后还跟僧人们一起做功课。一小时之后,手脚麻利的女居士已经准备停当,敲响了斋板。今晚用斋的只有我们三个人。晚餐由白菜、萝卜和野山菌组成，原料都是女居士自己带来的。我向来以为，野山菌原本是仙界的私房菜，要不是当年神仙搬家离开地球时不小心落下几粒孢子，我们这些俗人如今恐怕无福享用此等美味。

斋毕，我跟着比丘尼和女居士一起走上水泥台阶，到大殿里去做晚课。这座佛殿刚建成不久，但看起来和其他的中国寺庙也没什么两样，建筑材料虽然用了现代的水泥和砖瓦，样式上却依然在模仿明清时期的官式建筑风格。中国人对待外在形式的态度有时候会显得极端保守。我一直期待着看到有人设计一种不需要投入大量钱财建造的佛殿——毕竟，大兴土木并不能体现佛陀的根本教诲，它体现的只是善男信女们贪婪而执著的心态。不过，在大兴土木蔚然成风的今日中国，我的期待显然还难以成为现实。

无相寺比丘尼仁明和女居士

仁明在佛坛前点了几炷香，然后又烧了些纸钱——前者是晚课的规定动作，而后者却是她自己的发明，这也许是为了她的父母，或者哪位去世的施主烧的。并不是每一位逝者都需要“冥国银行”发行的这些钞票，按道理说，地府里的一切都应该是免费的，烧纸钱也许只是以防万一。

纸钱的火焰慢慢熄灭了。比丘尼仁明走到大殿的一角，开始敲钟。大钟悬挂在一座木架上，上面镌刻着“无相寺”三个大字；和它对称的另外一个角落里放着同样的木架，上面摆着一面鼓。和着钟声，女居士也使出浑身力气开始击鼓。一百零八记鼓声代表人类的一百零八种烦恼，而象征着解脱的无相之钟同样鸣响了一百零八次。两位女士发出的声音摇撼着十方世界，令山谷里的每一位修行人警醒。烦恼与解脱，二者总是相伴而行。钟鼓齐鸣中，我靠墙坐在地板上，随着两位女士一起念诵叩钟偈：

闻钟声，
烦恼轻，
智慧长，
菩提增，
离地狱，
出火坑，
愿成佛，
度众生。

晚课结束，女居士骑着摩托下山去了，仁明带我缓步走向僧舍，回了各自的房间。

我拿出仅剩的波尔图酒，对月又浮一大白，饮罢上床，倒头便睡。夜半时分，有乌云遮月，天气于是大变。才从坏天气的魔爪中逃出来没两天，就又被它追上了。到了早晨，原本已经收起的大衣重新派上了用场。山雨欲来，刺骨的寒风中裹挟着潮湿的气息，我决定赶在雨水降落之前拜谒一番无相寺周边与二祖慧可有关的遗迹。

向南逃难的慧可来到司空山的时候，这里并没有寺院，不过这一带却是由来已久的避难胜地。事实上，司空山之名的来历便与逃难有关。“司空”是中国古代的职官，主土木营建之事。相传上古之世，曾有司空淳于氏于此避世隐居，从此，山便以淳于氏的官职闻世。司空山还是诗仙李白的流连之所。在他生命的最后几年里，李白曾卜居山中，并于758年写下一首歌咏司空山居岁月的五言古诗《避地司空原言怀》。此后不数年，他便在长江“醉入水中捉月而死”了。

二祖慧可大师的行迹，“只在此山中，云深不知处”，仅留下些微蛛丝马迹让人怀想。而在他之后又过了一个多世纪，六祖惠能的弟子本净禅师（667 – 761）也来到司空山修行，很快，他的名声传入了朝廷。743年，当朝玄宗皇帝召请禅师入宫讲法，拜为“国师”，后来又在司空山敕建无相禅寺，殿宇数千间，常住僧侣七千人，规模为一时之最。这便是无相寺开山之始。当然，到了今天，唐朝皇帝敕建的无相禅寺连一根毛也看不见了。

慧可在司空山停留了多久已经没有人知道。但是就在无相寺的大殿后面，有一块大石据说是他当年的“讲经台”。沿寺后小径上山，不远处又有一块葫芦形的巨石，传说是当年二祖慧可将禅宗法嗣传给三祖僧璨的地方。上次来时，我还造访过司空山主峰上的几座洞窟和石室，据传慧可和他的弟子们曾在其中修行——能与禅宗二祖扯得上关系的“古迹”大概也就这么多了。

慧可心中谨记达摩祖师的教导：禅修之道与文字无关，全在一心。所以他总是面对面地教导弟子，也正因为如此，后世所知的二祖事迹少之又少。在敦煌写本《楞伽师资记》被发现之前，有些学者甚至怀疑慧可只是个虚构出来的人物。有人曾相信，他在司空山至少留下过一首诗：

跃过三湘七泽中，
一肩担月上司空。

单衣破处裁云补，
冷腹饥时啮雪充。
春信渐随花信至，
天光全与水光融。
沙弥未解修持事，
好向峰头问老松。

可惜这首诗并不是慧可所作，而是出自一名清朝禅僧之手，不过它依然为我们提供了更多的想象空间。慧可的确是个硬骨头，在司空山传衣钵于僧璨之后，他以百岁高龄之身坚持回到了北方。二祖向弟子们解释说，他尚有一段因果未曾了却——也许他指的正是593年在邯郸附近被处死这个结局。弟子们跟随慧可一起回了北方，但他特别嘱咐僧璨留下。禅因此幸存了下来，并从此走向繁荣。

我一路上山，行至葫芦形的传法石附近，天色益发迷蒙起来，云雾状的水汽弥漫在山野之间，为即将到来的降水发布预告。我意识到，如果不想被浇成落汤鸡，现在必须下山了。回到寺院，比丘尼仁明告诉我说，她给山下的村子挂了个电话，待会儿会有小巴上山来接我。我回房收拾好行李，又趁仁明不注意偷偷溜进她的房间，把我的高山乌龙存货全留给了她，另外还留下一笔钱，足够她上岳西县挥霍一阵的了。

小巴如约而来，泊在无相寺前的停车场上。我刚钻进副驾驶室，仁明匆匆跑了出来。她说，既然我要回岳西县，干吗不去法云寺找能文方丈呢。从县城到法云寺只有十公里路程，而能文说不定可以告诉我一些不为人知的慧可事迹。我接受了她的建议，然后挥手作别。小巴向山下开去，穿过店前镇，一头扎进了大别山脉的莽莽群峰之中。

离岳西县还有一半路程的时候，迷蒙的水汽终于化为雨水降落下来，气温也开始直线下降。经过漫长而阴冷的两个小时，小巴终于驶进了岳西县城，但更糟糕的还在后头。到了车站，我发现根本没有去法云寺的公交车。县城里屈指可数的几个出租车司机也无一例外地拒绝做我的生意。他们说那段路太危险了，它的后半程根本没有路。沮丧之余，我只好回到长途车站买票准备离开。就在我仰头查看班车时刻表的时候，去无相寺接我的那位小巴司机走了过来，他带来了好消息，有人愿意送我去法云寺。

几分钟以后，一个十六岁的少年出现了。他开来了一辆带雨篷的机动三轮，要价十五块。没说二话，我们立刻上路了。机动三轮一路欢快地蹦跳着，我颤颤巍巍地从背包里掏出羊毛袜套在冻僵的双脚上，终于感觉到了一丝暖意。出租车司机说得没错，抵达法云寺前的最后一段路根本不能叫路，但也许是我的殷殷诚意太过感人，土地公公最终还是放行了。

法云寺的入口处，一座身形瘦高的砖塔矗立在雨幕里，塔身满覆浮雕佛像，塔基上写着“千佛塔”三个大字。我的大衣已经被雨水浸湿，砭人肌骨的寒意让人没了流连张望的心情。我匆匆下车，绕过千佛塔直奔寺内大殿。少年司机也跟我一起下了车，他带着把雨伞，好心撑在我头顶，但好像没起什么作用。

诵经的声音从大殿里传了出来，大约二十几名僧人和居士正在能文的带领下操办法事。我转到大殿右侧用作客堂兼账房的屋子里，推开门，几位女居士正围着煤炉烤火。其中的一位告诉我，法事大概还要两三个钟头才能结束。想到要在这凄风冷雨中再等两三个钟头，我长叹一声，转身准备离开。刚走到门口，又被居士们叫住了，她们说半个小时以后法事会暂停一次。当年慧可大师为求佛法，在达摩祖师面壁的洞口等了好几天，我要是连半个小时也等不了就太说不过去了，天气再冷，也冷不过达摩洞前的风雪。我正在自我激励着，女居士们却不忍看我在门外受冻，把我让进屋里，在火炉边腾出一块地方。过了一会儿，我的手指和脚趾慢慢恢复了知觉。

我们一边烤火一边聊着天。居士们告诉我，能文同时兼任着无相寺和法云寺两院的住持，但他大多数时间都待在法云寺里，这里的生活条件要好些，信众也更多些，而无相寺山高路远，对普通人来说实在太不方便了。提到法云寺的历史，有人说它始建于公元300年左右，而千佛塔的历史则稍晚。至于塔中藏有哪位高僧的遗骨，则没人能说得上来。

半小时之后，大殿里的诵经声果然停了下来。一位女居士让我在客堂门口等候，她自己向大殿走去。不一会儿，能文出了大殿，向我走过来。他身材瘦削，年纪在六十五岁上下，穿着一件做法事专用的红色袈裟。见面寒暄之后，侍者为他端来一杯茶，趁着他举杯解渴的工夫，我简单说明了来意。他举手示意，请我在院中的一个石凳上坐下，然后自己也坐了下去，可诡异的是，他的臀部下方空空如也——眼看他就将无可挽回地仰面跌倒，就在这时，一名侍者神奇地出现，在能文失去平衡前的一刹那，恰到好处地在他身下摆上了一张木凳。太诡异了。

我向方丈请教慧可的生平事迹，他所知道的与通行的说法并无二致。令我稍感奇怪的是，他对1969年匡教寺发掘出二祖舍利一事毫不知情，他激动地抓住我的胳膊，说这件事太重要了，这个发现预示着禅宗将要迎来一次伟大复兴。我又向他请教慧可大师的教法，他回答说，慧可秉承了佛祖本意，佛言诸法空相，不立文字，所以慧可大师没有留下文字教法。他在世的时候，世上并没有禅宗，二祖慧可以依靠的只有他自己的本心。他的教法乃是心心相授，不住于相的。凡所有相，皆是虚妄，唯心是重。

事实上，慧可并非没有留下任何文字教法。除了《楞伽师资记》中的记载，他至少还有一则言教流传后世。公元550至551年间，一位姓向的居士曾致书慧可请教佛法，而慧可则以一首七言诗做了回复。有人认为，这名向居士就是后来的三祖僧璨，当时两人都还没有逃来南方。向居士在信中写道：

> 影由形起，响逐声来。弄影劳形，不识形为影本。扬声止响，不知声是响根。除烦恼而趣涅槃，喻去形而觅影。离众生而求佛果，喻默声而寻响。故知迷悟一途，愚智非别。无名作名，因其名则是非生矣。无理作理，因其理则争论起矣。幻化非真，谁是谁非？虚妄无实，何

空何有？将知得无所得，失无所失。未及造谒，聊申此意，伏望答之。

慧可见信，命笔回示道：

备观来意皆如实，
真幽之理竟不殊。
本迷摩尼谓瓦砾，
豁然自觉是真珠。
无明智慧等无异，
当知万法即皆如。
愍此二见之徒辈，
申辞措笔作斯书。
观身与佛不差别，
何须更觅彼无余。

——《续高僧传·卷十六》

主张人人皆有佛性的思想最早经由汉译《泥洹经》传入中国，并在公元4世纪通过高僧道生的大力弘扬而广为人知。但人人皆能成佛并不等于人人皆已是佛，修行的目的就是要潜心找回自己的佛性——这正是禅宗大师向弟子们反复强调的要点。佛性自在本心，只需返求诸己，无故乱翻书又有何益？

说话间，大殿中钟鼓之声已再次响起，宣告着法事即将继续进行。能文站起身准备告辞，他说，这次没时间招待你用茶了，请不要介意。没关系，我并非为喝茶而来，我回答说。他欢迎我下次再来，有时间可以坐下来好好聊聊，这次来得不巧，因为明天就是农历二月初九，观音菩萨的诞辰，隆重的法会从现在就已经开始筹备了。我谢过方丈，和少年司机一起离开了法云寺。回程的路比来时要容易许多——法云寺距离国道不到两公里，少年把三轮摩托从泥泞的土路开上国道，我下了车，站在路旁等待南下的过路车。雨还在下，少年也下了车，他撑开伞举过我俩的头顶，在路旁和我一道向北眺望。

第七章　无心

很不幸，寺院的客堂已经客满止单了，三祖寺的方丈宽容禅师在电话里对我说。明天将有超过一千名来宾齐聚三祖寺，参加为期两天的观音菩萨诞辰法会，其中的一百多人要留在寺院过夜，因此他建议我在附近的潜山县城栖身，等到明天下午的法会结束之后再去找他。宽容方丈甚至主动帮我订好了房，又在电话里说了旅馆的名字，一切都已安排妥帖。我很庆幸自己有打电话的先见之明，否则到埗之后才发现找不到住处岂不糟糕？

站在公路边没等多久，就拦下了一辆长途车。前往潜山的路程不过五十公里，我们先往南行，然后折而向东，沿着一条名叫潜水的湍急而浑浊的河流驶出了大别山区。出山的公路恰从三祖寺门前经过，透过车窗看着它那挤满各种车辆的停车场，我再一次感到庆幸。进入平原，河水的流速立刻缓慢下来，长江已经不远了。

长途车是开往安庆的，路过潜山县城，它放下几个到站的乘客，又拉上几名新的，然后继续上路。下车的地方，路边排着一溜人力三轮车——显然，汽车文明还没有彻底改变这里的公共交通业。我跳上其中的一辆，告诉车夫：去“潜阳国际饭店”。听着这几个大而无当的字眼从自己嘴里冒出来，我忍不住乐了。

三轮车夫看起来足有七十岁，遇到稍微带点坡度的路面就明显感觉力不从心。我犹豫着要不要下来自己走，但那样一来，老汉就挣不到这三块车钱了。斗争了一番，我决定还是留在车上。我的背又开始疼了，天上还飘着点雨丝，带雨篷的三轮车慢悠悠地拉着我往旅馆行去。

国际饭店的前台已经提前得知了我要入住的消息。宽容方丈不仅订好了房，还为我争取到了一天一百六十块的特别优惠价，相当于门市价格的五折。我又一次感觉到了满天神佛的眷顾。酒店开业只有两年时间，条件远远超出了我对潜山这座小县城的预期，房间也很安静，远离嘈杂的大街。我放下背包，上街去买零食，并很快在离酒店不远的一家小干货店里发现了一种好吃的——干货店老板称其为“南瓜饼”，但它绝不是普通的饼——这种精细的油炸甜食外表撒满了葵花籽，里面裹着南瓜馅，跟浓缩咖啡简直是绝配。

例行的午睡之后，我就着南瓜饼一口气喝了两杯浓缩咖啡，然后出门去找饭吃。路边尽是野味店，店门口的招牌上，产自大别山区的鹿、野鸡和野猪们在照片里东张西望着。我选了一家看起来最干净的小店，进门点了一盘木耳炒鸡蛋，一盘野山菌。野山菌美味至极，厨师必须受到表扬。离开之前，我向老板和厨师郑重其事地表达了敬意。

回酒店的路上，我想起波尔图酒已然告罄，于是踱进路旁一家杂货店，选了一瓶本地产的猕猴桃酒。从前来中国寻访山中隐士的时候，我常看到野生的猕猴桃，却没想过有人会拿它来酿酒。它的酒精度只有百分之七，还不及波尔图酒的一半，但味道相当不坏，有点阿蒙蒂拉多雪利酒的意思。泡在蓄满热水的浴缸里，不知不觉一大杯已经下肚，爽得不行。我忍不住又给自己满上一杯。出浴之后，写过几页日记，我早早上了床，关灯睡觉。

这是一个漫长而离奇的夜晚。我见鬼了。房间里有声音。重物落地的声音，纸片哗哗作响的声音，还有刺耳的挠墙声。我打电话给前台投诉，他们说这不可能，我的房间前后左右上下都空着没人住。我翻身下床搜索，结果一无所获。声音从房间的各个角落响起，倏忽来去，我能肯定不是老鼠。它时而钻进床底，时而爬过椅子，上了桌子，时而又躲在窗帘后面，有时还漂浮在半空中。仿佛时空在此发生了扭曲，另一个世界的声音不知怎么传送到我房间来了。一直折腾到凌晨 3 点，我终于精疲力尽，昏沉睡去。

一觉醒来，已是上午 11 点钟。在中国我还从没起这么晚过，不过好在上午也没什么要紧事。拉开窗帘朝外看，雨已经停了。出了门之后，发现天气也明显暖和起来。从北京开始就一直缠着我不放的冷空气貌似终于撤退了。尽管空气还很潮湿，但云开雾散必在顷刻之间。我再一次脱掉了大衣。

方丈嘱咐过，不要太早赶到三祖寺。我于是找了间网吧去查邮件。女儿来信告诉我，古根海姆基金会的大信封终于到了，里面装着我的申请资料，还有一封短笺："感谢您寄来申请"。没关系，被拒绝了这么多年，我早已学会了坚强。不就是日子过得紧巴点么，不就是用好几张信用卡拆东墙补西墙么，有什么呀，谁还没过过穷日子啊。我三心二意地开始盘算回国后是不是应该试着买点彩票，说不定能撞上大运呢。当然，我心里其实明白这纯属痴人说梦，可上一个白日梦刚刚被可恨的古根海姆叫醒，总得找点别的念头缓冲一下，别管它有多不靠谱。

我一边天人交战着，一边走出网吧，来到县城中心，上了一趟去三祖寺方向的小巴。沿着泥沙俱下的潜水河上行了十公里之后，车子开到了天柱山脚下。饭馆里那些鹿、野鸡、野猪和野山菌们都出自这里，三祖寺在此开山的历史也已经有一千五百年了。我下了车，看见三祖寺门前的停车场上依然塞满轿车和旅游大巴，于是决定不急着进去。山门东边有道山谷，很适合散步，三祖寺最初的名字就是从这儿来的。

一切得从汉武帝（前 140 － 前 87 年在位）说起。公元前 106 年，武帝将天柱山（当时叫霍山）封为中国的五座神山之一，也就是五岳中的南岳。汉朝皇帝崇信道教，因此当时五行观念深入人心。天柱山为南岳，五行属火，汉武帝曾在山谷上方不远处设坛祭拜，举行封禅仪式。不过，到了 589 年，天柱山就失去了南岳的头衔——这一称号被隋文帝改封给了衡山。

被尊为南岳的天柱山当年吸引过许多隐士和修行者，宝志和尚（417 － 514）就是其中之一。高僧宝志以行止怪异著称，他曾触怒南朝的齐武帝萧赜（483 － 494 年在位），以"妖言惑众"的罪名被投入了都城南京的大牢。直到二十年后改朝换代，梁武帝萧衍（502 － 550 年在位）登基，宝志才遭大赦。

此时的宝志和尚已经八十五岁了，但身体依然健康，行动无碍。出狱之后，他云游天下去寻找理想的修行道场，最后选中了天柱山，但不巧的是，著名的白鹤道人也看中了这块地方，两人相持不下——我不太明白为什么两个人不能同时在山上修行，这也许反映的是两种宗教之间的竞争。总之，最后两个人去找梁武帝评理，梁武帝不愿意扮恶人，就让两位高人斗法，谁先在天柱山立下自己的标志，道场就归谁所有。白鹤道人遣坐骑白鹤从南京直飞天柱山，而宝志和尚则祭起法器锡杖飞空，最后，锡杖赢了，于是宝志在天柱山麓选了一处洞窟修行。几年之后，有何氏兄弟三人入山隐居，在洞窟附近的山谷建起一所茅篷，后来兄弟三人舍宅为寺，请宝志住持弘法，梁武帝赐名山谷寺，这就是三祖寺开山之始。

这位笃信佛教的梁武帝在他长达四十八年的统治期间一共出资兴建了四百八十所佛寺，自称“皇帝菩萨”。菩提达摩入华之初，首先进入的正是梁武帝的领地广州。据说他曾上南京面见武帝。武帝问达摩：我修建这许多佛寺，有多少功德？达摩回答说：无功德。武帝一怒之下，将其驱逐出境。正是因为有了这段因果，达摩才不得已而北上，将禅的种子播撒在少室山中。

我在山谷里踯躅前行，时不时停下看两眼前人在路旁石壁上留下的题刻。为了方便游人阅读，三祖寺的方丈特意让人把这些摩崖题刻刷成了红色。我读到了宋朝宰相王安石（1021 － 1086）的一首六言诗：

水无心而宛转，
山有色而环围。
穷幽深而不尽，
坐石上以忘归。

还有一首宋朝诗人黄庭坚（1045 － 1105）的《题山谷大石》：

畏畏佳佳石谷水，

鬖鬖隆隆山木风。
炉香四百六十载，
开山者谁梁宝公。

黄庭坚的算术可能不太好。1080年，他被贬谪出京，赴江西上任途中游天柱山写下此诗，而这时距山谷寺开山已经大约五百六十年了。和他身前身后许多访问山谷寺的人一样，黄庭坚来访的目的也是为了拜谒《信心铭》的作者——禅宗三祖僧璨。

僧璨延续了他两位前辈的低调风格，其行迹在后人的记录中就如雪泥鸿爪，凌乱破碎且夹杂了许多想象的成分。据推测，他于519年生于开封，俗家姓向——这仅仅是推测，而前提是我们认定前文提到的那位写信给二祖慧可的“向居士”就是僧璨。关于僧璨的生平，唯一一则较为详细的记录里提到了他年届四十之时与二祖的初次见面。

当时的僧璨还是一名白衣居士，他礼敬二祖并有所求：“弟子身患风疾，请和尚为弟子忏悔。”慧可回答说，把你的罪拿来，我替你忏悔。他想了很久，说：“觅罪不可见。”慧可答道：这样说来，我已经帮你忏过罪了，以后你最好皈依佛法僧三宝。

居士于是问：“但见和尚，则知是僧，未审世间何者是佛？云何为法？”

慧可答曰：“是心是佛，是心是法，法佛无二，如知之乎？”

居士闻言，忽有所悟，于是说：“今日始知，罪性不在内外中间，如其心然，法佛无二也。”

慧可看出这名居士根器不错，于是为其剃度后收在门下，并给他起了法名：“汝是僧宝，宜名僧璨。”（引自《祖堂集》）

此后僧璨便追随二祖在华北各地传法，直到574－580年间的灭法运动迫使他们南渡。在这六年时间里，北部中国有超过五百万名僧侣和道士被迫还俗，而逃往南方的信徒们则躲过了这场劫难。慧可带着弟子们在司空山待了十多年，重新回到北方之前，他把禅宗法嗣传给了僧璨。

三祖寺外的山谷流泉，沿溪石壁布满历代文人题刻

590 年，僧璨也离开了幽僻的司空山，南行至名声显赫的天柱山。虽然刚刚被摘了南岳的帽子，但天柱山的魅力未减，照样吸引着大量游人和朝圣者。我们可以由此推断，三祖僧璨做出了一项重要决定：他决定将禅大力推广开来。在人迹罕至的司空山，你最多只能跟偶然碰到的采药人聊上几句；而天柱山则完全不同，这里游人络绎，山脚下还有高僧宝志开创的山谷寺，没有比这儿更合适的弘法道场了。

然而，根据文献记载，僧璨并没能如愿吸引到大批追随者。三祖寺里的历代碑刻上都提到，他其实只收了一名弟子，而且还是个小孩儿，但就是这个孩子后来成了僧璨的衣钵传人——592 年，未来的禅宗四祖道信依止在僧璨门下之时只有十四岁。虽然年纪尚小，但他的悟性令三祖僧璨大师刮目相看。一天，他问三祖："如何是佛心？"

僧璨反问他："汝今是什么心？"

道信对曰："我今无心。"

僧璨于是说："汝既无心，佛岂有心耶？"

师徒二人接下来的对话基本上重演了当年慧可在达摩洞前与禅宗初祖的问答。道信向僧璨请教解脱束缚的法门，于是僧璨问他：谁缚汝？

道信回答："无人缚。"

僧璨道："既无人缚汝，即是解脱，何须更求解脱？"道信于是言下大悟，成为三祖的传人。(《祖堂集》)

在另外一则记载中，僧璨对道信说："法华经云：'唯此一事实，无二亦无三。'故知圣道幽通，言诠之所不逮；法空寂，见闻之所不及，即语言文字徒劳施设也。"(《楞伽师资记》)

除了一百四十六行的《信心铭》，僧璨的确再也没有留下过任何文字教法。

公元 601 年，年仅二十一岁的道信从八十二岁的僧璨手中接过禅宗衣钵，成为第四代祖师。如今的三祖寺后门外不远处，有一座山洞，据说僧璨当年曾在其中修行，而这场传宗接代的仪式据说也是在那里进行的。

尽管年事已高，也或许正是因为年事已高，僧璨决定离开天柱山。他长途跋涉了上千公里，来到广州附近的罗浮山。通常的说法是，三祖前往罗浮山意在弘传佛法，但我常怀疑这趟艰苦的旅行与长生不老的仙药有关——罗浮山正是道教炼丹大师葛洪（284 – 343）炼成金丹大药，得道飞升的地方——否则即便要离开天柱山，周围可以传法的地方所在多有，为什么偏要大老远地跑到岭南去？

不管怎样，僧璨在罗浮山待了两年之后，又令人不解地回到天柱山继续传法。也许是因为金丹大药并不像传说中那么灵验罢。再过了两年（606 年），三祖僧璨在山谷寺“为四众广宣心要”之时，突然在大树下合掌而终。圆寂之后，他的不坏肉身供奉在山谷寺中，直到唐朝天宝年间（745 年）被当地官员火化，得五色舍利三百颗，地方官遂在寺旁建舍利塔一座收藏供养。这塔至今犹存，人称三祖塔。

僧璨唯一留存后世的教法《信心铭》，其真伪曾被学者激烈争论过。有人坚称它的作者另有其人，至于是谁，至少有六七种不同的说法。不过最近几年中国的学者似乎又倾向于认为它的确出自僧璨之手。而另一方面，早在唐代就有禅宗僧人在说法时引用《信心铭》教导弟子了。

《信心铭》的第一句很好地概括了僧璨的教法：“至道无难，唯嫌拣择。”它提示了禅从北地南来后，发生的一个重要变化。佛教入华以来，一直被中国人视为一种艰深的宗教，证得涅槃被认为是极其困难的，而佛教徒在修行过程中掌握的各种神通也都来之不易。只有极少数具备慧根的人可以通过苦修一窥佛教的高深境界，而大多数人只能望佛兴叹。僧璨的两位前辈也给人以同样的印象：达摩祖师在山洞里面对石壁一坐九年；慧可在雪地里一站好几天，最后还砍下了自己的胳膊——这才是大师风范，一般人只有高山仰止的份儿。

然而自从禅宗来到了南方，便再也没有面壁苦修，没有断臂自残。三祖僧璨所开示的修行法门，适合于每一个普通人：你只需要放下分别之心，见到自己的本心，即能成佛。分别之心是人与佛的唯一差别。这种教导人们放弃选择，放弃对立，放弃差别的教法达摩与慧可也都分别向自己的多位弟子教授过，他们中间也一定有人获得证悟，但禅宗在北方始终没有打开过局面。禅的真正繁荣始于南方，始于三祖僧璨将衣钵传给四祖道信之后。至于个中原因，我有一套自己的理论，且容我在拜访道信时再行展开。

看罢前人题刻，我沿着一条分岔的小径向山上树木幽深处走去。山路在密林中蜿蜒了一阵，行至一处峭壁。俯瞰山下，三祖寺尽入眼帘，我对面前的风光很是满意，于是找了块平坦的大石坐下歇息。俗话说得好：好吃不如饼子，舒服不如倒着——掏出昨天吃剩下的南瓜饼，大快朵颐一番之后，我躺在午后的阳光里惬意地睡着了。

大概睡了足有一个钟头，此起彼伏的汽车喇叭声把我唤醒。山下，依稀可见旅游大巴们正在缓缓驶出寺院门前的停车场，我意识到可以去见方丈了。沿着原路下山，走出山谷，走上三祖寺门前的长阶，穿过一道又一道院门，我轻车熟路，直奔寺院深处。三祖寺近几年经历了大规模扩建，沿着山坡形成梯级式的院落，空间格局很是复杂，但这难不倒我这样的回头客。方丈的院落就在法堂附近。宽容方丈是老朋友了，两年前，我们曾一起拜访过潜山附近的几座寺院。

我进了方丈室的门，宽容一把抓住我的手，亲热地拉着我坐下。他问我酒店的房间怎么样，我说了昨晚闹鬼的事。令我惊讶的是，他看起来一点也不惊讶，若无其事地转向了别的话题。宽容是我见过的心态最为平和的人，他身上带有一种天真而超然的态度，即使坐在椅子里，也让人觉得仿佛离地半尺悬在空中一般。

宽容出生于1970年，老家在陕西扶风，十八岁时出家为僧。他的父母、伯父、祖父母和外祖父母都是佛教徒，所以宽容出家时没有遭到任何反对。我问他为什么选择出家，他回答说，年轻的时候，他就非常关心生死问题，后来发现佛陀的教诲可以教人了悟生死，于是便决定皈依佛门。他希望能够从无尽的轮回之苦中解脱出来，然后再帮助他人解脱。宽容相信，要解脱轮回，就得潜心学习和修行。“自己先学好了，才能去度众生。”

安徽潜山县三祖寺

年仅三十六岁的宽容法师的确是个学习天才。出家以后的十八年里，他先是进入安徽九华山佛学院修习，后来又陆续获得四川大学教育管理系学士学位，南京大学文学硕士学位。

在学海里遨游过之后，2004年，他当上了三祖寺的住持。此时的三祖寺已经重新成为重要的佛教圣地。统计数据显示，政府恢复宗教信仰自由之后的1980年，三祖寺全年的朝香人数是一千人，1990年增长至九万人。统计资料里的最新数据只截至1996年，这一年里三祖寺接待了二十四万香客。又过去了十年，现在的朝香人数至少得再翻一番罢。

和少林寺一样，如此众多的香客显然会对僧人的修行造成影响。不过宽容认为，眼前的当务之急是让大众重新熟悉佛教，而要引导大众学禅，恐怕至少还得再等十年。他说，禅宗的修行并没有改变，但大众和它的距离越来越远了。所以他觉得首先应该在大众中间推广对佛教的理解，在寺院中重新建立完善的僧伽制度，这些准备工作做好之后，修行自然会复兴。

宽容方丈计划将三祖寺重新恢复为禅宗丛林，但这需要时间。他说，现在寺院里只有五十名左右的常住僧人，在修行方面他们基本上是各顾各的。他拿出一张扩建寺院的规划图给我看，这项扩建工程在现在的三祖寺附近另选了一处新址，建成之后可以容纳两百名僧人。不过目前方案还只停留在纸上，宽容方丈正在四处募款。

正说着话，又有访客上门了。这是一个由三十名佛教徒组成的韩国观光团，他们已经事先和宽容约好了时间。由于人数众多，见面安排在法堂里进行。起身去法堂之前，宽容送了我两本书，一本是介绍三祖寺历史的小册子，另一本是僧璨的《信心铭》。

法堂里摆上了一张巨大的会议桌，宾主围着桌子坐下，通过翻译互致了问候和一些客气话。领队的韩国僧侣问了方丈一个问题：三祖寺的僧人在坐禅时参些什么话头？宽容说，他们用的是《信心铭》的倒数第二句——“信心不二”。韩国僧人闻言，再无二话，齐齐合掌行礼。

提问的僧人为了表示敬意，又起身请赐笔墨纸砚。一名侍者出去拿了文房四宝过来，在韩国僧人面前摆好。僧人挑了一支笔，研好墨，在宣纸上写下“梦中舞人”四个大字，然后在旁边写下落款“韩国慧圆禅师　丙戌年观音大士诞辰日”。写好之后，慧圆禅师提起宣纸，献给了方丈。

交换礼物的仪式由此开始。方丈的侍者拿进来三十个纸口袋，每人一份，纸袋里装着一只茶杯、一副进香用的褡裢、一罐茶叶，所有这些东西上都印着三祖寺的名字。公关是所有中国寺庙的方丈都擅长的艺术，他们懂得如何善待来客，建立友好的关系，无论他们来自何种背景。

交换过礼物，宽容领着韩国代表团到寺院各处参观。我也趁此机会去向三祖寺的历代前辈大师致敬。沿着法堂后面的石阶，一行人向寺院的最高处走去，半路上，我们经过了宝志曾经修行过的禅窟。相传，每年夏天宝志都在这里坐禅，冬天则住在南京。公元514年，他在南京圆寂，享年九十七岁。

我向黑漆漆的山洞躬身施了一礼，然后继续沿石阶向上，来到寺院最高处的觉寂塔（三祖僧璨的舍利塔）下。塔旁的石碑上刻着《信心铭》的全文。两个来访的僧人正站在石碑前大声诵读着碑上的文字，我也加入进来，念到最后一句，三人相视而笑。韩国代表团拜谒过觉寂塔之后，也来到碑前，开始诵读《信心铭》，我趁机向宽容方丈告辞。

临别之际，我以觉寂塔为背景给宽容拍了张照片。他继续招待韩国僧人去了，我下山出了寺院，上了一辆小巴，回到潜山县城。进城第一件事是找到昨天那家干货店，买下了店里所有的南瓜饼存货——一共四袋。事实证明，这宗大手笔的采购是非常明智的。在随后的旅途中，我再也没有碰到这么美味的零食。

拎着南瓜饼正往酒店走，突然发现马路对面有块巨大的招牌，上面写着两个汉字：推拿。真是想什么来什么，我的腰疼又发作了。走进推拿诊所，前台问我哪儿不舒服。她这是明知故问，因为我的腰已经直不起来了。每次来中国旅行，我的腰疼病都会发作，坐长途车旅行很容易腰肌劳损，而另一个原因则是背包。一路上我不停地收集各种书籍，于是背包越来越重。虽然我会时不时地把书寄回美国，但显然次数还不够多。

我向前台小姐说明了症状，她立刻向走廊深处大声喊了一嗓子，不一会儿，另一个女人出现了。她领着我进了一个小隔间，让我脱掉衬衣，趴在按摩台上。这名一身护士打扮的推拿师今年三十五岁，拥有八年推拿经验。她自豪地说，大多数人都觉得她手太重。我说没关系，使出你的全部手段吧。她果然很强，手劲极大不说，且极具灵性，上来就捏得我连声“哎哟”，明显是找对了地方，接着便渐入佳境。我听着若有若无的背景音乐神志恍惚起来：先是一曲西班牙吉他，然后是爱尔兰风笛，好像还有一首《寂静之声》的演奏版……后来，我睡着了。

大约一小时以后，推拿师停了下来。但活儿还没完。她拿出四个玻璃杯，在里面点着火，然后迅速倒扣在我的后腰上。火焰很快熄灭，杯子里的空气渐渐冷却形成负压，四个玻璃杯牢牢地吸在了皮肤上——这么做为的是活血行气。拔火罐的滋味非常不好受，而且在后腰上留下四个巨大的紫色瘀痕。顾不了那么多了，我心想，治病要紧。这一套做下来不算便宜：八十八块人民币。但每一分钱都物有所值，因为我又能挺起腰板走路了。

天色不早，我决定晚饭从简，看到饭馆就进去。从推拿诊所出来，前面不远处有一条人迹稀少的横街，街口的一个屋檐下挂着几盏红灯笼。通常来说，这是高级饭馆的象征，里面通常是请客吃饭和办酒席的地方。但推门进去，却发现是家非常平民化的餐馆，好在看起来还很干净，这就足够了。我曾经得过一次肝炎，可不想再得第二次了。

点了一盘什蔬炒饭，我坐在桌前一边写日记一边等。几个本地的小孩凑了过来，好奇地看我在本子上写写画画。英语对他们来说一定是一种奇怪的符号，就像从前汉语对我一样。

我时不常地会回想起当年填写研究生申请表格的那个时刻。我和汉语的缘分就是在那一刻结下的。从军队复员之后，我考入加州大学圣巴巴拉分校人类学系，四年之后，本科毕业在即，我完全没有找工作的欲望，于是决定投考研究生。我申请的是哥伦比亚大学，因为当时美国最大牌的人类学家玛格丽特 · 米德和鲁思 · 本尼迪克特都是哥大的教授。

申请表上所有跟奖学金、助学金和工读机会有关的选项我都打了勾。其中一项奖学金是有附加条件的，它要求受奖人选修一门外语。我正巧刚读完艾伦·瓦茨[①]的《禅之道》,于是心血来潮地在“中文”一栏打了个勾，而在此之前，我甚至从未正眼瞧过汉字。老辈人总告诫我们说，不要随便许愿，以后看来还得加一句：不要随便打勾。六个月以后，我被汉字淹没了。

那门必须选的中文课叫“强化汉语”。授课的教师名叫“龙女”，这个凶恶的绰号是那些在她手下不幸挂掉的学生起的，而那些还在苟延残喘的人也用这个名字称呼她。刚开课的时候，班上一共有二十名学生，一个月之后只剩下了四个。然后有一天,“龙女”在课后把我留下,对我说，她认为目前班上只有三名学生还有必要继续学下去（其中两名是中央情报局委培的，她没权力开除），而我并不是其中的三分之一。我反抗说，这门课是我的奖学金要求的，我也没办法。从此之后，“龙女”就当我是空气了。又过了一个月，东亚系的系主任不得不出面干涉，而“龙女”只是表面上做出了让步，到了学期结束的时候，她实施了血腥的报复：我的期末成绩得了个 D，而我的奖学金则要求我至少拿到 B。我不得不再次反抗，并最终赢得了胜利。但有了这么一段伤心往事，汉语对我而言就不仅仅是“奇怪”那么简单了。

我在日记本上流畅地写着一串串蚊子大小的字母，孩子们在热情地围观，这时，外面来了七八个男人。他们都是三轮车夫，这家饭馆显然是他们日常聚会的场所。但奇怪的是，他们并没有坐下点菜，而是一个接一个地进了厨房，消失不见了。过了一会儿，上楼梯的脚步声从厨房后面传来，接着，二楼传来女人的声音。几分钟以后，男人们满脸笑容地从厨房里鱼贯而出。我不明白他们有什么好高兴的。在我看来，腰好比什么都重要，哪怕是留下四个淤痕也值得。

---

① Alan Watts，英国作家，日本佛教学者铃木大拙的学生，加里·施奈德的好友。——译者注

又是圆满的一天，除了古根海姆基金会的坏消息以外。但那也是意料中事。回到酒店，我成功地说服前台给我换了间房。半夜里，似乎有什么东西摸了下我的手,我醒了片刻,但又没有完全醒。我把手缩进被子，翻了个身，立刻又回到梦里。那是一片长满茂草的枯黄田野，我躺在草丛中，身边躺着另一个人。在梦里，这人是我认识的，但醒来之后却忘了是谁。

第八章　不作，不食

出门在外，没个跟班的确实麻烦。临睡前洗好的衣服一觉醒来还是湿的。这让我终于意识到，自己已经身处气候潮湿的长江流域。背包旅行讲究的是轻装前进，所以我只带了两套衣服，一套每天换洗，另一套绝不轻易动用，以备不时之需。现在这点小状况还算不得什么，没到启用应急装备的程度。我决定穿上湿衣服回到床上，用体温把它们一件件烘干，同时通过写日记来打发时间，分散注意力。

写完三祖寺的现状，袜子干了；与宽容方丈的谈话烘干了 T 恤；最后，在裤子阶段，我翻开了宽容在韩国僧侣代表团到来之前送给我的那本《信心铭》。书中所收的三种评注都相当精彩，很值得翻译。我开始憧憬出版商找上门来的情景，仿佛看到了书稿预付款，信用卡账单终于可以还清了……做起白日梦来时间过得很快，不一会儿工夫，裤子就干到只有我自己知道它还湿着的程度。打扫房间的服务员将会奇怪地发现床单是湿的，但她不会在意的，反正床单也要换了。或许她们会认为是鬼干的。

退房之后，我出了旅馆，上了一辆机动三轮。我想尽快赶到长途车站，因为据酒店的前台说，从潜山去黄梅的长途车每天只有一班。已经 10 点了，我开始担心是否还能赶上那班车，可到了车站，才发现发车时间是下午 1 点钟——照理来说运气还算不错，但我一点没觉得。早知如此，蛮好再多睡会儿，让衣服再干透些的，而日记也可以不必写得这么匆忙。事已至此，抱怨无济于事，但我可不想在车站傻等三个钟头，必须另想办法。在中国，当主流的交通工具出了问题时，你通常总是能找到一种非主流的替代工具。我掉头向外面走去。

把我送来车站的三轮车夫还在。我问他有没有路过潜山去黄梅的班车。他回答说，长途车现在都走高速公路了，所以不会有过路车从城里经过，但是由此向南五公里，高速路边的篱笆有个缺口，当地人都从那儿上高速。很好，我们也这么办。十分钟以后，三轮车夫在高速公路边一个莫名其妙的地方把我扔下。就像他说的那样，有人用钢丝钳在篱笆上弄了个缺口。我把背包从篱笆上扔了过去，身体挤进缺口，艰难爬上路堤。路堤极陡，多亏了忠心耿耿的手杖，我安全抵达路堤顶端。是谁说的来着，“君子不携美酒、手杖，不游也”？而我是宁舍美酒不舍手杖的。

爬上路肩，高速公路上死气沉沉，老半天看不见一辆车经过，也许是因为这条高速公路刚开通，知道的人还不多。十分钟之后，一辆大巴驶过，欢欣之余我连忙招手，司机也礼貌地挥手致意，但完全没有停车的意思。又来了一辆，司机遥遥招手，依旧弃我而去。下一辆还是。终于，一辆去长沙的大巴停了下来。车门开了，售票员问我去哪儿，我说“黄梅”，车门重新关上，扬长而去。此去长沙尚有五百公里之遥，但途中将经过黄梅，路程只有一百公里多点。售票员显然觉得拉上我不划算。就在我开始体会到搭车客的绝望之时，又一辆大巴停下了。它去武汉——武汉在西面二百公里之外，这笔买卖就显得划算多了，售票员热情地说三十块，并招呼我赶快上车。车上居然还有一个座位空着。

长途车继续风驰电掣，但是十公里之后又慢了下来。因为修桥，向西方向的道路变窄到只剩下一条车道。经过正在施工的立交桥时，三个在路边等车的人突然从阴影里走了出来，向我们招手。司机赶紧一个急刹把车停下，等跟在后面的卡车反应过来，已经没时间踩刹车了，卡车司机猛打方向盘冲进了工地，接连撞翻一串隔离墩才停下。三名乘客上车的时候，只见卡车司机从驾驶室里跳下，挥舞着一根轮胎撬棍冲了过来。长途车司机赶紧关门，猛踩油门绝尘而去，从此我们再没见过那辆卡车。

一小时以后，黄梅出口到了，我提醒售票员放我下车。他说不急，到前面下更好，如果我在黄梅出口下车，要步行很久才能到收费站，然后再走更长一段路才能找到当地的交通工具进城。更好的方案是在两公里外的黄梅服务区下车。他显然对此地很熟。

在服务区，人们下了车，鱼贯进入卫生间。售票员让我往回走到刚才经过的岔路口去搭车。到了他说的那个地方，我发现路堤底部的篱笆上同样有一个缺口。应该有人编一本高速公路缺口指南，我心想。翻越护栏的时候，我的手滑了一下，差点把自己撕成两半。这本指南上需要增加一则警告：戴双手套会是个好主意。靠，为什么不把钢丝钳也带上？站在原地喘了一会儿（一边琢磨，人的脑袋和肺到底是怎么交流的？），我小心翼翼爬下路堤，挤出篱笆，深一脚浅一脚地穿过稻田和鱼塘，终于再次回到公路。一分钟以后，我上了辆面的，它沿途不停地拉客，直到挤得连门也打不开。好在面的开得飞快。十分钟之后，我们进了县城。

黄梅是那种不再有中心可言的城市，至少一个外来者根本无法找到它的市中心。它在五个方向上同时发展。就算是本地人，也常常搞不清楚哪条路通向哪儿。我换了几辆三轮，终于找到了搭乘摩的的地方。去四祖寺的路程只有十公里，往西走旧公路，转眼即到。

四个男人站在路边，旁边停着他们的摩的。带人上山是他们的生计。我问其中的一个，到庙里去要多少钱。他看了看他的同伙，然后说十五块。我还价：四块。他最终同意降到八块，但这仍然是去年价格的两倍，而我并不着急。时不时地，我会拒绝接受这样的待遇：仅仅因为我是外国人，就得付出双倍代价。我站在原地琢磨了一会儿自己为什么要跟五十美分较劲，就在这时，一辆卡车从公路上拐了过来，停在路边一家干货店门口装货。我走过去和司机搭讪。他拉了一车农产品和罐头正要去庙里。他说：上车。

路况不错。它让我回想起1999年和山人大卫第一次来四祖寺的情形，那次的经历几乎让我从此放弃陆上旅行。这条路在当时到处是泥泞和深深的沟坎，深到根本不该在上面开车，步行是唯一合理的选择，而且我们也愿意步行，可我们当时的司机是五祖寺的监院，他刚刚搞到驾照和一辆崭新的越野车。不到十公里的山路开了一个钟头。

此一时彼一时也。轻松行驶了十五分钟之后，司机把我放在四祖寺的山门外。跟弥勒佛和四大天王打过招呼，我爬上了通往寺院客堂的台阶。知客已经在等我。跟着他来到寺院最后面的云水楼，一名负责接待的女居士交给我两只装满开水的暖瓶，把我安排在一个三人间里。我选了中间的那张床。午睡之后，在洒满阳光的浴室里，我享用了下午咖啡和背包里最后一块南瓜饼。凭窗远眺，外面是双峰山松竹掩映的青翠山坡。

一块南瓜饼显然不够。我走出山门，下了台阶，走过庙前的古代廊桥，到兜售香烛和零食的小商店里去找南瓜饼。南瓜饼没找到，却发现了一本旧版的四祖寺简介。晚饭时间还早，坐在廊桥里的长凳上，我翻开小册子读了几页。

廊桥是当地的著名景观，建于1350年。它横跨于一条瀑布之上，瀑布催动着一架水车。过去，僧人在此用水车为他们收获的稻谷脱壳，但如今一切已成陈迹。寺庙失去了作为庙产的农田，也因而失去了赖以支持数百名僧侣生计的手段。劳作——这正是禅得以生存的根本。

从没有人解释过，禅为何曾经如此繁荣，以至于成了中国佛教的同义词。多数人相信这是历史或者意识形态力量作用的结果。但这么多年以来，在我踏访了中国几乎所有与禅之滥觞相关的古迹之后，我的结论是，地理因素对禅的崛起贡献最大，超过其他所有因素。

最具决定性的地理因素，就在此刻我坐的长凳对面。禅的意义，直到它的实践者开始在田间劳作方始显现。他们耕种的山间谷地，地势平缓而水源充足，且有群山环抱。在长江流域，这样的山谷到处都是，与干旱贫瘠的北方恰成对照。

除了自然条件得天独厚，以及禅宗大师慧眼独具的开拓意识，长江流域还远离苛政和暴君，远离游牧民族的侵扰。这里是流放之地，那些不听话的诗人和忠臣们经常被皇帝驱赶到这一带。所有这些因素都对禅宗的勃兴有所帮助。但根本的驱动来自禅宗四祖道信所开创的道路：以自给自足的集体劳作作为禅修之道。

当人们想到禅，通常会想到那些外在的特征：不知所云的谈话，出人意表的行为，或者极简主义的艺术形式。但这只是从表面看禅。如果深入其中，从心灵中去看，禅其实是一种生活方式。而这种生活方式在

四祖寺坐落在适于耕作的山间谷地

集体的互助中，远比个人独自实践更为可行。独处是重要的，尤其是当你在集体中修行之时，但禅的真正力量正来源于那种集体互助式的精神修炼方法。禅宗在中国佛教的诸多宗派中脱颖而出，无论信徒人数还是影响力都一时无两，正是因为这个原因。其他宗派是由意识形态驱动的，而禅宗由生活驱动。它的信条是“一日不作，一日不食”。如今，中国的禅宗寺院正在慢慢地重新回到这条最初令它们得以存在的道路上去。但并不是所有的禅寺都有能力这样做——即便是四祖寺这样的大丛林，也还没有收回它曾赖以生存的全部土地。

想到禅与食物的关系，我意识到该回庙里去了。当然，我并没有为盘中餐付出劳动，但是在寺院里作客也是有条件的。我从来路返回，在大殿外遇到了四祖寺的监院明基。他向我招招手，示意我随他去见方丈。1989年，我曾向净慧方丈打听中国隐士的踪迹，从那以后，我们成了法友。

净慧还是一名年轻的比丘时，就做了虚云老和尚的侍者。从那时起，佛教在中国逐渐恢复其影响力，而净慧也逐渐卷入到佛教政治中去。与其他宗教不同的是，佛教在中国历史上通常被认为是一股维持社会稳定的力量。政府喜欢佛教徒。他们平和，劝人向善，而寺院基本上是今日中国仅存的互助组织。

除了担任过据我所知至少四座寺庙的方丈，净慧还是中国佛教协会的副会长。他通常不会远离北京，而现在，我惊讶地看到他出现在四祖寺的客堂里，和两名女居士说着话。他看到我时没有起身，也令我有些惊讶——以往相见时，他常常跳起来抓住我的手不放。方丈与访客的谈话结束之后，我走过去在他身旁的椅子里坐下。没想到在这里见到你，我说。净慧告诉我，一个星期之后，他将在寺里主持一场水陆法会，许多细节都必须由他亲自过问。

水陆法会是所有佛教仪式之母，一千五百年前由梁武帝开创。武帝是个在积累福报方面善于创新的人，他请高僧宝志——宝志正是三祖寺的开山祖师——编排出一套高明的法事，好让法界之内的一切众生都能感受到解脱的力量。水陆法会的名字也由此而来——“水”和“陆”暗示着法事的效力无远弗届。水陆法会不是一场，而是一系列法事，它需要一百名僧侣和数百甚至上千名居士共同参与，在七个坛场齐声诵念佛经如《法华经》《楞严经》《无量寿经》和《华严经》等。水陆法会连开七天，每天从凌晨持续到深夜。如此法会必定耗费惊人，因此少有寺院会轻易尝试。法会中我最喜欢的部分，其实也是唯一我喜欢的部分，是在法会即将结束，纸人纸马被付之一炬，浩浩荡荡开赴冥界拯救众生的那个时刻。

净慧说，法会是专为黄梅地区的信众举行的。四祖寺不久前刚刚重修完毕并招募了僧人，所以法会其实相当于四祖寺的亮相演出，它旨在告诉住在附近的人们：如果想要为来世积累福报，去四祖寺是个不错的选择。对于绝大多数人来说，这是寺庙的首要功能，就这一功能而言，寺庙间也有高下之分，人们似乎认为有的寺庙与来世保持着更为良好的关系。不管怎样，水陆法会在吸引眼球方面的功效是无可替代的——前提是寺庙不要因此而破产。

净慧问到我的来意，我告诉他，我正在收集禅宗早期祖师们的材料。我问他是否有空接受我的采访，他对这个提议不太感兴趣。关于禅，他想说的都已经说完了，他说，我可以自己去读《楞伽师资记》。他还让侍者送给我一本书，内容是他历年冬天来四祖寺打禅七时的开示，其中有些内容谈到四祖道信和他的禅法，也许对我有用。他看起来很疲倦，健康状况也不佳。年龄的增长和身居高位的压力看来都加重了他的糖尿病。

谈话之间，斋板响了。净慧站起身，邀我一起用斋。我注意到他的步伐比从前慢了许多，一面依靠侍者的搀扶，一面还要拄着手杖才能行动。我和明基走在净慧身后，可以听见他在叹息，他不知道怎样才能过得去那七天的法会。

这正是僧侣生活中令我望而却步的那一部分。我曾不止一次想要跟红尘世界说再见，但我真正喜欢的僧侣生活是它的精神层面，而一想到那无穷无尽的仪式，我就从白日梦里醒了过来。我知道，仪式包含在一切文化之中，我也知道它有不可思议的效力。仪式还让参与其中的人共同形成或者强化彼此间的集体认同。人们都这么说。可是，大概是因为业障未消，我还是更愿意站在佛堂之外，俨然是修行界的托尼欧·克洛格[①]。清风明月才是我心之所向，时不时来块儿南瓜饼就更好了。我总在想，佛陀当年举行过什么样的仪式？我不记得自己读到过任何这方面的记载。佛祖饭前难道也念供养词吗？

我以为净慧会带我们到斋堂或者供访客使用的小餐厅用饭，可他把我们领到了厨房的后门。厨房里支起一张可以坐下十二个人的饭桌，所有人都围着它坐了下来，净慧和他的侍者，明基，另外几位年长的僧人和几名住在寺院里的居士，还有我。

没有人念诵供养词。大家一坐下就开始动筷子。吃到一半，净慧突然停下，开始抱怨美国人。我想他很少有机会如此直接地表达自己对美国人的意见。在外国人面前，他通常需要保持礼貌，这是由他的地位以及中国人的礼节所决定的。但我是他的朋友，从他的角度看，我还是他的消息来源和使者，负责将他的意见转达给我的同胞和我们那个满脑子错误思想的领袖[②]。美国人把事情弄反了，他说。美国人只注意外表而不是内在。他们充满攻击性，随时准备发动战争。

我没打算为美国人辩护，美国的政策也并非无懈可击。我对净慧说，我们都投了票，结果那个战争贩子赢了，这是没办法的事。不过也许下届大选，我们就能把他赶走。至于把事情弄反了这个问题，我觉得并非每个美国人都弄反了。接着我又补充说，美国人的“业”和中国人的是不同的。我觉得最好就此打住。幸运的是，净慧没有追问下去，他把话题转向了飞机：它是地狱的化现；还有原子弹，它比飞机更地狱得多。最后，他用筷子指了指盘子里的炒南瓜。南瓜凉了，他说。多亏南瓜凉了，

---

① Tonio Kröger，德国作家托马斯·曼同名小说主人公，一名游离于现实之外的艺术家。——译者注

②指美国第四十三任总统乔治·沃克·布什，任期 2001 – 2009 年。——译者注

我得救了。饭后回到房间，明基来邀我参加晚间的禅修，他说会派人过来领我去新建成的禅堂。引路人始终没有出现，天色已晚，寺院里的夜间照明降至最低限度，我不可能凭自己的本事摸到禅堂，却也并不为此感到遗憾。如此充实的一天之后，我很愿意早点上床。

我没想到自己如此疲劳，睡了十二小时之后依然不愿醒来。清晨，我强迫自己下了床，喝过咖啡，睡意依然浓重。为了清醒一下，我决定出门走走。今天没什么计划，但我知道总会有事发生。

在大殿外，我遇到了宏用法师。在北京时，我曾应邀为她门下的比丘尼讲过一次般若。她是来给水陆法会帮忙的,昨晚刚到。法会开始之前，她和随行的另外五名比丘尼打算借用寺院的越野车去拜访老祖寺。车上还有一个空位，宏用邀我同行。为了避免与后座的比丘尼同乘，我上了副驾驶位，她们无疑很为此感激我。倒不是因为我能让她们产生还俗的念头，而是因此避免了不必要的尴尬。

这是辆新车——一定来自某个富有的施主。我不记得是什么牌子的了,可能是国产货。车很体面,甚至配备了导航系统。但是过了黄梅县城，再向西北驶入乡间，导航系统就失灵了。我们从水稻田组成的未知世界中一路驶来，驶过苦竹村，驶向郁郁葱葱的大别山脉南坡。在二十七公里处，路旁竖着块牌子，宣布前方是未来的山区度假胜地“挪步园”，车在这里拐上一条土路，又开了三公里。土路的终点是处工地，俯瞰着一座半干的水库。此处也是一片山间谷地，只是地势比四祖寺更高。

老祖寺到了。眼下这里仅有的建筑是一座石头房子，两个负责看守工地的僧人住在里面。工地上堆放着各种建筑材料，中间耸立着一辆推土机和一台挖掘机，看起来很是壮观。

僧人和工头陪着我们四下参观。他们反复强调此处优良的风水：寺庙背靠一座翠竹掩映的小山，朝向东面的水库，这座水库在 5 月底之前将被春雨填满，届时就可欣赏到日月从水中升起的美景。待建的寺庙能容纳五十到一百名僧人。年底之前，寺院的僧舍、厨房、斋堂、大殿、法堂和禅堂都将竣工。这一切的花费，包括一支三十人的建筑队的人工费用，都由净慧的一名施主负责。

老祖寺是为那些不愿意被人打扰清修的僧侣所建，不过这倒不是说四祖寺有多让人心烦意乱。老祖寺的格局是以禅宗丛林的清规制度为依据的，在这里，僧侣的生活将完全由劳作和禅修组成。僧人的劳作在过去主要包括种植水稻和蔬菜，还有砍柴和挑水。不过现在有了电、天然气和自来水，砍和挑自然失去了意义；而在这个海拔八百多米的山谷里，每年的无霜期只有四个月，水稻是没戏了，能种的蔬菜也很有限。

老祖寺的僧人们打算种茶——有机茶。茶叶将成为他们的生计来源。这个简单而完美的主意令人赞叹。本地气候对于高山乌龙再合适不过，但我怀疑僧人们可能会选择绿茶，因为生产绿茶更加简单：把茶叶摘下来，弄干，炒好，就可以卖了。我甚至想好了广告词："老祖茶，杯中禅。"黄梅地区的采茶山歌名气很大，中国最著名的戏曲之一——黄梅戏就脱胎于黄梅采茶歌。也许老祖寺的僧人们还能为中国戏曲事业再立新功，催生出一种新的佛教曲艺。除了茶叶之外，他们还打算种植中草药。这又是一个好主意。僧人们说，当地政府已经同意批给他们二百四十亩土地，而他们正在争取让政府多给六十亩。有了三百亩地，养活一百到二百僧人就不在话下了。

四处看过之后，僧人把我们让进石头房子，拉出几条长凳，围着一张桌子坐下。僧人准备茶水和点心去了，工头陪着我们说话。他说，老祖寺的开山祖师是印度高僧千岁宝掌和尚。公元3、4世纪时，宝掌曾在此生活过数百年。黄梅地区有很深的道教传统，活到几百岁对于本地人来说似乎不算什么。道教修行者在过去的许多世纪里不断来到此地修行，工头说，晚上有时能看到山顶的夜空中出现奇异的光芒，并且一年之中能看到不止一次。那并不是北极光，它们一般出现在南面，类似五台山和其他佛教名山上经常出现的、光芒如同火球一般明亮的佛光。通常，这种奇观会持续一小时甚至更长时间。有一次，它连续照耀夜空三个晚上才告熄灭。

外地僧尼在参观刚刚开工的老祖寺工地

这里毫无疑问是风水宝地，不过我们必须离开了。回到四祖寺，刚好赶上午饭。净慧设在厨房里的餐桌上多了一群来自武汉大学哲学系的学者。他们是来邀请净慧到学校里举办讲座的，净慧的“生活禅”现在很受欢迎。

但净慧正为另一件事操心，他想要重新编纂一部汉文大藏经。这件事他已经考虑很久了。1924年到1934年间在日本编成的那部《大正藏》错误太多，而台湾佛光山正在编纂的《佛光大藏经》还遥遥无期，相比之下，大陆方面现在条件更为成熟，可以又快又好地完成此事。我后来得知，净慧此前一直在资助武汉大学哲学系对大藏经般若部进行重新整理。般若类佛经是与禅宗密切相关的佛典，这项工程现在已经接近尾声，因此净慧劝说学者们再接再厉，把大藏经的其余部分也承担下来。

既然他们在谈正事，我吃完饭就先告辞回了房间。小睡之后，我决定出去走走。山门外一座俯瞰整个寺院的小山岗上，矗立着禅宗四祖道信的真身塔——毗卢塔，上山的土路过去一下雨就泥泞不堪，如今已被新修的石阶代替。我拾级向岭上走去。

公元651年，四祖道信圆寂，留下不坏肉身，置于塔中。三祖僧璨也是如此，不过他的真身塔比道信的要大上许多。僧璨和道信的肉身最终都没能留下来。过去，道信的肉身曾经被人从塔中取出，用在向龙王求雨的仪式上。再后来，它的遭遇有两种说法：其一是明正德十四年(1519年)，四祖肉身突然举火自焚；而另一种则说它回到了道信的故乡，随后被人火化。总之，道信的遗蜕如今下落不明。

道信的老家在长江边的武穴，距离黄梅四十公里。也许是因为异乎寻常的早慧，他七岁时就出家做了沙弥。除此之外，道信的早年生活后人所知甚少。592年，在他十二岁时，道信游访天柱山，向僧璨求法，很快便成为其门下大弟子。九年之后，年仅二十一岁的道信被僧璨传以衣钵法嗣，成为禅宗四祖。僧璨自己离开天柱山，去了华南的罗浮山。

一年之后，道信也离开了天柱山。他渡过长江，沿赣江一路上溯，至吉安东山寺受具足戒。道信在吉安期间，突遇叛军包围吉安城，他登上城头，念诵“摩诃般若波罗蜜多”七日，终令贼兵四散，挽救了城市。想来道信应该是个富于魅力的人物，他的一举一动似乎都给人以深刻的印象。吉安人对他的法力感恩戴德，于是在城外山上为他建了座寺庙。后来，一群九江的居士将他邀至庐山，住持大林寺。再后来，又有一群居士请他回到家乡修庙弘法，于是他回到武穴，在附近的梅川修了一座小庙。之后的公元624年，道信偶然来到黄梅，一见到双峰山的形势，他立刻意识到这里才是自己梦寐以求的弘法道场。四祖寺由此诞生，互助的劳作方式也由此进入禅宗的基因。

在此之前的禅宗祖师——初祖达摩、二祖慧可和三祖僧璨——都过着居无定所的修行生活，从一处云游至另一处，间中偶尔开坛说法。若是在某处长期定居，他们要么与弟子一起结庐隐修，要么就在寺院里依靠他人的施舍生活。道信改变了这一切。他开创了第一座自给自足的寺院，令僧侣可以完全围绕禅修和劳作生活而不受他扰——不过还要再过一百五十年，才有百丈怀海禅师为这种互助修行的生活方式制定出详细的规则。道信开创的方式从一开始就吸引了众多追随者，到他圆寂时，四祖寺里居住的僧人超过了五百名。

道信的声誉远播至长江流域之外的地方。当朝皇帝曾三次诏令他赴京讲法，但他无意取悦统治者，婉言拒绝了皇家的邀请。皇帝很生气，命令使者传话说，如果人不能来，就把头带来。当皇家使者向道信宣明圣意，他坦然引颈于前。使者回到京城，虽然没有带去道信的头，但是向皇帝禀明了道信不惜献头的意愿。皇帝由衷感叹，反而由此愈加敬仰，于是封了四祖“国师”的头衔。

尽管道信从未去过帝京长安和洛阳，但他至少去过一次南京。许多早期的禅宗文献里都提到，一日道信来到梁武帝故都，发现城南牛头山上空有异象，于是前去探访，结果在悬崖下发现一位入定的僧人。他问僧人在干什么，僧人答曰：“观心。”

道信又问：“观是何人？心是何物？”

僧人无言以对，于是连忙起身行礼。当他得知提问者的身份后，便

湖北黄梅双峰山，四祖真身毗卢塔

请道信指教。四祖向他传授了成佛之道：

> “夫百千法门，同归方寸；河沙妙德，总在心源。一切戒门、定门、慧门，神通变化，悉自具足，不离汝心；一切烦恼业障，本来空寂；一切因果，皆如梦幻。无三界可出，无菩提可求。人与非人，性相平等，大道虚旷，绝思绝虑。如是之法，汝今已得，更无阙少，与佛何殊？更无别法。汝但任心自在，莫作观行，亦莫澄心，莫起贪瞋，莫怀愁虑，荡荡无碍，任意纵横，不作诸善，不作诸恶，行住坐卧，触目遇缘，总是佛之妙用，快乐无忧，故名为佛。”
>
> 师曰：“心既具足，何者是佛？何者是心？”
>
> 祖曰：“非心不问佛，问佛非不心。”
>
> 师曰：“既不许作观行，于境起心时，如何对治？”
>
> 祖曰：“境缘无好丑，好丑起于心，心若不强名，妄情从何起？妄情既不起，真心任偏知。汝但随心自在，无复对治，即名常住法身，无有变异。吾受璨大师顿教法门，今付于汝，汝今谛受吾言。”

这僧人名叫法融（594 – 657），日后也成为禅宗开山立派的祖师。因为居住在牛头山，他创立的禅宗门派被称为牛头禅。而当道信为自己选择衣钵传人的时候，他选了另一名僧人。

毗卢塔所在的位置，据说就是当年道信将衣钵传给五祖弘忍之处。我来到塔前，向这包含着诸多事件与记忆的胜迹躬身行礼。正是这些将过去与现在联结一处、融为一体的地点，使我的朝圣之旅成为可能。

天色清朗，这是个朝圣的好日子。从佛法在人间传承的纪念地向山上望去，我突然心动。双峰山的顶峰看上去近在眼前。

从小山上下来，我朝着峰顶的方向走去。脚下是条车迹罕至的公路，散步相当合适，不过没走多远它就拐了个大弯，蜿蜒下山去了。于是我拐上一条小路，绕过山坡上错落分布的稻田，在地头散落的农舍间穿行爬升着。从一条小路拐向另一条，然后再拐上另一条，大方向似乎没错，但一头水牛突然出现在前方。小路太窄，而水牛绝不让路；路两侧的杂草太高，从旁边绕过水牛绝不可能。无奈之下，我只能掉头回去，在一个缺口处披荆斩棘试图突围。等我意识到所谓的缺口只是个假象时，已然迟了。我在不知不觉中陷入一人多高的茂草，完全迷失了方向。

既然要去山顶，往上走应该没错。我一边盘算着，一边继续挣扎前进。每次停下喘气时，内心便激烈斗争：是否应该回去看看？也许水牛已经走开了？越往上走，回头就越不现实。我已经不太可能找到回去的路了。山坡上的野草茂密至极，奋力向前时，几乎要靠身体挤出一条路来，而脚下又连连打滑，几无立足之地。我开始想念我的手杖，并深深后悔没有三思而后行。好在没过多久，草丛终于到了尽头，一条真正的小路出现在眼前，并指向峰顶的方向。

可惜好景不长。小径很快折而向东，并开始在山上盘旋。几个“之”字形拐弯之后，路边出现了一座茅篷。在此隐居的女主人穿着传统的深蓝色道袍，头发扎成一个顶髻，手拿一把干柴正要进茅篷生火，看见我，便招呼我进屋歇脚。光线昏暗的小屋里，一名农夫坐在灶前的小板凳上，见我进来，又拉出一只板凳给我。我坐下长出了一口气，顿时觉得精疲力尽。

尽管生活简朴，但隐士从不缺少礼数。我渴得嗓子冒烟，几乎说不出话来，但我也根本不必说话。刚一坐下，女隐士就递过来一碗热糖水。全中国的隐士都把热糖水作为正式场合的特供饮料。我端起碗立刻干了。她告诉我，她跟一位道士一起住在这里，道士下山采办生活用品去了。她是黄梅本地人，他们俩在山上已经生活了十四年。

我实在太累，只想知道屋旁的小路到底能否通向山顶。女隐士的回答是肯定的，不过她说，这条路要先通到后山，然后才会拐上一条上山的岔路，走到峰顶大概需要一个钟头，也许两个。她为我的空碗加满热糖水，我端起碗立刻又干了。再来一碗也没问题，但我决定上路了。谢过隐士的款待，我回到小路上继续前进。又到了一处能看到峰顶的地方，我心里已经明白，没有时间绕到山后登顶了，从这里向着山顶直线爬升是我最后的选择。

我再一次陷入了草丛和灌木丛中，挣扎出来之后，前面还有一道又一道必须翻越的崖壁。我不断地停下喘气，不断地后悔没带手杖和登山手套。我愚蠢地坚持着。坚持大概是我最大的优点了。这个优点让我在半个小时之内跌跌撞撞地到达了双峰山的顶峰。一到山顶，我立刻瘫倒在一块平坦的岩石上。我想我再也爬不起来了。

山顶由两堆相距大约三十米的巨石构成，双峰山便得名于此。我在寺院门口买的那本小册子上说，曾经有个年轻姑娘在好色的地主及其党羽追赶之下，逃到了山顶，正巧吕洞宾和铁拐李在天上路过，吕洞宾路见不平，拿过铁拐李的拐杖一顿敲打，结果了地主及其恶势力的狗命，而山顶也被殃及，砸出一个豁口——就是我们今天看到的样子。双峰山因此还有另外一个名字：破额山。

费了如此周折爬上双峰山，也是想看看不远处的冯茂山。东北方向十五公里外，就是禅宗五祖道场所在的冯茂山。书里说两山可以相望，但我来得不是时候。云雾正在眼前弥漫，冯茂山踪影不见。我坐在地上继续喘着粗气，风声从耳边掠过。突然，连串雷声在云间翻滚而来，像是有冷空气前锋降临。我不敢多做停留，赶紧拿出 GPS，记下读数：双峰山顶海拔大约六百米，比四祖寺所在地高出五百米。原路返回过于冒险，我决定从女隐士提到的后山小路下山。

小路难以辨认，可见山顶少有人来。它从松林中穿过，时时隐没在遍地的松针之下，好在总还是会再次浮现出来，并终于变宽成为一条像样的山路。我又遇到一处隐士的居所，比上山时遇到的那座更结实些。几分钟之后，又遇到一座。前一座茅篷锁着，而这座正冒着炊烟，它甚至还有个名字：纯阳宫。我想找人确认一下有没有走错路，便喊了一嗓子："有人在家吗？"一会儿工夫，门口出现了一名道士和一位道姑。我向他们询问下山的路，他们的回答我一个字也没听懂。我反复又问了几次，终于彻底投降。我微笑着，他们也微笑着。我继续无知地上路了。

从纯阳宫往下，土路变成了令人振奋的石头台阶，这意味着附近的山林常有香客来往。但是再往下走，石阶又消失了。岔路不断出现，没

双峰山中隐居的道人

过多久，我又彻底迷失了方向。山中云雾缭绕，难辨东西，头顶有滚滚雷声预示着暴风雨即将来临，催我赶路。

小径终于正式变成一条车辆可以通行的山路。我遇见一名砍柴的农夫，大概有七十岁，推着一辆装柴草的小车，手推车的年纪看起来比他还要大。农夫用手一指说，四祖寺在西边。顺着他手指的方向，又翻过两道山梁和一道山谷，一小时之后，我终于看见了四祖寺铺着黄色琉璃瓦的屋顶，这着实令人欣慰。走进山门，走过胖弥勒和他身旁的保镖，僧人们正从大殿里鱼贯而出。晚课刚刚结束，我正好赶上晚饭。

净慧看起来比昨天慈祥了些，但我没有向他透露下午的探险经历。用过晚饭，洗好衣服又洗过澡，我早早上了床。在山顶遭遇的滚雷此时终于酿成暴雨，几乎下了整晚。雷声使我久久不能成寐，天快亮的时候，雨总算停了，鸟儿们听上去也很欣慰。出了点太阳，但昨晚刚洗的衣服仍然湿得能拧出水来。上路三个星期之后，终于要动用我的备用服装了。

寺院里一切如常。所有人都在准备水陆法会。院子里有比丘尼诵经的声音传来，僧人们正在大殿里安装音响设备。我走到大殿外，碰到监院明基。他请我去喝茶。

明基今年三十五岁，来自中国东北的工业区。学佛之前，他在一座发电厂工作。1995 年，他第一次听到净慧讲法，第二年就不顾家人反对出家当了和尚。净慧曾跟我说过，明基进了禅堂就不愿意出来。2003 年，净慧从本焕禅师手里接掌四祖寺的时候，他把明基从蒲团上揪了下来，带到这里做了监院。

明基说，本焕禅师本来打算重修五祖寺，但是负责宗教事务的地方官员劝他去修四祖寺，因为那时五祖寺还有香火，而四祖寺已经空空如也。那是 1994 年，从那一年开始，本焕就到处化缘，准备重修这座禅宗历史上极其重要的寺院。

本焕居住在中国最为富庶的珠江三角洲一带，他在那里为四祖寺筹集到四千万元人民币。工程完工之后，本焕把寺院交给了净慧。这是禅宗的传统。净慧本人也是化缘的高手。他用同样的手法重修了赵州柏林寺，等到寺院开始运转，就交给了自己的弟子明海。

重修后的四祖寺焕然一新，有一半还空着。我来访的时候，寺院里只有大约五十名僧人和十几名居士，不过这样的规模对于禅宗丛林来说也已经够了。四祖寺每年有三次禅七：冬季禅七一次，持续四个星期；春季两次，各三个星期。未来他们还打算在夏天再增加一次三个星期的禅七。此外，明基还告诉我，他的师父净慧正在附近筹建一处尼众道场。据他说，黄梅城外靠近大别山南麓的这些山岭，是历史上高僧大德和修道大师辈出的地方，共有九位佛教宗师在此开悟，另有十三名道教仙人由此飞升。

他建议我去附近的观音崖看看，那儿的道观里住着三名道士，他们以医术闻名，擅长使用各种符咒和方剂，而最著名的手段则是使用药草枝条鞭打病人而产生奇效。从四祖寺步行去道观只有一小时的路程，明基说他可以找人陪我去。我拒绝了他的好意，因为积雨云还在天上徘徊，而我已经没有衣服可换。我决定留在寺院里写日记。

晚饭后，明基再次邀请我去禅堂打坐，他保证这次一定会有人来为我引路。尽管打坐会让我的膝盖疼痛不已，我仍然热爱参与这项活动。在禅宗寺院，禅堂是日常生活的核心，且是寺院中最隐秘的所在。大多数寺院的禅堂并不向居士开放，但净慧开示的禅法却在很大程度上是针对俗众的，所以他住持的寺院中总会为居士留出禅修场所，有时候是僧俗都在一处，有时是分开修行，有的还为女居士专门开辟了禅堂。

踏进禅堂的大门，我立刻加入了大约四十名僧人组成的“跑香”轨道。每人都按照自己的节奏和路线，以禅堂中央的释迦牟尼像为中心按顺时针方向行走着，上了年纪的僧侣偏好海王星和天王星的运行方式，年轻僧人则像水星和金星一般呼啸而过，我在木星和土星之间的某个地方找到了自己的位置。

7 点 15 分，维那（禅堂的执事）走进门来，敲响座位旁的钟板，所有人都闻声停在原地。他开口说了些什么，我一个字也没听懂。早有人告诉过我，维那的方言极其难懂，大多数时候没人能听懂他在说什么，所以我也并不为此感到十分难过。对于禅堂这样一个将语言和过耳的风声等量齐观的地方来说，这反倒很恰当。维那讲完之后，众人走到围绕着禅堂布置的长凳边，找到自己的坐垫，敷座而坐。

长凳大约有一米宽，上面铺了一层毯子。毯子上放着坐垫，用来垫高臀部以方便双腿盘坐。坐好之后，僧人们又在两膝上盖了一条小毯子——关节炎是禅堂工作者的职业病，毯子是必要的保护措施。

晚间坐禅的第一支香就此开始，并持续了一小时，这比我的膝盖所能忍受的上限长了十五分钟。维那敲响手中的引磬，宣布这一支香坐完，又用他那风入松林一般的口音说了五分钟，然后再次敲响钟板。每个人都站起身，把毯子和坐垫归置好，转身走向禅堂中央，重新开始了“释迦牟尼太阳系”的运转；当血液逐渐流回双腿，下半身恢复了知觉，人们便一个个地脱离了轨道，向禅堂外面走去。愿意继续打坐的人可以留下,再坐一节。确实有不少僧人留下继续打坐,其他人都离开了,包括我。

回到房间，我迅速上了床，却又一次辗转难眠。这次不是因为雷声，而是因为对面的两个房间里住进了一群华中师大的教授。我不太确定他们在做什么，只知道他们的动静很大。直到巡夜的僧人来过，敲了开大静的钟板，对面仍然继续着喧嚣，就像在开学术会议一般。我在床上忍了一个小时，终于，10 点钟的时候，我穿上衣服出了门。

我惊讶地在走廊里发现了恒章居士。他正在教授们的房间外徘徊。恒章是四祖寺出版的双月刊《正觉》的主编，他的房间也在这一层，大多数时间这里只有他一个人住。也许他觉得自己应该对这一区域里发生的一切负起责任，但又不知道该如何处理眼下的局面。他不知道该不该对教授们说点什么。

从他身旁走过的时候，恒章拽住了我的左臂，试图阻止我的鲁莽，但我的右手逃出他的掌握，成功伸向那扇正在闹事的房门。几声重重的砸门之后，屋里立刻一片死寂。过了几秒钟，门开了，露出一名教授。我贴着他的身体径直走进烟雾缭绕的房间，对正在开会的人们宣布，这儿是寺院，连这里的鸟儿都知道太阳下山之后就不应该再叫了。屋里的人们目瞪口呆。我转身离开，回了自己的房间。在我身后，我听到恒章走进教授们的房间，大概是去为我的粗鲁道歉。但毫无疑问，我解决了他的难题，他很高兴。宁静重新笼罩了四祖寺。

我知道自己是没法马上入睡了，于是拿出净慧的书来读。他对四祖道信的论述从《入道安心要方便法门》展开。道信在这本书里说，他的教法是以《楞伽经》和《文殊说般若经》为基础的。《楞伽经》教导心的重要性高于一切（“诸佛心第一”）；而《文殊说般若经》则说心应当专于一行而修习（“一行三昧”）。禅的理论和实践就来源于此。

为了阐释他的法门，道信引用《大品经》说：

> “无所念者，是名念佛”。何等名无所念？即念佛心，名无所念。离心无别有佛，离佛无别有心。念佛即是念心，求心即是求佛。

今晚的功课到此结束。

第九章　无镜亦无尘

我在清晨醒来。寺院里一片静谧，教授们大概还在梦乡之中。衣服差不多干了，我穿戴完毕，打点好行囊，去向主人告别。下一站是东北方向的五祖寺，距此地直线距离只有十五公里。我轻叩明基的房门，他已经在等我了，不过说再见还为时过早——他正好也要去五祖寺，我们可以一起上路。

明基需要时间收拾东西，我趁此机会去向净慧辞行。他看起来好些了，脸上多了些活力。刚来的那天本来有件事要向他打听，不巧被开饭的斋板打断，现在旧事重提，我问他是否知道在哪儿可以找到禅宗的尼众寺院。我知道中国有很多尼众道场，其中也有一部分是修禅宗的，但我好奇的是它们是否能靠互助劳作养活自己。净慧给了我一张纸条，上面写着一个寺院的名字和电话号码。这个尼众寺院在南昌附近，离我要去的地方并不太远。老和尚再一次帮助了我。我谢过他，又祝愿他下周的水陆法会圆满成功，便告辞了。

四祖寺的停车场上，三个年轻和尚和两名中年女居士已经在等着了。他们是来参加水陆法会的，趁法会还没开始，也想顺便去拜访五祖寺。几分钟以后，明基出现了，我们跟着他钻进寺院的汽车。明基和司机坐在前排，三个和尚坐后排，我和两名女居士坐中间。

车子开下山，很快到了黄梅。这次，我们没有驶向西北方向的苦竹村和未来的山区度假胜地挪步园，而是往正北方向进入了 GPS 导航系统中的另一片空白区域。身边的女居士和我攀谈起来。她是从北京飞来这里参加法会的，她问我在这儿干吗。我告诉她，我在为一本关于禅的书收集素材，之前我写过一本关于中国隐士传统的书，现在这本可以算是续篇。她又问我那本书的名字。我说，中译本的标题是《空谷幽兰》。她听到这个名字，立刻抓住我的手不肯松开。她告诉我，这是她最喜欢的书之一。我本以为她不过是出于礼貌作此表示，不料她立刻开始复述书里的两段访问，而且几乎一字不差。我觉得自己应该为得到赏识而感激涕零，可同时又觉得这一切很不真实。有时候，我会觉得写完东西拿去出版是个错误的决定。对我而言，每次写作都是享受的过程，然而一旦出版，感觉上就好像它已经不再属于我了。这就好比你有一好朋友，突然死了……这事比较复杂。

从黄梅到五祖村的路程是八公里，从五祖村到五祖寺五公里。刚过五祖村，山路立刻变陡，路的一侧就是悬崖，前方的山峰消失在云雾之中，能见度不超过十米，仅仅能够让司机分辨出路边的岩石和松树。然而司机只是稍微减了减速，丝毫没有停车的意思，同车的几位看起来也毫不在乎。幸好对面一直没有来车。

当寺庙的院墙终于出现时，司机按了下喇叭，一个僧人打开了侧门。汽车开进寺院，停在一片玫瑰花圃旁，明基下了车，跟众人约好一个小时之后集合回去。大家纷纷散开，各自进大殿参观朝拜，明基引着我去见五祖寺的监院惟道。我本想拜访一下方丈，但明基说方丈这两天不在。

方丈的法号是见忍。我第一次来的时候，他还是监院。那是1999年，我和山人大卫结伴而行。那也是大卫的第一次中国大陆之行。之前他拿着一张有效期两个月的旅游签证在台湾待了十三年，刚刚被驱逐。他打破了我的另一个朋友鲍勃·本森保持的最长签证超期纪录——七年。他们都不愿意去应付签证延期和申请居留许可所必须面对的官僚程序。对于鲍勃和大卫还有我自己这样的人来说，台湾是个理想的避世之地，一旦来了就难以离开。

有人曾经向一位西藏上师请教获得证悟的方便法门。他给出的答案是：离开你自己的国家。做一个外国人可以使你有机会重新审视自己文化中习以为常或引以为傲的东西，并选择一些新鲜的、不那么消磨意志的事物来搭建自己的生活。我选择了中国古诗和佛经，乌龙茶，还有午睡——都是些明显无害的东西。

我还跟大卫一起选择了台北市北面的七星山。我住在靠近山顶的南坡，一个叫竹子湖的地方。我在的时候，湖水早已被抽干，湖床里是一片白菜和马蹄莲的海洋。从我租住的农舍向窗外看去，整个台北盆地一览无余，到了晚上，台北市的万家灯火在眼前展开，就如一扇珠宝店的橱窗。蒋介石的避暑山庄就在我的住处下方一箭之地以外。此地海拔八百多米，夏天是台湾北部唯一的避暑地，冬天则是唯一会下雪的地方。每到下雪的日子，有生意眼光的计程车司机就会开车上山，在发动机罩和车顶堆上尽可能多的雪，然后开回城里，在台北火车站前出售这种闪闪发亮的稀罕事物。那个时候，大多数台湾人从来没有见过雪。现在他们早已成群结队地去阿尔卑斯滑雪了。

住在山上的好处不仅仅是气候宜人。七星山是座火山，当地的农民拼凑了一条管道，把山顶附近的一个火山喷气孔和我住处附近的一家简易澡堂连接起来。在冬季，我一天要去澡堂洗上两三次，以此犒劳我那因为打字而冻得僵硬的手指。一次沐浴通常可以暖和几个小时，足够翻译一首寒山的禅诗，或者一首石屋禅师的偈颂。澡堂从不关门。躺在烛光摇曳、水汽氤氲的浴池里，你无论如何也无法设想自己有朝一日会回美国去。不幸的是，澡堂如今已经不在了——因为违章营业被关闭——这片土地现如今成了阳明山国家公园的一部分，当地的农民把他们的房子和棚屋改造成餐馆，向那些来自平原的观光客招徕生意。

大卫住在七星山背阴的那一面。他的房东是个种植兰花的园丁，平时住在台北市里，贩卖兰花的同时享受城市生活。大卫以替房东照看房子为条件，换取了免费居住的权利。从他的住处四望，目力所及之处再没有别的人家，这正合他的意。大卫是个隐士，他在山中采摘野菜野果为食，每次进城，则要在超市门口的垃圾箱里大肆搜刮。偶尔他会在城里给人做指压按摩或者教英语赚点钱。除此之外，他基本上靠天吃饭。

时不时地，警察会上门来找他签证的麻烦，威胁要驱逐他。但大卫一目了然的隐士生活每每令警察不好意思真的这么做，最后总是劝说他去领一张新签证，然后便告辞了事。终于有一天，新警察局长上任，他听说了大卫的故事，并决定拿他开刀扬名立万，这次大卫真的被驱逐了。

在离开之前，大卫和警察局长见了面，结果局长盛情邀请他共进晚餐，并对不得不驱逐他深表遗憾，但为时已晚，已经不可能收回成命。于是局长给大卫出主意：只要改个名字，领一本新护照，就可以重新回台湾了。不过大卫离开之后再也没有回来。

他被驱逐的时候，我正要来中国大陆，于是邀他同行。我们一起去香港申请签证，并抽空在香港外国记者俱乐部做了场讲座，向我的前同行们介绍了我们即将开始的禅之旅。我将这次旅行称为“五十天，五十禅师”之旅。走到五祖寺的时候，我们差不多已经拜访了二十个禅宗大德的故地。

我们就是在那时认识见忍的。那次我们相谈甚欢，告别的时候他给我留了手机号码，这让我惊讶不已。手机在1999年的中国还是个新鲜事物，全国大概只有四千万用户。更让我惊讶的是，他说需要钱的时候随时给他打电话，他可以把钱汇到中国的任何地方。他之所以这么说，大概是因为我们当时看上去很缺钱。在我的中国经历中，这是第一次，也是唯一一次有人做出如此许诺。我期待着再次见到见忍。倒不是因为缺钱。

见忍去了武汉。他是整个湖北名气最大的和尚昌明禅师的弟子。昌明住在武汉，他如今年事已高，许多事情要依赖见忍替他完成。1994年，昌明被请去住持五祖寺，他让见忍做了监院。那时见忍只有二十八岁，皈依佛门不过四年时间。七年之后，昌明又把五祖寺方丈的位置传给了见忍。全中国的寺院和尼姑庵如今都在进行类似的交接——老一辈的大师指定年轻有为的接班人执掌局面，以便做到“与时俱进”。

明基带我去见监院。他对五祖寺的格局了如指掌，我跟着他穿过迷宫般的长廊——上次来时，我就在寺里迷了路——来到监院惟道的办公室兼卧室。惟道已经在等我们了，他看上去比三十五岁的明基还要年轻。作为一名僧人，他显得有点胖，不过因为长得一脸天真，胖点反倒很合适。一笑起来，他的眼睛便消失了。他很爱笑。

明基来访的目的是为水陆法会招募更多的僧人。我们一坐下，惟道就拿出他的手机忙活起来，给附近的寺庙打了一圈电话。他确实擅长此道。明基担任四祖寺监院只有三年时间，他在当地的人脉远不及惟道，并且缺乏惟道的坦率风格。在电话里，惟道言简意赅，一个字都不浪费。他特别说明要和尚而不是尼姑，而且最好是皮肤比较白净的。我能理解对和尚的偏好，中国文化里的男权色彩依然明显。至于对皮肤的要求，我猜是因为白皮肤能给人精于修行的印象，如果皮肤黝黑，容易让人觉得是因为整天从事户外劳作。

公元 671 年，还未成为禅宗六祖的惠能自岭南跋涉而来，拜在五祖弘忍的门下。五祖寺正是他当年获得禅宗衣钵的地方。惠能自幼家贫，长年在山中砍柴，因而皮肤黝黑，当他出现在五祖寺时，甚至被讥为“獦獠”。如果惠能今天在此，他大概不会被选中参加水陆法会。当然，法会注重的是形象，不是觉悟。

惟道忙着打电话的时候，明基给我们沏了茶。喝完第四杯，惟道已经组织好两打皮肤白净的和尚，如果需要，他还能找来更多。明基抬腕看了看表，说他该回去了。我陪他出去，一直走到惟道住处门外的玉兰树下，就此别过。然后，我在树旁的长凳上坐下，等着惟道打完另一通电话。白色的玉兰花瓣落了满地，香气馥郁得令人晕眩，不由想起台湾海明寺里的玉兰树。搬到竹子湖之前，我在海明寺住过一段时间，玉兰花盛开的时节，香气有时浓到我不得不把窗户关上。

眼下，没有窗户可关，我等着惟道来救我。他把我带到云水堂，交给石女士。石女士递给我两只装满热水的暖瓶，安排我住进一个五人间。还没来得及挑选床铺，外面已经响起午饭的斋板。斋堂供应标准的寺院素斋：豆腐、香菇、豆芽、白菜，甚至还有一点辣椒。外加一个馒头，人人都能吃饱。

回到房间，我选了靠窗的床铺躺下午睡。刚要进入梦乡，外面来了一群香客。从房间的窗户可以俯瞰山脚下从五祖村附近开始的上山小路。大多数人乘车而来，但这群香客为了积累功德，决定步行上山。可能是想吸引神佛的注意，也可能是为了驱散盘踞在周围的凶神恶煞，他们点

黄梅冯茂山，五祖寺庭前落英缤纷

燃了几串长长的鞭炮宣告自己的来临，鞭炮声响彻山谷，也驱散了我的睡意。我只好告别午睡，出门向山中行去。

与禅宗五祖有关的遗迹在寺院附近的山中俯拾皆是。弘忍终其一生都生活在这一带，其中的五十年就居住在双峰山和冯茂山。公元 601 年，他出生于黄梅城外。624 年，当道信在双峰山创建了中国第一所禅修中心时，弘忍成为这座寺院最早的僧侣。他在那里一直生活到 651 年道信圆寂。

在他之前，承继衣钵的禅宗大师全都遵循另立门户的传统。菩提达摩、慧可、僧璨和道信都在得传法嗣之后便离开祖庭。弘忍则一直守在道信的身边直到他圆寂，这再一次说明，禅宗的传统正在从个人修行向互助修行转变。禅逐渐变成一种驻留式的修行方式，并且因此广为流行。道信圆寂时，居住在四祖寺的僧侣达到五百人以上，而弘忍圆寂时，五祖寺的常住僧侣超过了千人。

弘忍为道信修建了毗卢塔，随后又在双峰山继续生活了三年——这是中国传统规定的为双亲和师长守孝的时间长度。守孝结束后，他决定另建一所禅修中心。因为是黄梅本地人，弘忍对周围地形相当熟稔，他选择的新道场离道信的寺庙只有半日脚程，周围的地理环境也与四祖道场类似，便于开展互助劳作式的修行。

四祖寺只是后人对四祖道场的称呼。道信自己把他的寺庙称为“幽居寺”——这里不仅僻远幽静，而且适于自给自足的生活。弘忍在冯茂山下选中的道场也有类似的特征。这里当初属于一个叫冯茂的人，冯先生听说弘忍的打算之后，就把这座山送给了他。弘忍为自己的道场取名禅定寺。

此后的两百年间，我们看到禅宗的发展之路上一再重现这样的情景：各代开山祖师尽量选择僻远的高山谷地作为修行道场，其中水源丰沛，有足够的农田可以养活成百上千名僧侣。禅宗历史上重要的祖师几乎都以这种方式创建道场。

这种为禅修精心选择特定生态环境的做法始于道信在双峰山的试

验，到了冯茂山则被确立为禅宗的传统。由于冯茂山在双峰山之东，因此也被称作东山，弘忍在此发展出的禅法也因此被称为“东山法门”。禅定寺开山之后不到六年，当朝皇帝就听到了消息。他宣召弘忍入宫讲法。但是道信与弘忍所传的禅法并不是什么可以向外行宣讲的课程，而是一种生活方式。弘忍拒绝了皇帝的邀请。

有人问弘忍，为什么学佛不在城邑聚落，要在山居，他回答说：

> 大厦之材，本出幽谷，不向人间有也，以远离人故，不被刀斧损斫，一一长成大物，后乃堪为栋梁之用。故知栖神幽谷，远避嚣尘，养性山中，长辞俗事，目前无物，心自安宁，从此道树花开，禅林果出也。
>
> ——引自《楞伽师资记》

正是这种对道场的选择使互助劳作成为可能，而互助劳作则让修行者将心灵修炼从禅堂扩展到了日常生活的所有领域，随时随地，无论做什么都可以修行。道信将其称为“守一”，弘忍则表述为“守心”。他们教导弟子，当在一切所做所说所想之中守住本心，最终达到所做所说所想之间不再有差别的境界。

除了散见于各处的一些语录片段，弘忍唯一传世的教法是《最上乘论》，它的开篇写道：

> 夫修道之本体，须识当身心本来清净，不生不灭，无有分别，自性圆满。清净之心，此是本师。乃胜念十方诸佛。
>
> 问曰：何知自心，本来清净？答曰：《十地经》云：众生身中，有金刚佛性，犹如日轮，体明圆满，广大无边，只为五阴黑云之所覆，如瓶内灯光，不能照辉。譬如世间云雾，八方俱起，天下阴暗。日岂烂也，何故无光？光元不坏，只为云雾所覆，一切众生清净之心，亦

复如是，只为攀缘、妄念、烦恼、诸见黑云所覆。但能凝然守心，妄念不生，涅槃法自然显现。故知自心，本来清净。

公元672年，到了要为自己选定衣钵传人的时候，弘忍让他的弟子们每人作一首偈颂来展示自己对佛法的理解。弘忍的大弟子是一个名叫神秀的和尚，他是北方人，十七年前为追随弘忍来到东山。然而他的偈颂在后世成了误解佛法的反面教材：

身是菩提树，
心如明镜台。
时时勤拂拭，
莫使惹尘埃。

惠能是另一名追随弘忍的外地人。他来自遥远的岭南，此时刚刚进入禅定寺不到九个月。惠能听说了神秀的大作，于是也作了一首来回应他：

菩提本无树，
明镜亦非台。
本来无一物，
何处惹尘埃。

这名皮肤黝黑的新来者真正理解了弘忍所说的“本来清净”，而神秀却没有。于是，弘忍将法嗣传给了来自岭南、目不识丁的“獦獠”惠能。

晚饭后，我在寺院里闲逛。我走进惠能曾经舂米的碓房，他用过的石臼还保留着，仿佛其人只是刚刚离开，到门外去喘口气。我在碓房撞见了惟道，他请我到他房里喝茶。惟道身上有一种全中国的寺庙监院共通的气质：处变不惊，随时准备做任何事情。他还沏得一手好茶。

五祖寺碓房，据说六祖惠能曾在此舂米数月

惟道是1975年生人，他的家乡在武汉西北不远的应城。年轻时，惟道开始对佛教产生兴趣，他的第一位师父是家乡附近山里的一名隐士。师父教了他几年佛经和打坐的功夫，便把他送到五祖寺受戒。惟道就此在五祖寺住了下来。他告诉我，他的父母至今仍不能原谅他出家的决定。时代在变，但在他的家乡小城，变化来得没那么快。

"文革"期间，尽管五祖寺并没有遭到毁灭，但所有的僧人都被勒令离开。直到1979年，政府重新肯定了宗教信仰自由，第二年僧人们才被允许返回寺院。但回来的僧人并不多。1994年，当昌明被邀请住持五祖寺，并开始重修寺院的时候，寺里只有七八名僧人。也是在这一年，本焕开始重修四祖寺。

五祖寺的僧人数量如今已经达到七十人，并有望很快达到两倍于此的规模，但是五祖寺目前还没有恢复为一座禅宗寺院。它正朝着那个方向发展。有六名僧人居住在禅堂中，其他僧人则参加每天早晚两次的坐禅。每年冬季有一次为期三个月的禅七。但不是所有的僧人都修禅。有一些僧人是修净土的，他们在一间大殿里念诵阿弥陀佛的名号。五祖寺还有待于建立自己的"风格"。不过惟道告诉我说，寺院里正在修建一座更大的禅堂，将来五祖寺的主要修行将是禅宗。

他说，见忍方丈还打算选一个僻静的地点修建几座茅篷，专供那些不喜喧闹的僧人修行。这些茅篷离禅定寺的原址很近，靠近冯茂山的山顶。

由于山顶附近空间有限，9世纪时，禅定寺被移至半山腰，也就是它现在的位置。这次移动使得寺院的施主与香客来往禅定寺更为方便，而更重要的是，它也使僧人们能够更为方便地管理自己逐渐增加的土地。随着寺院知名度的增加，朝廷开始向它颁赐土地作为庙产。公元763年，唐代宗将冯茂山山脚下的两千多亩土地赐给禅定寺，在这之前，禅定寺还耕种着山后一处二百亩的菜田。后世的皇帝和富人继续不断为寺院添置庙产，以至于到了宋代，五祖寺拥有的土地面积已经超过三万亩，其中还不包括林地。这片广大的土地多数分布在寺院周围半径五十公里的范围之内。这片土地并不由僧人自己耕种，而是租给农民。

如此广袤的土地必定产出巨额收入，我不禁想知道这笔钱会对那些从事互助劳作的禅修者产生怎样的影响。他们会如何使用这笔钱？会不会用它来周济穷人？还是用在修庙上？可以肯定的是，僧侣中一定也有人想过这些问题。既然可以不劳作，干吗还要劳作呢？同样可以肯定的是，今天的僧人中间也一定有人在想这个问题。

几杯茶过后，惟道带我去看一座围绕五祖真身塔所建的大殿。弘忍的真身塔初建于他圆寂之前的674年，它原本也在冯茂山上的禅定寺原址，后来随着庙里的其他建筑一起被搬下了山。塔外的大殿被毁坏过若干次，又重建过若干次，佛座上的弘忍像是1938年重修时的泥塑复制品。弘忍的肉身去向不明。根据记载，它可能已经毁于大火。不过惟道告诉我，五祖肉身还在，它被藏在了真身塔下面的地宫里。至少前任监院是这么说的。

弘忍对禅宗的影响难以估量。他的弟子们创建了禅宗的南北二宗，并进入宫廷传法。他们是禅林结出的第一批硕果，他们把禅传播到了整个中国。也因此，历朝历代从各地赶来向弘忍致敬的人不绝于途。诗人白居易（772 – 846）也是其中之一（几天以前，我刚刚在洛阳见过他的后人）。公元815年，白居易因为直言进谏触怒了皇帝，被贬谪到与黄梅隔江相望的九江。期间，他曾到五祖寺一游，并写下一首短诗《东山寺》：

直上青霄望八都，
白云影里月轮孤。
茫茫宇宙人无数，
几个男儿是丈夫。

大丈夫弘忍和他培育出的互助劳作传统吸引了来自全国各地的人。吸引他们的不是某种意识形态，不是某种苦行方法，也不是什么神秘神奇的东西。吸引人们的只不过是一种生活方式。我怀疑，那些络绎而来的朝拜者心中虽然装着《金刚经》关于“不住于相”的教诲，但脑际更回响着老子的箴言。至少我自己清楚听到了《道德经》的倒数第二章：

> 小国寡民；使有什伯之器而不用；使民重死而不远徙；虽有舟舆，无所乘之；虽有甲兵，无所陈之；使民复结绳而用之。甘其食，美其服，安其俗，乐其业。邻国相望，鸡犬之声相闻，民至老死，不相往来。

道信和弘忍并没有开创这一切。但他们为“道”提供了一个可操作的集体平台。我点燃几支香，在佛前顶礼三宝，然后谢过惟道的盛情款待。天色已晚，我回到房间，写过日记，便在雨声中安然入眠。半夜，我听到一只夜莺的鸣唱。几个小时之后，值夜僧人敲响了破晓的钟板，司晨的公鸡立刻在山下响应。天亮之后，该继续上路了。惟道已经为我安排了寺院的越野车，它将把我一直送到扬子江边。不必着急，我心满意足地对自己说，然后翻了个身，继续沉入梦乡。

第十章　不得闲

我决定给自己放一天假。下了山，长江对岸就是江西省的名城九江。既然有寺院的顺风车把我送到江边，索性在繁华大都市里潇洒一天。

但越野车始终没有出现。按惯例，五祖寺的司机每天早饭后都会开越野车下山买菜。我坐在床上等着司机来敲门，一直等到 8 点，门前始终静悄悄的。事后才知，司机今天一反常态，在早饭前就下山去了。

无奈之下，我打点行囊出了门，把钥匙还给石女士，然后向惟道的房间走去。门关着，敲门也无人回应，估计是出去了，但也许没走远。我决定守在门口等他回来，便又一次走到玉兰树边，在长凳上坐下。花香一如既往地浓郁，几乎到了刺鼻的程度，我快晕过去了。

我正在严肃地思考晕眩到底是件好事还是坏事，一个电工出现了。他也走到惟道的房前敲起门来。仍然没人应答。和我不同的是，电工有正经事要办，不能像我一样不负责任地赖在长凳上无所事事。他绕到房间的另一侧，那里有一扇窗户，窗户下面应该就是惟道的床铺。电工对着窗户大喊起来："惟道师父！"喊了几声依然不见动静，他又拉我跟他一块儿喊。我们一起大喊："惟道师父！"还是没反应。但我们坚持不懈地喊着。

就在我们几乎要放弃的时候，屋里突然有了动静，我们赶紧回到房间门口。门开了。惟道解释说，他正在打坐，然后很惊讶地看着我，问我为什么还在这儿。我委屈地说，越野车也没言语一声就提前下山去了。惟道闻言，从容不迫地从僧袍的口袋里掏出手机。一分钟以后，一辆黑色轿车出现了，简直就像变魔术一样。这似乎是所有中国寺庙监院共有的一种超能力，他们一定都钻研过法力无边的手机咒语，最擅长的神通变化就是召唤黑色轿车。惟道师父召来的这辆，仪表板上还镶着桃木装饰条。

开车的是一位建筑师，他昨晚也在寺院里过夜。惟道介绍说，五祖寺的新禅堂和佛学院都是由他设计建造的。我谢过惟道，坐着建筑师的豪车下了山。可惜，在豪车里只坐了十五分钟，建筑师就把我放在了黄梅县汽车站。这是一座无比破旧的汽车站，我由此判断它一定坐落于黄梅的旧城区。车站里的巴士也无比破旧，我上了其中的一辆，低头看得见车下的路面，它的年龄大概和车站一样老。车开了，我安慰自己：反正九江离得也不远，一会儿就到了。可惜我又犯了一个错误——车窗上的大字写的是“九江”,但我没留意它下面还有一行小字:“长江大桥”——这趟车的确是开往九江方向的，但只开到江边就不再往前了，甚至连长江都没过。事实上，要过了四公里长的九江长江大桥，才算真正到达九江市。

在桥头拦车并不是聪明的选择。过桥的大巴一辆接一辆，我殷勤地向它们招手，可半小时过去了，没有一辆停下的。终于，一辆本地小巴纡尊降贵停在了我面前，而那只是因为恰好有人要在这儿下车。我上了车，小巴刚开过大桥，又停下了——终点站到了，我被撂在了郊区的一大片廉租房旁边。

我受够了。改变命运必须靠自己。一辆出租车驶过，我奋不顾身地拦下了它。

十分钟以后，出租车停在了白鹿宾馆的门口。这是去年来时住过的酒店，它坐落在老城区里，离江边只有几分钟路程。白鹿宾馆的大堂经理还记得我——肯定是因为我的大胡子——这省去了讨价还价的工夫。房价直接打折到二百六十块一晚，对于我的预算来说，这个价钱还是有点贵，但对于九江来说，这已经算是便宜的了。许多世纪以来，九江一直只是长江边上一座普通的码头城市，但是1995年通车的京九铁路改变了它的命运，令其一跃成为中国内陆的交通枢纽。城市开始爆炸式扩张，物价也随之飞涨。不过它的老城区还保留着原来的风貌。

我放下行李开始出门游荡，先去了趟街对面的网吧，查过邮件，家里人一切平安。转身出来，拐进酒店背后的一条小巷，去找上次来时发现的一家茶叶店。去年在那里买到的铁观音非同凡响，今朝重访九江，自然不容错过。可等我走到记忆中的位置，却发现茶叶店不见了。我又往前走了一条街，确认自己没有记错，于是再回来一问，原来开茶叶店的地方现在变成了一家女装店。店里的姑娘告诉我，茶叶店确实搬走了，至于去了哪儿，她也不知道。

茶叶店的名字叫茶缘茶庄，铁观音是它的主营品种。这种以菩萨为名的茶叶在制作工艺上属于乌龙茶的一种，三百多年前发源于闽南的安溪县。福建与江西两省相邻，而店主与安溪当地的茶农相熟，于是做起了这门生意。

多年来往中国，我培养出一项小癖好，每次都会设法捎点好茶叶回去。茶缘茶庄出售的铁观音是我尝过的最好的茶，就连少林寺的僧值延颖床底下那些极品观音王也比之不如。我还记得茶庄的老板是位女士，姓曹。不料一年之后，已是人去店空，全无觅处。

沮丧之余，我在女装店门前呆立良久，左思右想还是无计可施，只得叹口气，转身离去。女装店隔壁是家便利店，我信步走了进去，希望能发现南瓜饼之类的好东西。令人失望的是，货架上所有的零食都包装精美，让人一看就没了胃口。我拿了瓶酸奶，向收银台走去，付账的时候随口问了一句：隔壁的茶叶店搬到哪儿去了？便利店老板说它搬去了新城区，具体地址他也不知道。我刚叹了口气，没想到他又接着说，茶叶店老板曹女士和他是老朋友了，他有她的手机号。他掏出手机拨了个号码，五分钟以后，曹女士的弟弟从出租车里钻了出来。

我在狂喜之中走进了茶缘茶庄的新店。曹女士满脸微笑走上前，述说着重逢的喜悦。我并不是什么大客户，但货好也要知音赏，我幸好是个识货之人。在树桩做成的茶凳上坐下，面前是一个用巨大的树根加工成的茶几，上面放着工夫茶的一整套用具。曹女士开始烧水、烫壶，准备让我重温铁观音的记忆。

今天是 3 月 23 日。曹女士告诉我，铁观音的春茶要再过一个月才能开始采摘。她知道我不会对去年剩下的夏茶感兴趣，因为夏季采制的铁观音是品质最低的，而且又隔了大半年时间，观音早已变成灰姑娘了。秋茶是铁观音香气最为馥郁的一种，铁观音特有的“音韵”也正是在秋季酝酿得最为充分，可惜的是，茶庄里的秋茶已经售罄，唯一可供选择的是新到的冬茶——茶壶里泡的正是冬茶，它的品质虽不及春秋两季茶，但总好过隔年的夏茶。我端起茶盅饮了一口，确实还不错。然而，在经历了失而复得的狂喜之后，仅仅喝到冬茶还是不免令人失望。可是缘分不能强求，也许今年我的“茶缘”就是冬茶了罢。既然如此，买上一点也聊胜于无。我掏出了皮夹，但曹女士看出了我脸上写满的失落，她说等等，然后从货架上无数个巨大的茶叶罐中拿起一个，从里面掏出一包茶。

她狡黠地笑了笑，对我说，其实秋茶没有全卖光，她还留了点，不过这是没有经过精制的毛茶。大多数中国茶在采摘时只取嫩芽，而铁观音则还要取顶芽下面连带嫩梗的两到三片新叶。叶梗的出现，在其他茶叶品种中通常是劣质茶的标志，但对铁观音来说则恰恰相反——嫩梗中富含的芳香物质正是成就铁观音的关键所在。必须通过反复的摇制和发酵，叶梗中的芳香物质才能挥发出来（然而不幸的是，铁观音特有的花果香气会随着时间推移而渐渐消退，期限通常不到一年。一般在存放了半年之后，梗叶就开始变苦）。在此之后，大部分市售铁观音还要经过簸选和风选筛去黄片和嫩梗，而没有经过这道工序的则称为“毛茶”。相比之下，毛茶的风味比精茶更为浓郁。

她重新烧水、烫壶，为我泡了一泡秋茶。我们都没有说话。茶壶里飘出不可思议的花果香气，它既强烈又微妙，和五祖寺的玉兰树大不相同。我愿意整日整宿地吸嗅这种香气，我能毫无困难地闻着它入睡。大陆的情况我不太熟悉，但我知道在台湾的茶王赛上，茶叶的得分一半来自香气，而对汤水味道的评价只占百分之二十五，剩下的百分之二十五则要看茶汤的色泽。如果让我做评委，这泡秋茶的香气无论多少分都不够给的，而茶汤的滋味也非常甘醇，没有一丝涩味。

我问曹女士这秋茶她还有多少，她说只剩下一斤半了。我又问价钱，她说一千块一斤。我想都没想，立刻说全要了。曹女士闻言又笑起来，她说我是老顾客了，而且这茶叶已经放了四个多月，干脆给我打个折，一共只收五百块。这下可好，我嘴皮子没动一下，反倒成了讨价还价的高手。曹女士还贴心地把一斤半茶叶分装成十五个真空小包装，我计划着，到了夏天每星期享用一包，那将是一整个夏天神仙般的日子。我甚至已经想好了用一本合适的书来跟如此高雅的茶般配——唐代诗人韦应物的诗集。我一直想把它翻译成英文，现在总算有理由开始了。

曹女士忙着分装茶叶，我忙着憧憬夏天，这时，她弟弟又出现了。我们东拉西扯地聊了几句，我随口提到这次旅行的目的是访问禅宗寺院。曹女士的弟弟闻言，转头和姐姐说了句什么，然后立刻掏出手机打了两个电话。显然，他也是精通手机咒语的那类人。两分钟以后，一辆崭新的越野车出现在茶庄门口，车主人是曹氏姐弟的叔叔。曹女士的弟弟说，他认识一名庐山上的僧人，想介绍给我，而他叔叔的司机可以开车带我们去。谁会拒绝这样的邀请?

收起包装好的茶叶，我向曹女士告别，然后上了越野车，和她弟弟一起直奔庐山。庐山是中国著名的风景胜地，以云雾、瀑布和难以知晓的真面目闻名于世，在历史上还是个隐居的好地方，但现在则每天都挤满游客。好在越野车没有走进山的主路，它沿着庐山东麓外缘的公路一路南行，朝星子县方向开了十七公里，然后向西拐上一条仅容一车通过的狭窄水泥路，从土坯房组成的村庄和盛开的油菜花田野中穿过，向着庐山最南端的山峰开去。天上开始下起小雨。开了没多久，水泥路到头了，前方只剩下乱石和烂泥，越野车勉强又开了一段，我们全都下了车，跟在车后面，偶尔推它一把，就这样走完了最后一百多米。在土路的尽头，一座小水库边上，出现了一座寺庙。

这座质朴的山寺以石料砌墙，板瓦铺顶，另有两座纯以木材构筑的钟鼓楼，两座石头房子和钟鼓楼围成一个院落，四周没有围墙。这种就地取材的作风配合着松竹掩映的自然环境，形成了一种简约脱俗的风格。与此前我在中国各地所见到的千篇一律的寺院建筑相比，实在是种可喜的变化。我们朝院子中间走去，这时，一名年轻和尚从石头房子里走了出来。

这位年轻和尚也是个爱茶之人。曹女士的弟弟和他结识，正是因为茶的缘故。相互介绍过之后，和尚带领我们穿过佛殿所在的石头房子，来到对面用作接待、办公和休息的另一座石头房子，围着桌子坐下。他拿出一张古琴唱片放进 CD 唱机，然后摆上工夫茶具，开始泡茶。今天这泡是丹霞山的金毛茶，他介绍说，这是一种工夫红茶。一般来说，我不太喜欢红茶，但这泡金毛确实不一般，它散发着一种花蜜般的香气，汤水的味道则与台湾的名茶东方美人有些相似。我以前从未听说过金毛茶，曹女士的茶庄也没有这种茶。我问和尚是怎么得到它的。

和尚告诉我说，几年前他曾在广东韶关的云门寺佛学院进修过，而出产金毛茶的丹霞山就在韶关北郊。他就是在那个时候接触到金毛茶的。我恰好也去过云门寺，于是两下一对时间，发现 2001 年 11 月我拜访云门寺的时候，他就在寺里。当时我是随同一个美国佛教徒访问团一起去的，印象最深的是在寺庙的柑橘园里曾经碰到一名穿着藏红色短袈裟的僧人在摘柑橘。后来得知，这名僧人是来自越南的一行禅师，当天下午他在云门寺有一场讲座。遗憾的是，我们已经买了下午的火车票，只能与他的开示失之交臂。不料，年轻和尚对我说，那天下午一行的讲座很没意思，错过也没什么值得遗憾的。再聊下去，我能看出，他对我这么个外国老头子跑来掺和他们中国的佛教也很不以为然。谦抑平和的禅师见得多了，突然冒出这么个自以为是的家伙倒也挺有新鲜感的，更难得的是他还有这么好的茶。

我问他是否还记得那天下午一行禅师都讲了些什么，以至于令他如此失望。他说，差不多五年前的事情了，细节已经记不太清楚，他只记得这个越南和尚不停地使用辩证式的比喻，而且还把证悟说成是可以通过次第修行达到的境界。他又补充说，云门寺的僧人都比较客气，没有提什么尖锐的问题。我觉得他不是记不清楚了，而是对“外国人”有一种根深蒂固的偏见。

年轻和尚谈到，出家之前他在一所大学念书，学的是“中国文化”，大学毕业后决定出家，并进入云门寺佛学院。从佛学院毕业后，他正式受戒，然后便来到庐山住了下来。很显然，他是个受过良好教育的僧侣，但也许正因为如此，他的言行举止总是流露出一种高高在上的优越感，让人很不舒服，好在茶香稍稍缓解了这种不适的感觉。

这让我想起了自己以前在台湾的经历。那是 1973 年冬天，我在阳明山上的“中国文化大学”上哲学课。当时我刚决定从寺院里搬出来，因为大家在寺院里都不太讲话，我的中文口语进步太慢了。我搬进了学校的宿舍，和哲学系研究生们住在一起。每个星期天，他们都会坐公交车下山，然后换一趟车穿过整个台北市，去上一个叫孔德成的人讲授的国学课。孔德成是孔子的第七十七代嫡系长孙，国民党在 1949 年撤离大陆时特地带上了当时只有二十九岁的他，以此象征国民党仍拥有中国文化的正宗。孔德成后来饱读孔门诗书，成为台湾著名儒者，对于那个年代台湾所有哲学系的学生来说，如果没上过孔德成的课，简直都不好意思说自己是学哲学的。

我对孔门之学抱有崇高敬意，于是便请班上的同学代我去向孔德成申请加入他们每周日的聚会。然而，孔德成对此回复说，一个外国人不可能领会如此深奥的学说。于是，每个星期天，我只好和坐在我后面的女生一起去听谢幼伟教授的怀特海哲学讲座。谢教授早年毕业于哈佛大学，曾师从怀特海，并精研罗素。时隔多年，怀特海说了些啥我早已忘记，倒是一起上课的女生让我对儒家精神有了切身体会：这名女生爱上了一个老外，而她的父母考虑了整整七年，才同意让她嫁给这名无法领会儒家思想的外国人。

眼前的这位年轻和尚和孔德成一样，相信文化之间存在着不可逾越的鸿沟。不管你说什么，只要你一开口，肯定是错的。绝大多数中国人都会用礼貌来掩饰自己的想法，但他是个例外。他一点不加掩饰：中国文化太古老了，你一个外国人是不可能理解的。你把不同的宗教都弄混了。你肯定以为我们中国人都是修道的吧？你连和尚都不是，怎么可能

庐山南麓的寺院

理解禅呢？我无话可说，只好闷头喝茶。

我的同伴告诉他，我刚从五祖寺来，接下来要去……去哪儿来着？我赶紧接茬：“去大金山寺，那是中国唯一的禅宗尼众寺院，离南昌不远。”和尚回过头去对着我的同伴说：“他太不了解中国了吧。”他甚至懒得亲口对我说，“中国有很多禅宗尼姑庵。”

我问他能否具体指出还有哪些，他却只是一再说，肯定还有很多。我试图跟他解释，我的确碰到过不少修禅的比丘尼，但她们要么是独自在房间里修行，要么是住在山中的茅篷里，专供比丘尼集体修行的禅宗道场据我所知只有大金山寺一处。但我知道说了也是白说。

平心而论，他的口才很好。我的同伴问他，佛教都有哪些不同的修行流派。他回答说：“修行随心而定。如果念佛名号，就是修净土；如果参话头，就是修禅。学佛的路有很多条，但修行的时候必须选择其中的一条深入下去。现在想修禅的人越来越多，但可以接引指导别人修禅的人太少了。想要教别人，自己先得修到境界。

“佛祖当年拈花开示的时候，在场的弟子有五百人，然而唯有大弟子摩诃迦叶尊者领会了佛祖的教诲，破颜微笑。佛祖于是嘱告迦叶，我有正眼法藏，涅槃妙心，实相无相，微妙法门，教外别传，不立文字，付嘱于汝。这次传授是禅的真正源头。佛陀同时还把象征法脉传承的衣钵传给了迦叶尊者。佛祖衣钵如此代代相传，最后由菩提达摩带来中土，又历经六代，传至六祖惠能。六祖之后，由于佛法已传遍神州大地，衣钵到此就不再传承，禅宗一脉相承的谱系则一直延续到了今天。”

“学禅就是修禅，”他说，“不过它还有一个意思，那就是觉悟。要在静虑中修行，获得觉悟，需要有一个安静的环境。修建禅堂就是为了这个目的。在禅堂里修习入定，你的妄念慢慢地就会离你而去，自性的智慧就会渐渐生起。这种智慧是我们自己本来的面貌，是我们的本性。”他滔滔不绝说了许多，虽然听起来很像在上课，不过确实还挺认真的。而且茶确实是好茶。

谈话又提到我，提到我翻译过一些佛经和佛教文献。他不以为然地摇着头："西方的语言很难传达佛陀的深邃思想。古代的高僧把佛经译成中文是很严格很准确的，现在再翻译成西方语言就很难做到这一点。中国的僧人现在读佛经还经常碰到不懂的地方。一个西方人，而且还不是出家人，怎么可能去翻译佛经呢？"

我只好说，翻译是我的修行方式，重点并不在文字上。于是他不再说话了。沉默了一会儿，他问我们还有没有别的问题。我赶紧说，打扰你这么久真不好意思，时间不早了，我们该走了。谢过他的款待，我们站起身来向门外走去。站在院子里道别的时候，我顺便夸奖了寺院的建筑：我很欣赏它的用材和风格，中国太缺少这样清新质朴的寺院了。他显然误会了我的意思，以为我是在讽刺他的寺庙看起来太寒酸。他解释说，这两座石头房子和钟鼓楼都是临时性的，他正在筹划兴建一所规模宏伟的寺院，全部是钢筋混凝土结构。我再次无言以对。

回到九江，曹女士的弟弟把我放在了白鹿宾馆门口，道谢、作别之后，我没有立刻上楼回房间，因为还有事要办。在酒店后面的巷子里，我找到一个坐在楼梯间里的男人，他的面前摆着一架缝纫机，这是他的第二职业。我拿出大衣交给他，请他帮我换一副拉链。十分钟以后，拉链换好了。他又帮我缝好了大衣上的两道口子，一共收费二十块。

这件法国制造的紫色冲锋衣是我最钟爱的户外装备，它使用了戈尔特斯防水透气面料，穿在身上轻若无物。拿下这件宝贝花了我两百美元。这是我穿过的最贵的衣服，比当年我结婚穿的礼服还贵。每次穿上它，我就立刻充满了探险的冲动。

买衣服的钱是王文洋给的。1989 年，我在台北的国际社区广播电台（ICRT）工作，负责制作一档周播的广播节目。每个礼拜，我会去找一位能讲英文的新闻人物做个访谈，好让生活在台北的国际友人们也能大致了解岛内的最新动态。那次正好找到王文洋。王文洋是台湾"经营之神"王永庆的长子，采访他的前一周，他刚刚被父亲派往南亚塑胶集团（台湾最大的私营企业，也是全球第二大塑胶制造企业）总部执掌局面。采访即将结束的时候，我问他有没有看过电影《毕业生》，他说"当然”。于是我请他给如今的毕业生提几点忠告。王文洋不假思索地说:“我会建议他们学道。”这句话我至今仍记忆犹新。除此之外，他在接受采访时表现出的坦率和敏锐也给我留下深刻印象。采访结束，我关掉采访机，又跟他聊了几句。闲谈中提到，这次采访将是我在ICRT所做的最后几期节目之一。我已经申请了古根海姆基金会的资助，准备去中国大陆寻访当代隐士，估计再过一个礼拜就能收到古根海姆的资助信。王文洋再一次毫不犹豫地说:“这主意不错。如果古根海姆不给你钱，我给。”事实上，后来的确是王文洋给我出的钱。古根海姆的资助信杳如黄鹤。

两年之后，我找到出版社，把寻访隐士的经历写成文字，准备结集出版。书稿寄出之后，我又给王文洋打了个电话，告诉他我有个更好的主意。我打算从黄河的入海口出发，一路上溯至它位于青藏高原的源头，以此为线索，进行一次寻找中华文明起源的旅行。他问我需要多少钱，我说了个数。然后，他问了最后一个问题:你想要现金还是旅行支票?后来，王文洋交代秘书，从他的零用钱账户里给我支取了这笔费用（谁稀罕古根海姆基金会啊)。我花了其中的二百美元，在台北的一家户外用品店里买下了这件无限轻薄无比温暖的冲锋衣。后来，即使在五千米海拔之上的狂风暴雪里，它也发挥出了可靠的防风保暖性能，保我一路平安归来。现在，楼梯间里的男人修好了它，我心里踏实了许多。

修理好了衣服，现在该修理人了。上次来过的一家按摩中心的大概位置我还记得。我穿过马路,走进白鹿宾馆对面的一条窄巷,摸索了几次，终于找到正确的路，接着拐进一条更窄的小巷。走到黑洞洞的巷尾，爬上一道金属阶梯——看起来像是建筑物的消防楼梯——一直爬到顶层，推开一扇随时会倒的门，来到一个漆黑的房间。眼睛逐渐适应了黑暗之后，我看出屋里的沙发上坐着一个女人，她带着我走进隔壁的房间，我把紫色大衣挂在门后,上了一张铺着床单的桌子躺下,等着。过了一分钟，一位盲人按摩技师摸索着走了进来。

按摩结束，我沿原路回到大街上，找了家饭馆吃晚饭。饭菜平淡无奇，不值一提。回酒店之前，我又上网吧查了一次邮箱。有一封新邮件，是尼克·古尔德发来的。尼克和我曾经在 ICRT 的本地新闻组一起共事。他娶了台里的一个实习生为妻，这姑娘的父亲是台湾少数民族——高山族排湾人，母亲是汉族。ICRT 的音乐节目制作人迈克·莱恩则娶了那个实习生的姐姐。也就是说，尼克和迈克做了“连襟”。

那是遥远的 20 世纪 80 年代，一段不复重来的好时光。当时我们的手头都十分宽裕，经常发愁不知钱该怎么花。还有优厚的福利，包括每年一次免费携全家乘公务舱全球旅行的机会，目的地随你挑。ICRT 的前身是“驻台美军广播电台”，1978 年以后改为国际社区广播电台，但仍不可避免地沿袭了山姆大叔的一些旧习气。到了八十年代末，这一切开始发生变化。台湾本省人的势力逐渐开始占上风，变化之一就是电台被接管，工作人员被大批撤换，外国人只留下一小撮。

我跟着电台的美国老板一起去了香港，当上一名昙花一现的谈话节目主持人。谈话内容正来自王文洋资助的黄河之旅。尼克留在台湾，靠推销外国货发了财。而迈克则不幸在生意场上栽了跟头，变得一蹶不振，开始酗酒。终于，他对这一切感到厌倦。在电子邮件里，尼克告诉我，迈克前一天自杀了。他留下了一句遗言：“没工作，没钱，没希望。”在他身后，留下了孀妻和一名六岁的女儿。

我已经八天没泡澡了。淋浴毕竟是淋浴，它无法代替泡澡。泡一个热水澡，洗去的不仅是尘土和汗渍，还有长途旅行中逐渐累积的疲惫、伤感和烦恼。浴后，我在日记本上写下：“已经有爱，为何还不知足？”

第十一章　不见桃源

收拾好东西，退了房，我打了辆车直奔九江长途汽车站。车站其实很近，步行可达，但我的背包却是再一次变得沉重不堪，除此之外，还多出一只装满了书和茶叶的购物袋。

从九江发往南昌的大巴半小时一趟。下了出租车，刚好赶上 8 点发车的那班。大巴驶出九江城区，上了高速，沿着庐山的西坡向南开去。车窗外，庐山的群峰依旧笼罩在云雾里。我来过庐山很多次，只有一次有幸见到云开雾散后的“庐山真面目”。那是 1992 年的秋天，当时我正在庐山南麓的温泉村探访陶渊明（约 365 － 427）晚年的居处。2005 年春天，我跟朋友托尼 · 菲尔班再次来到温泉村，庐山又不见了。我们打算去拜谒陶渊明的墓地，然而诗人之墓所在的地方属于海军的一处靶场，1992 年来时我就被拒之门外，2005 年这次再去，依然吃了闭门羹。到了村里，我们想去拜访陶渊明的最后一位嫡系后人，找到了那户人家，却发现他上礼拜刚刚去世。我们正不知如何是好，村民又说，附近有个地方，是当年陶渊明饮酒会友之处，也许值得一看。听到这话，我们重新打起精神，请村民带路，前去一探究竟。

他领着我们出了村，经过一座因违章建设而被查封的温泉旅馆，沿着溪水进入一片丘陵地带。这是一条荒僻的山路，路上只见到寥寥的农夫、水牛，还有蛇。与蛇遭遇的情景如今回想起来犹在眼前：村民弯下腰，满不在乎地抓住那条盘踞在路边的眼镜蛇的尾巴倒提起来，还没等它反应过来，又一把捏住了它的七寸。这条蛇如果拿到星子县，至少能卖五十块，村民说。我和托尼立刻回答：如果你把它放了，我们现在就给你五十块。他像看疯子一样瞪眼看了我们一会儿，笑了起来，然后转过身，把蛇远远地抛进路旁的草丛。眼镜蛇落地之后，立刻直起身子，似乎是在表达它的不满，随后便钻进长草之中消失不见了。我们拿出五十块钱递给村民，然后继续赶路。沿着溪水蜿蜒上溯，终于到了一处瀑布，下有水潭，旁边是几块巨石。村民说，每到月明星稀的夜晚，陶渊明常常邀一帮酒友来此豪饮。这还真不是他瞎编的。就在瀑布旁的巨石上，留有宋代大儒朱熹1180年云游至此留下的题刻。八百多年的风雨已经剥蚀了大部分字迹，但仔细辨认，你还是能看出落款中朱熹的名字。

陶渊明并不是佛教徒，但若要论及对禅宗的影响，恐怕再没有哪位诗人比他更重要了。他选择的生活方式更接近道家的理想，而他在幽居岁月中写下的诗篇，则启发和影响了所有后代的隐士。在他临终前撰写的《自祭文》里，陶渊明总结了自己所选择的道路：

> 天寒夜长，风气萧索，鸿雁于征，草木黄落。陶子将辞逆旅之馆，永归于本宅。故人凄其相悲，同祖行于今夕。羞以嘉蔬，荐以清酌。候颜已冥，聆音愈漠。呜呼哀哉！茫茫大块，悠悠高旻，是生万物，余得为人。自余为人，逢运之贫，箪瓢屡罄，絺绤冬陈。含欢谷汲，行歌负薪，翳翳柴门，事我宵晨，春秋代谢，有务中园，载耘载耔，乃育乃繁。欣以素牍，和以七弦。冬曝其日，夏濯其泉。勤靡馀劳，心有常闲。乐天委分，以至百年。惟此百年，夫人爱之，惧彼无成，愒日惜时。存为世珍，殁亦见思。嗟我独迈，曾是异兹。宠非己荣，涅岂吾缁？捽兀穷庐，酣饮赋诗。识运知命，畴能罔眷。余今斯化，可以无恨。寿涉百龄，身慕肥遁，从老得终，奚所复恋！寒暑逾迈，亡既异存，外姻晨来，良友宵奔，葬之中野，以安其魂。窅窅我行，萧萧墓门，奢耻宋臣，俭笑王孙，廓兮已灭，慨焉已遐，不封不树，日月遂过。匪贵前誉，孰重后歌？人生实难，死如之何？呜呼哀哉！

没有学会生活的人是不能学禅的，而生活方式越简单，进入禅修之门也越简便。尽管陶渊明并没有修过禅，但后世所有的禅修者都领受过他的惠泽。没有哪位禅师不知道他的名字，他们常常引用他的诗句，他们心中也都装着一个桃花源。

在中国，我曾经碰到过至少不下十处自封的“桃花源”，最近又听

庐山醉石，传为陶渊明醉后高卧之处

说有学者考证出桃花源的原型就在这条瀑布的上游山中。此刻，坐在长途车里远眺莫须有的庐山桃花源，我想起李白的《山中问答》：

问余何意栖碧山，
笑而不答心自闲。
桃花流水窅然去，
别有天地非人间。

大巴上，乘客们都在观赏车载电视播出的《古墓丽影》，几乎没人注意到，车窗外的高速公路上一队装满活猪的敞篷卡车正浩浩荡荡与我们擦肩而过，看起来就像肥猪国的群众在向南迁徙。前方，南昌市的四百万人民大概正在欢迎它们的到来。猪肉一直是中国人肉食的首选。考古资料显示，早在七千年前，华北地区的古人就已经成功驯化了野猪，使其成为华夏文明崛起的主要物质基础。后来，道教出现和佛教传入无疑为中国人的食谱增加了更多素食的成分——豆腐的发明，距今已有两千多年的悠久历史。但尽管如此，中国仍是世界上仅次于美国的第二大肉类消费国。中国人每年消费猪肉超过五千万吨，平均每人将近八十斤。

我试图把这些数字具体化：假设一头猪重三百斤，五千万吨猪肉就是四亿头活猪。再假设每头猪身长五尺，四亿头猪排成一队，就是六十万公里，可以绕赤道十五圈。我的脑海里出现了一个贪婪的吃豆人，每年沿着赤道吃十五圈，平均每天得吃一千六百多公里。换句话说，它以六十五公里的时速一刻不停地吞噬肥猪，每秒钟吃十二头——我被自己想象出的画面震住了。幸好没遇到运输活鸡的大货车。

上午 10 点，我们终于离开了杀气弥漫的高速公路，驶进南昌市汽车站。我打车前往火车站附近的一家邮局，去把累赘的行李统统寄走。检查、装箱、打包、填写包裹详单，处理掉十二斤重的书和茶叶，总共花去了十分钟时间和一百七十块人民币。

卸去辎重，后腰立刻舒服了许多。邮局门外不远就是火车站前的停车场，上面停满了开往省内各地的长途班车。一辆去抚州的车正要走，我赶紧上了车，找到座位坐下。从到达到离开，我在南昌前后停留了不到半小时。

车上有一半座位还空着。按老规矩，司机在城里转悠着四处拉客，等到他终于驶上一条出城的公路时，所有座位都已坐满，但司机仍不满足，只要看到路边有人招手立刻停车。有人上车，售票员就从座位下面抽出小凳子，让他们坐在过道上。

过了一会儿，一个全身披挂的年轻的牛仔服姑娘上了车，坐在我旁边的小板凳上。她的手腕上戴着镯子，脖子上挂着一条粉红色的塑料项链，头戴一顶贝雷帽，上面写着“Smile”（微笑）。我猜想，这大概是个衣锦还乡的打工妹，要让乡亲们见识一下大城市的时尚。她一坐下来，就跟着车载电视里播放的MV哼个不停——大概都是她在工厂上班的时候学会的。不管怎样，她浑身洋溢的快乐晃得人睁不开眼。

一个半小时后，金山寺到了，售票员喊我下车。巧的是，牛仔服姑娘也到站了，我们一起下了车。这是国道旁的一个岔路口，岔路通向山里的大金山寺，附近只有两三家路边小店。长途车抛下我们，继续向抚州开去，我转头问姑娘去哪儿。我本以为她是去庙里找人的，但根本不是这么回事。她也不是什么回家探亲的打工妹，我完全猜错了。姑娘家住南昌，但她丈夫的老家就在附近，面前的路边小店中有一家就是她的公公婆婆开的。每到周末，她常会回来帮婆婆照看这家杂货店。

路口距离大金山寺还有一段路，我正发愁找不到交通工具，姑娘走进她婆婆的杂货店打了个电话，眨眼之间，从山上下来一辆摩托。开车的是个十五岁的少年，他说去庙里要八块钱。这价钱比他的脸还黑，但既然是牛仔服姑娘好心找来的，也只能忍痛接受了。我跨上摩托的后座，向三公里外的大金山寺飞驰而去。

红墙碧瓦的大金山寺看上去气势不凡，同时又有着一种柔和的腔调。寺院的后山上矗立着始建于公元8世纪的金山寺，它几经毁建，早已不复当年面貌。但由于山顶地势逼仄，所以如今的规模与唐朝时相比恐怕不会有太大变化。它最多能容纳一百名比丘尼，而对于雄心勃勃的方丈来说，这个局面太小了。作为金山寺的扩建工程，山脚下新建的大金山寺如今已经有常住比丘尼二百人，等到工程全部完工之时，更将达到千人以上的规模，这比现今中国最大的寺院还要大上两到三倍。大金山寺工程的主要资金来自一个香港的服装公司老板，他是净慧的重要施主之一，《禅》杂志的主要资助者，柏林寺的重建他也有份参与。

这是一张典型的中国式关系网——金山寺方丈印空法师的师父是本焕禅师，而本焕和净慧都是湖北人，两人的交情可以追溯至五十多年前，即 20 世纪四五十年代，虚云老和尚在广东韶关先后恢复了两座禅宗祖庭——南华寺和云门大觉禅寺，并将南华寺的住持之位传给了本焕。不久之后，净慧就在云门寺受戒，做了虚云的侍者。这两座寺院都在韶关附近，相距不过百里之遥，两寺的僧人必定经常来回走动。所以，后来本焕重修了四祖寺之后，就请净慧前来住持，而净慧又将香港大施主介绍给本焕的弟子印空。关系就是这么回事。没有关系，任何人在中国都将寸步难行。我也不例外。

我在寺院里四处溜达时，遇见一名比丘尼，她领着我走进一座带院子的四层建筑。这里是金山寺尼众佛学院的所在地，一层是厨房、食堂、会客室和办公室，二三层是比丘尼的宿舍，顶层则是教室。我们进了会客室，见到知客妙为，她让我稍候，说要去找监院来和我相见。趁她去找人的工夫,我和带我来的比丘尼聊了起来。比丘尼名叫顿慧,是北京人，现在佛学院教授书法。她的入门师父是净慧。这样说来，我也算是同门师兄了。

我正跟顿慧套近乎，妙为引着监院顿成进来了。她把我们带到隔壁的一间大会客厅，在一张大会议桌的一端坐下。顿成问我有什么需要帮助的地方，我简单地说了自己的旅行计划，然后说，我拜访过净土宗的尼庵，但尼众禅院则是第一次来。我想知道她们选择禅宗的原因。

顿成说，每个人的原因肯定是不同的，但都跟缘分有关。拿她自己来说，她是广东人，出家的机缘是在广州遇见印空法师，并被深深折服，于是便一直依止在印空门下，并已继承了印空的法嗣。1985 年，她随印空从广东北上，来此重修金山寺。我没问她的年纪，不过她看起来大概有四十五岁。

我又问尼众禅院的修行与僧众道场有无区别。她回答说，僧尼在修行上没有差别。一切都围绕着禅堂进行。山顶的金山寺里有一座可以容纳八十人的禅堂，因为空间不够，所以全寺比丘尼只能轮流入堂禅修。不过，一座新禅堂正在大金山寺的宿舍后面兴建，将可容纳二百人。云居山真如寺的僧人们帮她们制定了禅堂规约，如今，真如寺和金山寺已结成了“兄妹禅院”。

金山寺所有的比丘尼，无论有无职事，每天至少要入禅堂坐香一次。对于尼众佛学院的学生来说，因为课业繁忙，基本上一天也只能进一次禅堂。而大多数常住比丘尼则每天多次坐香，最多者可以达到十四次。虽然听起来很多，但既然是禅宗道场，如此高强度的禅修也是应有之义。

顿成又介绍说，每年冬季还有一次为期七周的禅七，从 11 月下旬开始，到来年 1 月中旬农历新年前夕为止，除少数有重要职责在身的比丘尼之外，全寺尼众都要参加。也有比丘尼专程从外地赶来参加。不过，因为禅堂空间有限，众人只能轮流参加。

禅七期间，每天的坐香次数从十四次增至二十四次，每支香持续的时间不等，由长到短依次为六十分钟、四十五分钟、三十分钟和二十分钟，这四节为一单元，循环六次。每两节坐香之间是十分钟的跑香，除此之外还有用餐时间。这样算下来，一天之中留给睡眠的时间不到四个小时。如此强度的修行接连持续四十九天，堪称魔鬼训练。但这也正是禅七的目的所在——唯其如此，才能破除我执的迷障。禅七期间，禅堂的班首每周会为各人的修行进展做一次评估，而印空方丈也会为大众做一场开示。

顿成说：“要论干体力活，比丘尼可能比不上比丘，但说到打坐，男女是毫无分别的。话是这么说，但是皈依净土宗、念佛名号修行的比丘尼还是比修禅宗的多很多，因为修净土有阿弥陀佛护持，修禅宗只能靠你自己。所以修禅宗的比丘尼一直都很少。但现在情况也在发生变化。

“有很多比丘尼出于好奇来到我们这儿，她们以前从来没接触过禅修，进了禅堂坐过几支香就走了，留下来的都和禅有特殊的缘分。除了打坐，我们也读经，主要学《金刚经》《维摩诘所说经》和《楞严经》，还有历代禅宗祖师的教法。

“有些比丘尼知道我们这里是禅宗寺院，她们来这里就是为了禅修。还有些是来寻求一般性的教诲，但接触了禅之后开始产生兴趣。所以我们开办了尼众佛学院，让比丘尼们先有机会接触和了解禅，然后再进入实修。我们这里所做的一切都和禅有关。另外，我们也很重视僧伽制度与规约。我们使用的规约是云居山真如寺创立的。”

我问她佛学院学生的成绩如何评估，她回答说：“学佛的进展不能简单地依靠考试成绩或者时间长短来衡量。我们通常会这样考验学生，让她去做一件以前没做过的事情，看她如何处理。通常这样可以很容易看出各人修行的程度。修行好的学生遇到困难的时候依然可以保持良好的心境，而那些不用功或者用错功的人就很容易被挫折影响。所以我们会经常观察学生的修行，倾听她们的感受，根据每个人的状况具体地指导她们。有的人一点就透了，有的人怎么都不明白。但不管怎样，我们都会告诫学生要耐心。修禅是不能着急的。”

她还提到，现在对禅宗感兴趣的人大部分是受过良好教育的人。“不管是出家人还是在家居士，上过大学的越来越多。”这似乎有点矛盾，因为知识和教育往往是觉悟的障碍（知见障）。于是我提出了质疑，顿成回答说，这是两回事。这种趋势反映的是受教育程度不同的人群，在修行道路的选择上会有所不同。整体而言，教育程度高的人更愿意选择禅宗，而教育程度低的人则更多地选择净土宗。

“不管选择哪条道路，一旦开始修行，早晚都要学习经典以及历代祖师留下的言教。我们鼓励比丘尼学习这些经典和言教，但是不要忘记，学习它们是为了回到自己的内心。要点是修心，而不是修文字。有人读了佛经之后就觉得自己开悟了，这是盲目。我个人最喜欢的经典是六祖

《坛经》，读过之后领悟很多，但它代替不了修行。这就好比你在书上看到一个很美的地方，你很想去。想去就得迈开两腿走路，而不是继续读书——不管读多少遍，你也到不了那个地方。修行就是这个意思。要行，而不是坐在那儿看、想。”

我问她，中国还有没有别的尼众禅院。她说吉林的磨盘山好像还有一处，不过她也是道听途说，至于是有一群比丘尼在那里修禅宗，还是有一座比丘尼禅宗道场，她也不太清楚。

我又问是否能拜见一下方丈。她回答说，印空方丈到抚州去了，不知何时能回来。我还没来得及失望，顿成已经拿出手机拨了个号码。电话通了，顿成说了我的来历，印空在电话里让她安排我先住下，等她晚上回来。就在这时，外面来了一群女居士，我们的谈话就此结束。告别之前，顿成送了我一本关于印空方丈的小册子，还有一本介绍中国禅宗比丘尼的书。

在佛教的历史上，比丘尼几乎是一个完全被忽视的群体，关于她们的资料少之又少。顿成送给我的这本书叫《禅林珠玑·比丘尼篇》，它收录了十二位古代比丘尼的传记，其中七位是清朝人。这本书曾于 1994 年在台湾出版过，不过我在台湾时没见到过。也许印数很少，早已绝版。

我跟着顿成回到客堂，然后妙为领着我去了客堂后院的贵宾接待室。这是一间摆满桌椅沙发的巨大厅堂，在房间的一角有两张床，旁边还有个带淋浴的卫生间。这就是我今晚睡觉的地方。虽然有点意外，但也在情理之中。金山寺平时恐怕很少接待男性访客。

我躺下感受了一下，床似乎还不错，至少睡个午觉没什么问题。小睡之后，冲了杯咖啡，我拿出顿成送的书，准备读上几页。暖瓶里的水是温的，咖啡很是失败。翻开《禅林珠玑》，刚看了题目，还没来得及翻页，就听见外面有人敲门。来人是妙为和另一名比丘尼。她们受顿成的委派，要带我去游览山顶的金山寺。我自然恭敬不如从命，跟着两位向导出了门，沿后院的走廊走到贵宾接待室的背后。这座院落的唯一入口居然开在房子的背后，显然，这是为了避免闲人乱闯而特别做的设计。

出了院门，旁边就是正在施工的新禅堂工地。从旁边经过的时候，我突然被脚下的泥土吸引了。这是一种深褐色的土壤，经过前几日雨水的浸泡，它黏性十足，踩在脚下发出咕叽咕叽的声音。来中国前，有个艺术家朋友请我帮她带点黏土回去。她收集世界各地的泥土，把它们倒进浴缸，放水冲刷，然后用相机拍下泥土在浴缸里冲淤出的肌理。她对泥土的唯一要求是越细越黏越好，对于挖泥的具体地点倒无所谓，只说我觉得合适就好，我也没有多问。现在，脚下的这片烂泥看起来又细又黏，显然符合要求，而且将来这里会建起一座尼众寺院的禅堂，从地点上来说也再合适不过。我立刻从背包里掏出一只早已准备好的夹链密封袋，蹲下身子，抓起地上的烂泥，装了满满一袋。两名比丘尼停下脚步，看着我像神经病一样玩着泥巴，不过她们什么也没说。

走过禅堂工地，一道通向山顶的石阶出现在眼前。拾级而上，山中满目苍翠。我们在途中休息了两次，还不时地在山道旁驻足闪避，为下山的比丘尼让路。她们扛着扁担，一趟趟地往山上挑日用品。山居固然清幽，但也无疑是辛苦的。

十几分钟后，山顶到了。这是一片并不宽敞的空地，拥挤地矗立着过去二十年来逐渐扩建而成的金山寺。在寺庙的夹缝里，还能看见几座地方神祇的神龛，它们很可能在佛教徒来到山上之前就已经存在了。山在中国文化里一直扮演着沟通天地的重要角色，而金山是附近方圆数十里之内唯一的山岭，古人选择此地作为举行各种仪式的场所是很自然的事。占据山头的神灵可能不知道换了多少拨了，但看上去他们都能和谐相处。

我们进了客堂，妙为请来知客和首座与我相见。知客介绍说，1985年，地方政府请印空法师来此重兴金山寺的时候，原址上只有一地的瓦砾。如今，二十年过去，山顶已经挤满了房子。这大概是印空法师所始料不及的。山居虽好，但空间毕竟有限。所以方丈后来改变了计划，将来大金山寺最终建成之后，所有比丘尼都搬到山下常住，山顶的金山寺只作闭关修行用。

首座比丘尼的法号是道悟。她问我想不想参观禅堂。通常情况下，寺院的禅堂是不向外人开放的，我要是想看必须小心提出请求，并且不是每次都能获准。由此可以想见，金山寺的比丘尼很以她们的禅堂为荣。我当然不会拒绝如此盛情，于是跟着道悟出了客堂，穿过重重院落，来到一座平面八角形的四层建筑前。禅堂在它的二层。

金山寺的禅堂看上去和其他禅宗道场没有任何不同。禅堂里悬挂的钟板一望而知是临济宗的形制：长方形，上边削去两角。道悟告诉我，印空方丈是临济宗第四十五代法嗣，金山寺自然用的是临济钟板。钟板形制的不同，在我看来是禅宗各派之间唯一的区别。

我们又上到第三层，这层是一座佛堂，中心佛坛上供着一尊卧佛。在中国的寺院里表现佛祖涅槃相的卧佛并不常见，因为它会让人联想到死亡，中国人视之为“不吉利”。但金山寺的比丘尼们显然没有这方面的顾虑，她们出家的目的就是为了直面生死，试图从中得到解脱。这座佛堂是给居士们做法事用的，如果每年交六十块钱，你可以得到一块写着自己名字的纸牌，挂在佛堂的内壁上，如此一来，佛堂里举行任何法事所积累的福报，你就都能分到一杯羹了。纸牌的颜色也有讲究，红色祈求长寿，黄色超度亲人往生。佛堂四壁上挂着数百块红黄两色的纸牌。

我们继续向上，来到顶层的佛堂。这里着实让人大开眼界，佛堂的四周沿墙摆满了佛龛，里面供奉着上千尊一尺高的镀金木雕佛像，一眼望去非常壮观。但这些还不算稀奇，真正稀奇的是佛堂中心悬挂着的一盏巨大的镀金枝形吊灯，它的设计极为精巧华丽，估计到了晚上，一定流光溢彩灿若星河。吊灯的下方是四尊镀金木雕大佛，每尊足有四米高，端坐在木雕的莲座上。更为神奇的是，莲座是可以转动的，这真是个有想法的设计，不过很不幸，转动的装置已经坏了。

天色渐暗，我谢过道悟，跟着我的两位向导朝山下走去。回到大金山寺，刚好赶上晚饭。我本想去斋堂，不料却被妙为带到了招待贵宾的小餐厅。进了一个包间，我发现菜居然已经上齐了，七八个盘子里面盛

金山寺禅堂入口

着各种素菜，其中有我最爱吃的炖土豆、炒面筋和香菇豆腐，简直是饕餮盛宴！而我是唯一的客人。我入了席，甩开腮帮子大吃起来。正吃得痛快，厨师从外面走了进来，她看上去已经年届七十，一口牙几乎掉光了，但是笑容极富感染力。她问我饭菜是否可口，并鼓励我多吃点。我为自己不能吃光桌上所有的食物而感到深深抱歉。我考虑了一下是否应该把密封袋里的烂泥倒掉，然后把剩菜打包。但转念又一想：打了包又能怎样？可以肯定的是，我在金山寺里绝对不用为吃喝发愁。还是留着烂泥吧。

饭后，我回到住处冲了个澡，然后坐在桌前写日记。这时候，外面又有人敲门。一位比丘尼在门外喊：方丈回来了！我赶紧穿好衣服出了门，在比丘尼的引领下来到一楼的一个大套间。这是印空方丈的住处。印空已经八十五岁了，她的个子很小，但是精力旺盛。她是这块地盘的绝对主宰。印空请我在她身旁的椅子上落座。我们谈话的时候，周围热闹非凡。有十几名比丘尼同时待在这间宽敞的会客厅里，有的在谈笑，有的在看电视、吃点心，还有人跑前跑后的忙碌，感觉就像一处私人会所，而不是寺院方丈的客厅。

印空法师是个健谈的人，但不幸的是，她的赣东方言非常难懂。不过，好在顿成送给我的那本小册子里介绍了她的生平，我事先已经对她的经历有所了解，谈话遂得以勉强进行。印空的家就在金山脚下，她生于1921年，从小在这里长大，十九岁出家为尼，拜在本焕长老门下。1941年，她回到抚州地区，四处募化筹款，计划重建金山寺。要知道，1941年正是抗战烽火连天之时，在这样的环境里弘法需要莫大的勇气。印空用了六年时间，在金山顶上建起殿堂，住寺比丘尼达六十人。中华人民共和国成立后以后，她又将比丘尼组织起来，创办了尼众织布厂，织布的时候，大家一起念诵阿弥陀佛名号。但宗教政策很快有了变化。

1955年，印空决定前往南昌西北边一百公里外的云居山，向住持真如寺的虚云老和尚求教。这位禅宗泰斗时年已经一百一十六岁，四年前的“云门事变”中，他被人毒打囚禁，此时身体仍未康复。预感到山

江西临川大金山寺住持印空法师

雨欲来，虚云老和尚已经开始安排自己门下的弟子们出国或者到山野间避乱。他给印空的建议是，去广东找她的师父本焕长老。印空照他的建议做了，并且后来成为本焕的传人。

“文革”开始，印空修复的金山寺很快就被红卫兵捣毁，寺里的比丘尼被迫还俗，接受“再教育”。这场风暴终于平息之后的1985年，抚州政府特地邀请印空回山重建金山寺。她回到金山寺，看到的是一地瓦砾，原先可以住六十名比丘尼的寺院现在只剩下一座仅够三四人容身的破房子。她又花了八年时间重建寺院，这次修成的殿宇远比抗战时期恢宏，甚至超越了金山寺在唐朝时的辉煌。寺院落成，她又决定建一座尼众佛学院。1994年，佛学院落成开课。三年之后，她建成了一座禅堂。1999年，她开始在金山寺举行冬季禅七。

随着尼众人数的增加，她开始在山下筹建大金山寺。与此同时，她又在江西省西部的上高县九峰山重建另一座尼众道场九峰禅寺。九峰山又称末山，是唐朝比丘尼末山了然禅师曾经的道场。而现在，按照印空法师的计划，九峰禅寺将成为一座真正的禅修中心。她将严格按照云居山真如寺的规约来管理九峰寺。比丘尼若要进入九峰寺修行，必须先在大金山寺完成三到九年的佛学院课程。看来，在中国擅长把理论与实践相结合的不仅有马克思主义者，菩提达摩的弟子们亦复如是。

印空告诉我，九峰禅寺的最大特点是，它将像真如寺以及历史上其他的禅宗寺院一样，拥有可供修行人劳作的土地。她说：“过上自食其力的生活对修行人非常重要。修禅不光是修心，还要修身。禅就是生活。这种修行是要花时间的，不是一两个月，而是好几年，甚至一辈子。没有耐心的人不能修禅，她们只能去修净土，念阿弥陀佛。修禅需要很大的毅力，这不是每个人都能做到的。”

她说净土宗就像基督教，强调的是虔诚，而禅宗强调的是自立。接着，她指了指我的茶杯，说茶要凉了，如果我不尝一口，是不会知道茶的味道的。我端起茶杯啜饮了一口，突然意识到时间已经很晚了。我谢过印空方丈，回到自己房间，再次打开了《禅林珠玑》。

《禅林珠玑·比丘尼篇》的第一篇传记正是末山了然禅师的。末山了然生活在9世纪末期的晚唐年间，她是南昌附近的高安县人，出家在高安大愚山真如寺，跟随大愚禅师学法。得传大愚法嗣之后，了然来到九峰山，修建了自己的道场。九峰山别名末山，末山了然的名号就是从此山得来。了然在末山的道场非常成功，她的门下不久便吸引了超过五百名比丘尼，成为赣中著名的尼众道场。

末山日渐卓著的声誉吸引了一名僧人的注意，此和尚名叫灌溪志闲（公元895年入寂），他是临济义玄禅师门下的著名弟子，素以禅风峻烈闻名。灌溪志闲专程来到末山，想看看远近闻名的了然禅师到底是什么路数。他上得山来，站在九峰禅寺的山门外大嚷：

> "若相当即住，不然即推倒禅床。"便入堂内。
>
> 师（指末山了然）遣侍者问："上座游山来？为佛法来？"
>
> 溪（指灌溪志闲）曰："为佛法来。"
>
> 师乃升座。溪上参。师问："上座今日离何处？"
>
> 曰："路口。"
>
> 师曰："何不盖却？"
>
> 溪无对。始礼拜，问："如何是末山？"
>
> 师曰："不露顶。"
>
> 曰："如何是末山主？"
>
> 师曰："非男女相。"
>
> 溪乃喝曰："何不变去？"[①]
>
> 师曰："不是神不是鬼，变个什么？"

①灌溪志闲禅师在此引用了《维摩诘所说经·观众生品第七》中的典故：舍利弗见天女神通广大，就问她：你既有如此神通，为什么还是女身？天女为了启发他，就把自己变成舍利弗，把舍利弗变成天女。——作者注

溪于是伏膺。作园头三年……溪住后上堂曰："我在临济处得半杓，末山处得半杓，共成一杓吃了，直至如今饱不饥。"

这一杓吃得我也挺饱。该睡了。

第十二章　不辨东西

斋板响了，我躺在床上没动。为了节约时间，旅行中我一般不吃早饭，顶多在床上喝杯咖啡了事。但是，外面响起了敲门声，比丘尼隔着门告诉我："您的早饭准备好了。"如果她说的是"早饭准备好了"，我大可婉言谢绝，但她明确指出那是"我的"早饭，我只能乖乖下了床，穿戴整齐，回到昨晚吃饭的餐厅。

"我的"早饭已在桌上恭候：一大碗小米粥，一盘红辣椒炒芥菜，还有一个大白馒头。我根本没做好如此大吃一顿的思想准备，可是昨晚那位笑容可掬的厨师又开始不断地鼓励我多吃，所以我只好把它们全都消灭掉了。打着饱嗝回到房间，困意又上来了——要不怎么说旅行中不宜吃早饭呢——于是躺回床上，再睡了一小觉。当然了，吃完早饭还能再睡一觉，这也是一种福分，一种上班族们难以享受到的福分。

睡罢"晨觉"，已是9点来钟。我下了床，收拾好行囊，去客堂向比丘尼们告辞。妙为听说我要走，立刻给印空方丈打了个电话。几分钟以后，老法师出现了。她让我再多待几天。我看得出她不是客气，但我也还有任务在身。我说，我真的该走了，但以后还会再来的，我很有兴趣拜访她正在末山兴建的禅修中心。于是她说也好，那就尽快再来吧。这话听起来就像是："趁着咱们都还没死。"然后，她提议我们去寺院里的观音像前面合影留念。这种建议从来都是由客人提出的，但印空方丈是个主动的人，大概每个来访者都曾向她提过这个建议。她拽着我的胳膊一起走出了院子，逐级而下，向大雄宝殿走去。

我们边走边聊。我发现，金山寺周围茂密的山林似乎保护得很好，便问方丈附近是否有野兽出没。印空回答说，她1985年回到这里的时候，山里还有老虎，还是最原始的虎种华南虎，其他的虎亚种都由它进化而来。华南虎的体形较小，但比狼大，也比狼更危险。印空说，现在老虎已经没了，但山里还有野猪，而且它们比老虎更危险，因为野猪掠食时通常集体出动。

我又问她附近为什么没有农民开垦耕地。她说这是政府的功劳，是为了让金山寺保持幽静的环境。印空与当地政府协商，最终政府同意在寺院的周围留出一大片受保护的山地。可以想象，印空法师在和官员们打交道的时候，大概没有人会对她说个“不”字。她也是有任务在身的人。

我们终于走到大雄宝殿前面，侍者接过我的相机，为我们拍了合影。我又为印空单独拍了一张。赶巧有辆寺院的卡车正要下山，我钻进驾驶室坐下，卡车打着了火，向山下开去。车窗外，印空站在路边不停地挥着手，直到我们消失在视线之外。

卡车把我在国道边放下，然后继续向抚州开去。我考虑了一下要不要到杂货店里去跟牛仔服姑娘告个别，最后决定还是算了，去告别估计又要被留下吃饭。

我站在路边拦车。过路的长途车虽然不少，但今天是周末，每辆车都装得满满的。它们呼啸而过，看都不看我一眼。终于有辆车停下了。它艰难地开启了车门，里面的人并不比其他车少，但我哪有心情挑剔，赶紧挤上车，做好了当沙丁鱼罐头的准备。没想到车刚一开动，售票员就转过头去，让一个年轻姑娘给我让座。那姑娘居然也就同意了。我惊讶不已，赶紧推辞，但老实说，推辞得并不坚决。推辞不掉之后，我一边往座位上挤，一边寻思给我让座的原因：因为我是外国人？还是因为我的灰白头发和大胡子？中国人素有敬老的美德，这传统尤其在乡间依然保持得不错。我正琢磨着，那姑娘突然喊司机停车。原来她到站了。也就是说，售票员知道她快到了，所以让她提前把座位腾出来。我立刻感觉好多了，同时也感觉年轻多了。

继续开了没多久，车子抛锚了。但我毫不在乎，反正我有座位。奇怪的是，车上的其他人看上去也毫不在乎。至少有一半人掏出了手机，趁此机会打电话给亲朋好友海聊起来。这么多人同时煲电话粥，感觉就像几十个人一起挤进了公用电话亭。与此同时，司机掀开发动机罩，研究了一会儿，发现是油管出了问题——很可能是这款车的设计缺陷，因为司机对此早有准备，他从座位后面掏出一把金属管，比画了一番，挑出一根长度最合适的，然后弯下腰去，换掉了发动机上那根出问题的油管。换好之后点火发动，汽油立刻喷得到处都是，但司机看起来很冷静，他再度弯下腰，紧了紧油管和发动机的连接螺母，然后盖上发动机罩，继续上路了。

在中国，几乎所有重要的公路都是收费的。我走过不计其数的收费公路。但这一次，我们的司机玩了点我没见过的花样。在距离收费站大约一百米的地方，他停下车，让所有坐在过道小板凳上的乘客下车，然后大摇大摆开过收费站，在站口的另一侧等着那些板凳乘客走过来，重新上车。显然，这里的收费站对乘客的人数是有限制的。

尽管经历了抛锚和收费站的小插曲，回到南昌也只用了不到两个小时。长途车停在南昌火车站外，我下了车，打车赶往长途汽车站，然后买了张去武汉的车票。十五分钟以后，我又上路了。

许多人大概还不太适应高速公路带来的乘车体验。司机刚开上高速路，坐在我后面的一位女士就开始呕吐。这种情况显然时有发生，所以每个座位上都预备了呕吐袋。我们向北开了两个小时，再次经过了依然被云雾笼罩着的庐山，车载电视也像凑热闹一样又放了一遍《古墓丽影》。我们再一次驶过九江长江大桥，然后在黄梅附近拐上西向的武黄高速。一切就像电影回放：几分钟之后，黄梅服务区到了，司机把车开进服务区停车休息。几天以前，我曾在服务区外面的高速公路边徒手翻墙，而且差点把自己撕成两半。今天故地重游，我安静地站在服务区的停车场上，等着重新回到车上。一队大雁从天空中掠过，施施然向北飞去。夏天快要来了。

四个钟头以后，武汉快到了——严格说来，武汉是一个你只能“快到了”，但永远到不了的地方，因为它其实是三座城市：长江南岸的武昌，以及地处江北并隔着汉水对峙的汉口和汉阳。我们先开到武昌，下了一些人，然后从长江二桥过江，在汉口放下另一批乘客。我在汉口的天安假日酒店附近下了车，开始寻找今晚的落脚之处。

我上了一辆出租车，让司机帮忙找个三星标准的住处。他带我去的第一家店索价二百三十块，但是卫生间里没有浴缸；第二家的房间倒是中规中矩，但住一晚要三百五十块，性价比太低；第三家看起来很不正经。于是我们回到第二家（这家的名字叫循礼门饭店），开始讨价还价。饭店的前台解释说，今天是周末，周末的价格自然要比平时高些。不过，最终他们还是同意给我一间豪华标间，房价则降到了二百七十块。这无疑是个令人满意的价格，为了表示感谢，我把早餐券还给了前台。

在房间稍歇了片刻，我下楼走进武汉的万家灯火之中，并立刻被晃得睁不开眼。上一次看见这么多灯似乎是很久以前的事了。我赶紧躲进附近的一条窄巷，找了家小馆子，吃了碗地道的炒面。饱餐之后，我失去了继续探索武汉夜生活的勇气和兴趣，于是踱回酒店，踏踏实实地泡了个澡，并洗干净所有的衣服，然后早早上了床。入睡之前，我在日记本上草草记了几笔，其中一些句子如今读来颇为费解，比如这句：“河流，语言，以及佛法之存在，先决条件是世界的失衡。”我写道，“没有高下之分，就不可能产生运动，没有运动，就不可能产生道。”那天大概是累糊涂了。还有一句：“长途车上要是再放《古墓丽影》，我也要吐了。”

第二天早晨，把我吵醒的不再是比丘尼的敲门声，而是酒店服务员在走廊里吸尘的声音——毫无疑问，我再次回到了红尘世界。翻身下床，我冲了杯咖啡，然后查看了一下日程表，突然意识到自己走得太快了，居然比计划的行程足足提前了五天。于是，我决定给自己放一天假。

我下楼去了大堂，跟前台小姐说要再住一天，然后向她打听最近的火车售票处在哪儿，她说解放路上就有一家。售票处并不难找，而且居然没什么人。花了不到两分钟时间，我就买好了第二天一早去当阳的硬座车票，还有一张三天以后去韶关的软卧车票。按照过去的经验，要想搞到软卧车票你必须得有通天的本领，可谁知道今天不费吹灰之力就已得手，这让我激动得都快找不着北了。我一头扎进售票处旁边的烟酒店，买了瓶“原汁山葡萄酒”以资庆祝。然而事实证明，头脑一发热，就要犯错误。当晚泡在浴缸里的时候，我不幸发现，这瓶所谓的山葡萄酒寡淡如水，酒精度还不到百分之五。酒瓶的标签上介绍说，这种酒以长白山区的野生山葡萄为原料，并调入长白山野蜂蜜发酵酿制而成。长白山——我突然想起，顿成好像说过，那儿也有禅宗的比丘尼道场。

最新的考古资料显示，中国人酿造葡萄酒的历史可能早于其他所有已知的古代文明。在河南省舞阳县的贾湖遗址，考古学家从一些九千多年前的陶器残片上发现了发酵过的葡萄残留物，化验结果显示，这就是新石器时代的中国人祖先所酿制的葡萄酒。在同一遗址还出土了世界上最早的乐器，一批制作工艺颇为精湛的七孔骨笛——音乐、美酒，再加上刚刚驯化成功的猪，贾湖人民的生活简直比蜜甜。

奇怪的是，新石器时代之后，葡萄酒就从中国人的食谱中消失了，一直到了二千多年前的秦汉时期，才经由丝绸之路从中亚重新传入。即便如此，它也没能在中国再度流行起来。此后的中国人似乎更偏爱那些用谷物酿造的烈性酒。贾湖人的伟大发明就这样被他们的后人像敝屣一样抛弃了。

我把山葡萄酒拿回酒店房间，然后开始琢磨怎么打发这一天时间。我没有在旅行计划里给自己安排假期，这可能是个疏忽，以后要吸取教训。但这事的确难以提前计划，只能妙手偶得，绝不可刻意强求。比如在九江那天，我随便给自己放假就被证明是个严重的错误，结果瞎折腾了一天，非常失败。所以，这次我决定小心谨慎，一切从简，绝不冒任何无谓的风险。我甚至选了一处以前去过的地方，那地方跟禅八竿子都打不着，它位于汉水对岸的汉阳，在一座小公园里的小山包上，名字叫作“古琴台”。

小公园离循礼门饭店很近，打车去只要五分钟。在公园门口买好门票，我朝小山包走去。起风了，那些在枝头坚持了一个冬天的枯树叶终于纷纷飘落，为日益浓厚的新绿腾出地方。落叶在我身旁盘旋飞舞着，阳光缤纷起来。

小山包上坐落着古琴台纪念馆。纪念馆的看门人在门口支了张桌子，上面放着一张古琴。花上两块钱，你就可以坐在桌前拍一张抚琴的照片。我交了钱，在古琴前坐下，看门人手把手地教我摆好姿势和手指的位置，并告诉我，我现在弹的是《高山》。此言一出，我便觉得今天过得很有意义了。

《高山》出自两千三百年前的古人俞伯牙。据说，伯牙当年就是在这座小山包上首次弹奏《高山》的。从此地向东遥望，是汉水汇入长江的江口，只要天气合适，伯牙常在此操琴。尽管琴艺出众，但他并不喜欢当众演奏，因为他认为没有人真正理解他的音乐。

这一天，一名上山砍柴的樵夫路过琴台，正逢伯牙操琴，于是站在一旁静听。一曲终了，樵夫叹道：这么美妙的音乐，我以前从未听到过。伯牙闻言颇感意外，他没想到一个砍柴人居然能够欣赏他的艺术。他决定考一考樵夫，于是演奏了自己谱曲的《高山》，然后问樵夫有何感想。樵夫回答说，他仿佛听到了泰山巍峨耸立的群峰。伯牙几乎惊呆了，于是重新调弦，又弹一曲，这回是他的另一首作品《流水》。曲终再问，樵夫说他听到了长江浩荡奔流的江水。这下伯牙惊喜得无以复加，因为他终于找到了懂得欣赏自己的人。这名樵夫的名字叫钟子期，伯牙子期从此成了至交好友，而“知音”也从此成了中国人对挚友的最高级称谓。

故事还没讲完。由于名声在外，伯牙被邀至北方的晋国出任大夫。几年过去，他乡情日切，并深深思念自己的知音，于是辞官致仕，回到汉阳。不料归来之际，却惊闻钟子期已经去世的噩耗。丧乱之余，伯牙来到子期坟前拜祭，回想起友人生前种种，愈加悲从中来，难以自抑，竟在坟前摔破心爱的乐器，发誓终生不再操琴。子期已逝，这世上再无知音。

这已经是我第四或第五次造访古琴台了，但我从未去过钟子期的墓地。我曾动过念头，但没有人知道他的墓在哪儿。曾经有一张旧地图上，在边缘处标着个小箭头，下面写着“钟子期墓”，可箭头的方向却指向地图之外。上次来时，小公园门口的工作人员告诉我，子期的墓已经不

汉阳龟山，古琴台上奏《高山》

在了，五年前，那里盖起了一片住宅楼。我来晚了，她说。

拍好照片，我跟着看门人往纪念馆里面走。在大厅的两头，各有一排柜台。一边出售饮料和各种书籍，另一边摆着各种样式的古琴。看门人把我介绍给古琴柜台后面的那位。他姓吴，是纪念馆的前任看门人，现已退休。从老吴的嘴里，我听到了俞伯牙、钟子期故事的“权威”版本。

首先，两人的真实名姓应该是伯牙和钟期。明朝小说家冯梦龙在他的作品《警世通言》里自作主张，为伯牙加了个姓，给钟期添了个敬称“子”。另外，钟期遇见伯牙的那天，也许的确在山上砍了点柴，但更重要的是，他出身于音乐世家，祖上三代都是宫廷乐师，钟期本人也是一名很有造诣的音乐家。老吴甚至拿他和贝多芬相提并论。总之，他的专业绝不是砍柴。最后，老吴证实说，伯牙和钟期二人的确是在古琴台所在的这个小山头上相遇的，时为公元前278年。

老吴的信息许多来自新发现的地方史志。他将一本新出版的当地文史资料汇编拿给我看，那书又厚又重，买下来带走是不现实的。我翻到相关的文献略读一遍，然后抄了些在日记本上。除了研究文史，老吴现在的主要营生，或者说打发时间的方式，就是在这儿售卖古琴。他卖的都是历代名琴的仿制品，每张琴各有名字，比如“号钟”“绕梁”“绿绮”“焦尾”等等。名字背后当然还各有了不起的来历，比如，焦尾琴取材于一段烧了一半的优质梧桐木，东汉时期的著名文人蔡邕将它从火里抢了出来，制成这张名琴。据老吴说，他仿制的焦尾琴也不简单，木料是从古建筑上拆下来的。他卖的每张琴，原料都是至少有两千年历史的老木材。这些仿制品每件标价四千六百块人民币。要是我真的会弹《高山》，而不只是摆个造型糊弄人，听完老吴滔滔不绝的介绍说不准还真会掏出钱包买他一件。

谈话之间，我提到自己曾经想去拜访钟期的墓地，可惜来晚了。老吴一脸茫然地问我什么意思。于是我告诉他，上次来时有人告诉我墓地已经被毁。老吴说哪有此事，墓地一直都在，他甚至表示第二天可以陪我一起去。我说第二天我就得离开武汉了，于是他立刻在纸上写下墓地的地址，让我交给出租车司机。我连连称谢，然后飞一般地离开了古琴台。

为保险起见，我在公园门口顺手买了张武汉市地图。没承想，连卖地图的妇女也知道钟期墓。她不光知道，还亲自去过，而且碰到了前来扫墓的钟期后人。据她说，他们每年都会从各地赶到武汉扫墓。想想看，一个活在两千三百年前的人到今天还被他的子孙惦记着。这也就是在中国。我多希望自己也有这么一位国士无双的老祖先啊。

路边正好停着一辆出租车。我上了车，把老吴写的纸条递给司机。不幸的是，司机从来没听说过这个地方，埋头看了半天地图也毫无头绪。无奈之下，他只好打电话给公司的调度求助。几分钟后，调度终于回电，为司机指明了方向。我们上路了。沿着国道向西开了三十分钟，出租车在一座马鞍形的小山冈前折而向南，开进一条不太长的过山隧道，不一会儿，便从山冈的南面钻了出来。司机把车停在路边，向一位当地的农民问路。农民指了指不远处一条朝东的土路。又开了两百米，前方出现了一座凉亭。

司机把车停在土路的尽头，我下了车，沿着小径穿过一片怒放的桃花、一方水塘和一条溪流，来到凉亭跟前。亭子里有一块当地政府树立的石碑，刻于1983年，碑文的内容与老吴在琴台讲的故事大致不差。碑亭后面就是钟期的墓冢，冢上的荒草疯长了一年，已经快要把墓冢埋没了，好在墓碑上镌刻的墓主名姓还清晰可辨。再过十天就是清明节，中国人传统的扫墓日，钟期的后人想必也会在那时赶来，将荒草清理干净的。

踏破铁鞋，终于来到钟期墓前。我躬身向这位古人致敬，向他和伯牙的友谊致敬，也向二人在心灵之间传递的领悟致敬。如此说来，这一天假期也并非与禅全无关系。礼毕，我回到凉亭，倚在栏杆上静听溪水流过和山风吹动的声音。正出神时，远处走来一名男子和一个小男孩。他们走到墓冢前，大人给孩子示范如何拱手，如何向墓冢鞠躬致敬。两人先后向钟期三鞠躬，然后又向来时路走去，重新消失在远方。我也准备离开了。

楚隐贤钟子期之墓

穿过桃园时，一只野雉受了惊吓，扑棱着翅膀向山上飞去。出租车前，司机正跟一名农夫聊天。农夫说，如果从马鞍形的山冈上看，钟期墓周围由溪水勾勒出的地形就像一只凤凰的脑袋。他还说，山脚下从前有过一座寺庙，名叫崇兴寺，1968年时被捣毁了。寺院里的和尚再也没有回来。他小的时候常常在寺院的废墟上玩耍，他还记得自己曾经一次次地敲响寺院里的大钟，专为听那钟声由强渐弱最后归于寂静。

上了出租车，我们掉头往回开。司机变得很兴奋，找到了武汉名人钟期的墓地，这对他来说也是重要的收获，他迫不及待要把这消息告诉家人。他说，下个礼拜天他就带上老婆孩子一起来看。接着，他又建议我们走另一条路返回市区，以便我更好地领略武汉风光。他驾车穿过一片新开辟的工业区，然后是一大片名叫“东方夏威夷国际花园”的新建住宅小区。我努力做出一副很有兴趣的样子。

半小时以后，司机把我送回酒店门口。车费一百四十块人民币，这对他来说是笔不错的买卖，而我也觉得相当合算。我点出钞票，他半推半就一番之后收下了。转身上了酒店的台阶，我赫然发现一名外国人。这是自洛阳之后我遇到的第一个外国人，他西服革履，正站在门口抽烟，高卢牌香烟熟悉的味道在空气里飘散。我点头打了个招呼，他避之不及似的赶紧把头转向一边。想想也是，我穿得像个砍柴的，人家不定得多难堪呢。

我的后腰又开始疼了，好在武汉不缺盲人按摩。前台的服务员建议我去解放路找找看，我去了解放路，却只找到一家按摩院，还是挂羊头卖狗肉的那种。前台服务员显然误会了我的意思。我继续穿街过巷，几乎快要放弃的时候，突然在台北路上看到一家“中西医结合门诊部”的招牌。天色已晚，门诊部似乎已经关门了。我试探着推了下门，居然开着，于是冲里面喊了一声。过了一会儿，一个穿着白大褂的男人从门帘后面冒了出来，他叫张健民，是这家诊所的主人。

我问他是否提供按摩服务，张健民说，他有比按摩更好的手段。按摩只能治标，他的手段则能治本。进了诊所坐下，先号脉——这是中医里我最喜欢的部分，它充满着人性的光辉，比冰凉的听诊器强太多了。通过切脉探察人体的气血运行，进而诊断疾病的方法是中医的古老传统，在武汉地区尤为盛行。事实上，切脉的方法最初正是从湖北发展起来的。公元3世纪，居住在荆州的名医王叔和经过长期的实践总结出脉诊法，掌握了倾听人体的能力。如果把人体的脉搏比作《高山》《流水》，王叔和无疑就是钟期。上次来湖北旅行时，我曾花了一天时间专程前往武汉东北五十公里外的麻城，拜谒王叔和的墓地。

张大夫号过脉之后，他的助手又进来给我量了血压（100/80）——果然是“中西医结合”。张大夫说，我的肾有点虚，并且气血淤滞不畅。大概是为了让我对诊疗增强信心，他还拿了一摞刊有其事迹的杂志和报纸给我看。接着就开始治疗了。我上了治疗床，面朝下趴着，先来了一通推罐疗法。火罐吸在背上四处游走，偶尔会因为吸得太紧推不动而让我痛苦不堪。推罐之后是针灸，银针沿着脊柱插了一排。最后，他的助手又给我来了几针肌肉注射。这一手是我没想到的，我甚至没想起来问一句注射的是什么。管他呢，反正也来不及了。估计也无非是些维生素什么的。一个钟头之后，治疗结束，诊金八十六块。结过账，张大夫坚持拉我在诊所门口跟他合了张影。背景上的诊所招牌煞是醒目：普爱中西医结合门诊部。普爱中西，多么崇高的理想，可惜没怎么实现过。

第十三章　不分南北

一觉醒来，腰果然不疼了。遵医嘱，我给张健民挂了个电话报告病情进展。他很满意，我也很满意。谢过大夫，我挂上电话，把冲好的咖啡灌进旅行水壶，然后退房出门，打车去了江对岸的武昌火车站。开往当阳的火车是一列崭新的硬座车，每排四个座位，分列在过道两侧。座位两两相对，中间隔着一张小桌子。这是我向来讨厌的格式，因为桌子下面的空间永远不够宽敞，对坐的四条腿总免不了为了空间的割据磕磕碰碰……真是怕什么来什么，等到列车开动的时候，车厢里居然全坐满了。

能聊以自慰的是，我的座位在靠窗的一侧，坐乏了好歹可以歪在车窗上打个盹儿。坐在我旁边的是个女大学生，在南昌大学学国际贸易。她请了一个星期的假，去宜昌的三峡大学看朋友。宜昌是长江三峡大坝所在地，也是这趟列车的终点站，东距武汉三百公里。我要去的当阳则是倒数第二站。车开了，大学生朋友拿出几块小蛋糕与我分享，我推辞不掉，只好接了过来。蛋糕的味道实在不敢恭维，我拿出旅行水壶，用咖啡把它们冲下肚，女大学生也在一罐酸奶的帮助下解决了它们。

对面坐着一个和女大学生差不多年纪的姑娘，上车后始终保持着沉默。可能她的父母特别交代过，独自出门时别跟陌生人说话。我几次看到她欲言又止，把已到嘴边的话生生咽回肚里，然后扭头望向窗外。沉默的姑娘旁边坐着一个看起来比她大不了多少的小伙子。他花了一个钟头，细细读完了一份报纸上关于最近国民党主席马英九访美的长篇报道。隔着小桌子，我能毫不费力地看清报纸上的字迹，小伙子看完那篇文章时，我也看了个八九不离十。

我在 ICRT 制作的最后一期节目就是采访马英九。当时我也跟他聊起，做完那次采访，我就将辞掉工作去大陆寻访隐士。他闻言大摇其头，说中国大陆连真正的和尚都没剩几个了，更何谈隐士。那是 1989 年，其时坊间刚传出马英九即将出任台湾地区“大陆委员会副主任委员”的消息。我采访他也是因为这个消息。我本以为，既然他被选中执掌“陆委会”，对大陆应当颇为了解，但现在看来他大概是上任之后才开始用功的。

看了一会儿报纸，我把注意力转向车窗外的景色。在旅程的第一个小时里，窗外纷至沓来的尽是典型的水乡风光，河汊纵横，池塘密布，除此之外便是连绵不尽的农田。水稻田已经开耕了，水牛在田间辛勤劳作，油菜花和桃花怒放着。所有的画面都是一闪而过。突然之间，远处出现了一个流浪汉，他肩扛铺盖卷，正在田间独自跋涉。20 世纪 80 年代，我刚开始在中国旅行的时候，这样的人曾经有很多，有男有女，他们沿着铁路线扒货车四处流浪，但最近这些年已经很少能看见他们了。可能是因为货运列车越来越多地采用集装箱运输，也可能是货场的管理越来越严，谁知道。但偶尔你还是能在乡间看到这样衣衫褴褛的流浪者，惊鸿一瞥，转瞬即逝。

旅程进入第二个小时，大洪山开始出现在北方的地平线上。水乡平原逐渐演变成丘陵山地，稻田和水塘纷纷让位给交错分布的密林和梯田，人烟稠密的乡村也被孤零零的农家代替。

沉默的姑娘在钟祥站沉默地下了车。列车继续前行，跨过汉江，开始转向西南方向。读报的小伙子在荆门站也下了，一直坐在我旁边的女大学生于是过去坐了他的位置。起初我以为她是为了看车窗外的景色，但没过多久便意识到她这么做是为了看我。这让我觉得既奇怪又别扭。在接下来的时间里，她把一只胳膊撑在小桌子上，托着下巴，就这么盯着我看了四十多分钟。我不知道是怎么回事，也不明白她为什么这么大胆。再和她说话的时候，我就跟心虚似的躲避着她的目光，老是不自觉地向窗外看。

两个小时之前，当我还在吃着她那几块难吃的小蛋糕的时候，她告诉我说下个月学校有一次很重要的英语考试。然而整个旅途中她连一个英文词也没跟我说过。后来，当邻座纷纷下车之后，她又向我倾诉了她对美的热爱：她喜欢旅游，喜欢追求美的事物，而且当她说到这些的时候，还奇怪地压低了声音（尽管这完全没必要，但好像很多中国人都有这种习惯）。她还说，到了宜昌，她会跟朋友一起去看新建成的三峡大坝，并问我是否愿意一同前往。我婉谢了她的邀请，并告诉她，我在当阳约了几个和尚见面。她对佛教一无所知，但又觉得佛教一定很有意思。她想知道我看起来这么愉快，是否跟佛教有关？我回答说，那可能是因为我对自己的要求比较低，而且遇到麻烦时知道绕着走（上学的时候，我最擅长的运动就是闪避球）。终于，在离开武汉四个小时之后，当阳到了。我跟女大学生互道珍重，然后下了车。

下车后第一件事便是查看返回武汉的列车车次。我已经买好了两天后从武汉去韶关的火车票，所以必须及时赶回去。不幸的是，去武汉的火车每天只有一班，而且时间不好。如果后天走，将赶不上去韶关的火车，而明天走又太早，留给当阳的时间太少。所以，我不得不考虑坐长途车回去。

出了火车站，外面空空如也。没有建筑，没有路牌，除了一片空地之外一无所有。好在空地上还有两三辆等着拉客的黑出租。我走过去，问一个坐在车里的司机愿不愿意跑一趟长途汽车站。他说没问题，八块。我上了车，问他当阳出什么事了。他说当阳没出什么事。这座火车站是新建的，它的周围一无所有是因为政府决定把火车站建在远离市区的地方，这样居民就不会被火车的噪音打扰。我心里油然升起对当地政府的敬意。

当阳市区在火车站以南三公里处。到了长途汽车站，我顺利买到两天后回武汉的车票。去武汉的班车几乎每小时就有一趟，我选了早上9:20的那班，这个时间对我来说比较人道。出了车站，黑出租还在，我又请他把我送到玉泉寺去。寺院距市区也就十公里出头，司机开了个离谱的价钱——三十块，但我懒得再纠缠，便上了车。当阳是个小城市，我们不一会儿就出了城，一路行驶在刚开耕的稻田和盛开的油菜花之间，朝着西南方向的玉泉寺驶去。

玉泉寺以山得名，公路一直延伸到玉泉山脚下的山门前。因为寺院正在重修，外来居士只能在寺外的旅社歇宿。在距离山门还有一箭之地的路边，我下了车，朝一家以前来过的家庭旅馆走去。进了门，我发现前台居然站着一名僧人，便吃惊地问他怎么回事。僧人回答说，这家旅馆现在已经归寺院所有了。玉泉寺是整个湖北省名气最大的寺院，但近代以来一直处于衰败的状态。两年前，玉泉寺的前任方丈延请净慧长老接任住持。僧人告诉我，自从净慧到来，玉泉寺就接管了山门外所有私人开办的小买卖。在净慧的主持下，玉泉寺正在逐渐恢复禅宗寺院的格局。僧人还提到，当地政府把寺院周围的一部分山林和农田也划归寺院使用。听罢此言，我对当地政府又平添了一分好感。

这家被寺院接管的旅店包括两幢三层小楼。僧人和我现在待着的这幢楼是给短期访客使用的。隔壁那幢则专为来此长期修行的女居士提供住宿，这会儿那里面住了三十多位。填好住宿登记表，僧人把我领到三楼的一个房间，便离开了。我倒在床上，困意很快袭来，但很快又不幸被窗外的嘈杂惊扰四散。原来，隔壁的女居士们把小楼底层的大厅改造成了一间佛堂，我躺下没多久，午斋后的课诵便开始了，吵醒我的不是女居士的诵经声，而是随之而起的钟鼓声。

我只好从床上爬起来，拿着小半壶路上没喝完的咖啡出了门，来到旅馆门前的晒台上。一位女居士正在那儿晾刚洗好的床单。她告诉我，所有住在隔壁楼里的女居士都自愿在旅馆里帮工。她们轮流值班，担负着旅馆的清洁工作。今天正好轮到她值日，所以她没去参加正在进行的午后课诵。但她清楚地知道，无论是去佛堂课诵、禅堂打坐，还是下厨、打扫旅馆，这些并不重要，重要的是她所做的每件事都可以是修行。她很感激净慧长老为她们开辟的这块小天地，使她能够有机会实践净慧倡导的“生活禅”。女居士晾好床单便回楼里去了。我在晒台上的一张桌子前坐下，给自己倒了杯咖啡，一边慢慢啜饮，一边翻看刚才从旅馆前台拿来的一本介绍玉泉寺的小册子。

玉泉寺以山得名，而玉泉山之名则得自山下的一眼名泉——珍珠泉。珍珠泉水品质上佳，向为本地茶客称道。第一个来到玉泉山住山修行的僧人，便把他的茅篷建在珍珠泉之畔。如今的玉泉寺也在珍珠泉涌出的溪流下游不远处临水而建。那位活在公元3世纪初的僧人名叫普净，他并不是禅宗僧人。在他生活的年代，佛教传入中国不过一百多年，禅宗要到三百年后才会出现。但普净在修行时也会打坐入定。公元219年的一天，他正在珍珠泉边的茅篷外打坐，关羽突然在他面前显灵了。而就在几天之前，关羽刚刚在当阳东南不远的地方被敌军斩首。

普净和尚与关羽早有交情。多年以前，他曾经在汜水关救过关羽一次，所以这次关羽又来向和尚求救。他的灵魂显现在普净面前，哀求和尚帮他接头续命。和尚不为所动，反向他念诵那些随他一同战死或被他所杀的将士的姓名。听到这些名字，关羽突然领悟到自我的虚幻，刹那之间，他的灵魂消散在了空气之中。

当地人则坚信，关羽的灵魂并未消散，他一直留在当阳护佑当地百姓的福祉。中国社会根深蒂固地存在了十几个世纪的关帝信仰，就是从当阳开始的。有史以来的第一座关庙就修建在普净和尚的茅篷边上。后来，当阳城外又建了一座更大的关庙，关羽的无头尸体也被葬于其中（他的头颅则被葬在了洛阳）。随着时间流逝，祭祀关羽的祠庙开始出现在中国的每一个村庄、每一处集镇和每一座大城之中，他的香火之盛，崇拜者之多，即令观世音菩萨也无法比肩。他还一度成为中国所有民间社团和众多行业组织的保护神。不论是警察局还是黑社会，不论是资方还是劳方，也不论是赌棍还是大善人，士兵还是学生，佛教徒还是道教徒——简单地说，只要是忠诚和义气受到推崇的地方，就有膜拜关羽的中国人。

普净的茅篷成了后人纪念关帝显圣的地方。与此同时，玉泉山中也开始零星出现其他佛教徒修建的茅篷和小庙。但作为佛门重地，玉泉山的转折点出现在隋文帝开皇十二年（592年）。这一年，中国佛教天台宗的创始人天台智顗（538 – 597）来到山中。智顗是当阳本地人，但他十五岁时便出家为僧，履迹江南各地求法，中年后入浙江天台山创立伽蓝，终成一代宗师，被隋炀帝尊为“智者大师”。592年，已经五十四岁的智者大师受到皇家的资助，回到故乡开山创建了玉泉寺，并住寺三年，集中讲授他的佛学思想。弟子将他讲解《妙法莲华经》要旨的论述和关于止观修行法门的教诲分别笔录下来，辑成两部书，这便是天台宗的两部根本经典《法华玄义》与《摩诃止观》。

因为天台智者大师住寺讲法的关系，玉泉寺得以位列中国佛教四大丛林之一，也因此历代屡经重修扩建。如今的玉泉寺里，唯一一件从隋朝流传至今的东西是一口公元615年铸造的大铁镬，而其尺寸足以说明当年寺院的规模：这只大锅煮出的饭足够五百名和尚吃的。两年前，也就是净慧刚刚接掌玉泉寺方丈之位的那年，我曾来访，净慧长老带我看过那口铁镬。不过这次，我约了见面的是玉泉寺的监院。第二杯咖啡喝到一半，监院来了。监院和尚法名宽祥，他开着寺院的越野车从重修度门寺的工地赶来。他把车停在旅馆门口，招呼我上车。他要带我去看重修一新的玉泉寺。

重修以前，玉泉寺的大部分殿宇已经破败不堪，只有二十五名僧人住在寺里。宽祥说，等到重修工程全部结束，玉泉寺将会成为整个湖北省最大的寺院，足以容纳二百名常住僧人。这项工程的最大金主依然是那位与净慧过从甚密的香港老板。

宽祥把越野车开到寺院大门外停下，我们下车进寺，穿过山门和座座殿堂，沿着一条小径向后山爬去。半山腰上残留着一座石台，据说就是当年智者大师讲经的地方，几座新修的佛堂正围着它拔地而起。

公元593年夏天，智𫖮在这座讲经台上花费九十天时间，详细阐述了《妙法莲华经》的要旨。他并没有对《法华经》做逐句的经义阐释，因为六年前在南京的光宅寺，他已经做了这项工作。[①]这一次，大师的

①那次的讲法记录被辑成《法华文句》一书，与《法华玄义》《摩诃止观》合称“天台三大部”。——译者注

讲解着重于透彻解析经文奥义。他从七种不同途径层层深入，详尽解说了莲华妙法的五重玄义。第二年夏天，他又在同一地点，详细教授了息心禅定和入境观行的修行法门。

智𫖮对佛法和修行的这种条分缕析的解说方式，正是菩提达摩和他的弟子们唯恐避之不及的。禅宗大师们总是强调“心”，避免“说”，即所谓教外别传，不立文字，直指人心，见性成佛。智者大师则正相反，他把佛法掰开了揉碎了反复地说。在智𫖮和达摩身后，这两种截然不同的道路分别引出了中国佛教的两大宗派：天台宗和禅宗。禅宗后来分出南北二宗，分歧点也在于此。

宽祥带着我到处参观。我惊奇地发现，讲经台周围新建的佛堂全部以花岗岩为主要材料修筑而成，柱子和栏杆是花岗岩的，连精雕细刻的门窗也是花岗岩的。这些石材都从遥远的福建运来。工地上的几十名工人也是福建人。宽祥解释说，这是因为白蚁在玉泉山十分猖獗，木构建筑往往难以耐久，维护成本也十分高昂。此外，当地潮湿多雨，对木材也是一大考验。花岗岩的好处是不怕虫蛀，当然也不怕雨淋。

参观完寺院工地，差不多该回旅馆吃晚饭了。告辞之际，宽祥邀请我晚饭后来禅堂参加坐禅。我说好。晚饭简单平淡，主要是吃中午的剩菜，唯一值得一提的是一种野生的蕨菜，由居士们当天从附近山中采得。饭后稍歇，待到天色渐暗，我重又向玉泉寺里走去。

走到禅堂，跑香已经开始了。几十名僧人和居士正绕着禅堂中心的佛像做圆周运动，我也加入进去，在最外圈的轨道上慢慢转着。转了大约一刻钟，钟板响了，大家停在原地。维那开口说了些什么，我依然是一句也没听懂。于是众人分别落座。

玉泉寺的禅堂制度与我通常所见并无不同：三尺宽的座位沿着墙根围成一圈，上面散放着大大小小的蒲团。我拿过两只垫在屁股下面，然后扯过一条棉褥子盖住了双腿。第一支香照例是四十五分钟，我顺利地坚持到了最后，然后又是十分钟跑香。第二支香持续了七十五分钟，坚持到六十分钟的时候，我的双腿已经完全失去了知觉，奇怪的是，最后

湖北当阳玉泉寺

十五分钟的煎熬并未因此减少。

等这一切终于结束之后，我继续在禅堂里待到双腿恢复知觉，便朝门外走去。夜晚的玉泉寺漆黑一片，好在有星光的指引：路旁高大的乔木把漫天星斗裁成头顶上方一条狭长的星河，一直向寺外延伸而去。星星的数量并不是特别多，不过其中最亮的几颗璀璨夺目。

回到旅馆，大门已经锁了。我敲了半天门，还在门外大喊大叫，但里面始终没有动静。我突然想起，下午从自己房间的窗户向外看，曾看到旅馆的后院还有一道门，门外是一户农家的前院。我于是拧亮手电，向旅馆背后摸去，并终于在一丛竹林后面找到了那户农家的大门。敲门之后，很快有人出现了。我问他有没有旅馆大门的钥匙，他淡定地说有，然后拿上钥匙开门去了。很显然，这样的事不是第一次发生。

上楼回房，本想冲个澡，却发现热水器坏了，于是早早上床睡觉。次日醒来，天气再一次突变。昨天下午穿着一件 T 恤站在晒台上，我已经分明闻到了夏天的气息，谁料一夜回到解放前。于是起床后的第一件事，就是把大衣又从背包里翻了出来，然后冲上一杯热咖啡捧在手里取暖。喝完第二杯咖啡，我终于鼓起勇气出了门。

宽祥坐在玉泉寺的客堂里，正翻看着几本铸钟厂送来的产品说明书，见我从外面进来，便问要不要一起去度门寺的工地。这提议正中下怀，我告诉他，拜访度门寺正是我此行的真正目的。

我们上了越野车，朝丹阳方向开出去不过两三公里，便停在路边，然后下车沿着一条向南的小路继续前行。又走了几百米，一片烟尘抖乱的建筑工地出现在前方。工人们正从翻斗车上卸砖头，一台起重机负责把砖头转运到两座已经修建到一半的建筑附近。这些工人是本地的一家建筑公司以每天五十到六十块钱的代价雇来的。宽祥告诉我，他们都是外地人，擅长修建仿古建筑，常年在各地的寺庙工地上漂泊。

度门寺是禅宗之“北宗”最初的发祥地，一千多年来屡经兴废。到了当代，原来的痕迹已经荡然无存。就连北宗创始人神秀大和尚（就是五祖弘忍门下那位写出“时时勤拂拭，莫使惹尘埃”偈子，所以没能获得衣钵的弟子）的埋骨之地，现在也只剩下一座小山包。据说山头上原来还立着一座砖塔。在兵荒马乱的年代，塔内所藏被盗贼抢掠一空。到了“文革”时，红卫兵则干脆彻底拆毁了砖塔。再后来，周围的居民就把地面上能搬走的东西全都搬走了。现在，工人们差不多是在一张白纸上重建度门寺。

然而，盗贼、红卫兵和当地的村民都没有想到，神秀的墓塔下还有一座地宫。地宫是重修度门寺的工人们发现的。他们在小山包上栽种树苗时，不期然挖出一条墓道，而且就现场所见，地宫似乎还未遭到过盗扰。工人们把这一发现报告给宽祥之后，他决定先不对外声张。因为他很清楚，这一发现事关重大，如果要公开发掘，势必涉及层层请示汇报。而一旦消息传出，事情会怎么发展实在不是他所能预期的。与度门寺的重建相比，这事不着急。宽祥对我说，神秀已经在地下待了一千三百年，再多等几年没什么关系。

在小山包的一面山坡上，宽祥把工人们发现墓道的地方指给我看。公元706年，神秀的遗体从东都洛阳运来此处安葬，是件轰动朝野的大事。他的墓穴想必也修建得气度不凡，以符合他“两京法主，三帝国师”的崇高身份。在当时，有道高僧圆寂后留下的遗蜕被认为是具有法力的神器，如果被恰当使用，可以在世人需要帮助的时候继续发挥余热。因此，当朝的唐中宗（705 – 710年在位）一度要将神秀大师的法身葬在洛阳附近。但神秀入寂前曾留下遗嘱，明确希望被葬在玉泉山下的“楞伽孤峰”，也就是我们眼前这座不起眼的小山包。皇帝最终妥协了。神秀的遗体出京那天，中宗皇帝甚至亲为送行。

神秀生于7世纪初，入寂时已是百岁高龄。他出生在洛阳以东的开封附近，自幼家贫，十三岁上出家，随其师云游天下参学四方，二十岁受具足戒时，已经以“博综多闻”而为人所知。关于他前半生的资料，史籍所载只有这寥寥几行，特别是他二十岁至五十岁之间的经历，今人已完全无从知晓。我们只知道，他在五十岁时来到了黄梅东山，拜在五祖弘忍门下，精勤修持，深得弘忍器重。六年之后，神秀已成为弘忍门下学问第一的大弟子，被委以“教授师”的职责。

到了 672 年，惠能得传五祖衣钵，离开双峰山南下的时候，神秀在想什么和做什么，已经成为历史的谜团。可能他也选择了离开，或者一直待到三年后弘忍圆寂，又或者他继续留在师门守孝三年，尽了师徒之礼才走。不管怎样，当他数年后再次现身史籍时，已经是在黄梅西面千里之外的度门寺了。

神秀对天台智者大师的教法素来崇敬有加，而度门寺与玉泉寺相隔不过咫尺之遥。也许是出于这个原因，他在度门寺住了下来，并决定在此度过余生。度门寺自公元528年开山以来，始终不过是间不起眼的茅篷。但神秀的追随者不久就从全国各地拥来，导致这座昔日的小茅篷一再扩建，最后竟成为一座常住僧超过四千人的巨刹。他的名声还传入了京师，女皇武则天因此于公元 700 年宣召神秀入京。此时的神秀已经九十多岁了，但他依然接受了皇家的邀请来到洛阳。他生命的最后五年里，数次往返于洛阳、长安两京之间对众讲法，听众常达数千人之多。

埋葬着神秀的小山包，如今新栽了一片樟树和柏树，树苗尚矮，站在山顶可以一览周遭景色。宽祥手指对面山坡上的茶园对我说，他正在跟附近村子里的人协商，打算买下这片茶园。如果成交，将来度门寺的僧人就可以自己种植茶叶了。茶园里还有一条小路可直通玉泉寺，宽祥自己就常常走这条路往来两寺之间。遗憾的是，午饭时间到了，我只好打消去茶园散步的想法，跟着宽祥回到工地上，钻进了工地管理人住的一座小房子。

小房子内部被分隔成两间，一间做厨房和储藏室，另一间兼做卧室、客厅和餐厅。管理工地的两位居士都是净慧的弟子，他们正在厨房里忙活着。宽祥进了卧室，在一张床上结跏趺坐，我在床边的一张凳子上坐下。居士沏好一壶茶端了上来，又时不时地过来续水。大冷的天喝上几杯热茶，身上暖和多了。

我问宽祥出家多久了，他说已经十三年了。出家那年他二十九岁，他的父母起初没有同意，因为一个年轻人选择出家修行在当时看来是件很奇怪的事。虽然“文革”已经结束多年，但宗教信仰显然还没有重新回到大多数人的生活中来。不过，宽祥的父母见过他师父之后，不仅不再反对宽祥信佛，自己也皈依在其门下做了居士。再后来，宽祥的两个兄弟和一个姐姐也成了佛教徒。

宽祥的师父就是玉泉寺的前任方丈明玉法师。1998 年，明玉方丈入寂后，宽祥离开玉泉寺行脚，广游四方丛林。在中国，正式出家的僧尼可以自由地游访全国各处的寺庙，征得寺院同意后还可常住。在这种优越制度的支持下，宽祥先在莆田广化寺的福建省佛学院学习了一年，后赴江西云居山，入真如寺禅堂参禅一年，最后又回到故乡湖北钟祥，在一所小庙闭关修行了一年。2003 年，宽祥重返玉泉寺，之后不久，净慧法师便被请为住持，并开始玉泉、度门两寺的重修工程。宽祥被委以监督两寺工程的重任。按照计划，两项工程都将在 2008 年底前完工。待到古刹重光之后，净慧长老将会把住持之位转交给得力的年轻一辈僧侣，就像他当年在柏林寺所做的那样。

度门寺将和大多数中国寺庙一样，拥有若干常规的佛殿，以方便信徒前来进香礼拜和举行法会。但它的特别之处在于，其核心的功能是开办一所佛学院。这所佛学院将拥有六十个供僧人住宿的单间。这也是时代进步的标志——在过去，只有高级僧侣才有资格享受单间待遇，而现在，所有的常住僧侣都将拥有自己的房间。

宽祥递给我一张图纸，我接过看了一下，是重修度门寺的总平面图。在图纸上，佛学院庭院的周围密集排列着僧人的单间，这让我想起以前在印度见到的古代佛寺遗址和欧洲的基督教修道院。这些不同文化下的集体共住建筑，在形式上自有其共通之处。当然，这也是因为它们都有一个类似的目的：共同修行，求得心灵的解脱。

他又递过一本介绍度门寺和北宗禅的小册子。佛学院现在正在中国遍地开花，就像雨后的蘑菇，宽祥说，但度门寺的佛学院有其独到之处。这所学院的讲授重点将是智者大师的天台教法和神秀一派的北宗禅法。这两支汉传佛教流派都曾繁盛一时，但在唐朝之后便趋于没落。近千年来，大行其道的只有禅宗和净土宗。而人们说到禅宗，指的都是南宗禅。

宽祥对此的解释是：惠能开创的南宗禅更适合普罗大众，而北宗禅和天台佛教则更能吸引知识阶层与生活优裕的上层人士。他特别强调，他的评论并不含褒贬，只是一种观点的陈述。长期以来，神秀和智顗的教法一直被佛教徒所冷落，几乎只剩下历史学家还在研究它们，这不能不说是一种遗憾。宽祥觉得，佛教界应该有人重新继承两位古代大师开创的道路。

尽管南宗禅因为提倡顿悟成就而在历史上广受大众欢迎，但今日中国最为流行的无疑是净土佛教。道理也很简单：念佛名号是一种具体而明确的修行方式，你听得见自己念诵的每一声佛号。因而每诵一声，心里就多一分安慰。相比之下，修禅的人什么也听不到，没有任何人会来安慰你，你所能依赖的只有自己的心念。

禅宗对心的强调正是它吸引宽祥的地方。说起禅，宽祥很快便进入对诸如坐禅习定和住心看净等修行法门的讨论，还谈到禅定的各种不同阶段。很显然，他的修行受到了天台教法和北宗禅法的影响。由此可见，智顗和神秀开创的道路并未失传。

过了一会儿，我们都停了下来不再说话，沉默地喝着杯中茶，听门外北风呼啸。又过了一会儿，午饭终于来了。本以为来到工地，凑合吃点就行了，没想到两位居士端来满满一桌菜：炸豆腐、炒尖椒、菠菜、黑木耳、凉拌芫荽、素丸子汤、炸春卷、面条。太奢侈了。

饱餐之后，宽祥把我送回旅馆。我待在房间里写了一下午日记。晚饭简单吃了点面条。禅堂打坐的时间又快到了，但我决定逃课。这决定得到了我那两条腿的热烈拥护。回到房间，我仔细研究了一番卫生间里的燃气热水器，终于搞清楚故障所在，原来是放在走廊里的煤气罐空了。这事好办。我找到一间没人住的空房间，两下交换了煤气罐，问题立刻解决了。拧开水龙头，滚烫的热水流了出来，我欢喜之余却又发现，冷水开关也坏了。好不容易蓄满一缸热水，现在还得等它变凉。足足等了一个小时，温度才降到可以下水的程度。这时我突然想到，其实热水放

北宗禅祖庭度门寺重建工地

到一半的时候把热水器关了不就有凉水了么？我简直太聪明了。

等水变凉的这一小时中，我拿出宽祥送的小册子，读了读其中关于神秀的介绍。这位北宗禅的创始人虽然心仪天台智者大师，但他并没有像后者那般有详细的教法传世，而是和历代禅宗祖师一样不着文字形迹。不过，也有论者认为，神秀留下了一本讲述禅修法门的著作《观心论》。无独有偶，智者大师也写过一本同名的著作。由此可见，观心法门乃是天台教法和北宗禅法共有的内容。但自从20世纪初敦煌写本《楞伽师资记》被发现以来，神秀《观心论》的真伪就成了疑问。《楞伽师资记》是一篇站在北宗禅立场上撰写的禅宗早期谱系，成书时神秀刚刚圆寂不久，其中写到神秀的部分将他指为五祖弘忍的真正法嗣，同时又说他“禅灯默照，言语道断，心行处灭，不出文记”。由此推断，所谓神秀所撰《观心论》，很可能是他的弟子们伪托其名而写的。

尽管神秀“不出文记”，《楞伽师资记》中还是为我们保留下了一些他驻世讲法时的吉光片羽。从中可以看出，神秀的开示也带有禅宗公案式的机锋。比如，他曾经问弟子：“汝闻打钟声，打时有，未打时有，声是何声？打钟声只在寺内有，十方世界亦有钟声不？”又比如，他还说过：“身灭影不灭，桥流水不流。我之道法，总会归体用两字。亦曰重玄门，亦曰转法轮，亦曰道果。”

当他来到洛阳面见女皇武则天时，女皇问他应该读哪部经典，他推荐的是《文殊师利所说般若波罗蜜经》。而他自己最为重视的根本经典始终是菩提达摩所传四卷《楞伽经》。数年后，神秀在洛阳圆寂，最后的遗嘱是三个字：“屈曲直”。其用典来自印度大乘佛教中观派创始人龙树所著的《大智度论》：“蛇行性曲，入筒即直；三昧制心，亦复如是。”这句临终时留下的“制心”之嘱，与他在双峰山立下的“时时勤拂拭”之愿，依然是一脉相承的。他的禅法可以“天台禅”之名称之：先当息心止念，然后观心看净。问题是：如果本来无一物，又教人如何去息止，去观看些什么呢？

水温降到差不多可以忍受的时候，我迫不及待地跳了进去，足足泡了一个小时。出浴时，全身上下红得像只刚蒸熟的螃蟹。隔壁楼下的晚课已经开始，整幢楼空无一人，我光着身子走出房间，站在走廊上乘凉。窗外暮色渐浓，星斗渐次闪烁在玉泉山顶。凉快得差不多了之后，我回房上床，吃掉最后一个小包装“士力架”，咂巴着嘴，在窗外飘来的诵经声中沉入了梦乡。

第十四章　不死

那天夜里，我梦见了迈克·莱恩，我那位一周以前在台北自杀的老朋友。他的尸体躺在一个水池里，周围有许多人走来走去，像是在举行鸡尾酒会。人们看见了水底的迈克，但他们表现得无动于衷，只是站在岸边指指点点，并没有别的反应。我想开口说点什么，但是在梦里，说话是件极其费力的事情。我使出浑身的力气，却在张嘴的一刹那突然醒了过来。隔壁楼下的早课开始了，钟鼓齐鸣中，声声佛号再一次从窗口飘了进来，充满房间。

又该上路了。我喝掉最后一袋速溶咖啡，收拾好背包，去玉泉寺向宽祥告辞。走近寺院，山门外赫然出现了一头双峰骆驼，一对守在旁边的夫妇显然是它的主人。看我停下张望，老板娘热情地说，我可以骑在骆驼背上跟它合影，只收五块钱；如果穿古装，再加五块钱。两套戏装挂在骆驼身边，男装是关羽，女装据说是唐朝的公主。老板娘似乎能一眼看穿我在想什么，没等我开口，便回答了我的问题：骆驼是从甘肃买来的，加上运费，一共花了九千块。这可是一大笔钱，我心里嘀咕，足够买辆二手面的跑出租了。老板娘再一次看穿了我的心思，并解释说：这头骆驼今年才八岁，至少还能活十年。一辆二手面的可开不了那么久，看来我的担心纯属多余，人家比我想得周到多了。

我拒绝了爬上骆驼照相的邀请。事实上，不到万不得已，我不想骑到任何一头动物的背上去。记得上一次这么做还是十五年前的事。

1991 年，在王文洋的资助下，我终于踏上了沿黄河追溯华夏文明的旅程。抵达青藏高原的时候已是 5 月。就在离河源不远的某个地方，雇来的越野车彻底坏了，我只好扔下司机，并留下一名向导跟他一起想办法修车，自己跟着另一名向导徒步前行。我们走了一整天，耗尽了浑身的力气，终于找到一群中国探险者在河源卡日曲留下的石碑。几年前，他们从这里下水，以漂流的方式走完了黄河全程，途中不幸有多人遇难。卡日曲附近的海拔超过四千八百米，一天下来，向导和我的体力都已严重透支，更糟糕的是，原本晴朗的天空突然下起了雪。

从河源往回走，我们决定就近前往来时路上看到的几户藏族牧民的帐篷。这时，向导突然从肩袋里掏出一把手枪，并挥手示意让我躲在他身后。我完全蒙了。向导也不多说，伸手指着远处让我仔细看。只见前方的帐篷附近出现了一排小黑点。小黑点冲着我们所在的位置快速移动着，越来越大，眨眼之间变成了十几只凶悍无比的藏獒，咆哮着冲了过来。眼看藏獒到了身前，向导举枪朝空中放了两枪，藏獒受到震慑，止住来势，围着我们开始转圈。紧接着，向导用另一只手从包里掏出一捆一头坠着金属重锤的长绳，在头顶上挥舞起来，很快荡成一个大圈，并逐渐放长半径。凶悍的大狗们在重锤的呼啸声中一步一步向后退着，最后竟被逼出了十米远。有了这段足够的安全距离，向导带着我，在流星锤的护佑下缓缓朝帐篷走去。终于，帐篷里的牧民发现了我们，于是喝退藏獒，向导也收起了手枪和流星锤，上前寒暄。

牧民掀开帐篷的一角，邀请我们进屋做客。我跟着主人钻进帐篷，在厚厚的地毯上坐下。帐篷中央的火盆里烧着干牛粪，不一会儿，身上渐渐暖和起来。向导对主人讲述了我们的遭遇，主人没说什么，起身在门口放着的酥油桶里舀了一大勺，投进灶上的茶壶，然后又放进去一块砖茶。

喝完滚烫的酥油茶，向导终于开口说明来意：我们想租两匹小马，骑回到越野车抛锚的地方与同伴会合，估计那时候车也修得差不多了。没想到牧民拒绝了我们的请求。眼下冬天刚过，这个季节是马身体最虚弱的时候。他说，马是牧民最重要的财产。然而，经不住我们反复的哀求和纠缠，牧民最终还是极不情愿地同意借马了。他牵出两匹马给我们，另有一名牧民骑马同去并负责把马带回来，谈好的价钱是二百四十块。

三个人骑行在青藏高原的冻土带上，一路无话。这时，我突发奇想，决定把我会唱的唯一一首西部牛仔歌《小牛快跑》教给我的两名藏族同伴。这首曾经长年回荡在得克萨斯大草原上的民歌在我的即兴改编之下变成了这样：

> 清早出门兴致高，碰见个小伙儿实在俏。他骑着马儿满山跑，佛珠手中握，毡帽脑后飘，一边跑来一边叫：无比太哎哟[①]！小牛快跑！掉队可不好！无比太哎哟！小牛快跑！跑到西藏咱们就到家了！

唱了几遍之后，牧民和向导已经基本能跟着哼哼了。虽然要想教会他们前半部分的歌词基本上没什么希望，但是到了那句“无比太哎哟”，两人都立刻亮开嗓门加入了合唱。接下来，牧民唱了几首藏族牧歌，向导也跟着唱了起来，此时我便只有跟着哼哼的份儿了。

西藏马是一种高原小型马。它的短腿能很好地适应地形坑洼的高原冻土带，而且步伐相当敏捷稳健。天黑之前，我们顺利回到了越野车抛锚的地点，路上只用了不到两个小时。司机已经设法暂时修好了车，虽然问题并没有真正解决，但好歹可以让我们脱困。一路上我不得不用手按着蓄电池上的电线，好让车灯保持正常工作。就这样在荒原上颠簸了大半夜，我们终于在凌晨时分赶到了最近的集镇。下车时，按住电线的那只胳膊已经完全失去了知觉。

所以说，如果形势所迫，我并不反对找只动物来当坐骑代步。但玉泉寺并不在青藏高原上，我也没有累得走不动道儿，所以我谢过老板娘的盛情，离开骆驼，向寺院里走去。

宽祥在客堂里正忙着，我简单聊了几句，便向他辞行。他邀请我有空再来，并说，下次多待几天。他把我一直送出山门，这时，刚好有一辆小巴驶来，在门口停下，放下几名香客。宽祥挥手让我赶紧上车，并往司机手里塞了点钱。小巴掉头朝当阳城开去。

到了汽车站，离发车时间还有半个多小时，我找了间网吧去查邮件。

---

①原文 Whoopie ti yi yo，是牛仔标志性的尖叫声，并无实际意义。——译者注

火车上那位学国际贸易的女大学生给我发了封信。我给她回信："今天要回武汉了。我会怀念你的小蛋糕和微笑的。"我不太会用中文输入法，所以信是用英文回的。这位自称爱美的姑娘其实很少笑，但我觉得自己应该鼓励她。不笑哪来的美呢?

开往武汉的班车准时出发了，路上一刻未停，直达终点，全程用时四小时，速度与火车一样，但是比火车舒服多了。不仅两条腿有地方舒展，后排还有整排的空座位可以舒舒服服地躺着。途中，不知从何时起，天气又重新变得暖和起来。我再一次脱掉了大衣，并衷心希望这是最后一次倒春寒。毕竟眼看就到 4 月了。

班车从 1958 年建成的武汉长江大桥过江，望着桥下的江水，我试图想象毛泽东当年在此横渡长江的情景。离他下水处不远的地方，耸立着刚刚重修一新的黄鹤楼，据说古时曾有仙人驾黄鹤返憩于此，遂以名楼。楼对面坐落着辛亥革命武昌起义纪念馆，中国千年帝制的终结就源于 1911 年 10 月 10 日在这里发起的一场革命。多少代中国人的激情与梦想，乃至终究破灭的激情与梦想，都散落在长江大桥幽蓝的暗影里。

几分钟之后，班车开进了武昌长途汽车站。火车站离这里只隔了一条街，但此时离开车还有六个小时。是去参观一下省博物馆，还是找张大夫再做一次"中西医结合"的治疗呢？思来想去，我最终决定什么也不干。街对面坐落着一家名为嘉叶宾馆的三星级酒店，我毫不犹豫地走了进去。这无疑是我在中国所见过的装潢最为恶俗的酒店，要是把它搬到拉斯维加斯市区边缘的那些穷街陋巷去，倒是可能会挺般配。酒店一共五层，其中两层被洗浴中心占据。中国各地的洗浴中心里一般都设有一间休息大厅，只要买了洗浴的门票，你完全可以在那儿睡觉，想睡多久就睡多久。它唯一的缺点是容易被人打扰。出于这个原因，我没有选择洗浴中心，而是拿出一百块钱，开了四个小时的钟点房。钟点房的条件居然很不错，但不幸的是窗户正朝着喧闹的火车站。睡午觉的美好愿望告吹了，我只好用阅读和写日记打发时间。

开车前一个小时，我退了房，打算去试试酒店里的泰国餐厅。尽管

1958年建成的武汉长江大桥

做的是外国菜，但它看起来并不属于那种特别奢华的饭馆。我从塑料棕榈树下穿过，走进它那完全用塑料热带植物布置成的花园，在桌边坐下。不一会儿，服务员端过来一壶菊花茶，我眼前一亮：菊花茶是清热败火的，它在此时出现，说明有人和我一样，认为天气已经暖和起来了。

菜单上印着每道菜的照片，我指了指其中的一种蔬菜和一种豆腐，十分钟以后，服务员端上一只酒精炉，点了火，然后又端来一只小铁锅放在炉子上烧，锅里面盛满了烟笋、木耳、洋葱、青椒和豆腐。锅烧开之后，我立刻大吃起来。味道好极了，不过，头顶上是塑料棕榈树，耳边传来钢琴演奏的披头士名曲，邻桌的客人在水族箱前挑拣着鳗鱼、牛蛙、鳖和各种河鲜——如此“泰国餐厅”，感觉实在有些古怪。

吃到再也吃不下为止，锅里还是剩了不少东西。我结了账，大腹便便地穿过马路，进了火车站的软卧候车室。武汉是排在上海、北京和天津之后的中国第四大都市，但它的火车站已经摇摇欲坠了。车站的工作人员对我说，政府准备在明年把它拆掉重建。在日新月异的中国城市，等到一座建筑几乎寿终正寝才拆掉重建，这实属罕见。武昌火车站是整个武汉市规模最大的建筑物，它的体量宏伟而沉重，具有明显的苏联风格，如今风烛残年，则更显压抑。检票时间一到，我就迫不及待地上了车。

我特意买了软卧车厢的下铺。下铺的好处是不用爬梯子上床，另外，在床头的车窗下面，有一个和对面床位共享的小桌子。我倒没有什么东西非要摆在桌子上，但跟我同车厢的这三位可有不少。他们是一家子：一对中年夫妇带着他们已经成年的儿子。三个人带着一套肯德基的外带全家桶套餐上了车，摆在小桌上，一坐下就开始大吃，边吃还边跟我聊。他们的方言，再加上嘴里塞满的食物，对我的汉语听力形成巨大的挑战。我零星听懂的几件事包括：他们跟我一样要去韶关；这对夫妇的女儿在韶关工作；九天之前，她刚刚生了小孩。

吃完了鸡，父子二人不约而同摸出烟，一人点上一根。我提醒他们，吸烟区在车厢连接处。两人居然听了我的话，站起身朝车厢尽头走去。中国真的变了。放在几年前，我要是这么说，他们最多也就是笑笑，该抽还继续抽。列车里的广播也变了。从前那些穿云裂帛的京剧和处处假笑的相声段子，如今变成了轻音乐。当晚的节目中安排了许多手风琴和口琴演奏的曲子。晚上 9 点半，广播员宣布：“列车广播现在停止播音。”

列车从武昌站开出，沿着与长江流向相反的方向朝西南隆隆驶去。一个钟头之后，我们经过了著名的赤壁，公元 208 年在此发生的赤壁之战大概是中国历史上最为著名的战役了，而关羽在其中起到了重要的作用。彼时距他在当阳附近的麦城全军溃败而最终身死，还有十一年的时间。又过了一个钟头，列车停靠在岳阳车站。有关岳阳的记忆，总不免与洞庭湖有关。1991 年 9 月 29 日，费恩 · 威尔克斯、史蒂芬 · 约翰逊和我曾一起前往拜谒杜甫的墓地，来到岳阳时，正诗兴大发。

中国人把李白（701 － 762）称为“诗仙”，而杜甫（712 － 770）则是“诗圣”。当时我在为香港新城电台的英文频道制作一档有关中国文化的系列节目，节目做到湖南境内，自然要到诗圣的坟上拜谒一番。在省会长沙，我问了几个主管文化的政府官员，居然没人能说得上来杜甫墓在什么地方。当然，他们也可能只是不想告诉我。好在我搞到了一张旧地图，大概弄清楚了它的方位。我们离开长沙一路向东北摸去，一直摸到了安定镇。我们的运气不错，9 月 29 日那天正好是墟日，附近村庄里的农民全都拥到了镇上。四处打听之后，我们找到一位知道杜甫墓地所在的老乡，还承蒙他的盛情，开着手扶拖拉机把我们送到了目的地。

那是僻远乡间一个前不着村后不着店的地方，道路坎坷，拖拉机颠簸了许久终于抵达。诗圣墓前的祠堂被改造成了一所简陋的乡村小学，而这小学也似被时间封存，它的拱门上还留着伟大领袖毛主席和革命导师斯大林同志的画像。校长告诉我们，他们已经有一年多没见过外人了。我们跟着他来到学校后院，一起动手清理了杜甫墓冢上的野草。据说，杜甫去世之时，就住在离此不远的一艘船上。他的晚年是在湖湘之间漂泊度过的，从他那首著名的《登岳阳楼》中，我们可以想见这位大诗人凄凉的晚景：

昔闻洞庭水，
今上岳阳楼。
吴楚东南坼，
乾坤日夜浮。
亲朋无一字，
老病有孤舟。
戎马关山北，
凭轩涕泗流。

我们以三鞠躬向诗圣的荒冢表达了敬意，然后谢过校长，重新回到老乡的拖拉机上。临别之际，学校里的所有人都挤到校门口和我们道别——我们的到来彻底打乱了学校的正常秩序，校长早前已经被迫宣布提前放学了。拖拉机轰响着开上了归途，尘土飞扬中，我们向全校师生连连挥手告别，十几个孩子在后面飞奔，胆子最大的几个甚至抓住拖拉机的后挡板爬了上来，跟着我们开出去好远。

好心的老乡一直把我们送到安定镇北面的平江县城。在那里，我们上了一辆中巴，一小时之后抵达岳阳。这一天的旅途无比顺利，与诗圣墓地亲密接触的难得经历更令人心情大好，于是我们决定下榻岳阳市最奢侈的酒店。

酒店房间正对着洞庭湖，风光无限，我们把沙发搬到落地窗前，喝着冰啤酒，远眺湖中那座名为君山的小岛。据说，当年舜帝（约公元前2200年）南巡至南岭九嶷山驾崩，他的两位妻子娥皇、女英闻讯，在君山之畔投湘水而死，化为湘水之神。她们的尸身就葬在岛上。

就在我们凭栏畅饮的时候，费恩给家里打了个电话。他老婆告诉他，迈尔士·戴维斯[①]死了。几个正在逸兴遄飞的老嬉皮登时傻掉。要知道，迈尔士就是我们的杜甫。我有生以来拥有的第一张唱片，就是1957年

---

① 1926 － 1991，美国爵士乐大师。——译者注

迈尔士·戴维斯和吉尔·伊文斯（1912 – 1988）联手创作的《勇往直前》（*Miles Ahead*）。从那以后，每次打岳阳路过，洞庭湖的粼粼波光总会把我带回初闻迈尔士死讯的那天。

在那片浩渺的湖水下面，埋葬的不止是迈尔士·戴维斯、诗圣杜甫和湘水二妃，还有屈原的伟大魂魄。他曾为湘水之神写下过一首动人的挽歌：

帝子降兮北渚，
目眇眇兮愁予。
袅袅兮秋风，
洞庭波兮木叶下。
登白薠兮骋望，
与佳期兮夕张。

——出自《九歌·湘夫人》

列车在岳阳站喘了口气继续上路，半小时后，又跨过了汨罗江。这里是屈原投水而死的地方。公元前278年，楚国的三闾大夫屈原决定不再和这个世界继续妥协下去，于是选择了永远离开。他的忌辰一度被中国政府设定为“诗人节”。农历五月初五的端午节本是中国古人禳灾祛邪的日子，也被后人附会为纪念屈原的节日。端午节的重要仪式活动龙舟竞渡更被重新解释，赋予了“抢救屈大夫尸首免受鱼虾糟蹋”的新意。屈原临死前曾写道：“宁赴湘流，葬于江鱼之腹中。安能以皓皓之白，而蒙世俗之尘埃乎！”（出自《渔父》）我的老友迈克·莱恩的最后留言则是：“没工作，没钱，没希望。”

列车一路向南，朝着湘水上游的方向行驶着。我在车轮与铁轨撞击出的铿铿锵锵声里沉沉睡去，在睡梦中穿越了南岭山脉。一觉醒来，窗外已是全然不同的世界。山冈上密密层层地覆盖着各类树木，除了竹子和松树，还有枇杷树、荔枝树、香蕉树、桫椤树、棕榈树……以及我个人的最爱：台湾相思树。相思树的花季还未到，大概再过一个月，那些小绒球状的黄色花朵才会如云雾一般缭绕在枝头。目力所及之处，除了那些巨大的嶙峋怪石之外，一切都是绿的。如此迷人的景色，我曾一次又一次地坐在火车里眼睁睁地看着它们从眼前滑过，却还从未有幸跋涉其中。也许下次吧。空气也发生了变化，开始变得湿润甚至黏稠。我们已经非常接近北回归线了。

十小时的车程，把我从武汉带到了韶关。这儿是六祖惠能的地盘，也是此行的倒数第二站。出了火车站，我在路边的早点摊上吃了个鸡蛋灌饼，又去商店里买了速溶咖啡，然后跨上一辆等在旁边的摩的，告诉司机：去大鉴寺。大鉴寺距离火车站其实不过数百米之遥。摩的开出车站广场，开过跨江大桥，便进入到韶关市中心。这是位于两江汇流处的一座半岛，市区的中央大街解放路横穿半岛南部，大鉴寺就在解放路旁的一条巷子里。

大鉴寺已经一无可观之处。在过去的半个世纪里，寺院的基址及其周围的庙产几乎全被住宅楼和小型工厂夺去，现在只剩下一座四层楼的殿宇沿街而立，看起来和它周围的居民楼没什么两样。这里曾是禅宗六祖讲经说法的地方。六祖在此所传之法，被他的弟子们记录下来，辑成了禅宗至为重要的经典《六祖坛经》。我走进位于底层的佛堂，里面的僧人告诉我，方丈到广州去了，过几天才能回来。寺里还有其他僧人，不过我只想见方丈。于是谢过了和尚，又对他说，我改日再来。

我走回解放路去，拦了辆摩的回到火车站。站前广场上停着一排开往周边市镇的短途中巴，我上了一辆去乳源的车。售票员收钱的时候，我盯着她与众不同的鼻子看了一阵，开口问她：“你是不是瑶族人？”她点点头，没错。

中国南方有三百万瑶族人，主要集中在八个瑶族自治县，韶关以西四十公里处的乳源县便是其中之一。瑶族人内部又因为语言和风俗习惯的不同，分为许多不同的支系，比如红瑶、花篮瑶、茶山瑶、盘瑶等。以前，曾有位红瑶告诉我，一个去他们村子做田野调查的人类学家说，花篮瑶的语言与一支美洲印第安人的语言之间有着某种渊源，但他不知道是哪支印第安人。看着售票员的鼻子，我猜想可能是纳瓦霍人[①]。

瑶族古时在湘江中下游也有分布。杜甫困居湘水舟中时，曾写下“渔父天寒网罟冻，莫徭射雁鸣桑弓”[②]的诗句。更早的时候，他们还广泛分布在长江流域，一直到下游的南京都可以见到瑶族的身影。自从华夏族开始崛起于河洛之间，便稳步向南扩张，包括瑶族在内的南方诸民族的生存空间也随之不断受到挤压——他们最终被挤进了北方农业民族不感兴趣的南岭深山之中。此刻，中巴正在这南岭群山中蜿蜒而行。我不禁遥想当年，也许瑶人的先民在从长江流域南下的某个岔路口，因为意见不一致分成了两支，一支出海迤北，居然一直跨过了白令海峡进入美洲，而另一支则不断南下，从长江退到湘江，再从湘江退至南岭山中的北江上游，在那里扎下根来。

根据瑶族自己的起源传说，上古时代，长江下游是评王的领地，但北方的高王不断犯境侵扰（据中国的历史学者考证，这一系列战事可能发生在两千七百年前的西周平王时代）。评王不胜怒，于是公开悬赏：如有人能取高王首级来见，他将把自己的女儿嫁给这位英雄。评王帐下有一条名叫盘瓠的龙犬也听到了消息，于是独自渡江北上，七天之后来到高王宫中。卫士们起初对一条溜进宫廷的狗并没有放在心上，而当他们意识到不妙时，已经太晚了。盘瓠冲进高王的寝宫，一口咬下了他的头颅，又衔着头成功地回到了南方。

尽管盘瓠只是条狗，但评王仍然信守诺言，将自己美丽的女儿嫁给了它。奇怪的是，公主居然爱上了盘瓠。但她的婚后生活并不完美，因为她的丈夫虽然每到夜里便摇身一变，化身为一位盛装袭服的英俊青年，

①散居于美国西南的印第安民族，为美国各印第安人部落中人数最多的一支。——译者注

②出自《岁晏行》。“莫徭”据考为现代瑶族的先民，始见于公元6世纪史书，称“莫徭蛮”。——译者注

而天一亮却又变回犬身。盘瓠自己对这种双重生活并无不满，但公主不断地在枕边吹风，劝它想办法彻底变成人身。盘瓠终于同意了，它找来宫廷里的巫师为自己做法。巫师把它装进一只蒸笼，放在蒸锅上，并对公主说，只需用草药蒸上七天七夜，你的丈夫就会永久脱离犬身。然而到了第六天上，公主实在等不及了，她担心自己的丈夫已经被蒸熟了，于是强迫巫师打开蒸笼。

水汽散去之后，公主发现，她的丈夫不仅活着，而且已经变成了人身。遗憾的是，因为早了一天出锅，他浑身上下还残留着不少狗毛。好在只要戴上头巾，穿上衣服，不仔细看也看不出来。评王得知女婿不再是条狗了，于是乎龙颜大悦，很快便把王位传给了盘瓠。后来，公主为盘瓠生养了十二个孩子。龙犬的后代在长江流域繁衍生息，安居乐业，又经过了许多代，后来才因为北方汉族的扩张而向南方迁徙。乳源是他们南迁的终点之一——售票员与众不同的鼻子，也许是龙犬的基因？

我一路沉浸在漫无边际的遐想之中，恍然不觉车已开进乳源县城，直到售票员用胳膊肘推了我一下，才回过神来。县城坐落在一处开阔的山间谷地之中，两侧尽是翠竹丛生的山岭。我下了车，沿着一条刚修好的柏油马路，向华南地区最大的佛教寺院云门大觉禅寺走去。六祖惠能之后，南宗禅分出五家七宗，云门寺正是其中的云门宗发祥之地，它的开山祖师云门文偃（864 － 949）也是禅宗历史上最著名的禅师之一。禅宗修行中最为著名的法门“参公案”“参话头”，就是由云门文偃开始发扬光大的。

曾有人问文偃：“如何是道？”他只回答一个字：“去！”文偃开创的这种顿教法门，在他自己的证悟经历中已经初现端倪：一日，文偃前往睦州参访道踪禅师，道踪故意避而不见，还猛地关上门挤伤了他的脚，文偃由此豁然大悟。此后，文偃禅师拖着一条跛腿四处云游了多年，直到六十岁时来到云门山（923 年），决定栖止山中，从此世称云门文偃。

一天，文偃在云门寺上堂，对弟子们说：“和尚子！且明取衲僧鼻孔。且作么生是衲僧鼻孔？”众人不知如何作答，于是文偃大喝：“摩诃般若波罗蜜！今日大普请。”便下座。[①]大普请，就是每个人都要劳作。千百年来，云门寺的山门外便是寺僧们一直耕作的农田。在这里，“一日不作，一日不食”的信条一直为禅修者奉持着。

进了山门，走过放生池上的石桥，穿过天王殿，我把行李放在客堂门外，空着手进门挂单。有一位知客还记得我，他领着我走进一间办公室去登记。他告诉我，寺院门口新建的客房里还有一两张空床位，不过现在不忙去，斋堂马上开始供应午饭了，可以先吃过饭再去房间。知客领着我去了居士斋堂，并告诉我，僧人们现在都改在佛学院的斋堂用斋了。

居士斋堂里挤满了数百名居士。他们是来参加一直持续到清明节的十日念诵法会的。我并不十分有胃口，草草吃了点东西就离开斋堂，回到客堂门口取了行李，来到住处。管事的女居士为我开了房门，那是一个四人间，其中的两张床已经有人住了，但这会儿人没在。我选了靠窗的铺位安顿下来，突然感觉有些头疼，估计是水土和气候的突然变化所致。吃了片阿司匹林，躺下睡一小觉，一切又恢复了正常。

午睡醒来，我无师自通地学会了浴室里热水器的用法，冲了个澡，还把换下来的衣服洗了，然后到楼下的小商店里买了只不锈钢茶杯和一包芝麻糖。在隔壁的书店里，我找到一本印顺法师的《法句经序》，看起来很适合翻译。我的翻译计划貌似越来越宏伟了，真不知道时间还够不够用。

附近山中有几处瀑布，很适合午后散步消遣。可念头刚起，天上便来了一阵滚雷，跟着便是一场骤雨。别无选择，我只能坐在房间外的凉棚下面，喝着咖啡，吃着芝麻糖，把整个下午奉献给了读书和写作。奇怪的是，尽管睡了午觉，又喝了咖啡，而且坐了一下午，身体还是感到困乏。吃过晚饭，我早早便上床就寝。我的身体似乎是在经历某种康复

① 引自《云门匡真禅师广录》。“衲僧鼻孔”为禅宗用语，指佛道之根本；“普请”为禅宗丛林清规，指全体僧众参加的劳作。——译者注

广东韶关乳源县，云门宗祖庭云门大觉禅寺

的过程，也许是空气太过潮湿，又或许是因为出来的时间太久了——毕竟，从离开西雅图至今已经过去了一个多月。夜半时分，大概是念诵法会结束之后，同屋的二位回来了。我在开门声中短暂地醒了过来，但他们为了不打扰我，动作放得非常轻，我几乎是立刻又陷入了沉睡。后半夜，雷声再度把我唤醒，接着是洪亮的蛙鸣此起彼伏响彻四野。雨又下了起来，把青蛙们的大合唱压下去，雨声稍歇，蛙鸣立刻重又弥漫夜空。它们就这样交替着演奏了整晚。

我的同屋似乎完全没有注意到这喧闹的夜晚，或者他们根本毫不在意。凌晨4点，两个人静悄悄地起床了，他们是去参加早课。7点钟，我也下了床，喝过咖啡，给云门寺的新任方丈明向打了个电话。明向与四祖寺的监院明基是师兄弟，他的号码正是明基给我的。我在电话里问明向，是否有机会对退居方丈佛源老和尚做一次拜访。他说，老和尚正好要会见几位来自山东的僧人，我可以和他们一起，他让我赶紧过去。

出门时雨已停了，浓重的雾气从山谷里升起来，裹住了周遭的一切，令人仿佛置身深山幽谷。眼前的能见度还不到十米，我几乎是摸索着穿过寺院里的各个院落，找到最后一进的方丈室。佛源没在，会客厅里的人造革沙发上坐着三个年轻和尚。我打了个招呼，挨着僧人们在沙发上坐下。这三位来自山东的僧人是出来行脚的，他们四处寻访古寺名刹，拜谒当世的高僧大德。就禅宗而言，佛源乃是当今首屈一指的大师，年轻僧人们自然要来拜会。等了几分钟，佛源在两名侍者的搀扶下进来了。我们立即从座位上起身，合掌礼敬老和尚。

1923年，佛源出生于湖南，十八岁上出家为僧，1951年来到云门寺，依止于虚云门下学禅。同年，佛源当上了虚云的侍者，与净慧一起随侍老和尚左右。稍后，虚云将两人同立为云门宗法嗣。两年之后，虚云又将云门寺住持之位传给了佛源，自己前往江西云居山住持真如寺。

那时的佛源年仅三十岁，而历史则正要进入近代以来最为糟糕的一个时期——至少对于修行人来说是如此。1958年的“大跃进”刚一开始，佛源就被打成“右派”，关进了监狱。他差点被判了死刑，后来又差点饿死在狱中。1961 年获释出狱后，旋即被遣送至韶关南华寺（六祖惠能的根本道场）劳动监管，从此在南华寺一住十八年。1979 年，政府重新落实了宗教政策，佛源便离开南华寺，开始像眼前这三名年轻的山东僧人一样，云游天下，朝山礼佛。他朝遍了恩师虚云老和尚住持和修行过的各处道场。

1982 年，佛源终于再度回到云门寺时，寺院里只剩下三个和尚。几年之后，常住的人数增加到了一百多人。1992 年，他还同时接掌了南华寺的方丈之位，住寺八年，戮力重光六祖道场。此后，他就把所有精力都投入到了云门寺的弘法事业上。他创办了云门佛学院，并使之成为国内最有声望的佛学院之一，全国各地乃至世界各地的众多佛学名宿与高僧大德都曾来此讲学说法。数年前，我在寺中偶遇的一行禅师便是来自越南的高僧。

我本来是指望能够单独拜访佛源的，而那三位年轻和尚想必也不愿意我掺和进来。不过佛源如今年事已高，健康状况看来也欠佳，能见上一面已是殊胜的缘法了。他可以说是禅师中的禅师，无论何时，你永远料不到这位老和尚会说什么。落座之后，他先问了年轻和尚们的来意。然后又问到他们寺院的生活条件。和尚们抱怨说，他们的寺院条件不好，而且很多年来得不到改善。佛源于是向他们传授了这方面的经验。他说，关键是要和地方政府搞好关系，如果你把这方面的关系搞砸了，那一切都会出问题。他还说到，建立佛学院有很重要的作用，因为佛学院带来学生和施主，同时也就带来了好的关系。另外，他又补充说，还需要农田。他很关切地问到，年轻和尚们平时耕种哪些农作物，他们的田地土质如何。和尚们回答说，山东省的绝大多数寺庙都没有任何可以用于耕作的土地。佛源闻言摇了摇头说，他们应该邀请地方政府官员到寺庙里看一看，做做工作，向他们耐心解释自给自足对于禅宗的重要性。

年轻和尚们本以为佛源会给他们智慧的点拨，没想到老和尚说的全是种地吃饭的事。毫无疑问，云门寺秉承了禅宗重视劳作的古老传统，所有僧众都有份儿参加寺院的农田和果园劳动。坐在沙发上听老和尚剖析寺院政治谋略的时候，窗外有花香一阵阵飘进来，我分辨出那是寺后山坡上的甜橙树。植物学家指出，甜橙的原产地就在华南，并从华南传入欧洲，进而进入美洲。而中国的南方人对它也非常喜爱，甜橙常常是迎来送往时必不可少的礼物之一。

佛源并没有询问我的来意，而我也确实没有什么问题要问。我坐在氤氲的花香里，试图体会言语之外的意趣。僧人们继续谈论着寺院里的话题，老和尚谈锋甚健，不过，两位侍者看起来有些担心师父透支身体，于是在一旁暗示谈话可以结束了。众人起身告辞的时候，佛源让侍者给每人拿过一包“胡饼”作为见面礼。收到这件风趣的小礼物，禅门中人都不免会心一笑。胡饼就是芝麻烧饼,但在云门寺,它可不是一般的烧饼。一千年前，有人问云门文偃禅师“如何是超佛越祖之谈？”文偃答了他两个字:“胡饼。”这段公案流传甚广，常被后代禅师们引用并与赵州和尚的“吃茶去”相提并论。“云门胡饼赵州茶”几乎成了禅门公案的代称。

我还记得初次与佛源老和尚见面是在前一年，当时他活跃得像个八面玲珑的晚会主持人。“你怕什么嘛？”他走到我面前劈头就问。我还没来得及回答，他已经蹦蹦跳跳地跑到一旁，跟一群女居士聊上了。他说了几句什么，女居士们都咯咯地笑起来，然后他又跑回到我面前，继续问:“说嘛，你到底怕什么嘛？”接着便又跑开了。

这次见面，他既没有跑来跑去，也没有蹦蹦跳跳，更没有问我问题。他的行动变得很迟缓，两名侍者在左右小心搀扶着，似乎担心他随时会跌倒。我对老和尚说，上次见面时他的身体似乎比现在要好，他笑了:生老病死，早晚的事情。谁都有这一天的。

我们再次行礼告辞，然后跟着明向退出了方丈室。回到住处，房间里有人，是张新面孔。他躺在四人间里仅剩的一张空床上，看样子正要睡觉。这人是个指压按摩师，从韶关来，他是给参加念诵法会的僧人们提供治疗服务的。昨晚，他在寺里熬了个通宵，功德不小。五分钟之后，按摩师酣然入梦。

鼾声里，我坐在床上读完了云门寺印行的云门历代祖师传。吃过午饭，我又找到明向，在客堂里坐下跟他聊了一阵，喝了杯茶。我把自己的计划说给他听：明天离开云门寺，去拜访与六祖相关的另外两处道场，也就是南华寺和大鉴寺。明向说他可以帮我安排车，让我明早 8 点到客堂来等。我能感觉到他对我有些不满，估计是因为早先拜会佛源的时候，我失礼地提到了老和尚的健康问题。喝完茶，我告辞出来，明向没有跟我挥手告别。

还有整个下午的时间，而我在寺院里已经无事可做，于是走到公路上拦下一辆去乳源县城的小巴。县城距离云门寺并不远，只有区区几公里路。进了城，去网吧查过邮件，我找了间移动营业厅打算给手机充值。中国的手机运营商实在让我摸不透，好像每个省的运营商都是独立的，一旦你出了省，给手机充值就变成一件很困难的事——并不是完全不可能，但相当困难。在乳源县的移动营业厅里，我最后不得不重新买了个广东的号码。但这意味着只要出了广东省，我还会遇到类似的麻烦。以后的问题只好以后再说了。另外，我也由此意识到自己对手机的依赖程度已经到了令人担心的程度。能聊以自慰的是，中国还有五亿跟我一样的人。

解决了手机问题，我沿原路往寺院的方向走回去，半路上迎面遇到一位全身黑衣的女子。一开始我以为她在服丧，擦肩而过互致问候的时候，我才发现她是个外国人，口音似乎来自欧洲。我们俩都没停步，继续朝相反的方向走去，不过到了晚饭时分，我们在居士斋堂又见面了。她叫丹妮艾拉·坎普，是意大利人，在法国高等研究实践学院读博士，她的博士论文题目是关于虚云和尚的。作为研究的一部分，她要在中国遍访虚云履迹之处。丹妮艾拉从事此项研究已有八年时间了，这让我非常佩服。虚云老和尚也是我敬仰的大师。据我所知，除了一些轻浮的赞美之外，西方世界里还没有人撰写过任何关于虚云和尚的论著。

饭后，我们出了斋堂边走边聊。一名僧人走过来，邀请我们晚上到佛学院一叙。云门佛学院素以制度谨严闻名，外人非请勿入。所以僧人跟我们约好时间，并说会有一名引路僧人在佛学院门外的鱼池边迎接。

果然，到了约定的时间，我们在僧人引领下顺利地进了佛学院。接待我们的是云门寺的大知客万泰，东道则是禅堂的班首明玄，另外还有两位在佛学院授课的僧人作陪，其中一位讲授《楞严经》，另一位主讲《唯识论》。

谈话非常热烈，明玄简直是个活宝。他的风格与佛源极其神似：直接、激烈，不留余地，超级活跃。他的笑声令人过耳难忘。他大概嗜好甜食，开口大笑时，你能看出他满口牙大概只剩下了四五颗。他才不过四十五岁的年纪，估计平时只能喝粥了。我们一杯接一杯地喝着铁观音，不知疲倦地聊着，大有茶逢知己千杯少的意思。10点钟，我决定先撤了。丹妮艾拉留下来和僧人们继续聊。夜里，天上裂开一个大洞，无穷无尽的雨水倾泻下来，不管不顾地，就像是到了世界末日。

一觉醒来，雨依然在下，但世界好好的还在。我打点好行囊，到客堂去等明向替我安排的司机。丹妮艾拉出现了，她正好也要去南华寺，问我是否愿意一起走。这还用说么？除了虚云老和尚几个尚在人世的弟子以外，丹妮艾拉大概是这个世界上最了解他的人了，而南华寺正是虚老一手中兴的禅宗祖庭。有她为伴，我正求之不得。就这样，独自在路上行走了一个多月之后，我突然多出个旅伴，不亦快哉。

司机终于来了。出发之前，我见识了一场隆重的告别。原来，丹妮艾拉是跟着一群中山大学的教授和研究生一起来到云门寺的。现在，丹妮艾拉就要与他们分别，并跟着另一个外国人离开了。学者们看起来很担心，他们心里一定在想："这不是盲人骑瞎马么？"我想对他们说，那什么，老夫可是匹识途老马。但我知道他们打死也不会信的。不管怎样，我还是对他们宣布：用不着担心。菩萨会保佑我们这些弘法之人的。司机发动了车，义无反顾地钻进雨幕，云门寺在身后消失不见了。

车进韶关，雨势稍歇。路过城里的邮局，我又寄了一批书回家。之后，我请求司机带我们先去一趟大鉴寺。也许是因为清明节将近，寺院门口聚集着不少乞丐。我们散光了身上的零钱，走进庙里。寺院的后半边正在拆迁，据说是要建一座佛塔。两株已有五百年树龄的菩提树兀立在废墟中，它们是大鉴寺如今硕果仅存的两件“古物”。不过，大鉴寺的方丈已经设法将“文革”中被强占去的一部分寺院土地收回，准备重新恢复旧观。正在筹建的佛塔就是这个计划的一部分。在寺院里，我们甚至看到了一幅建筑效果图，从中可以看出，大鉴寺所在的这条街，有将近一半的居民将要动迁，腾出来的土地会被用于建设佛堂和僧舍。

寺院的知客说，方丈仍在广州，不过明天就会回到韶关。他留我们用斋，但司机还急着赶回云门寺。最后，我们决定第二天中午从南华寺过来跟方丈会面。

坐落在韶关城东南十五公里处的南华寺是六祖惠能的根本道场。离开黄梅双峰山后，惠能在此驻锡讲法三十七载。南华寺从此成为华南最重要的佛教丛林之一。中国人普遍认为，惠能大师已经顿悟正觉，位列诸佛之中，而更为难得的是，他还是个土生土长的中国南方人。所以，每天前往南华寺朝拜的香客络绎不绝，有时一天就能接纳数千人。

第一次来南华寺时，山门外的空地上挤着数百个兜售香烛的小贩，热闹非凡。当时，知客告诉我，有一次南华寺禅七，方丈为了减少干扰，决定关闭寺院。没想到却因此惹恼了小贩，他们把寺院的大门砸了个稀烂。从那以后，寺院和小贩们有了个协议：山门外的空地改建成停车场，所有的小贩都被安置在停车场两侧的固定摊位里，而寺院的大门和头几进院落常年对游人香客开放。与此同时，方丈为禅七专门修建了一组建筑，这些地方是不对外开放的。

司机并没有在小贩云集的停车场把我们扔下，而是继续开到了寺院的一处侧门。按了两下喇叭，不一会儿，有僧人出来开了门，司机踩下油门扬长而入，沿着一条蜿蜒的林间小路一直开到客堂附近。下了车，司机回云门寺去了，我和丹妮艾拉照老规矩把行李放在客堂门外，走进去挂单。清明节近在眼前，我不太确定是否还有房间。我们没有提前预约，而我在南华寺也没有任何熟人。

没想到，运气不错。知客把我们交给管理云水堂的女居士，她把我

韶关大鉴寺

们带上了二楼，安排在相邻的两个房间里。这有点出乎意料：在大多数寺院里，男女居士是要分住在不同的院子里的，或者最低限度也要分住不同的楼层。同样让我吃惊的还有房间里豪华的设施：房间里有两张床，一方茶几，两张宽大的扶手椅，而且都是实木家具；卫生间里有热水器、洗衣粉、毛巾和卷纸。要是再配上床头柜和台灯就完美了。我知道这是吹毛求疵，寺院的云水堂毕竟不是五星级酒店。再说，居士们来访大多是为了参加法会，而不是躺在床上看书。

我们到得正是时候。去斋堂用过午饭，回房间睡过午觉，又写了一页日记，我起身敲开了隔壁丹妮艾拉的房门。她也在写日记。二十八岁的年轻人显然不需要睡午觉，她已经写了满满四页了，而且她的日记本大得多。我建议去寺院里到处走走。

南华寺的开山祖师是 6 世纪时来华的天竺僧人智药。502 年，他从印度渡海来到广州，然后沿北江一路上溯，打算前往五台山朝礼文殊菩萨。途经曹溪时，智药掬起一捧溪水止渴，发现曹溪之水与他故乡泉水的滋味一般无二，于是心想，此处山灵水秀，溪水上游必是修建道场的好地方。待到朝台归来时，他便在曹溪源头开山，公元 505 年寺院建成，当时的寺名叫作“宝林寺”。此后的一个多世纪里，宝林寺一直默默无闻，但我们如今已经知道，智药说得没错，此地确实是修建道场的好地方。

丹妮艾拉毕竟是在做学问，因此游览方式和我完全不同。她需要仔细查看寺中每一通石碑，记录每篇碑铭的纪年和其他细节，我们很快就走散了。

我绕过前院的诸进大殿，径直朝六祖殿走去。六祖殿正中供奉着六祖惠能的不坏肉身，两旁分别是丹田和尚（1614 年灭度）和憨山德清（1623 年灭度）两位高僧的不坏肉身。我对丹田和尚一无所知，但憨山德清大师则是我一向敬仰的。两位明代高僧都曾做过南华寺的住持。

公元 677 年，惠能在广州受具足戒后来到宝林寺。和智药一样，惠能也一眼就相中了这个地方。在他驻寺弘法的四十年间，从全国各地赶来学禅的僧尼居士数以千计。说起对中国禅宗的贡献，惠能在各代祖师中堪称居功至伟。如果没有惠能，禅宗也许仍然能够在中国兴盛起来，但那将会是另外一种禅。我猜它将会是一种更为避世的，形式感更强而且体系更严密的禅法。惠能则把禅带进了俗世，破除了它的体系和形式感，直达其“性体空寂”的本质。

入寂之前，惠能给弟子留下的最后遗言是：

> 汝等好住，今共汝别。吾去已后，莫作世情悲泣而受人吊问、钱帛，著孝衣，即非圣法，非我弟子。如吾在日一种。一时端坐，但无动无静，无生无灭，无去无来，无是无非，无住无往，坦然寂静，即是大道。吾去已后，但依法修行，共吾在日一种。吾若在世，汝违教法，吾住无益。
>
> ——引自杨曾文校写《敦煌新本六祖坛经》

惠能的教法是什么？直指人心，见性成佛。菩提达摩入华时传来的禅法就是这般。字面的意义并不重要，重要的是它们所传达出的那种直截了当的风格和旨趣。

六祖殿里香客汹涌，不宜久留。我上了三炷香便匆匆离开了。转出后门，行不多远，便是一片人迹罕至的深林，我信步向前，左手边安静矗立的是虚云大师纪念馆，背后则是他的舍利塔。1934 年，时任福州鼓山涌泉寺方丈的虚云和尚受邀前来主持南华寺的重修。1943 年，工程接近大成，他便将焕然一新的南华寺移交给弟子，自己前往乳源主持云门寺的修复去了。五年之后，他又将本焕禅师请来做了南华寺的住持。

南怀瑾居士跟我讲过一则虚云的逸事。抗日战争期间，虚云应邀前往重庆举行救国息灾法会，当时的青年南怀瑾恰好也在，因此曾有缘亲近虚老。他向虚老发问：大师主持重修古刹多所，为何每次都是接近大成之时，便交给别人，而不自己彻底完成呢？虚云闻言，给了南怀瑾的后脑勺一巴掌，笑道：你这小滑头，如果我都修好了，还要你们年轻人干什么？讲这个故事的时候，南老居士已经年过九十了。

1959 年，虚云大师圆寂，享寿一百二十岁（丹妮艾拉认为应该是一百一十六岁），肉身荼毗后所得舍利被分赠给虚老生前住持过的各所寺院，云门和南华自然也在获赠之列。有人说，虚云的前世是憨山德清大师——难怪我对两位大师都有一种特殊的情感。我瞻仰过纪念馆，又躬身礼敬了大师的舍利塔，便朝原路返回，去找虚云专家丹妮艾拉。她已经搜遍了寺内的所有碑刻，未能找到任何虚云亲笔或亲撰的文字。

回到云水堂，我把茶几和扶手椅搬出房间，和丹妮艾拉对坐在阳台上，继续谈论着我们的共同话题——虚云和尚。不知不觉间，夕阳已经降落到大雄宝殿的屋脊线上，这时，斋板响了。负责斋饭的一位居士走了过来，请我们去贵宾餐厅用餐。丹妮艾拉不高兴了。作为一名有着强烈无产阶级认同的大好青年，她对特殊待遇切齿痛恨。所以我们当然是去了对所有居士开放的斋堂，与“普罗大众”们一起享用了晚餐。吃完饭，有人过来收拾餐具。但你想帮丹妮艾拉收拾餐具？门也没有。

饭后散步的时候，恰好遇到南华寺的监院照远和尚，他热情地邀请我们去他那儿喝茶聊天。沏茶的时候，我们聊了几句寺院的大体情况。照远告诉我，南华寺的常住僧已经超过两百人，而且其中有四十多人是在禅堂常住的。常住禅堂意味着修行生活的全部内容几乎都是坐禅。这也是古代禅宗丛林特有的一种制度。修行之路不一而足，但有些人更愿意选择打坐。选择禅堂常住的僧人，每天坐禅的时间分为十四节，其中七节坐香，七节跑香。通常，跑香持续的时间大约是十分钟，而南华寺的禅堂常住每次跑香至少在二十分钟以上，最长甚至可达一个小时。

南华寺也新建了一所佛学院。虽然现在只有五十多个学生，但新校舍建好之后，很快就会达到一百人以上。中国所有的寺院都在大兴土木，这是本次旅行给我留下的深刻印象。这无疑说明，中国人民在与宗教绝缘了数十年之后，现在正以百倍的热情重新回来。中国人在有了钱之后最先想到的事不是及时行乐，而是为将来打算——为晚年，为来生。

我们也聊到佛教本身。但照远的话听起来似乎是在照本宣科，他的普通话说得很标准，他的一举一动都一丝不苟。他受戒于扬州高旻寺，那里是近代以来中国禅宗的“西点军校”。但他的言谈中好像总是缺点什么。如果佛源老和尚在这儿，他大概又要问了：你怕什么嘛？或者他会给这位监院和尚一个胡饼，让他就着茶吃。

我问到六祖惠能留下的遗物。照远说，方丈不在寺里，没有方丈许可，他不能给我看任何东西。于是我问他，方丈何时回来。他说他也不知道，但接着又补充说，他不敢问，因为这不太礼貌。当然，我听得出他只是在找借口推托。过了一会儿，他又说，其实也没什么可看的。事实上，惠能在世时穿用过的短袜、念珠、锡杖，还有女皇武则天赐给惠能的一领袈裟，等等，如今都收藏在南华寺。我虽然没见过实物，照片还是看过的。

第一壶茶喝完，我们便告辞出来，各自回了房间。冲了个热水澡（没有浴缸，甚憾）之后，我早早躺下准备睡觉。窗外有僧人课诵的声音传来，我不知道他们念的是什么，但似乎是一种互有应答的形式，这让我想起中国南方各省曾经普遍流行的山歌。那山歌如今大概已经没人唱了罢。

9点，课诵结束。青蛙和蟋蟀立刻放声高唱。接着，开大静的钟板响了。再一睁眼，已是天光大亮。

暖瓶里的水是温的，我拎着它下楼，到厨房里换了一壶刚烧开的热水。回来的时候，丹妮艾拉的房门开了，她正坐在走廊上，靠着栏杆卷烟抽。“我一夜没睡。”丹妮艾拉对我说。昨天晚上，她的母亲打来电话，带来了外祖父去世的噩耗。外祖父和她关系非常好，临终时她却不能陪在身边，这让她想到，这些年来家里不管发生什么大事小情悲欢离合，她总是不在场。她意识到，是自己选择的道路使自己远离了家庭和亲人。她愈想愈悲，几乎哭了一整夜。“我现在看起来一定像个鬼魂。”丹妮艾拉说。我还真没注意。不过她的脸色的确很苍白，我本以为是早晨的光线所致。

我用刚打来的开水冲了杯咖啡递给她，然后站在走廊上继续谈论了一会儿她的外祖父。我说，虽然他很想在临走前能和你见上一面，但我相信他一定不会建议你因此放弃目前的工作。止住悲伤的最好办法是用别的事情分散注意力。于是我建议再去访问一处与虚云有关的古迹。丹妮艾拉曾在书上看到，虚云住持南华寺期间，还主持修复了附近的另一座寺院，也许值得一看。听上去是个好主意，应该马上行动。出了南华寺山门，我们分头在停车场边上卖香烛纪念品的摊位前找人打听虚云重建的那座古刹，不一会儿工夫，丹妮艾拉就找到了一个知情的小贩。他为我们指明了方向，的确不算太远，只需向南走大约二十公里。停车场上正好停着几辆出租车，我们走过去找了其中一个姓杨的司机，谈妥了价钱——来回一百二十块。

看得出来，杨司机是个做事谨慎的人。尽管小贩已经跟我们说明了路线，他仍然走走停停，一有机会就在路边找人打听。我一向认为，一个负责任的好司机就应该这样。快到乌石镇的时候，我们在一座热电厂前驶出了省道，沿着小路继续前行。跨过曹溪上的一道小桥之后，前方出现了一座牌楼，上书“月华寺”三个大字。再往前走不多远，就是曹溪与北江的汇流处——一千五百年前，智药和尚就是在这儿品尝曹溪之水的吧。

月华寺的周围新起了一道围墙。寺中央有一座尖顶的大殿正在拔地而起，因为还未完工，所以周身插满了脚手架。在它旁边，月华寺又脏又破的老房子看起来摇摇欲坠。进了山门，正看见一群女居士围着一个年轻和尚说话。年轻和尚在为修庙募款，他身旁的桌子上放着账本，上面密密写着施主姓名和捐款金额。

我们走上前去说明了来意。年轻和尚自我介绍说，他是少林寺的僧人，大约一个月前，方丈派他到此重修月华寺。他还带来了修庙的资金。两名原本在此常住的老和尚显然对这位新来者不太感冒。谁也不知道他是不是真的来自少林寺。少林寺远在北方，为什么要派人千里迢迢跑到这岭南的荒山野岭，来修一座被热电厂污染着的，没人知道的破烂小庙？

丹妮艾拉独自走开，到寺中各个角落里搜寻碑刻和古迹去了，我跟一个看上去很清楚状况的女居士聊了起来。她告诉我，月华寺和南华寺一样，都是由天竺高僧智药开创的。开山以来，两座寺院的关系一直非常密切。历代高僧重修南华寺时，也一定会同时重修月华寺。惠能如此，憨山德清如此，虚云也是如此。在过去，从广州前往南华寺朝拜的僧侣和香客大多乘舟沿北江逆流而上，到了曹溪入江口便舍舟登岸，先朝月华寺，再沿曹溪走陆路直抵南华寺。我突然想到，也许这就是少林寺要来重修月华寺的原因。如果少林寺想要把影响力扩展至岭南，在南华寺的门口建立一处根据地可能是最简便的方法。

月华寺里已经几乎看不见任何前代遗迹，只在祖师殿里供奉着一座智药和尚的塑像。有人说，塑像的泥胎表层下面是智药的不坏肉身，还有人说智药的肉身已经在“文革”中被革命小将们毁掉了。真相到底如何，其实很容易检验，只需在塑像上钻个小孔便可知分晓。不过，这事也是说来容易做来难，至少一时三刻之间是不会有人来钻这个孔的。除此之外，月华寺里再无可观之处，于是我们拜了智药，谢过众人，便往杨司机的出租车走去。

司机正要开车离开，跟我聊天的那位女居士走了过来，她凑近摇下的车窗，悄悄问我，是否听说了最近“重新发现”的“六祖避难石”。所谓的避难石，出自今本《六祖坛经》中记载的一个故事：惠能来到宝林寺，住下已有九个多月，又被恶党追杀，于是逃向宝林寺前方的山中，不料恶党尾随而至，并纵火烧山，幸好山中有块巨石，惠能爬进巨石上的洞穴中藏身，终于躲过了这一劫（见宗宝本《坛经 · 机缘品第七》）。女居士说，避难石就在南华寺对面的山上，如果我们想去，她可以带路。

女居士名叫李胜花，她上了车，坐在副驾驶位上给司机指路，带着我们先返回南华寺，再从山门对面的一座桥上越过曹溪，朝西南方向开去。前两天的大雨把乡间土路泡成了烂泥，出租车在烂泥里艰难地挣扎着，爬上了一座小山冈。在半山腰的某个地方，车子实在开不动了，于是大家集体下车继续朝前走。

泥泞的小路一直延伸到山顶附近的一堆巨石前。有人用砖墙把巨石围了起来，砖墙前后各开了一道门，但眼下它们全都锁着。李胜花四下里看了看，说：看管避难石的尼姑可能进城去了。我们站在紧锁的大门

被“重新发现”的六祖避难石

前喘着粗气，一时不知如何是好。这时，多亏杨司机挺身而出，他三两下爬上了墙头，跳进院子，从里面把大门打开了。巨石背面的中心位置有一个凹坑，据说当年惠能就是在这里躲过了漫山的大火。据说他在洞里结跏趺坐，因而在石头上留下了膝盖的印迹和袈裟的衣纹。巨石下面正对凹坑的位置陈设了香炉和功德箱，香炉旁摆放着香烛，大概是看守此地的尼姑为香客们准备的。

有趣的是，这个地方是最近才被人“重新发现”的。1978 年，一个名叫朱德瑞的当地人根据方志中的线索，辗转查访到此地。似乎在过去，人们虽然知道这个地方，但又觉得还不至于为它修庙立祠，所以它的名气一直不怎么响亮。不过现在不同了。如今的中国，恢复活力的不仅仅是宗教热情，还有变本加厉的商业精神。地方政府对一切有可能被开发为旅游资源的古迹和风景区都不会放过。2002 年，朱德瑞获得政府批准，在“新避难石”周围建起一圈围墙，并在石前修了一座小庙。2005 年，一名比丘尼行脚来到此地，面对六祖圣迹感动不已，于是决定留下来守护避难石。

我们上了几炷香，又往功德箱里投了些钱。我突然想起中午和大鉴寺方丈的约会，赶紧掏出闹钟看了看时间。不好，已经快到中午了。我们匆匆回到车上，下山往韶关方向开去。路过马坝镇的时候，李胜花下了车。为了感谢她的帮助，我想给她些钱，但被她拒绝了。她简直是个天使，而且穿得也像——她穿着一件粉红色镶银边的针织夹克。她说，帮助我们也给她带来了快乐。

到达大鉴寺时已是 12 点半。方丈坐在一桌子盛宴前等着我们：豆腐做的素虾和素鱼、油炸面筋，还有四五种蔬菜。饱餐之后，他领着我们上楼去了接待室。方丈名叫法治，看起来五十多岁，精力旺盛。法治解释说，过去的一个星期我们之所以没能见到他，是因为他在广州学习中医。在过去，佛教寺院大多也兼具悬壶济世的功能，附近的信徒到寺院求医问药是非常普遍的。法治希望能在大鉴寺恢复这项传统。

法治方丈沏得一手好茶。他给每人斟上一杯，然后便在座位上盘腿趺坐，主动问我们关于《坛经》有什么问题要问。大鉴寺正是惠能讲授《坛经》中所述教法的道场，不过我倒并不想和方丈探讨《坛经》，我比较好奇的是大鉴寺的情况，比如它的基址在历史上是否有过变动。还真让我问着了。方丈说，大鉴寺的原址本来是在江边，离现在的位置大约五百米的地方。几个世纪以前，一次严重的洪灾冲毁了寺院，从那以后，重修的寺院便选址在北面不远处的高地上，也就是我们现在所在的位置了，而后院里的那两颗菩提树则是当年由原址上的菩提树扦插移栽而成的。这是我能想到的唯一一个问题。问完之后，我的脑子里一片空白。

幸好丹妮艾拉还有问题。她感兴趣的是虚云老和尚，而法治在这方面知道的还真不少。他甚至认识一位尚在人世的虚云的俗家弟子。此人住在附近的县城里，法治把地址和电话都给了丹妮艾拉。茶喝到第三泡的时候，我终于又想起一个问题。在南华寺，我向监院照远问起六祖的遗物，他说已经没什么可看的东西了。这会儿我又跟法治提起此事，他告诉我，六祖的锡杖和袈裟等遗物都收藏在南华寺藏经阁的二楼上。而他之所以知道得这么清楚，是因为他曾经做过南华寺的监院。看起来，现任监院的开放程度比之前任可逊色多了。

第四泡茶喝完，连丹妮艾拉也想不出问题了。法治似乎还有点意犹未尽。两个对惠能和虚云感兴趣的老外找上门来这种事大概不是每天都会发生。但我们感兴趣的主要是他们的生平事迹而不是教法，这一点好像又让他有点失望。我们始终没问他希望我们问的那些问题。我觉得自己像个痴呆一样坐着。最后，他招呼侍者拿来了几包“禅茶”送给我们，并嘱咐说如果再有问题就打电话给他。我们真诚地谢过他的盛情，便告辞了。

回到南华寺，丹妮艾拉在山门外买了一袋小芒果。回到房间，我又把茶几和椅子搬到走廊上，丹妮艾拉从靴子里拔出一把英吉沙小刀给芒果削皮，然后源源不断地递到我手上。我从未吃过味道如此甜美的水果。半袋美味小芒果下肚，再加上中午的盛宴，已经没有理由再吃晚饭了。我们坐在走廊里谈论着虚云，直到天色完全暗下来。管理云水堂的女居士走了过来，她告诉我们，院子里有灯，如果需要的话可以打开。我连忙说不用，黑点儿挺好的。

第二天早上，我给杨司机打了个电话，安排好当天的行程。我们准备去探访法治方丈昨天提供的线索——虚云老和尚的那位俗家弟子。他叫刘存基，住在乐昌，一个距离韶关大约五十公里的城市。路程倒并不远，但几天前的大雨让路况变得很糟，开到乐昌足足用了两个钟头。约好见面地点，过了一会儿，老刘骑着电动车出现了。他三岁的孙女站在电动车的前踏板上，他的两腿之间。我们跟着他继续前行，来到一个巨大的市场前。刘存基的家就在市场对面。

他比我想象的要年轻很多——今年六十八岁，也就是说，虚老圆寂时他才十九岁。老刘回忆说，第一次见虚老时他还是个十三四岁的娃娃。从那以后，他常常去南华寺拜访虚老，后来则是在云门寺，甚至后来虚云去了云居山真如寺，他还前往拜谒过一次。那是虚老入寂之前不久的事情。

眼看到了中午，老刘似乎没有留我们吃饭的意思。这在我们遇见的中国人里是很罕见的。一直坐到 12 点 15 分，他终于象征性地问了句要不要留下吃饭，可我没听见、也没嗅到厨房里的任何动静，只得心领神会地客气说不用了，我们还要赶路。谢过老刘之后告辞出来，临别时他建议说：既然要赶路，还是走云门寺回南华寺比较好，因为那条路的路况要好很多。他说得没错，回程我们只用了一个小时。

明天就要离开南华寺了。丹妮艾拉在寺院里做临走之前最后一次古迹踏勘，我留在房间里，把老刘的谈话录音誊抄到日记上。我们的谈话时间并不长，所以誊抄也没花多少时间。吃过晚饭，又在寺院里散步时，碰到两位年轻僧人。他们告诉我说，方丈回来了。我问能不能帮着安排一次见面，他们说可以试试看。接着，我们又去了监院的房间，向照远和尚申谢并告别。照远其实人还不错，就是提供的信息有点不靠谱。大概以前吃过苦头，自然平添许多世故。

回到走廊里，丹妮艾拉又呈上一大袋水果，除了小芒果还有橘子。

在水果的陪伴下，我们花了很长时间讨论禅宗与道教的关系。丹妮艾拉的观点与时下大多数西方学者类似，他们相信，禅并非印度原产，而是印度佛教入华以后与本土道教结合孕育出的新品种。但实际上，这种看法既难证实，也难证伪。且不说史料的缺乏和难以考证，就连其中诸多概念的定义都还存在许多争议。

从我自己的角度出发，对于这样的观点则很难认同。这些年来，我仔细爬梳了数百则早期禅师的传记，从其中涉及禅师们出家之前经历的内容来看，除却那些直接出家的以外，绝大多数人都是从儒门转向释教的，由道入释者几希。我认为，禅既不可能是从道教，也不可能是从儒家中发展而来，它甚至不是从当时已经传入中国的印度佛教中派生出来的。禅是一种崭新的事物。想想看，除了禅宗的那些祖师们，还有谁会主张“教外别传，不立文字”？还有谁会对困惑的弟子说“吃茶去”？不仅道教徒和儒门弟子们不会这么做，连菩提达摩之前的佛教徒也不会这么做。

中国传统文化对文字有极深的依恋，因此禅宗也不可避免地积累了大量的文献，几乎形成了一种独特的文学传统。但禅的根本教法并不在文字之中，而在每位师父与徒弟之间用心印证的觉悟中。这不是我们通常所说的传统，它是一种心灵的活动。也许有这样的可能：这种无法用文字印证的觉悟最初产生于印度，并代代传承，但印度人对于文字的态度恰与中国人相反，他们没有文字记录的传统。所以，直到菩提达摩将禅带入中国，并在四祖、五祖，尤其是六祖的手中发扬光大，其影响力才从隐秘的僧伽内部一直扩展到社会所有阶层以及文化的各个方面，禅才开始在中国人的文献里逐渐形成一种相对清晰的面貌。这是我个人的看法，而且我一直坚持这种看法。就这样，我们在禅宗六祖的寺院里用语言谈论着他老人家不希望人们用语言谈论的事情，直到开大静的钟板敲响，才把我们赶回了各自的房间。一弯新月爬上了寺院的屋顶。晚安，惠能。

第二天一早，我们收拾好东西，正喝着咖啡，昨天那两位年轻僧人来了。他们带来了好消息，方丈同意见我们，而且就是现在。他俩领着我们穿过迷宫一般的回廊，来到寺院东侧一个新建成的院子。它完全独立于南华寺里的其他建筑群，像一座闹中取静的寺中寺——这是方丈为应对慕名而来的人潮所想出的办法。我们爬上一道石阶，敲开一扇巨大的门，溜了进去。院子中央，数百株盆栽花卉盛开在这南方的四月天里，既安静又热烈。

院子里的正房是一座三层高的建筑，南华寺的高级僧侣们大多住在这里。方丈法号传正，六十岁上下，正在二楼的会客室等候我们到来。年轻僧人事先交代过，方丈这几日患了严重的感冒，不便打扰太久。我们聊到这几日在南华寺周边访问所得，他确认了大鉴寺法治方丈和老刘居士的说法：惠能的锡杖、短袜和武则天所赐千佛袈裟的确都收在南华寺藏经阁。他还确认了六祖避难石的真实性。

传正的状态的确不太好，我们不愿令他病情加重，待了一会儿便起身告辞。临别之际，他把意昭法师在香港的电话给了我们。意昭是至今仍在弘法的虚云弟子之一。“如果你们想知道虚云的情况，”传正说，“拜访意昭法师是最好的选择。”他又让侍者拿来一大包礼物，礼包上印着纪念南华寺建寺一千五百周年的字样——这些礼物都是去年举办庆典时准备的。最后，传正方丈拿出他的名片，写上手机号码之后递给我，说以后有问题可以打电话给他。方丈的热心让我再一次想起监院，不免又比较一番。

我们告别方丈往回走，路过大雄宝殿时最后拜了拜六祖惠能，然后到云水堂取了行李，朝山门外走去。三只被人拿到寺院里来放生的珍珠鸡一直跟着我们，从云水堂一直跟到了放生池。明天就是清明节了，大概是因为最近寺里太忙，僧人们忘了给放生池换水，成百上千条信徒送来放生的鱼翻起了白肚皮。工人们正在排干池水，用网搭救那些尚未死去的鱼儿。我和丹妮艾拉背着行李从旁经过，向等在外面的老杨走去。

第十五章　无终

我的朝圣之旅差不多要结束了。行程表上还剩下最后一页：广州。杨司机送我们到韶关上了一辆大巴，三小时后，我和丹妮艾拉已身在人声鼎沸的广州汽车客运站。车站外，汹涌的车流和人潮就如随时会吞噬一切的洪水。我们抓住机会上了一辆出租车，夺路而逃。

出租车往南开去，不多时来到沙面。那原是珠江水道中冲积出的一片沙洲，鸦片战争后，英国和法国将它强占去，做了两国在广州的租界。他们在沙面修堤筑坝，大兴土木，建成一座公共设施齐备的人工岛，岛上领事馆、教堂、商行、医院、银行、酒店一应俱全。沙面遂成了殖民地官员和商人们在广州停留期间自得其乐的小天地。一个多世纪后的今天，岛上仍然保留着几十幢殖民地风格的建筑，其中规模较大的几座还被改造成了旅馆。我在小岛南端的沙面宾馆下了车，丹妮艾拉的目的地则是珠江对岸中山大学的青年旅舍——毫无疑问，青年旅舍比殖民地风格的旅馆更符合她的无产阶级品位。分手之前，我们约好了第二天早上碰头的地点：华林寺。那是达摩祖师进入中国的第一站。

走进旅馆大堂的一瞬间，我闻到了胶水的味道。酒店正在重新装修，虽然还在营业，可谁愿意忍受装修的噪音和气味呢。我转身出来，才发现街对面就是著名的白天鹅宾馆。尽管我从未来过沙面，但白天鹅的大名早有耳闻：它是广州最早开业的豪华酒店，也是全中国第一家合资经营的酒店，其合资方来自香港，市场定位则完全针对国外旅行团。酒店周围进出的大巴上，人行道的树荫下面，路旁的酒馆和纪念品商店里，到处是成群结队、体形壮硕的西方人。要不是看见他们，我都快忘了西方人——尤其是美国人的块头有多大了。走在他们身边，感觉就像是在和一群海豹一块儿游泳。

这一切来得太快太突然了。在中国内陆的乡下混迹了一个多月，现在我需要找个不那么喧嚣的地方慢慢适应广州（多亏沙面宾馆在装修）。我招手拦下一辆出租车，转到相对安静的沙面岛北端，住进了胜利宾馆。宾馆老楼的房间价格颇为公道，二百八十块一晚。宾馆隔壁就是一间专卖洋酒的商店。纯麦威士忌太奢侈了，但一瓶波尔图酒只要一百一十块。今夜，伴我入眠的不再是禅院的钟声与课诵，而是红宝石色的酒浆和久违了的热水浴缸。

次日清晨，我打车前往华林寺与丹妮艾拉碰头。这座昔日达摩居停过的梵刹，如今坐落于繁忙的长寿路与康王路路口，周围是鳞次栉比的珠宝玉器商行和“华林玉器广场”。

根据中国古代的佛教文献记载，菩提达摩可能出身于5世纪时南印度帕拉瓦王朝的一个贵族家庭。帕拉瓦的统治疆域主要是印度次大陆南端东部、沿孟加拉湾分布的狭长地带，在其境内有一座名为摩诃巴里补罗的著名港口，是往来于南印度与南中国的各国商旅必经之地。菩提达摩正是从这里出发前往中国的。在他的老师般若多罗的鼓励下，达摩搭乘一艘商船从摩诃巴里补罗港扬帆出海，沿着海岸线绕过中南半岛，一路走走停停，历时三年终于抵达南海（即今天的广州）。据唐朝高僧道宣的《续高僧传》载，达摩到达广州时，正值南朝的刘宋王朝时期，具体时间有人考证为公元475年。后世的汉传佛教典籍则有的将达摩入华时间推迟到了公元520年，为的是让他能和笃信佛教的梁武帝在历史上相遇，因为后者要到502年才初登大宝。不管怎样，达摩来过广州基本上是没有疑问的。在广州期间，他的栖止之地便是华林寺，而且在此一住三年。

站在如今的广州街头，已经很难想象华林寺一千五百年前的景象。唯一可以肯定的是它比现在大得多。从6世纪到10世纪，广州一直是一个人口和文化都极为多元的国际性港口。据当时中国以及阿拉伯世界的史学家推测，居住在广州城的外国人大约在十万到二十万之间。以当时的人口规模而论，这是一个极其惊人的数字。而且，这是一群规模庞大的流动人口，他们中的大多数是商人和水手，从来居无定所，一刻不停地往返于中国与南亚次大陆以及中南半岛的各个王国之间。

华林寺所在的位置正是当年朝廷为外来人口在城南开辟的居住区“番坊”一带。很有可能一开始它只是印度僧人在广州的临时落脚点，后来逐渐发展成为全城的四大佛寺之一。它最初的名字叫“西来庵”——也许是为了让中国人一看就明白他们是从哪里来的。“西来”二字后来成了禅宗公案里最常用的典故：“如何是祖师西来意？”迟至 17 世纪的清朝初年，西来庵才改称华林寺，其名得自当时寺院周围种植的数百棵果树。遗憾的是，“华林”如今早已不见踪影。近代以来，华林寺的地皮大幅缩水，已经变成一座可怜的城中小庙。据说，寺院方正在努力与各方斡旋收回庙产事项，但在地价飞涨的广州城，针对每一寸土地的谈判都极其艰难。

今天是清明节，是中国传统节日中为数不多的阳历节日之一，时在春分日之后的第十五天。上香的善男信女们挤满了华林寺的大小殿堂，争先恐后地焚烧香烛纸钱，整个寺院都笼罩在蓝色的烟雾之中。为了躲避浓烟，我们走进了寺院最后面的五百罗汉堂，这是华林寺里硕果仅存的前朝遗物，它建于 1841 年，也就是鸦片战争结束的那年。与大多数中国寺院的佛堂不同的是，五百罗汉堂的平面是一个由许多条纵横交错的回廊构成的巨大“田”字形，五百尊真人大小的罗汉铜像便供奉在这些回廊里。“罗汉”或者“阿罗汉”，是梵语“arhat”的音译，原意为“离欲”，在佛教中被用来称呼那些了断一切嗜欲，解脱了红尘生死的修行者。修成罗汉果位并不是一件容易的事，但华林寺的罗汉似乎比别处标准更宽松些——我在其中发现了一位新当选成员，马可·波罗。当然，这只是我的猜测，马可·波罗弄不好真的修成了罗汉果位也未可知。至少他也是“西来”的。

出了佛教名人堂，我们穿过院子里的重重迷雾，又一头扎进新建成的初祖达摩堂。佛堂之中供奉着一尊高达七米的达摩趺坐像。如此巨大的铜像，造价想必极高昂，而且工艺其实颇有水准。但是在看过了其他真人大小的祖师和罗汉之后，这尊过于雄伟的造像，以及那些前仆后继

的信徒，反倒让人觉得有违禅理。达摩不是自己也说过么：“自心是佛，不应将佛礼佛。”（引自《菩提达摩论》）

在一旁照看佛堂的僧人告诉我，等到周围民居的动迁完成，华林寺还将建起一座规模更加宏伟的大殿，用于供奉华林寺的镇寺之宝佛祖舍利。说来也巧，这批佛舍利的由来也和动迁有关。1965 年，政府决定搬迁华林寺原址上的一座白塔，无意中在塔基下发现一具石函，舍利便藏在函中。据说，这具石函是 1655 年由顺治皇帝秘密送来华林寺的，但是，与舍利一同出土的文字资料里既没有解释顺治帝从何处得来这批舍利，也未说明他为何要将其放在华林寺。唯一可知的是，石函中的木匣上写了“佛舍利”三个红字。这批舍利原有二十二颗，但出土之后历经辗转，其中一颗已经神秘地消失了。我猜想，当时满洲人刚刚入关不久，将至宝舍利送来帝国南疆，也许有抚远定边、驱邪镇妖的用意。不过，我们很难说顺治皇帝的选择是明智的：佛陀本人就是一位西来的“外国人”，用它的遗骨镇守边疆恐怕很难灵验。离开之前，我和丹妮艾拉也点燃了几炷香，为寺院上空的滚滚浓烟添砖加瓦。

达摩祖师离开广州北上之后又过了两百年，惠能来了。公元 676 年的一天，他走进了华林寺北边不远处的法性寺。那天，正逢方丈印宗法师开示《涅槃经》，可能是在讲课的间歇时分，忽有阵风吹过，堂前旗幡招展，两名僧人因而争论起来：一个说是风在动，另一个说是幡在动。惠能听见了他们的争论，插话说：“不是风动，不是幡动，仁者心动。”（见宗宝本《坛经·自序品第一》）

法性寺到了明代改名为光孝寺，并一直沿用至今。被风吹动的旗幡早已不在了，但旗杆还在。我们走进光孝寺，走过这根著名的旗杆在地上投下的影子，进了大雄宝殿。大殿的内墙上挂满了黄纸，每张纸上都写着一位逝者的名姓，地上摆满了供奉给死者的鲜花果品。光孝寺的前任方丈本焕是中国当代著名的禅师，他为了提倡坐禅，把大殿里原来供人磕头用的拜垫全都撤去，换上了几百个用于打坐的坐垫。由于是清明节，大殿里“座无虚席”，当然，没有人是在打坐。大家都是来祭奠墙上的亲人灵位的。人们低声交谈着，仿佛是在等待会议的开场，领导还没来。

这样的场合不太适合我们俩加入，于是我们悄悄地退了出来，去看殿后的瘗发塔。来到光孝寺之前，已经得到黄梅东山法门传承的惠能一直都未正式剃度出家，而在那场“风幡论辩”中语出惊人之后，印宗方丈得知了他的身份，于是就在寺中亲自为他剃发授戒，并将剃下的头发埋在一棵菩提树下。之后不久，埋头发的地方建起了这座塔。

有人在瘗发塔前的香炉里投进数以捆计的纸钱，顿时烈焰腾空，继之而起的浓烟朝着头顶的菩提树冲了上去。光孝寺有些古树的树龄已在千年以上，除了菩提树，还有广州的市树木棉。这种原产于印度的外来树种大约是和达摩同时来到中国的。眼下正是木棉树的花季，有人在树下捡起凋落的花瓣，然后细心地一一展平收好。这种橙红色的椭圆形花瓣晒干后可以入药，在中医眼里具有清热去湿之功效。

木棉树后面，几个僧人正站在一张桌子旁边为重修观音殿募集善款。全中国的寺院都在重修扩建，光孝寺自然也不甘人后。而且，因为可以借助本焕禅师的影响力，它的进展要比华林寺顺利得多。本焕禅师年轻时曾和我的师父寿冶老和尚共同住持五台山碧山寺，1948 年始南来，应虚云大师之请前往南华寺接任住持，从此留在南方。1958 年，本焕被打为“右派”，在劳改农场度过了十五年难熬的岁月，出狱之后，他做过多所寺院的住持，光孝寺也在其中。他还主持修复重建了一大批重要的佛教丛林。佛教在今日中国能如此繁荣，本焕实在功不可没。我第一次见到本焕就是在光孝寺。不过，年届百岁高龄的本焕长老如今已经离开广州，搬到深圳东郊的一座僻静山寺里去了。

离开光孝寺前，丹妮艾拉和我也为观音殿捐了一百块钱，并在一片瓦上写下了自己的名字。

在胜利宾馆又住了一晚，次日清晨，我早早退了房，把行李寄存在前台后出了门。在广州汽车客运站，发往新兴县的班车每小时一班，我

广州光孝寺

本焕长老

坐上8点钟的那班出了城，沿广肇高速公路朝西南方向开去。我们先过珠江，接着又过了它的支流西江，一路经过数不清的鸭池、鱼塘和工厂，在肇庆附近驶出了高速，沿着新兴江向南又开了一阵，前方公路上赫然出现一面巨型横幅，上写：“欢迎来到禅宗六祖惠能故里新兴县”。

县城的汽车站外聚集着一群摩的，另有几辆破破烂烂的小巴。我稍作权衡，还是决定坐小巴。出城向南，十几公里外的龙山脚下便是六祖惠能出生长大的地方。707年，当朝的中宗皇帝为表达对大师的敬意，下令将惠能故居改建成一座寺院，并赐名“国恩寺”。712年，惠能从宝林寺返回故乡，次年在此圆寂。

我进了国恩寺，在客堂里找到知客。他向我隆重推荐寺外的温泉酒店，但我是专程来访惠能的。我说，如果云水堂还有床位，最好能住在寺院里。知客耸了耸肩膀，说好吧，便让一位女居士给我安排房间。午斋时间已过，不过他说还有饭吃。我一个人在空荡荡的斋堂坐下，片刻之间，饭菜上来了——一碗汤、一盘剩菜。虽然是剩菜，但味道并不差，而莲藕花生汤味道好极了。

吃完饭，负责住宿的女居士把我领到后院云水堂。女居士姓张，是一位退休的海军军官，她的样子看起来不怒自威。张居士带我进了一个六人间，里面全是硬板床，床上铺着床单，床头放着谷壳枕头，床尾是一床叠好的薄棉被。房间里的一切都散发着一股霉味。刚躺下，雨水立刻从天上倾泻下来，就好像是为了向我说明霉味的来源似的。这是一场典型的热带暴雨，通常它们持续的时间都不太长。可惜我的午觉也没睡多久。雨刚一停，外面就有人点燃了一串鞭炮，劈劈啪啪响了足有三四分钟，最后以一声雷鸣般的巨响收尾。震撼之余，我下床冲了杯咖啡，然后搬了把椅子到走廊里坐着发呆。水汽正袅袅地从对面的寺院屋顶上升起。

既然雨已经停了，觉也没法睡了，我决定去寺院里走走。国恩寺里葬着惠能的父母，墓旁还有六祖为纪念父母所建的报恩塔。寺院南侧一棵巨大的荔枝树，据说是惠能晚年亲手栽种的。整个寺院看起来像是一座公园。走马观花之后，我回到云水堂向张居士打听是否还有其他可看之处。她建议我去看看惠能出生的村庄，还有他圆寂的地方。两处都不太远，她教我一定要记得跟摩的还价，绝不要超过十块。

走到山门外，却只看见一辆摩的，而且他张嘴就要二十五，绝不还价。没办法，只能认栽了。让我聊以自慰的是，摩的跑起来之后立刻感觉凉快了许多，于是心情大好。

惠能就出生在新兴江对岸的夏卢村。村里的孩子们一看见我，全都围了上来，拉拉扯扯地带着我上山看了卢氏家族后人的墓地（惠能出家前俗姓卢）。看过这村里唯一可看的东西之后，我回到摩的上，继续向南跑了两三公里，拐上一条进山的小路，最后停在一排石头房子前面，它们看起来像是一座寺院的一部分。

这个名叫“藏佛坑”的地方就是惠能圆寂之处。此地人迹罕至，看门人潘云生看起来煞是孤独。潘居士热情地为我倒了杯茶，然后坚持要我在佛龛前供上几炷香。烧香礼拜已毕，他才放我沿着溪谷继续上行。据潘云生说，惠能是在国恩寺的大殿里圆寂的，就在入寂的一刹那，他的肉身突然从蒲团上飞起，像一道光划破夜空，降落在这条溪谷上游的一块大石上。弟子们循着光的方向找来，终于在溪谷的尽头发现了依然保持趺坐姿态的六祖肉身，于是将其送去韶关南华寺。从那时起直到今天，六祖的不坏肉身一直端坐在南华寺六祖殿里。

快接近溪谷尽头的时候，山里的蝉鸣突然噪响成一片。这是久违了的声音。自从离开台湾搬回美国西海岸，我已经很久没有听过它们的声音了。中国古人相信，蝉是一种具有再生力量的神奇动物。它们在黑暗的地下熬过两年甚至更长时间，次年初夏破土而出，甩掉躯壳，飞上枝头，放声高唱着度过余生。住在台北阳明山的那几年，每到9月下旬，山林里的蝉声就开始日渐稀落下去，愁绪也在我心头慢慢涌上来；来年的第一声蝉鸣则通常出现在5月初，它总是令我欣喜不已。眼下清明节刚过，藏佛坑里却已是蝉声响彻，而且不是一只两只，是满山遍野的蝉声。

礼过六祖圆寂之地，回到国恩寺时刚好赶上晚饭。到斋堂用斋的僧

广东新兴县藏佛坑，六祖涅槃处

人有二十多位，居士的人数则两倍于此。在这方面，每个寺院的情况各自不同。有的寺院甚至看起来更像养老院而不是佛教道场。回到云水堂，张居士好心提醒我：晚上 7 点钟开始，寺院会用水泵把温泉从山下抽上来供大家洗浴，8 点钟结束，注意不要错过。我看了看时间，5 点刚过，不如趁此机会去访一访国恩寺的方丈。

知客把我带到会客室里坐下，过了一会儿，如禅方丈走了进来。方丈是本地人，身材不高，看上去大概五十岁上下。他的经历很简单：十九岁在国恩寺出家，后入北京中国佛学院进修，1986 年毕业后回到国恩寺任副当家师，两年前出任方丈。作为六祖故里的方丈，如禅自然也精研《坛经》。对于六祖众说纷纭的身世，他还提出了几个颇为新颖的论点。

在《坛经》开篇，惠能自述家世，曾说到自己“父又早亡，老母孤遗，移来南海，艰辛贫乏，于市卖柴”。有一天，他去给客人送柴，听到念诵《金刚经》，忽然心有所悟。一问之下，客人说此经是从东山五祖弘忍大师处听受，惠能这才决心北上黄梅。按通行的理解，《坛经》此处所说的南海，自然是指今天的广州了。但如禅告诉我，就在新兴县郊外的新兴江边，也有一个叫作“南海”的地方，而根据他的考证，那里才是《坛经》中所说的南海。他给我看了一组照片和碑刻，以证明所言非虚。

如禅还送给我一套由他主编的五卷本大部头，里面几乎囊括了中文世界里所能找到的关于《坛经》的一切。但他谦虚地说，这套书收的内容还不是很全。

如禅是个极其随和的人。我们聊得投机，时间不知不觉过去。7 点钟将至，为了不错过温泉浴，我准备起身告辞。这时方丈说：“你去收拾一下东西，我带你换个房间。”起初我以为他指的是在云水堂里换个房间，谁知他带着我出了山门，一直走到山下的温泉酒店。方丈说，不久前这家酒店被一位居士买下来送给了寺院，所以，现在这儿也成了国恩寺的“云水堂”。我只好恭敬不如从命。

如禅把我交给前台就回寺里去了。服务员给了我一个二楼的房间，其内部情状与云水堂那散发着霉味的硬板床相去甚远，地面、墙壁、床单，一切皆白。床垫紧绷绷的，硬币扔在上面能弹起多高。居然还有空调。奇怪的是，作为一间温泉酒店，这里的浴室却没装浴缸，只有淋浴间。但我没有就此放弃洗温泉浴的决心。我走进淋浴间，堵住地漏，把龙头开到最大，过了一会儿，地面终于积起一层滚烫的、散发着硫黄味的温泉水。然后，我在地板上躺了下来。

洗完温泉浴，我开了空调，爬上洁白如雪的大床。正在写日记的时候，天上突然风云叱咤，雷电交加，雨水再度倾泻下来。我关上空调打开窗，外面已是夜凉如水。半夜里，雨停了。池塘里的青蛙旋即开始彻夜无休的大合唱。

在惠能的时代，广东各地绝大部分的居民应该都不是汉族。所以，我一直有种猜想：惠能的母亲可能是当地的某个少数民族。他的父亲来自范阳，也就是今天的北京一带，但惠能却是在这蛙声震天的岭南出生的。听着窗外的蛙鸣，我突然想起中国人口最多的少数民族——壮族。禅宗六祖说不定和他们竟有某种渊源。这个拥有一千六百万人口的非汉民族（比维吾尔族和藏族的人口之和还多）自古就和青蛙有着密不可分的关系——壮族人崇拜蛙神，在他们的世界里，蛙神是雷神的儿子。对于从事稻作农业的壮族人来说，这对父子几乎是最重要的天神。在壮族人的求雨仪式上，负责向天界传递人间消息的便是蛙神。

1992 年的时候，我曾给香港的一家电台做过一档有关中国山地民族的系列节目。当时采访的一位壮族妇女不厌其烦地给我们讲解了蛙神崇拜的来龙去脉。很久很久以前，有位老太太晚上睡觉的时候嫌蛙声太吵，就让她儿子想想办法。儿子去灶上烧了锅开水，兜头浇在窗外的青蛙身上。果然，蛙声平息了，然而那些没被烫死的青蛙蹦跳着逃离了老太太的家，还带走了附近所有的青蛙，不一会儿工夫，山里的青蛙跑得一只也不剩。转眼到了夏天，山里久旱无雨，太阳把土地烤得冒了烟。

绝望之下，儿子走到村里的神庙前，向供奉在那里的壮族先祖布洛陀祈祷，祈求他的帮助。布洛陀告诉他，被他烫死的青蛙里有一只是雷神的儿子，除非他向雷神赔罪，并且从此像照顾亲人一样对待青蛙，否则永远都不会下雨了。老太太的儿子听了布洛陀的话，于是天降甘霖，庄稼得救了。从此，祭祀蛙神成了壮族人最重要的节庆活动。祭蛙神的活动从每年农历新年的第一天开始，这一天的清晨，村里的老人们会在日出时分敲响铜鼓，将全村老幼聚集一处。村民们带着锄、镐等农具从家里赶来，在神庙前祈祷完毕，便四散开去，在乡间的石畔溪旁到处寻找青蛙。第一个找到青蛙的男人和女人将分别成为本年度的蛙王和蛙后，他们将找到的青蛙带回到神庙前，交给村里的巫师。巫师手捧青蛙，带领全村老幼重新回顾了蛙神的重要性之后，将两只青蛙杀死，装进一个竹匣,然后供在神庙中。接下来是村民的狂欢庆祝。狂欢通常在晚间进行，并一直要持续半个月之久。到了正月十五月圆之夜，两只青蛙的灵魂就该上天言好事，回宫降吉祥了。天上的雷神听了蛙神的劝说，便会保佑壮族人在接下来的一年里风调雨顺、五谷丰登。一年之后,一切重新来过，壮族人的好日子就这样周而复始地过了下去。

壮族人的这一传统有着极为悠久的历史。考古学家们在壮乡各地发现的五百多只巨大铜鼓，年代最早的可以追溯到两千五百年前。对于两千五百年前的古人来说，铜矿是一种极为珍稀的资源，而铜鼓的制造工艺又极为复杂，因而每一面铜鼓的诞生都包含着极其高昂的代价。但这正是壮族人所需要的：铜鼓珍贵稀有，发声雄浑悦耳，从诚意和效果两方面都应该足以打动他们一心想要取悦的雷神。

我终于在蛙声中睡着了。在梦里，我见到了虚云老和尚，他坐在一块空地上，周围矗立着许多建到一半即将完工的禅寺。这是个奇怪的梦。此前我从未梦见过虚云。

清晨，青蛙们结束了合唱。啁啾的鸟鸣取而代之，各种音色旋律不一而足。一场豪雨之后，所有的事物都看起来生机勃勃。为了不辜负那难得的温泉水，我又洗了个澡，然后收拾好东西下楼。如禅的司机准时来到酒店门口，把我送进了新兴县城。三小时之后，我重新回到沙面岛上的胜利宾馆。又过了三十分钟，如禅送我的书从宾馆附近的邮局踏上了奔赴美国的旅程。接下来，是空调房里的懒睡，两杯摩卡冰咖，和一块香浓味甜的提拉米苏。

黄昏时分，我出了沙面岛，走到清平市场附近去找吃的。老城区的街头巷尾到处是打牌和玩麻将的闲人，市场里则是野生动物的天下。只要是还没灭绝的物种都有可能在这儿出现。还有卖药的，他们三五成群，手里攥着大把钞票，身后的面包车里摆着熊掌虎鞭、龟蛇虫草，一切能让你举而弥坚或者长生不老的灵药。又要变天了，一阵凉风吹过，天上飘了点雨丝。我顺势躲进路边一家毫无特色的饭馆，吃了顿平淡无奇的晚餐。回到宾馆，两杯波尔图酒下肚，立时睡意弥漫。旅行真的要结束了。

早晨醒来，我跟丹妮艾拉通了电话，约好在华林寺门口碰头。我还想最后寻访一处可能与菩提达摩有关的古迹。在约定的时间见面之后，我们一起打车去了南海神庙。那里应该是达摩渡海来到广州时最初上岸的地方。司机从没去过南海神庙，途中他停车问路多达六七次，最后终于不辱使命，把我们带到了广州东郊的庙头村。下了车，远远便望见神庙入口处的石牌坊，上书四个大字：海不扬波——这是古往今来出海旅行和谋生的人们由衷的愿望，也是他们来此祈祷和还愿的主要目的。

南海神庙坐落在东江与珠江交汇处的黄木湾口，古时候，这里也是外国商船下锚和卸货的地点。不过，南海神庙在正史中第一次出现距离达摩从广州登岸已经又过了一百多年。公元 594 年隋朝建立之后，朝廷派员来到南方，按照国家祭祀岳、镇、海、渎诸神的礼制在此修建了一座宏伟的神庙。如今看到的南海神庙，虽然历代屡经重修，但规制大体沿袭了隋唐的格局。值得一提的是，在供奉南海神祝融的大殿里，竟有一尊神秘的印度人造像。民间传说这位乃是菩提达摩的弟弟，又有人考证说，他可能是唐朝年间从印度摩羯陀国来华的使者达奚。据说，达奚来到广州之后眷恋不肯去，遂在南海神庙做了庙祝，并在庙前手植了两棵从印度带来的菠萝蜜树。且先不论他到底是谁，这位印度人的名气后来甚至盖过了南海神，以至于本地人都以那两棵波罗蜜树为神庙命名，直呼“菠萝庙”。直至今日，南海神庙西侧还有一座菠萝庙船厂。

地方政府自然不会错过对神庙进行“旅游开发”的机会。和我上次来时相比，神庙里又出现了几座新建的殿堂和长廊，它们周围摆放着历代朝廷和文人墨客留下的碑刻，碑文所述不外乎祈愿海路平安或称颂朝廷平靖海疆有功之类。现存最早的《南海神庙碑》刻石于公元892年，碑文作者是唐代首屈一指的大文豪韩愈（旅行开始之初，我在北京拜谒过的诗人贾岛就曾蒙受他的指点）。

除了韩愈的碑文之外，南海神庙里已经没有什么可看的东西。我们从庙里出来，登上大门西侧一座凸起的小丘。从这片古称章丘的高地南望，正是昔日达摩及其同船旅者登岸的码头。古时候，人们就在这里向出洋的亲朋挥手告别，直到孤帆化为远影；或者有分别多年的亲人回乡的消息传来，人们也会在此登高翘首以盼。然而一千五百年过去，两江汇流处淤积的泥沙已经把江岸向南推移了将近两公里。1973年，从事火力发电的黄埔电厂在此拔地而起，原先庙前朝向码头的神道如今正对着电厂高耸的烟囱。当年樯桅如林、云帆蔽日的盛景，转眼已成旧梦。

我的朝圣之旅到此就该结束了。我向南海神告别，并致以崇高的敬意——达摩祖师西来传法得以平安抵达，为我等带来那不立文字、不辨东西、无心无相、无始无终的禅法，其中当有海神的功劳。

从章丘下来，我们走到公路上，拦了一辆出租车回城。在胜利宾馆旁边的一家饭馆里，丹妮艾拉和我一起品尝着“新派上海料理”，最后一次展开我们的共同话题：虚云老和尚。虚云并不在我的行程之中，但我对他的兴趣并未因此稍减。我们谈到了他的弟子，如今身在香港的意昭法师——南华寺的传正方丈给过我们联系方式。既然我的朝圣计划已经圆满结束，何不趁机拜访这位几乎是硕果仅存的虚云弟子呢？

我并没有马上出发。由于之前已经约好和南怀瑾居士见面，第二天我飞去了上海。拜会过南怀瑾居士，又陪着几个朋友游览了江浙两地的佛教圣地，终于动身前往香港之时，已是两个星期之后了。我在深夜抵达，住进了九龙的香港海员俱乐部。这是一家由殖民地时期的“海员传道会”

广州东郊庙头村，南海神庙前神道遗迹

成立的服务机构，超级物美价廉。这当然不是香港唯一的廉价酒店，但就性价比而言，我敢说它打遍全港无敌手。大约折合四十美元的房价包含了一顿丰富的早餐，此外，你还可以在这儿游泳，做礼拜。更重要的是，它的地段无可挑剔，步行去尖沙咀天星小轮码头只要几分钟，尖沙咀地铁站更是近在咫尺。

当天晚上，一场特大暴雨浇在了香港头上。第二天的早报上说，这是香港今年的第一场黑色等级暴雨，降雨量为港岛二十二年以来的最高纪录。但香港是见过大世面的。到了早上出门时，所有的降水已经全部回到了维多利亚湾里。我给意昭法师打了电话，他说：没问题，你现在就来吧。

看来今天运气不错。曾经随侍虚云大师左右长达五年时间的意昭，如今是香港著名道场竹林禅院的方丈。除了待在香港，他还经常北上传法。

从海员俱乐部步行两分钟，就到了尖沙咀地铁站，抵达荃湾线终点用时三十分钟，出荃湾站，再坐的士上芙蓉山，五分钟以后，竹林禅院到了。意昭已在客堂等候。年届耄耋的老方丈上身着件汗衫，下身穿条睡裤——这是过去港台人士度夏的标准行头。但那个时代早已一去不返，如今的香港，也只有穷人、老人和僧人还能具备如此的从容与随意。

在客堂的两张藤椅上分别落座之后，我简单说明了来意。作为丹妮艾拉的代表，我问方丈，是否可以分享一些尚未见诸佛教正史的虚云事迹。他说，陪伴虚老左右的那些日子，几乎每天都有不可思议的事情发生。比如有一次，虚老在南华寺主持授戒，其中有一名僧人受戒已毕，在披上袈裟的一刹那，突然间消失不见。寺众到处寻找，最后人没找到，却在庭院里的一棵大树上发现了他的袈裟。于是有人说，定是这棵大树受到了佛法感化，于是幻化成人形来受虚老传戒。那棵树至今还在南华寺，就在山门背后，放生池畔。意昭说，这样的奇事几乎每天都有。

意昭方丈是香港本地人，出家的道场就在竹林寺。1940 年他削发为僧时，还是一名少年。第二年，日本人打到香港，他跟着逃难的人群北上，几个月后到了韶关，在南华寺住了下来，一直到 1944 年得授具足戒。当时虚云老和尚正主持重修云门寺，于是到了那年年底，意昭便慕名投奔虚老，从此当上了他的侍者。他说，当时的生活很苦，根本吃不饱饭。但所有人都一起劳作，共同努力，虚老也不例外。

我们开始谈论禅。意昭提到他去年在云居山真如寺参加的一次“虚云禅修思想座谈会”。他说：“人们反复提到虚老的禅定功夫如何高超。后来到我发言的时候，我说，虚老的禅定功夫一点也不高。禅定这件事上，本来就不应该有所谓高下之分。禅定是无苦亦无乐的境界。如果虚老有功夫，那他也能把这功夫丢掉。所谓诸法皆空，本就不应有得失之心。虚老已经不在得失之中了。

“我们坐在这房子里，它有门，还有窗。如果关上门窗，我们就出不去了。为什么？是因为我们痴迷于房子和门窗的观念。这些观念就是我们的无明。如果能够领悟到这些观念的虚幻本质，我们就随时都可以出去。而根本上来说，其实‘出去’也是虚幻的——没有房子，也就没有出。我们看到的这一切都是镜花水月。对于虚老这样的禅师来说，禅定功夫有时候有用，有时候又可能毫无用处。”

意昭再次站起身来，进了一个房间，出来时手里拿着一张照片。他在照片背面写下一首传法偈：

赤松仁者

心无所住，
染法不生。
对境无著，
苦乐无根。
一念动时，
成生灭因。

了悟无常，

得自在身。

在末尾处，他题上自己的名字，然后写下日期：三月廿三。按西历，今天是4月25日。在这张摄于六十年前的照片上，年轻的意昭与须眉皆白的虚云老和尚并肩而立。意昭说，那一年他十四岁。

让我想想，十四岁的时候我在干什么。十四岁——我“出家”于好莱坞的一所寄宿学校，与我共住的其他“出家人”都是些标准的富二代——当然，我自己也不例外。学校的环境倒没什么话说，但它是所军校，这意味着你只有两条路可选：要么去欺负别人，要么被人欺负。而我唯一可以仰仗的“师父”当时并不在身边。在我十一岁的时候，父亲把全家搬到了爱达荷州，因为经常出差，他雇了一个叫乔治·威廉姆斯的助手帮他安排差旅行程。在当时的我看来，这是个无所不能的人，他常陪我父亲到附近的群山里打猎或者飞钓。他在蒙大拿和怀俄明两州因杀人罪名遭到通缉，因此同时又是个非常谨小慎微的家伙。比如说，他去酒吧的时候靴子里永远藏着枪。我跟着他学过飞钓如何甩竿，还练过猎枪的枪法。那时候，乔治·威廉姆斯就是我的禅师，而美国西北的群山就是我的禅堂。这也许不能算是一种宗教经历。可谁知道呢，也许这其实挺宗教的。不管怎样，是他把我带进了荒野，让我习惯了长时间独处的生活。而二者都令我深深着迷。

意昭把照片递给我，继续说道：“自我并不存在。由于无明的遮蔽，我们总是因眼前所见而生起分别之心。无明使我们陷入无尽的生死轮回，而解脱之道就在于领悟世界的本质——自我并不存在。你我从未出生，也永远不会死亡。无明导致的分别之心使我们贪恋物欲，进而贪生怕死。释迦牟尼的证悟之道便是从领悟‘无我’，进而解脱生死开始的。这是一切众生都能做到的事。”

我站起身，向法师深施一礼，互道珍重，然后告辞下山而去。我在香港和台湾继续游荡了十来天，见了些朋友，买了更多的书和茶叶，再

1946年，意昭法师随侍虚云老和尚于潮州开元寺弘法

把它们统统寄回美国。但回想起来，就在意昭法师把照片递给我的那一刻，在我回到十四岁之前的群山和荒野之中的那一刻，这次旅行已画上了最终的句号。

我们每个人都从自己生命的起点一路跋涉而来，途中难免患得患失，背上的行囊也一日重似一日，令我们无法看清前面的方向。在这场漫长的旅行之中，有些包袱一念之间便可放下，有些则或许背负经年，更有些竟至令人终其一生无法割舍。但所有这些，都不过是我们自己捏造出来的幻象罢了。

第十六章　不归路

要回家了。尽管一路上已经寄了许多包书和茶叶回去，上飞机时，两件托运行李里仍然塞满书和茶叶。为了写这本书，它们都不可或缺。

台北中正机场，华航班机。目的地：西雅图。从台北去美西的这条航线我飞过大概十几次。飞机高悬在太平洋上空三万英尺的某个地方时，我总会想起当年第一次从美国西海岸飞赴台北时的情形。

那是 1972 年 9 月 1 日。父亲开车送我去洛杉矶伯班克机场，我从那儿先飞旧金山，然后转机飞台北。他给我买了张单程机票，估计钱是我波琳姑姑或者宝琳姑姑出的。那时候，父亲已经破产很多年了。他早年挣下的万贯家财，全都在与我母亲旷日持久的离婚官司里捐给了离婚律师。从那之后，他主要靠我这两位姑姑的救济度日。

伯班克是北好莱坞郊外的一座小型机场，当年，送机的人们可以一直送到登机口，亲眼看着自己的亲人朋友检完票，转身，挥手告别，然后走向停在外面的飞机。登机时间到了，人们纷纷起立排成一队。这时，站在旁边的父亲突然掏出两张百元大钞塞进了我的口袋，加上兜里自己的十三块钱，这就是我去台湾时的全部财产。不过，那时候也并不觉得揣着十三块钱和一张单程机票飞赴大洋彼岸这事有多不靠谱。我是打定主意去台湾的寺庙出家的，要钱干吗？而且，我当时也没打算回来。至少没打算很快回来。

出发前一天，我去医院和奶奶告了别。她那会儿已经有一百零二岁了，因为患上肺气肿才住进医院。小时候，我基本上是跟着奶奶长大的，后来上了好莱坞的军事寄宿学校之后，周末也常跟她，还有两个姑姑一起过。她们住在格伦代尔的一套两居室公寓里，我每次去就睡客厅里的折叠沙发床。宝琳姑姑结过一次婚，婚后的第二个星期她就搬回了格伦代尔的公寓。她们喜欢凑在一起看电视里的职业摔跤比赛，还有轮滑比赛。奶奶有吮含无烟烟草的嗜好，所以房间里总是放着一个用咖啡罐做的痰盂。在家里，奶奶负责做饭，姑姑们则每日沉浸在爱情小说里长吁短叹。壁橱里堆满了她们的这类精神食粮。

我父亲这边的家族成员都是外表豪放内心婉约型的。他们从小在阿肯色州小石城附近的农场里长大。后来，父亲在底特律出了事，奶奶才把农场卖了，举家迁至底特律。事情的起因是这样的：几年前，父亲跟他的几个表兄弟聚在一起，干起了抢银行的勾当。他们从阿肯色一路往北抢，没过多久就被警察掌握了动向。最后在底特律，警察提前埋伏在他们要下手的那家银行，将这伙亡命之徒一网打尽。表兄弟们全部被当场击毙，唯独父亲拣了条命出来，只被打伤了膝盖。就这样，父亲下了大狱，奶奶带着我两个姑姑来到底特律。波琳和宝琳当年都是美女，而且作风大胆。她们在州长常去吃饭的凯迪拉克大酒店谋了份服务员的工作，然后设法接近州长，最终说服了他帮父亲减刑。

六年以后，父亲出狱了。奶奶出卖农场所得的收入里也有他的一份。于是他用这笔钱买下了得州一家酒店的承包经营权，没想到生意越做越大，酒店越开越多，没过多久，父亲就把全家搬到了加州。他在洛杉矶娶了我母亲，然后就有了我。那个时候，父亲的钱多得就像大风刮来的。我曾经一度以为那些钱都是他自己印的。已经是连锁酒店老板的他经常在全国各地飞来飞去不着家，所以大多数时间我是跟着奶奶过的。在医院告别的时候，我心里明白这是今生见她的最后一面。奶奶当然也明白。

从医院里出来，我漫无目的地在街上走，不觉走进了奶奶家楼下的一个小公园。百无聊赖之间，我坐在公园的长椅上，从兜里掏出一副袖珍象棋，准备自己跟自己杀一盘。旁边另一张公园长椅上坐着个流浪汉，他看我在摆棋子，便走了过来，自告奋勇要求对弈。

他说他是个臭棋篓子，随便玩玩而已，其实我也是。我说，这棋是我刚买的。明天我就去台湾了，而且是住在寺院里，寺院里什么样我现在一无所知，如果实在无聊，就指着这副棋解闷了。流浪汉一听说我要去台湾，居然眼圈红了。他一下把头转了过去，我还以为他要站起来走路，可他只是转过头去不让我看见而已。过了大约一分钟，他把头扭了回来，给我说了段故事。

“二战”期间，这哥们儿是名战斗机飞行员。一次空战中，他的飞机在菲律宾上空被敌方火力击中，于是跳伞逃生。他的下方是一片热带丛林，降落伞一入丛林，就被数十米高的树冠挂住，人直接撞在树干上晕了过去。不知过了多久，他感觉到有人抬着他在路上走，但紧接着又昏迷过去。再度醒来时，他发现自己躺在一个用树枝和棕榈树皮搭成的窝棚里，周围出现了一群身材矮小，皮肤棕黑的人。他们全身赤裸，只在下身盖着一小块布。他刚想动弹，就立刻疼得差点又晕过去。原来，降落的时候他摔断了一条腿，还有好几根肋骨，前额划开了一条极深的伤口，鲜血流了满脸。他一动不动地躺着，看着眼前这些也在盯着他看的人们，觉得像是在做梦。

等到终于能稍微活动了，他抬起头，往窝棚外面看去，这才意识到，原来自己并不在地面上。窝棚居然是搭在丛林里几十米高处的树冠中间。他说，他的救命恩人是菲律宾的“猴人”。他们对他悉心照料，直到他伤势痊愈，能够自由行动之后，又教他如何在丛林间上下，有时候还带他去打猎。负责照顾他的一位女性后来成了他的伴侣。他在树冠上住了大概有半年时间，渐渐觉得自己仿佛在另一个世界里获得了新生，再也不想离开了。

有一天，他又跟着一群男性“猴人”外出打猎，突然间听到远处传来一阵熟悉的轰鸣声。他的同伴们惊恐万状，纷纷爬上树梢躲避。但他知道这声音来自何处，所以并不慌张，反而循声摸索前行，最后在空地上发现了一支美军小队，他们跟在一辆推土机后面，正在丛林中披荆斩棘开辟道路。他激动地跑上前去，述说自己被击落后得救的经过。小队的指挥官于是将他收编，并保证把他送回原来的部队。然而，重新找到组织的喜悦过后，他突然意识到，自己将离开丛林，并再也回不去了。他对指挥官说，自己需要再回去一趟，去和自己的救命恩人告别。不料，指挥官听罢哈哈大笑，命令他废话少说，又让手下去帮他找两件军装穿上。指挥官说，如果不听从命令，他们有权将他视为逃兵就地正法。

就这样，他跟着美军小队走出了丛林，回到了自己的部队。很快，战争结束了，他也回到了美国。自始至终，他都没搞清楚自己是在什么地方被击落的。回国之后，他试着打过几份工，但他觉得这个世界里的一切都毫无意义，于是放弃了工作，开始流浪。我在小公园里遇见他时，他已经流浪了二十多年。他说自己将一直这样生活，直到死去。“也许眼前这座丛林和菲律宾的没什么不同。当流浪汉也没什么不好，至少你不用一辈子做那些毫无意义的工作，最后死在一间饼干盒一样的房子里。不过，当初我根本就不应该从‘猴人’的丛林里离开。”他沉默了一会儿，然后站了起来，说，“如果你也找到了你的‘猴人’，别再犯和我同样的错误。”说完他便转身走开，回他原先坐着的那张长椅上去了。我也没了下棋的兴致，于是收起棋盘离开了公园。

回到父亲的住处，我开了瓶啤酒，坐在沙发上和他一起盯着电视一声不响。第二天一早我飞去台北，从此再没见过父亲。四年后的一天，海明寺的方丈交给我一封信，从邮戳上看，信是父亲去世前一天寄出的。他在信里说：你是不是该考虑干点有意义的事情了。不久之后，我搬出寺院，开始翻译佛经和中国古诗。三十年后的今天，我仍然没找到比这更有意义的事情。

第二顿飞机餐已经吃过，收起小桌板，调直座椅靠背，系好安全带。从舷窗向外看，飞机正朝着太平洋海滨那些海蚀岩柱飞去。几分钟之后，我们从安吉利斯港上空飞过。前方，汤森港已然在望，就快要看见家门口的那片黄杉林了。

读书人文化比尔·波特作品介绍

▶《空谷幽兰》

空谷幽兰，常用来比喻品行高雅的人，在中国历史上，隐士这个独特的群体中就汇聚了许多这样的高洁之士，而今这些人是否还存在于中国广袤的国土之上？这是一直在困扰着比尔·波特的问题。他于20世纪80年代末，亲自来到中国寻找隐士文化的传统与历史踪迹，并探访了散居于各地的隐修者……

▶《丝绸之路》

比尔·波特和朋友芬恩结伴从西安启程，经河西走廊至新疆，沿古代丝绸之路北线从喀什出境到达巴基斯坦境内的伊斯兰堡的丝绸之路追溯之旅。让我们跟随作者的脚步，重温丝路沿线风光壮美的沙漠、长河、戈壁，牵人思绪的佛龛、长城、石窟、古道、城堡和无数动人的历史传说，领略历经沧海桑田的千年丝路文明。

▶《黄河之旅》

本书是比尔·波特深度对话中华母亲河，穿越五千里路探寻黄河源头的行走笔记，全面记录了从“白日依山尽，黄河入海流”到“大漠孤烟直，长河落日圆”黄河流域风土人情、历史传说与古今变迁。

▶《彩云之南》

比尔·波特根据其在20多年前在我国西南云桂黔地区的亲身游历，以生动、幽默的语言为读者图文并茂地记录了自己“彩云之南”一路上的所见所闻，带我们领略西南边陲地区少数民族那些鲜为人知的故事。

▶《寻人不遇》

2012年，比尔·波特又开启了一次新的旅程——对中国古代诗人的朝圣之旅。一路上，69岁的比尔·波特奔波于大江南北，寻访他所钦佩的36位中国古代诗人故址（坟墓、故居、祠堂或纪念馆）。每到一位诗人的墓地，他就往坟头放一杯酒。“古代诗人特别爱喝酒，我想，他们会喜欢我的威士忌。”

▶《江南之旅》

江南，一片孕育于长江流域特殊环境的区域，一个中国千年的文明中心。对中国人而言，江南不仅仅指地图上的某个地方，而是一个难以用语言表达的精神上的代表。它可能是种满稻子的梯田，也可能是风轻雨斜的古道，还可能是那无法再精致的菜系。带着憧憬，比尔·波特踏上了探访中国“江南 style”的旅程。

如需深入了解作者创作近况和类似图书信息，
请关注读书人文化微信 readers-club。

图书在版编目（CIP）数据

禅的行囊 /（美）比尔 · 波特著 ; 叶南译 . — 3 版 .
— 成都 : 四川文艺出版社 , 2018.6（2025.7 重印）
ISBN 978-7-5411-5083-8

Ⅰ . ①禅… Ⅱ . ①比… ②叶… Ⅲ . ①游记-作品集
-美国-现代 Ⅳ . ① I712.65

中国版本图书馆 CIP 数据核字 (2018) 第 078708 号

CHANDE XINGNANG
禅的行囊
［美］比尔 · 波特 著
叶 南 译

责任编辑 苟婉莹
特邀编辑 张 芹
版式设计 乐阅文化
封面设计 古涧千溪
责任校对 段 敏

出版发行 四川文艺出版社（成都市锦江区三色路 238 号）
电 话 028-86361781（编辑部）

排 版 北京乐阅文化有限责任公司
印 刷 三河市中晟雅豪印务有限公司
成品尺寸 150mm×230mm 开 本 16 开
印 张 21.5 字 数 260 千
版 次 2018 年 6 月第三版 印 次 2025 年 7 月第七次印刷
书 号 ISBN 978-7-5411-5083-8
定 价 49.80 元